KB009695

마지막 비상구

마지막 비상구

1판 1쇄 찍음 2018년 1월 17일
1판 1쇄 펴냄 2018년 1월 24일

지은이 | 이지아
펴낸이 | 고운숙
펴낸곳 | 봄 미디어

기획·편집 | 김민지, 김자우, 홍주희, 김현주

출판등록 | 2014년 08월 25일 (제387-2014-000040호)
주소 | 경기도 부천시 원미구 길주로64, 1303(굿모닝 오피스텔)
영업부 | 070-5015-0818 편집부 | 070-5015-0817 팩스 | 032-712-2815
E-mail | bommedia@naver.com
소식창 | http://blog.naver.com/bommedia

값 9,000원

ISBN 979-11-5810-443-6 03810

마지막 비상구

final exit

이지아 장편 소설

contents

어느 이야기 7

뭣 같은 인생 11

다시, 시작 32

장기 없는 시신 51

듣지도 못하고 말하지도 못하는 78

뒷등은 보여 줄 수 없을 만큼의 신뢰 103

금단 현상 133

날카로운 첫 키스 151

그리고 아무 말도 없었다 176

짧게 세 번, 길게 세 번, 다시 또 짧게 세 번 202

죽음은 때로는 태산보다 무겁고
때로는 깃털보다 가볍다 228

울음의 이유 250

다 들켰어 271

Why Not 295

실낙원 315

비밀의 문 343

안개 속에 잠기다 368

모든 것이 협력하여 선을 이루다 396

그 후의 이야기 421

어느 이야기

"거기 누구 없어요?"

힘껏 내지른 목소리가 어디로도 날아가지 못하고 물안개에 갇혀 허공중을 떠다녔다. 부드럽지만 두텁기도 한 안개는 소리마저 잠식해 버렸다.

진득한 물안개가 젖은 솜처럼 온몸으로 들러붙었다. 안개 특유의 비릿하면서도 매캐한 냄새가 한밤의 냉기와 뒤섞여 폐부 깊숙이 스며들었다.

그제야 나는 안개에 파묻혀 길을 잃었음을 깨달았다. 불현듯 두려움이 엄습했다.

다시 걸음을 빠르게 내딛었다. 무턱대고 앞을 향해 달렸다. 숨이 턱까지 차오르도록 어두움과 물안개로 뒤덮인 자작나무 숲을 줄곧 내달렸다.

자오록이 흐르는 물안개 사이로 진눈깨비가 찬바람을 타고 날았다. 무엇이 물안개고 어느 것이 진눈깨비인지 그 구별이 모호했다.

비에 섞여 내리는 가느다란 눈발이 시야를 가렸다. 가만히 눈을 뜨고 있는 것조차 어려웠다. 그런 와중에도 어두움을 헤치며 물안개 속을 내달렸다. 외투도 없이 진눈깨비를 고스란히 맞으며 계속해서 앞으로, 앞으로 나아갔다.

한참을 미친 듯이 줄달음질 치다가 어느 한순간 몸이 갸우뚱 한쪽으로 쏠렸다. 그대로 균형을 잃고 흙바닥으로 고꾸라지고 말았다.

짧은 비명조차 내지를 겨를도 없었다. 아픈 신음을 억누르고 지독한 통증이 번지는 오른쪽 발목을 내려다보았다. 보기 흉할 정도로 퉁퉁 부어오른 것이 돌부리에 걸려 넘어지면서 뼈를 접질린 모양이었다. 언제 어디서 신발을 잃어버렸는지도 모르겠다. 양말만 신은 채로 얼마나 달렸는지 발바닥이 전부 너덜너덜했다.

다 틀렸다. 이제 달릴 수도, 걸을 수도 없다.

피와 땀과 눈물로 얼룩진 얼굴에 낭패감이 고였다. 근처 자작나무 밑동에 지친 몸뚱이를 기대어 앉았다. 허탈했다.

"여기까지인가?"

쓴웃음을 지으며 탄식처럼 어두움을 향해 물었다. '이대로 죽을 수도 있겠구나'라는 대답이 머릿속에 떠올랐다. 그마저도 금세 '이렇게 죽는구나'라는 것으로 머릿속 답변을 고쳤다. '마지막'이라고 생각하자 오롯이 혼자라는 고독감이 불시에 찾아들었다.

춥고, 외롭고, 무서웠다.

왈칵 눈물이 터질 것만 같았다. 어떻게든 울지 않으려고 입술을 꽉 깨물었다. 죽어 가는 순간까지 울고 싶진 않았다. 그러면 너무 비참할 것 같았다. 순간순간 최선을 다하며 살아온 스스로의 삶에 대한 예의로라도 여기서 눈물을 보이면 안 된다고 생각했다. 죽음을 목전에 두고 끝까지 담대할 수 있기를 바랐다.

보고 싶은 얼굴들이 하나둘씩 눈앞에 그려졌다. 엄마, 아빠, 언니, 형부, 조카들, 친구들, 그리고 한 사람.

"흐으읍."

나는 억눌린 울음소리를 삼키고 또 삼켰다. 절대 울지 않으려고 했는데 결국 울음이 터지고 말았다. 굵은 눈물방울이 하염없이 여울져 야윈 뺨을 타고 흘러내렸다.

강주원이라는 남자가 보고 싶었다. 못 견디게 보고 싶었다.

그가 그리웠다. 미치도록 그리웠다.

"주원 씨……."

삶의 끝자락에서 지독한 절실함으로 다가오는 이름을 소리 내어 불러 보았다. 나에게로 와서 꽃이 되었어야 할 그 이름은 멍울진 피 울음으로 가슴에 아롱아롱 맺혔다.

나는 어깨를 동그랗게 말아 몸을 웅크리고 앉아 한참을 목 놓아 울었다.

얼마나 시간이 지났을까. 자꾸만 의식이 흐려지더니, 끝내 눈꺼풀이 힘없이 아래로 스르르 닫혔다. 주변의 다른 모든 것들처럼 나 역시 자우룩한 물안개에 묻혔다.

그렇게 옴짝달싹하지 못한 채 까마득한 어두움 속으로 유유히 매몰되어 갔다.

뭣 같은 인생

"오늘은 16호 모레노(Moreno)네."

귓속을 파고드는 남자의 말소리가 혼탁하면서도 끈적거렸다. 여자는 남자의 옷가지를 풀어 헤치다 말고 멍하니 되물었다.

"……모레노?"

"스페인어로 황갈색."

남자가 예의 혼탁하고 끈적이는 목소리로 이야기했다. 원피스 형태의 백의(白衣) 밖으로 드러난 여자의 다리를 강압에 가까울 만큼 함부로 끌어당겨 자신의 허리 위쪽으로 감아올렸다. 고탄력 스타킹에 감싸인 탓에 한층 탄탄해 보이는 여자의 종아리를 열기가 감도는 손바닥으로 느릿느릿 문지른다.

"이건 커피색인데."

여자는 일부러 더운 숨을 후우, 하며 남자의 목덜미를 향해 뿜었다.

"카페 라테?"

"아니, 캐러멜 마키아토."

"달달한 게 좋아?"

"응. 자기는?"

"블랙."

"스타킹 취향도 블랙이야?"

"아마도."

"내일은 블랙으로 할까?"

"좋지."

짧게 답하며 남자가 쿡쿡거렸다. 종아리를 타고 오른 손길이 금세 여자의 허벅지 안쪽을 파고들었다.

"하아."

여자는 기대감에 찬 숨을 길게 뱉었다. 아직 몇 번 살을 섞지 않았지만 이 남자와의 관계는 언제나 기대 이상으로 좋았다. 평소에도 나쁜 남자의 전형을 보여 주는 그는 침대에서도 당연히 적나라하고 퇴폐적이었다. 배덕에 가까운 행위조차 서슴없이 행했다.

"오늘은 아쉬운 대로 164호 세뇨리타 로사(Rosa)*의 도움을 받는 수밖에."

---

*Rosa:장밋빛.

"로사⋯⋯. 로즈(Rose)?"

"제법 똑똑하네."

"나 4년제 나온 여자야."

여자가 짐짓 거들먹거리자 남자가 귓불을 핥던 입술을 외로 비틀고 다시 쿡쿡 소리를 내어 웃었다.

"4년제 나온 여자는 어떤지 맛 좀 볼까."

"흐으응⋯⋯."

여자는 가파른 콧소리를 잇달아 쏟았다. 남자의 왁살스러운 손아귀 안에서 황갈색 고탄력 스타킹이 축축하게 젖어들었다. 그 틈을 놓치지 않고 남자의 불손한 가운뎃손가락이 허벅지 안쪽으로 침입했다.

"속옷은?"

"자기가 입지 말라고 했잖아."

"잘했어."

여자의 귓가에 대고 칭찬을 속삭이며 남자가 고탄력 스타킹을 움켜잡은 손가락에 힘을 더했다. 여자는 황급히 남자의 손목을 붙들었다.

"오늘은 찢으면 안 돼."

"왜?"

행위의 막바지에 다다라 제지를 당한 탓인지, 낮게 깔리는 남자의 목소리가 불만으로 가득했다.

"비싼 거란 말이야."

"새로 사 줄게. 색깔별로."

"이거 나름 명품인데."

여자의 말에 남자가 연한 코웃음을 쳤다. 그깟 스타킹이 비싸 봤자 얼마나 하겠냐는 태도였다.

"오늘 말만 잘 들으면 이 스타킹 브랜드 매장을 통째로 안겨 줄게."

남자가 호언장담을 쳤다. 동시에 고탄력 스타킹이 부욱 소리와 함께 무참히도 찢겨 나갔다. 여자의 입에서 달뜬 숨소리가 흘렀다. 남자가 환자복 하의의 허리 매듭을 풀면서 물었다.

"오늘도 잘할 수 있지?"

"당신이 전에 얘기한 대로, 하아……. 꽉꽉 씹어 줄게."

"아주 좋아."

"으으웃."

"제대로 하랬지."

남자가 여자의 엉덩이를 손바닥으로 후려쳤다. 짜릿한 통각이 여자의 등허리에 와서 담겼다.

찰싹, 찰싹, 찰싹.

남자가 계속해서 손바닥을 채찍인 양 휘둘렀다. 그때마다 여자는 금방이라도 숨이 넘어갈 것처럼 자지러졌다.

"좋아. 거기."

"더 조여 봐. 꽉꽉 씹으라고."

남자의 움직임이 빨라짐에 따라 눈동자가 뒤집힐 것만 같은 아찔한 쾌감이 여자의 등줄기를 관통했다. 여자는 정신없이 흔들리는 남자의 허리에 두 다리를 감고 매달렸다.

"자기야. 그거……. 빨리. 하으응, 해 줘."

"씨바. 보채지 마."

아까 남자의 손에 찢겨 나갔던 고탄력 스타킹이 여자의 목에 와서 감겼다. 여자는 크게 숨을 들이쉬고 눈을 감았다. 천상으로 향하는 극치의 쾌락이 여자를 기다리고 있었다.

컥, 그만……. 커억.

제대로 소리가 되지 못한 외침이 여자의 목구멍 안쪽에 오롯이 고였다. 여자는 서둘러 눈을 뜨고 남자의 어깨를 주먹으로 때렸다. 발버둥 치는 여자의 몸부림에도 목을 옥죄여 오는 힘은 요지부동이었다.

"아윽, 씨바. 돌아 버리겠네. 너 오늘 완전 제대로다. 아웃, 팍팍 잘도 씹네."

남자는 고탄력 스타킹으로 여자의 목을 조르면서 동시에 허리를 미친 듯이 박았다. 말끝마다 욕설이 따라붙는 것으로 보아 이미 제정신이 아니었다. 극도의 흥분 상태에 놓인 남자가 스스로를 제어한다는 것은 불가능했다.

이대로 죽을 수도 있겠다는 생각이 문득 여자의 뇌리를 스쳤다. 공포로 점점 질려 가는 여자의 시야에 병동 간호사 스테이션과 연결된 비상벨 줄이 보였다. 오른팔을 최대한 길게 쭉 뻗었다. 마지막 안간힘을 써서 줄을 잡아당겼다.

✿　　　✿　　　✿

빠르게 서울의 도심을 벗어난 자동차는 남쪽으로 한참을 내달렸다. 사유지라 통행을 제한한다는 경고 푯말을 그대로 지나쳐 울울창창한 숲 속으로 곧장 들어섰다.

잘 포장된 도로 양옆을 따라 아름드리 측백나무들이 일정한 간격을 두고 길게 늘어서 있다. 거칠 것 없이 쭉쭉 뻗어 오른 나뭇가지마다 따가운 봄볕에 비낀 여린 이파리들이 완강한 연둣빛으로 출렁거린다.

이파리들의 반짝임이 어찌나 눈에 부시고 휘황찬란한지 흡사 어지러이 산란하는 빛줄기의 향연을 보는 것 같았다. 두툼게 그늘을 드리운 숲 한가운데 봄빛은 그야말로 완연했다.

여느 때라면 주원 역시 무르익은 봄기운을 만끽했을 것이다. 그러나 지금은 아름다운 자연을 바라보는 시선조차 삐딱하니 틀어져 있었다. 몽땅 싫고, 전부 귀찮았다.

"하여간 영감탱이 심술하고는."

주원은 다소 신경질적인 동작으로 보잉 선글라스를 고쳐 썼다. 다시 힘주어 운전대를 붙잡는 손길에서도 부질없는 울화가 물씬 묻어났다.

"간만에 밀린 잠이나 좀 보충하나 했더니. 아무튼 편하게 쉬는 꼴은 죽어도 못 보지."

혼자서 불뚝대는 주원의 말소리를 듣고 옆자리 광현이 단잠에서 깨어났다. 자동차 안 비좁은 공간을 최대한 활용해 늘어지게 기지개를 켰다.

"벌써 다 왔소?"

"누구는 운전하느라 처죽을 맛인데. 너는 잠이 처오디? 아주 그냥 퍼질러져서 잘도 처자더라."

주원이 한바탕 해 붙이자 광현이 억울하다며 볼멘소리를 냈다.

"긍께 나가 운전한다고 했지 않았습니까요잉."

"차만 타면 꾸뻑꾸뻑 조는 놈한테 뭘 믿고 운전대를 맡겨? 졸음운전도 음주운전만큼 무서운 거야."

"너무하시네, 진짜. 이래 봬도 10년 무사고입니다요잉."

"서류상으로만? 내가 알고 있는 접촉 사고만 무려 세 번이다. 보험 처리 안 했다고 입 싹 씻겠다 이거지."

"남의 흑역사는 왜 또 끄집어내고 그러시요잉. 꼬꼬마 초보 시절 주차하다 쪼까 긁은 것 가지고. 참말로 거시기하게."

광현이 당최 마음에 안 든다는 식으로 입아귀를 배죽거렸다. 주원은 아무런 대꾸도 하지 않았다. 솔직히 대꾸할 여력조차 없었다.

대한민국 검사라면 누구나 일에 치여 죽지도 못하고 산다지만 서울중앙지검 특수부로 발령이 난 이후로 휴일 출근은 기본이요, 야근은 선택이 아닌 필수였다. 지난 석 달은 아예 잠자는 것마저 포기하고 일했다. 그런 몸으로 쉬지 않고 세 시간을 운전하고 달려왔더니 피곤이 극에 달했다.

주원은 널따란 호수가 한눈에 내려다보이는 둔덕에 자동차를 세웠다. 측백나무 군락지 한복판에 작은 연못도 아니고, 통통배를 띄워도 될 만큼 커다란 인공 호수가 떡하니 자리를 잡고 있었다.

"영감탱이. 돈이 아주 썩어 나지."

"워메! 여기가 바로 무릉도원인갑소."

광현의 호들갑이 흐드러졌다.

"눈곱이나 떼라, 인마. 꼬라지가 그게 뭐냐."

주원은 되도 않을 짜증을 애꿎은 광현에게 쏟아부었다. 공연한 화풀이 그 이상도 그 이하도 아니었다. 신경질적인 동작으로 차 문을 열어젖혔다. 뒤따라 광현도 허둥지둥 자동차에서 내렸다.

"최광현."

"예, 형님."

"낚싯대 챙겨라."

주원은 뒤쪽 트렁크로 향하는 광현에게 아무렇게나 차 키를 던져 주고, 재바른 걸음을 내딛어 둔덕을 내려갔다.

인공 호수와 잇닿은 자리에 대형 파라솔이 펼쳐져 있었다. 그 아래 낚싯대를 드리우고 앉은 늙은 강태공이 보인다. 한국판 괴벨스(Paul Joseph Goebbels)*라 불리며, 대한민국 언론을 쥐락펴락한다는 전(前) 조동일보 백영택 회장이다.

주원이 다가가자 어디선가 시커먼 양복을 입은 사내 둘이 달려왔다. 영택이 한쪽 손을 들어 사내들의 접근을 막았다.

"됐어. 강 검사랑 단둘이 있게 해 줘."

---

*Paul Joseph Goebbels:독일 나치스 정권의 선전 장관으로 선동 정치 전문가.

"예, 회장님."

사내들이 저만치 떨어진 자리로 물러났다. 짤막한 묵례를 보내는 주원을 영택이 영 마뜩찮다는 듯이 쳐다보았다.

"얼굴 한 번 보기가 왜 이리 힘들어? 만나자는 전화를 수십 통도 더 한 것 같아. 콧대 높은 강 검사 덕분에 늙은이 손가락 부러질 뻔했어."

전화 거는 일은 비서가 했을 텐데 엄살이 흐드러졌다.

"백 회장님이 저랑 자주 얼굴 보고 그럴 사이는 아닐 텐데 요. 작년에 바하마 군도 페이퍼 컴퍼니 건으로 저한테 비자금 죄다 털리셨잖아요. 그때 실컷 얼굴 봤으면 됐지, 또 털어 드 려요?"

"위아래도 없고, 앞뒤도 없고. 함부로 말하는 것까지 여전 하고만."

"그게 또 제 매력 아니겠습니까."

"강 검사는 한결같아서 좋아. 언제 어디서나 시종일관 싸가 지가 없거든."

"백 회장님은 신수가 훤해지셨습니다. 대법원 최종 판결이 집행 유예로 확정되니까 살 만하신가 봐요. 물론 백 회장님한 테 그깟 탈세 추징금 235억 원이야 껌 값일 테지만요."

주원은 작정하고 되받아쳤다. 영택이 한바탕 껄껄껄 웃어 젖혔다. 낚시 가방 안에서 담황색의 마닐라 봉투를 꺼내 주원 에게 건넸다.

"자."

"요즘 김영란법 때문에 이래저래 빡세다는 건 아시죠?"

"하여간 뭐 하나 조용히 넘어가는 법이 없고만. 뇌물 아니니까 시끄럽게 떽떽거리지 말고 그냥 받아."

오히려 영택이 떽떽거렸다. 주원은 아무 말 없이 봉투를 열었다. 안에서 금속 클립으로 철을 한 A4용지 다섯 장과 막대 모양의 USB 메모리가 나왔다. 언뜻 보기에 녹취록과 녹취 파일 같았다.

주원은 A4용지에 적힌 내용을 속독으로 읽어 내려갔다. 몇 줄을 채 보지도 않아 명치가 답답해졌다. 가슴 밑바닥에서부터 분노가 절절 끓어올랐다.

"누가 취재한 겁니까?"

주원의 물음에 영택은 빙그레 웃기만 했다.

"기자 누굽니까?"

"그것까지 강 검사가 알 필요는 없고."

"이걸 믿어야 합니까? 어떤 새끼가 빡쳐서 소설 한번 써 본 건지도 모르잖습니까."

주원은 제법 사나운 어조로 영택을 한 번 더 떠보았다.

"그걸 믿어서 강 검사가 손해 볼 것도 없잖아. 굳이 안 믿을 이유 있어?"

영택이 덤덤한 표정으로 되물음을 했다. 미꾸라지처럼 잘도 빠져나간다.

"살인 미수와 관련해서 실질적인 증거는 하나도 없잖아요. 신성그룹 이재승 상무한테 성관계 도중 목을 졸렸다는 간호사의 주장만 있을 뿐이지. 하다못해 이 간호사가 '호스피아'라는 정신병원에서 근무했다는 증빙 자료조차 첨부되어 있지 않은데요."

"증거를 찾는 거야 당연히 강 검사 몫이지. 내 비자금 수사할 때 보니까 강 검사 터는 데 재능 있던걸? 내 빤스까지 털었잖아."

영택이 이번에도 역시 유들유들하니 받아넘겼다.

능구렁이 같은 영감탱이. 탈세 혐의로 비자금 수사할 때도 저런 식으로 애를 먹이더니만.

주원은 속으로 이를 갈았다. 격양된 목소리로 물었다.

"그래서 회장님께서 원하시는 게 뭔데요? 가진 건 돈밖에 없는 개새끼를 잡아 교도소에 처넣으라는 겁니까? 아니면 입원 환자라 쓰고 뽕쟁이라고 읽는 돈 많은 쓰레기들한테 프로포폴, 모르핀, 코데인 등 향정신성 의약품을 합법적으로 공급해 준 호스피아를 털라는 말씀입니까?"

"신성그룹 이재승 상무한테는 이미 사냥개가 달라붙었어. 다음 달에 사회부 특집으로 탐사 보도 뜰 거야."

떠야 뜨는 거지. 떠도 흐지부지될 수도 있고.

주원은 실소했다. 상대의 약점을 쥐고 숨통만 조여 대다 자기들끼리 이면 합의하고 덮어 주는 게 돈 많고 힘 있는 놈들의 뻔뻔한 습성이었다.

"알겠습니다."

"뭘?"

"회장님이 원하시는 대로 해 드리겠다고요. 호스피아를 가루가 되게 부셔 놓겠습니다."

"흐음."

영택이 짤막한 의성어로 대꾸했다. 긍정도 부정도 아닌 애매모호한 소리였다. 원하는 바가 따로 있다는 에두른 표현이었다.

주원은 그러면 그렇지, 하는 표정으로 소리 없는 코웃음을 날렸다. 최고급 호텔식 정신휴양병원인 호스피아가 가루가 되든 말든 백영택 회장은 관심도 없을 것이다.

다만 이 사건을 빌미로 호스피아의 주 이용객인 정·재계 인사들을 주머니 속 먼지까지 주원이 탈탈 털어 주었으면 하고 바랄 뿐. 그러니 일부러 호스피아의 입원 환자 명단을 녹취록에 첨부해서 건넸겠지.

이런, 씨팔.

주원은 목젖을 치받고 올라오는 쌍욕을 가까스로 눌러서 삼켰다. 입원 환자 명단에 무척 낯익은 이름이 있었다. 자유보수당 대표이자 여권의 유력한 차기 대선 주자인 홍준수 의원.

백영택 회장의 의도가 한눈에 훤히 보였다. 홍준수를 쳐내고 김선종 경북지사나 안철표 부산시장을 여권의 차기 대선 주자로 낙점하려는 것이다. 아마도 김선종 경북지사가 될 확률이 높았다. 영택과 선종은 한국대학교 경영학부 동기 동창이기도 했다.

"백 회장님, 손 안 대고 코 푸실 생각인가 봅니다."

주원은 서늘하니 이야기했다. 정말이지 어처구니가 없었다.

영택이 피식피식 웃었다.

"강 검사가 잘해 줄 거라고 믿어."

주원은 어떠한 대꾸도 하지 않은 채 어금니를 으득 물었다. 녹취록과 녹취 파일이 담긴 마닐라 봉투를 도로 영택에게 던져 주며 개수작 부리지 말라고 쏘아붙이고 싶은 마음이 굴뚝 같았다.

검찰을 이용해 정적을 제거하려는 영택의 의도가 이가 갈리도록 괘씸했다. 그렇다고 호스피아에 대한 수사를 안 할 수도 없었다. 불법 행위에 대한 타당한 제보를 받고도 수사에 나서지 않는다면 대한민국 검사로서 명백한 직무 유기였다.

주원은 본의 아니게 이런 식으로 정권의 개가 되어 가나 싶었다. 입안이 소태껍질을 씹은 것처럼 쓰디썼다.

인생 좆같아서 진짜.

❂   ❂   ❂

"장해서 선생."

남자가 벙싯 웃는다. 뜨뜻미지근한 입김이 축축하게 젖은 채 흘렀다. 소파 옆자리 빠짝 긴장한 모습으로 앉은 해서의 코끝까지 지독한 술 냄새가 훅 끼쳐 올랐다. 해서는 슬그머니 상체를 외로 틀었다. 어깨를 잇대다시피 한 남자와 앉아 있는 간격을 조금이나마 벌리기 위해서였다.

"왜 갑자기 내외하고 그래. 내가 장 선생 잡아먹어?"

해서는 아무 말도 할 수가 없었다. 하고 싶지도 않았다.

"이리 가까이 와."

남자가 솥뚜껑처럼 두툼한 오른손으로 해서의 손목을 그러잡았다. 여린 살갗을 옥죄듯 파고드는 남자의 손길이 해서는 도무지 떨쳐 버릴 길 없는 족쇄처럼 느껴졌다. 한시라도 빨리 이 징그러운 손아귀에서 벗어났으면 했다.

앙다문 잇새로 입술 안쪽 점막을 힘껏 깨물고 짓씹었다. 따끔한 통증과 더불어 비릿한 피 맛이 혀끝을 타고 목구멍까지 번졌다.

"우리 장 선생, 내년에는 펠로우(Fellow)* 해야지?"

남자가 은근하니 속삭여 물었다. 말없이 앉은 해서의 귀에는 온전한 협박으로 들렸다.

전임의 자리 하나를 두고 벌써 의과대학 동기들 셋이 달라붙은 상황이다. 심지어 지방 소도시 분원에서 전임의 과정 중인 선배 두 명도 이번 서울 본원 채용 공고에 임한다는 소문이 돌고 있다.

"장 선생. 내가 말이야, 너 때문에 아주 미치겠다."

남자가 축축하게 젖은 한숨을 내뱉더니 갑자기 얼굴을 해서 쪽으로 기울여 내렸다. 두꺼비의 그것과 같은 입술이 불쑥 다가왔다. 아무런 대꾸도 없고, 어떠한 움직임도 없는 해서의 태

---

*Fellow:임상 강사, 전임의.

도를 기꺼이 수용한다는 의미로 착각한 모양이었다.

해서는 황급히 고개를 돌려 남자의 입술부터 외면했다. 역겨워서 죽을 것 같았다.

당장 이 자리를 박차고 일어나고 싶다. 곧장 연구실을 뛰쳐나가고 싶다.

그러나 마음만 간절할 뿐. 차마 떨치고 일어나지도, 감히 밖으로 달려 나가지도 못했다. 철저히 을의 입장인 해서는 가까운 장래에 닥쳐올지도 모르는 위험을 염려하지 않을 수가 없었다. 대학병원 임상 교수를 목표로 줄곧 내달려 온 삶이다. 그렇다고 전임의 자리에 목을 매 지도 교수에게 덜컥 몸을 내줄 수도 없었다.

어떻게든 김유항 교수를 설득해야 한다. 다들 좋은 것이 좋은 거라니까 최대한 좋게 말이다.

해서는 꽉 막혀서 나오지도 않는 목소리를 간신히 쥐어짜냈다.

"교수님……."

"으응?"

"이러지 마세요."

"야아, 내가 뭘 어쨌다고."

"저한테 왜 이러세요?"

"대학 때 내 첫사랑이랑 닮았어, 너. 진짜 똑같아. 너만 보면 심장이 막 뛰어. 고장 난 것처럼."

"이건 아니에요."

"내가 잘할게. 너한테 잘한다고."

부쩍 애가 닳은 남자가 양손으로 해서의 얼굴을 붙잡아 쥐고 억지로 시선을 맞추었다.

해서는 두 눈을 질끈 감아 남자를 외면하고 싶은 것을 가까스로 참았다. 여기서 눈마저 감아 버린다면 그녀 역시 키스를 바란다고 제멋대로 오해할 것이 틀림없었다.

"사모님은요?"

"우린 쇼윈도 부부야. 섹스 없이 산 지 10년도 넘었어. 애들 때문에 어쩔 수 없이 의리로 같이 사는 거라니까."

"그래도 이건 아니에요. 옳지 않아요."

"장 선생, 너 왜 이렇게 고집이 세. 내가 이만큼 사정했으면 적당히 하고 그만 넘어와야지. 뭐가 그렇게 뻣뻣하냐고, 엉!"

남자가 들끓는 앙분을 누르지 못해 바락 목청을 높였다. 해서는 맞고함을 지르고 싶은 충동을 겨우 억제했다. 갑갑한 명치에서부터 욕지기가 솟구쳐 올랐다.

도대체 무엇을 적당히 하고 그만 넘어오라는 것인지 모르겠다. 세상에는 결코 넘어서는 안 되는 선이 분명 존재함을 남자는 모르는 모양이었다. 아니, 알고 싶지 않은 듯 보였다.

"저는 못 해요."

"못 하는 게 어디 있어. 교수가 까라면 까야지."

"못 한다고요!"

기어코 해서의 입에서 비명과도 같은 앙칼진 악다구니가 터져 나오고 말았다. 참는 데도 한계가 있고, 인내심도 언젠가는 바닥을 드러내는 법이다.

"이런 씹! 까라면 까."

남자가 다짜고짜 입술을 밀어붙였다. 강압적으로 나오는 남자의 어깨를 해서는 사력을 다해 밀쳐 냈다. 술에 취한 남자의 몸뚱이가 소파에서 굴러떨어졌다. 쿵 소리와 함께 콘크리트 바닥에 곤두박질을 쳤다.

"이 쌍년이 근데…….."

몸을 일으켜 세운 남자가 육중한 체중을 실어 팔을 휘둘렀다. 공기를 가르며 날아든 주먹에 맞아 해서의 얼굴이 반대편으로 휙 돌았다.

"커억. 컥. 커어억."

해서는 밭은기침을 잇달아 쏟아 냈다. 시뻘건 핏덩이가 벌벌 떨리는 해서의 인중을 지나 덜덜거리는 아래턱으로 흘렀다. 아무래도 코뼈가 부러진 것 같았다.

"이게 감히 나를 밀쳐! 네년은 오늘 내 손에 죽었어!"

남자가 입에 담을 수조차 없는 온갖 욕설을 퍼부으며 주먹을 휘둘렀다. 해서는 본능적으로 어깨를 웅크려 스스로의 몸을 보호했다. 양손으로 머리를 감싸고 얼굴을 무릎 사이에 숨겼다. 공처럼 동그랗게 말아 웅크린 해서의 뒷등으로 남자의 오른발이 인정사정없이 날아들었다.

무참한 주먹질과 무자비한 발길질 속에서 해서는 연구실 바닥을 무릎으로 기었다. 오로지 살아야 한다는 일념뿐이었다. 어떻게든 도움을 청해야 했다. 숄더백에서 찾은 휴대폰의 긴급 통화 버튼을 눌렀다.

─119입니다.

"살려 주세요!"

피를 토하는 절규를 끝으로 해서의 눈앞에 시커먼 암흑이
내렸다.

"헉."

해서는 번쩍 눈을 떴다. 시야가 온통 암흑천지다. 잠시 시공
간의 흐름을 잊은 채 공포에 휩싸였다. 벌써 2년이라는 시간
이 지나 전혀 다른 공간에 와 있음에도 그날의 기억은 여전히
해서의 머릿속에 남아 종종 악몽으로 되살아났다.

거친 숨을 몰아쉬며 물기가 말라붙어 뻑뻑한 눈자위를 손가
락으로 문질렀다. 어렴풋하던 눈동자의 초점이 점차 또렷해졌
다. 천장 한가운데 매달린 실링팬의 윤곽이 흐리마리 잡혔다.

여기가 어디지?

아, 그래. 펜션.

생각이 거기에 닿고서야 해서는 안도의 숨을 내쉬었다. 내
일 오전 한울타리 정신요양병원 박태수 원장과 면담이 잡혀
있다. 일종의 취업 면접이다.

서울에서 강원도 인제까지 당일 아침에 출발해 오는 것은
무리다 싶어서 전날 병원 인근 펜션에 방을 잡았다. 마침 정신
요양병원이 위치한 응봉산이 자작나무 군락지로 유명한 곳이
라 주변에 깔끔한 숙박 시설이 제법 많았다.

해서는 머리맡에 놓아둔 휴대폰을 집어 들었다. 현재 시각 새벽 2시 47분. 침대에서 일어나기에는 너무 이른 시간이다.

예정된 면접을 제대로 치르려면 다시 잠을 청해야 했다. 하지만 경험상 한 번 잠에서 깨면 도로 잠들기가 어렵다는 것을 안다. 그럼에도 눈을 감고 잠을 청했다. 오라는 잠은 오지 않고 쓸데없는 사념만 머릿속을 찾아들었다.

"피고 김유항에게 징역 1년, 집행 유예 1년 6개월을 선고한다."

탕, 탕, 탕.

어디선가 날카로운 나무망치 두드리는 소리가 들려오는 것만 같았다. 해서는 무의식중에 어금니를 물었다.

1심은 물론 2심 재판에서도 끝까지 성폭력은 인정되지 않았다. 김유항 교수와 해서 사이에 실질적 성행위는 물론이고, 유사 성행위 또한 일절 없었다는 피고 측 변호사의 주장을 재판부가 모두 수용했기 때문이다.

담당 검사는 단순 폭행 치상만으로 징역 1년, 집행 유예 1년 6개월을 이끌어 냈으면 나쁘지 않은 결과라고 했다. 그 말에 해서는 목을 놓아 울었다. 서러워서, 억울해서, 그리고 무엇보다도 분해서 눈물이 났다.

김유항은 경성대학병원 정신건강의학과 과장 보직에서만 해임되었을 뿐 임상 교수직은 그대로 유지되었다. 지금도 환자를 진료하고, 전공의들을 가르친다.

반면 해서는 잘 다니던 직장을 잃었다. 승승장구하던 경력도 단절되었다. 존경받아 마땅한 스승을 성폭력범으로 몰아붙인 파렴치한 제자라는 낙인까지 찍혔다.

불의한 세상에 대한 분노로 치가 떨렸다. 부조리한 사회가 신물이 나도록 싫었다. 그래서 떠났다. 배낭 하나만 들고 이곳저곳 정처 없이 떠돌아다녔다.

베이우당산(北武當山)*의 주봉인 샹루펑(香爐峰)을 오르던 중 갑자기 '내가 왜 이렇게 힘들게 절벽을 타야 하나, 무엇 때문에', '내가 왜 집도 절도 없이 이러고 떠돌아야 하나, 누구 좋으라고' 하는 의문이 들었다. 불쑥 오기가 났다. 그길로 산을 내려와 베이징 서우두(北京首都) 국제공항으로 가서 서울행 편도 티켓을 끊었다.

그때 다짐했다. 다시는 뒤돌아보지 말자고. 오로지 앞만 보고 달리자고.

해서는 서서히 상체를 일으켜 세웠다. 정신이 말똥말똥한 상태로 가만히 누워만 있는 것도 고역이라면 고역이었다. 그만 일어나고 싶었다. 되도록 천천히 침대에서 빠져나왔다. 지병처럼 붙들고 사는 기립성 빈혈을 피하기 위해서였다.

비치적비치적 창가로 다가가 목재 블라인드의 채광 조리개를 활짝 열었다. 바깥세상 또한 방 안과 마찬가지로 온통 암흑천지였다. 한 치 앞도 분간하기 어려운 시커먼 어두움을 해서

---

*중국 산시성에 위치한 도교의 본산.

는 우두커니 응시했다.

한국으로 돌아온 것이 과연 잘한 짓인가?

다시 일을 시작하기로 한 것은 과연 올바른 선택인가?

자문해 보았다. 답은 아직 모르겠다. 머리를 크게 가로저어 흔들었다. 그렇게라도 사위스러운 생각들을 털어 버리고자 했다. 하지만 사념은 머릿속에 고스란히 남았다.

그때 멀리 응봉산 중턱 어디쯤에서 투명한 불빛이 빠르게 깜빡거렸다. 암흑을 꿰뚫고 앞으로 쭉 뻗어 나온 빛줄기는 흡사 도깨비불이라도 되는 것처럼 꺼졌다가 다시 켜지기를 수차례 반복했다.

짧게 세 번, 길게 세 번, 다시 짧게 세 번.

해서의 입가로 설핏 미소가 스쳤다. 저 멀리서 점멸하는 희뿌연 빛줄기가 문득 깊은 밤 홀로 망망대해를 지키는 등대 같다는 생각이 들었다. 밤바다를 지나는 선박들마다 등댓불에 의지해 뱃길을 이어 가듯이, 캄캄한 어두움 속에 홀로 갇힌 그녀에게도 응봉산의 불빛이 어떤 이정표가 되었으면 했다.

뒤돌아보지 말고 앞으로 계속 나아가자. 암흑을 꿰뚫고 앞으로 쭉 뻗어 나온 저 빛줄기처럼.

해서는 스스로에게 한 번 더 다짐했다.

다시, 시작

"전공을 정신건강의학과로 선택한 특별한 이유가 있나요?"

한울타리 정신요양병원 박태수 병원장이 물었다. 마호가니 탁자를 사이에 두고 태수와 얼굴을 마주 앉은 해서는 짤막하게 호흡을 골랐다. 형식적이나마 이것도 면접이라고 제법 떨렸다.

"거창한 이유는 따로 없고요. 사람의 마음을 치유하는 의사가 되고 싶었습니다. 몸을 치료해 주는 의사들은 저 말고도 많으니까요."

"그 미모에 의사라는 힘들고 험한 길을 선택한 걸 칭찬해 줘야 하나?"

태수가 말끝을 올렸기에 형식상 의문문이 되기는 했다. 하지만 딱히 대답을 듣고자 하는 질문은 아닌 것 같았다. 해서는 가볍게 웃어 보임으로써 답변을 대신했다. 외모에 대한 것이든, 직업 선택과 관련한 것이든 칭찬은 칭찬이었다.

"감사합니다."

"의사가 되는 것 말고도 편하게 성공할 수 있는 길이 얼마든지 많았을 텐데요? 예를 들자면 타고난 미모를 이용해서……."

태수가 이번에는 말끝을 흐지부지 흐트러뜨렸다. 다분히 의도된 행동으로 느껴졌다. 해서는 박 원장의 저의를 파악하려 굳이 노력하지 않았다. 상대방의 속내를 가늠하고, 자신의 손익을 계산해서 따지는 복잡한 인간관계는 이제 그만 지양하고 싶었다.

그냥 있는 사실 그대로를 말하면 되겠지.

꾸미지 않은 솔직함 때문에 면접에서 떨어져 취업에 실패한다면 또 그것대로 나쁘지 않았다.

"스카우터한테 연예계 데뷔 제안을 받은 적이 있어요. 의대 다닐 때 패션 광고지 사진 모델 아르바이트를 했거든요."

"오, 그래요?"

태수가 눈에 띄게 반색을 보였다. 해서는 담담한 자세로 남은 이야기를 이어 나갔다.

"원장님도 아시다시피 의대 학비가 만만치가 않잖아요. 학비나 벌자 하는 마음으로 시작했는데, 모델 아르바이트만으로도 제법 큰돈을 모았어요."

"돈 욕심이 안 나던가요?"

"당연히 났죠. 그런데 모델 일이 생각만큼 쉬운 건 또 아니더라고요. 이것저것 준비할 것도 많고, 막상 촬영 들어가면 밤샘 작업은 기본이고, 이래저래 체력 소모도 크고요. 연예계 쪽이 저랑은 안 맞았다고 할까요. 저한테는 그나마 공부가 제일 쉬웠어요."

"재미있군요."

"이런 이야길 하면 다른 사람들은 재수 없다고 해요."

해서의 말에 태수가 느긋한 손사랫짓을 쳤다. 전혀 그렇지 않다는 대답이었다. 해서는 눈가를 곱게 접어서 웃었다.

박태수 원장의 태도나 첫인상이 나쁘지 않았다. 정신건강의학회 쪽에서 흘러나오는 이야기들도 대부분 박 원장의 덕망이 높다는 소리였다. 한울타리 정신요양병원 역시 오래된 병원치고는 시설과 설비가 깔끔했다. 이곳에서 일하게 되면 좋겠다는 생각이 자연스럽게 들었다.

"우리가 병원을 하나 더 갖고 있어요. 내 아들놈이 거기 병원장인데."

태수가 어딘지 조심스럽게 이야기를 꺼냈다. 해서는 조금 의아함을 가지고 되물었다.

"네?"

"서울 평창동에 '호스피아'라고, 대한민국 상위 0.1%를 위한 최고급 호텔식 정신휴양병원이에요."

"요양병원이 아니라 휴양병원이요?"

"그래요. 요즘은 휴식을 위해 병원을 찾는 사람들이 꽤 있거든요."

"몰랐어요. 휴양병원이라는 말도 처음 들어 봐요."

"일종의 신개념이죠. 21세기를 살아가는 현대인들을 위한."

"그렇군요."

"그쪽에서 일해 볼 생각은 없나요?"

태수가 은근한 기색으로 물었다. 뜬금없는 질문에 해서는 어리둥절하기만 했다.

"호스피아에서요?"

"상대하는 환자들이 다들 상류층이라 일도 편하고, 당연히 연봉은 여기보다 훨씬 높고. 어때요?"

순간적으로 마음이 혹할 만큼 유혹적인 제안이었다. 2년 전이었다면 해서 또한 아무 주저함 없이 받아들였을 것이다. 하지만 지금은 아니었다. 돈 있고 힘 있는 자들의 갑질이 지긋지긋했다.

"괜찮습니다."

"생각할 시간이 필요하다면……."

"아닙니다."

해서는 일부러 태수의 이야기를 무질렀다. 시간을 두고 생각해도 결론은 마찬가지였다.

"제가 지방 소도시 출신이라 그런지, 서울보다 이곳이 마음에 들어요. 아까 오면서 보니까 한창 봄빛을 띤 자작나무 군락이 눈부실 정도로 아름답더라고요. 한여름 녹음이 짙어지면 또 어떨지 벌써부터 기대가 돼요."

자연 풍광을 핑계 삼아 딱 자르는 해서의 얼굴을 태수가 돋보기안경 너머로 한참이나 물끄러미 쳐다보았다. 해서도 올곧은 시선을 들어 박 원장을 똑바로 응시했다. 태수가 먼저 빙그레 미소를 지었다.

"마음이 변하면 언제든 얘기해요."

"알겠습니다."

"언제부터 출근할 수 있겠어요?"

"당장 내일이라도 가능합니다."

"우리야 좋지만, 장 선생도 출근하려면 이것저것 준비가 필요하겠죠. 다음 주 월요일부터 근무하는 걸로 합시다."

"예, 고맙습니다. 그런데 이렇게 바로 결정하셔도 괜찮으세요? 다른 사람들 면접도 안 보시고……."

해서는 머쓱하니 말했다. 서울에서는 이력서를 제출한 병원마다 어김없이 고배를 마셨는데, 일사천리로 취업이 결정되자 기쁘면서도 왜인지 모르게 얼떨떨한 기분이었다.

"이제 한 식구가 된 거나 마찬가지니까 가감 없이 얘기할게요. 모집 공고를 두 달 넘게 일간 신문에 냈는데도 여태 지원자가 장해서 선생, 한 명뿐이었어요. 누가 이런 시골까지 오려고 해야 말이지."

"저한테는 다행이네요. 저는 여기가 고향 같아서 좋아요."

해서는 진심으로 활짝 웃었다. 태수의 얼굴에도 환한 미소가 피어올랐다.

"우리 병원으로서는 행운이고요. 장해서 선생 같은 훌륭한 인재를 얻었으니까."

"감사합니다."

"뭘요. 장 선생, 고향이 어디예요?"

"충북 청주예요."

"나는 괴산인데."

"어머나, 바로 옆 동네네요."

"그러게. 여기서 또 이렇게 고향 사람을 다 만나네. 아무튼 반가워요. 우리 잘해 봅시다."

"예, 병원장님."

❖   ❖   ❖

"무슨 밀담을 나누자고 회의실까지 오자고 하쇼잉. 걍 사무실에서 해도 될 걸."

광현이 회의실 안으로 들어서며 실실거렸다. 주원은 회의실 출입문의 잠금장치를 확인했다.

"사무실에는 듣는 귀가 너무 많아."

"형님, 혹시 제 순결을 노리고……."

광현이 딸각 하며 출입문 잠기는 소리에 양팔로 제 가슴을 가렸다. 주원은 냅다 욕부터 날렸다.

"미친! 헛소리 그만하고 가서 앉기나 해."

"우리 강주원 수석 검사님은 다 좋은데 유머가 없어, 유머가."

광현이 회의실 테이블을 빙 돌아 의자를 찾아 앉았다. 주원도 테이블 반대편에서 광현을 마주 보고 자리를 잡았다.

"최 검."

"뭔데 이렇게 심각해요?"

"호스피아 사건이 이상하게 돌아간다."

"고것이 또 뭔 소리요잉?"

"이것 좀 봐."

주원은 서류철 하나를 광현의 앞쪽에다 던져 놓았다. 광현이 의아해하는 표정으로 서류철을 집어 들었다. 얼마 읽지도 않아 미간에 잔뜩 주름이 잡혔다. 고개를 한쪽으로 갸웃 흔드는 품새가 광현 역시 주원과 동일한 의구심이 드는 모양이다.

"쪼까 거시기한데요잉."

"최 검이 봐도 그렇지?"

"한두 건이라면 몰라도 지금까지 파악된 것만 다섯이잖아요. 우연이 다섯 번씩이나 겹치면 빼도 박도 못 하고 필연이에요."

광현의 말투가 완벽한 표준어로 바뀌었다. 평소에는 걸쭉한 전라도 사투리를 구사하다 열을 받아 흥분하거나, 심각한 상황에 봉착하거나, 이런저런 이유로 당황하면 꼭 서울 말씨로 돌변한다. 평소 표준어를 구사하다 흥분하거나 심각해지거나 당황하면 사투리를 쓰는 일반적인 경우와는 정반대였다.

사실 광현은 전라도 출신이 아니다. 서울이 고향이다. 그런데도 굳이 전라도 사투리를 고집하는 것은 본인이 스스로의 캐릭터를 규정해 놓은 탓이었다. 검사가 험악한 범죄자들 앞에서 꿀리지 않으려면 일단 말투부터 억세야 한다나, 뭐라나. 아무튼 정신세계가 남달랐다.

한국대학교 법학부 선후배로 만나 10년을 넘게 알고 지낸 주원이 보기에도 광현은 살짝 핀트가 어긋나 있었다. 좋게 말해 정신세계가 남다른 것이지, 여과 없이 까놓고 이야기한다면 똘기 충만하다는 것이 맞겠다.

"작년 한 해 동안 신부전증 환자 다섯 명이 호스피아에서 휴양한 직후부터 정기적으로 받아 오던 신장 투석을 일시에 중단했어. 우연의 일치라고 그냥 넘기기에는 확실히 무리수가 있어 보여."

주원의 말에 광현이 고개를 주억거렸다.

"딱 각이 나오네요. 불법 장기 매매밖에는 설명할 길이 없어요. 이건 무조건 필연이에요. 절대 우연 아니에요."

"만약 그렇다면 이식 수술도 당연히 호스피아에서 이루어졌을 거야. 정신휴양병원도 어쨌든 병원이잖아. 수술방 하나 셋업 하는 건 일도 아니겠지."

"이걸 기획하고 실행하는 놈이 누군지는 모르지만 대가리 빡세게 좋은 새끼예요. 휴양을 핑계로 입원해서 실제로는 불법 장기 이식을 받았다는 거잖아요. 대외적으로 이보다 더 감쪽같은 시나리오는 없어요."

광현이 기가 차다며 혀를 내둘렀다. 주원도 기꺼이 동의했다.

"가진 거라고는 돈밖에 없는 쓰레기들한테 합법적으로 마약 대 주고, 의료진 앞세워서 성매매 알선까지 하는 것 보면 몰라? 돈 버는 데 특화된 머리야."

"호스피아 압색 들어가야죠?"

성질 급한 광현답게 당장 압수 수색 카드부터 꺼내 들었다. 주원은 고개를 가로저었다. 아직은 이르다는 것이 주원의 판단이었다.

"무슨 명목으로 영장을 칠 건데?"

"불법 장기 밀매 및 현행 의료법 위반."

"압색 영장을 뒷받침할 만한 증거 있어?"

"젠장! 심증은 넘쳐 나는데."

광현이 인상을 꽉 구겼다. 실질적 증거도 없이 영장부터 쳤다가는 보나마나 기각이었다.

"심증만으로 압색 영장도 치고, 피의자 구속도 할 수 있으면 법이 왜 필요해."

"마약 거래는 어때요? 백영택 회장한테 받은 환자 명단 보니까 죄다 뽕쟁이던데. 개중에 마약 전과 있는 놈들 몇 찍어서 핑계거리로 삼으면 되잖아요."

"뽕쟁이들한테 투여한 마약 전부 처방전 있을 걸? 괜히 병원까지 차려서 합법적으로 마약을 댄 게 아니야."

"성매매 알선은요?"

"돈 주고 산 놈도, 돈 받고 판 년도 합의하에 성관계를 가졌다고 주장하면 그만이야."

"쌍방 간에 돈이 오고간 증거만 있으면 되는 거잖아요."

"그런 게 있기나 하겠어? 걔들이 등신도 아니고, 지들끼리 침대에서 화대를 주고받았을 리가 없잖아. 성 매수자는 일단 화대를 포주한테 입원비 명목으로 지불했을 테고, 매도인은 특별 수당 등으로 월급에 포함해서 받았겠지."

"그렇게까지 완벽하게 처리했을까요?"

"당연한 걸 뭘 물어. 본래 비리나 불법을 저지르는 것들이 훨씬 꼼꼼한 법이야. 쉽게 들통나면 안 되니까. 걔들 그쪽으로 머리 쓰는 것 보면 아주 징글징글해."

주원이 계속해서 제동을 걸자 광현이 나지막한 소리로 욕설을 뱉었다.

"에이, 쌍. 그럼 앞으로 어쩌자고요?"

"털어야지. 다시 처음부터 탈탈. 하다못해 먼지 가루 하나라도 찾아내야지."

주원은 길게 어깻숨을 쉬었다. 사건은 커질 대로 커졌는데, 심증만 넘쳐 나고 실질적 증거는 손에 쥔 것이 하나도 없었다. 다시 털자고 말하면서도 솔직히 앞이 보이지 않았다. 그저 막막하고 막연했다.

"뭘 또 털어요. 지금까지 털어 댄 것만으로도 넘치도록 털었는데. 뽕쟁이들 빤스 속에 숨긴 터럭은 물론이고, 아랫도리에 달린 두 쪽짜리 호두알까지 탈탈 털었고만."

흥분한 광현이 목청을 쏘았다. 주원은 미안한 마음으로 광현을 지켜보았다.

"우리가 놓친 게 분명 있을 거야."

"불시에 호스피아를 덮치면 뭐가 나와도 나올 텐데요."

압수 수색 카드에 대한 미련을 좀처럼 버리지 못하는 광현의 심정을 주원은 십분 이해했다. 수사를 진행하면 할수록 모든 정황이 일방적이다 싶을 정도로 호스피아를 가리키고 있었다. 병원 내부 자료를 털면 온갖 증거가 쏟아져 나올 것은 자명했다.

"영장도 없이 무작정 쳐들어갈 수도 없고. 참 나."

"갑시다, 형님."

"뭐?"

"미친 척 쳐들어가자고요. 탐문 수사 나왔다고 하면 되잖아요."

"용의자한테 꼬리 자르고, 증거 인멸할 기회를 주자고? 너 검사 맞아? 우리가 가서 얼굴 비치면 네 말마따나 대가리 빡세게 좋다는 그놈이 가만히 있을까? 그 새끼가 순순히 나 잡아가세요, 하겠냐고."

이번에는 주원이 열에 받쳐 분통을 터트렸다. 광현이 광대뼈를 붉혔다.

"씨팔, 되는 게 하나도 없네."

"새끼야, 욕은 내가 하고 싶다."

"해요. 누가 말려요."

"됐다. 딱 압색 영장 칠 수 있을 만큼만 하자. 최 검은 명단에 있는 환자들을 다시 털어. 나는 호스피아 병원장 박경환의 주변을 털어 볼게."

주원의 수사 지시를 듣고 광현이 땅이 꺼져라 한숨을 내쉬었다.

"진짜 이럴 때마다 사표 쓰고 싶어요. 검사 때려치우고 변호사 개업을 하든가 해야지. 검사질 3년에 얻은 것은 위장병이고, 남은 것은 다크서클뿐이라니. 이 좋은 봄날 벚꽃 놀이한 번을 못 가고. 내가 진짜 이 짓거리 계속하다가는 명대로못 살 것 같다고요."

"미안해, 인마."

주원은 진심으로 사과했다. 삼수 끝에 어렵사리 사법 고시를 패스한 광현에게 검사 임용 신청을 하라고 종용한 장본인이 바로 그였다. 그때 꼬드기지만 않았어도 광현은 지금쯤 외가에서 경영하는 대형 로펌의 억대 연봉 변호사가 되어 있을것이다.

"형님이 미안해할 것까진 없고요잉. 저녁이나 사소. 이왕술도 사 주면 더 좋지라."

광현이 머쓱하니 웃으면서 말했다. 어느새 전라도 사투리를다시 구사하고 있었다. 주원은 광현에게 마주 미소를 지어 보냈다. 어차피 오늘도 야근 당첨이다. 저녁 메뉴로 삼겹살에 소주 한두 병 정도는 괜찮지 싶었다.

"알았어, 인마. 형이 팍팍 쏜다."

✿   ✿   ✿

"장해서 선생님."

누가 뒤에서 해서를 불렀다. 해서는 한울타리 정신요양병원 일반 병동 복도를 지나던 걸음을 멈추고 섰다. 이름은 모르겠고 얼굴만 익힌 사무처 직원이 빠른 걸음으로 다가왔다.

"안녕하세요?"

해서는 짤막한 묵례를 직원에게 보냈다. 직원이 마주 고개를 숙여 인사했다.

"안녕하세요?"

"무슨 일이시죠?"

"기서도 환자 보호자한테 전화가 왔어요."

"언제요? 사무처로요?"

"예. 병원 대표 전화로 연락하셨나 봐요. 장 선생님과 통화하길 원하셔서 선생님 사무실 쪽으로 전화를 돌렸거든요. 근데 응답이 없으셔 가지고……."

직원이 언뜻 난처해하는 표정으로 말꼬리를 흐리마리 흐렸다. 해서는 눈가를 곱게 접어 웃었다. 직원을 안심시키려는 의도였다.

"폐쇄 병동 집단 상담 치료가 있어서 그쪽에 다녀왔어요. 일반 병동 제 사무실로 전화를 돌리신 거죠?"

"예, 아마……."

"기서도 환자 보호자가 뭐라 하셨어요? 다음에 다시 전화 주신대요? 아니면 저더러 전화를 달라고 하시던가요?"

"그건 잘 모르겠고요. 기서도 환자가 집에 잘 도착했다는 전언만 남기셨어요. 이게 그 메모예요."

직원이 건네주는 포스트잇을 해서는 고맙다는 눈인사를 전하며 받았다.

"그래요? 다행이네요. 집에 가고 싶다는 쪽지만 달랑 남겨 놓고, 무단으로 기서도 환자가 병원을 나간 거라 걱정 많이 했거든요."

해서는 안도했다. 지적 장애를 가진 서도가 강원도 인제에 위치한 한울타리 정신요양병원에서 경기도 수원의 본가까지 제대로 길을 찾아갔을까, 계속 마음을 졸였었다.

"저는 이만 가 볼게요."

왔던 길을 되짚어 가려는 직원을 해서는 바삐 붙잡았다.

"잠깐만요."

"네?"

"본인이 직접 통화하셨어요?"

해서의 물음에 직원이 물색없는 미소를 피웠다.

"아니요. 저도 메모만 받았어요."

"그럼 누가 기서도 환자 보호자랑 통화를 하셨나요?"

"그게 음……."

잠시 기억을 더듬던 직원이 당혹스러워하면서 얼굴을 붉혔다.

"죄송해요. 분명 전언이 적힌 메모는 제 책상 위에 있었거든요. 근데 누가 줬는지를 모르겠어요."

"누구한테 받았는지 잊은 게 아니라 아예 메모를 받은 기억 자체가 없다는 말씀인가요?"

"예. 아무래도 다른 부서 직원이 전화를 받고 전언 메모를 제 책상에다 두고 갔나 봐요. 제가 사무실 돌아가서 기서도 환자 보호자랑 통화한 직원이 누군지 확인해 볼게요."

"꼭 그래 주세요. 저한테도 누군지 알려 주시고요."

부탁한다고 이야기하는 해서의 가운 주머니 안에서 휴대폰 진동음이 울렸다. 해서는 양해를 구하는 눈짓을 직원에게 보냈다. 직원이 괜찮다며 묵례를 했다. 사무처로 되돌아가는 직원의 뒷모습에 잠시 일별한 후 해서는 전화를 받았다.

"응, 엄마."

—뭐 해?

"중증 환자들 집단 상담 치료 끝내고 방금 나왔어. 우리 김연희 여사님은 뭐 해?"

—네 아버지 줄 사골 우려. 엄마 더워 죽겠다. 내가 미쳤지, 이 더운 날. 영감탱이 뭐가 예쁘다고.

"엄마, 어디 가?"

—아니거든. 어떻게 딸이랑 아빠가 묻는 게 똑같아.

수화기 너머에서 연희가 열을 냈다. 해서는 키득키득 웃었다.

"엄마가 사골 우려 놓고 도망갈까 봐 아빠 겁먹었구나."

—말도 마. 어젯밤에 핏물 우린다고 담가 놓은 것 보더니 아주 기겁을 하더라.

"그게 다 사랑이야."

─이 나이에 그러는 건 집착이지. 엄마도 졸혼이라는 것 좀 하고 싶어. 우리 친구들 보니까 세상 편하고 좋더라.

"결혼에 졸업이라는 게 어디 있어. 노년의 별거를 그럴싸하게 표장해 놓은 거지."

해서는 부러 더 시큰둥하니 이야기했다. 사실 해서의 부모는 청주 바닥에서 소문난 잉꼬부부다. 나이 60을 넘겨 머리카락이 허옇게 센 지금도 둘이 서로 손을 꼭 붙잡고 다녔다.

─너는 정신과 의사라는 게 그런 식으로밖에 말을 못 해?

"나도 돈 받고 환자 상담할 때는 이러지 않지. 졸혼도 권하고 막 그래. 엄마는 나한테 상담료 낼 것도 아니잖아."

─에라, 이 개딸아.

연희에게 욕을 듣고도 해서는 좋다고 까르르 웃었다.

"그냥 아빠랑 죽을 때까지 짜그락짜그락하면서 살아. 엄마 업보다, 생각하고. 대신 다음 생에는 장우성 씨가 아닌 정우성 씨를 만나서 결혼해. 내가 진심으로 축복해 줄게."

─어우, 야아.

이번에는 연희가 깔깔거리면서 웃었다.

"그렇게 좋아?"

─당연히 좋지. 말만 들어도 행복하다. 우리 우성이 오빠가 얼마나 잘생겼는데. 게다가 인간성까지 끝내주잖아.

"엄마. 양심이 좀 있어 봐. 정우성 오빠가 엄마보다 몇 살이나 어린지 알아?"

―뭐, 어때. 잘생기면 다 오빠지.

연희가 뻔뻔하게 나왔다. 이런 엄마라서 더 좋다고, 해서는 생각했다. 지금껏 연희는 엄마이면서 해서의 가장 친한 친구이기도 했다. 앞으로도 이 포지션에는 변함이 없을 것이다.

"인정. 나도 가끔 우리 보검이한테 막 오빠라고 부르고 싶을 때가 있어."

―그렇지?

"엉."

―박보검, 걔 잘생기기는 했더라.

"그렇지?"

―엉.

"내가 엄마 닮아서 얼빠인가 봐. 솔직히 아빠도 정우성 오빠한테 좀 밀려서 그렇지, 어디 가서 빠질 얼굴은 아니잖아."

―얘 봐. 네 아빠 정도면 엄청 잘생긴 거지. 연예인 아닌 이상 그만큼 생기기도 쉽지 않아. 네 아빠 젊었을 때 얼마나 대단했는데. 오죽하면 엄마가 일곱 살이나 많은 남자를 3년씩이나 쫓아다녔겠어. 내가 그때 눈이 뗐던 거지.

"지금은 아빠가 엄마한테 집착하면서 살잖아. 대차 대조표 균형이 딱 맞네."

―그건 그래. 내가 진짜 시장도 혼자 못 간다.

투덜대는 연희의 목소리에 웃음기가 넘쳤다. 이러니저러니 해도 남편 장우성의 사랑, 혹은 집착이 싫지 않은 탓이다.

"아빠는 엄마밖에 모르는 바보야."

해서가 깔끔하게 결론을 내자 연희가 끝내 폭소를 터트렸다.

—정답이다, 그건.

해서는 가끔 생각한다. 아빠 같은 남자를 만나 엄마처럼 사랑받으면서 살고 싶다고. 비혼주의인 해서지만 그런 생각이 들 때가 있다. 바로 지금처럼 부모의 알콩달콩 사는 이야기를 귀동냥하다 보면 말이다.

"잘생기고 돈 많은 재벌 3세 어디 없을까? 그 남자한테 시집가서 평생 놀고먹으면 딱인데."

—해서야, 일 힘들면 굳이 안 해도 돼. 엄마가 너 하나는 아직 먹여 살릴 능력 있어.

툭 던진 해서의 농담을 연희가 진담으로 받았다. 아빠는 엄마밖에 모르는데, 엄마는 서른둘이나 먹은 딸 걱정이 흐드러졌다.

이러니 장우성 씨의 김연희 씨에 대한 집착이 쩔 수밖에. 엄마에 대해 독점욕 작렬하시는 아빠, 이해합니다.

해서는 혼자만의 생각으로 실실거렸다.

"아니야. 나 여기 좋아. 마음도 편하고, 몸도 편하고."

—그럼 다행이고. 이번 여름휴가 때 올 거지?

"응. 나, 엄마가 해 주는 밥 먹고 싶어. 휴가 내내 손가락 하나 까닥 안 하고 집에서 빈둥거리기만 할 거야."

—알았어. 물릴 만큼 실컷 빈둥거려. 엄마가 너 먹고 싶은 것 다 해 줄 테니까.

해서는 엄마보다 자신을 더 사랑해 줄 사람이 이 세상에 있기는 할까, 라는 의문 속에서 전화를 끊었다. 그런 남자는 세상에 없을 테니, 역시 비혼이 답이다.

장기 없는 시신

— 제9호 태풍 '카이락'이 서해상에서 물러간 지난주 화요일 이후, 35도를 웃도는 불볕더위가 열흘 넘게 계속되고 있습니다. 수마(水魔)가 휩쓸고 간 자리마다 폭염이 가득한 가운데, 어제 오후 산사태 복구 작업이 한창이던 관악산 장군봉 등산로 인근에서 장기 없는 시신 한 구가 발견되었습니다. 그 지역 관할인 관악경찰서에서 즉각 대대적인 주변 수색 및 탐문 수사에 나섰는데요. 자세한 소식을 사회부 김대길 기자가 전해 드리도록 하겠습니다.

대형 TV 화면 속 짙은 감색 양복을 차려입은 뉴스 앵커가 더없이 심각한 표정으로 정면에 놓인 스튜디오 카메라를 응시했다.

토요일을 맞아 평소보다 배는 혼잡한 서울 강남 고속버스 터미널 안, 바삐 지나는 사람들의 발걸음이 일시에 멈추었다. 찰나의 정적이 흘렀다. 이어 혼란에 가까운 술렁거림이 여기 저기서 한꺼번에 터져 나왔다.

"방금 장기 없는 시신이라고 하지 않았어?"

"헐! 장기 밀매야?"

"사이코패스에 의한 연쇄 살인일 수도 있잖아?"

"범인이 또 조선족은 아니겠지?"

저마다 의구심을 품은 사람들이 해답을 갈구하는 심정으로 대합실 한쪽에 비치되어 있는 대형 TV 앞으로 몰려들었다.

방송사 로고가 새겨진 마이크를 오른손에 쥔 취재 기자의 등 뒤로 대형 수색견을 이끌고 야산을 뒤지는 의무 경찰관들의 앳된 모습이 보였다. 취재 기자는 엄청난 사회적 파장이 예상되는 '장기 없는 시신'에 대한 소식을 조금은 격양된 목소리로 전했다.

―신장 170cm 정도의 3, 40대 남성으로 추정되는 변사체의 신원은 아직 밝혀지지 않았습니다. 시신의 부패 정도가 심해 육안으로 다른 신상 정보를 알아보기 어렵다고 합니다. 국립과학수사연구원의 부검 결과가 나오는 다음 주 월요일 오후나 되어야 정확한 사망 원인 등을 알 수 있을 것 같습니다. 다만 변사체에서 장기를 적출한 자리가 통상적인 장기 이식 때와 일치한다는 것이 각 분야 전문가들의 한결같은 소견입니다. 한 경찰 관계자에 따르면, 이번 관악산 장군봉에서 발견된 신원 미상의 변사체가 불법 장기 밀

매와 연관이 깊다는 데 무게를 두고 수사가 진행 중이라고 합니다. 지금까지 JBC 뉴스, 김대길이었습니다.

"씨팔."

대형 TV 화면만 뚫어져라 노려보고 선 주원의 입에서 다짜고짜 쌍욕이 올라왔다. 손에 뭐라도 하나 들고 있었다면 TV를 향해 그대로 던져 버렸을지도 모른다. 그만큼 울화가 솟구쳤다.

주원은 가뜩이나 깊이 눌러쓴 검은색 야구 모자의 차양을 아래쪽으로 바투 기울여 콧잔등이까지 얼굴을 완벽하게 가렸다. 그 상태로 서너 번쯤 심호흡을 잇달아 토했다. 머리꼭지까지 치솟아 오른 화기를 어떻게든 눌러 다스리려는 궁여지책이었다.

한참 후에야 주원은 야구 모자의 차양을 제자리로 되돌릴 수 있었다. 바지 주머니를 뒤져 휴대폰을 꺼냈다. 함부로 단축 버튼을 누르는 주원의 손길이 여전히 거칠고 모난 상태였다.

―서울중앙지검 특수 2부 최광현입니다.

상대가 전화를 받기가 무섭게 주원은 으르렁거렸다.

"경찰 관계자라는 놈 찾아내. 당장."

―흐미! 벌써 뉴스 보셨습니까요잉?

"각 방송사마다 속보라며 하루 종일 앵무새처럼 떠들어 대는데 어떻게 안 봐? 아휴, 씨……."

진한 어깻숨과 함께 주원은 숫제 이를 갈았다. 수화기 너머에서 광현의 웃음소리가 짤막하니 들렸다.

—씨팔 놈의 기레기 새끼들. 시방 형님, 그 말씀 하실라다 말으셨죠잉?

"시끄러."

—관악경찰서 강력계를 이참에 조사 버릴까요잉? 나가 그냥 먼지도 안 나게 공중분해를 시켜 버릴라요.

"조지든 부수든 최 검이 알아서 하고, 기자들한테 미주알고주알 떠벌린 경찰 관계자라는 놈만큼은 반드시 찾아내서 나한테 보고해. 업무상 기밀 누설로 내가 그 새끼를 작신작신 밟아 놓을 거니까."

—그만 진정하소. 고놈의 값싼 조동아리는 나가 책임지고 발본색원할 것잉께.

광현이 특유의 걸걸한 사투리로 호언장담을 쳤다. 만날 실없이 웃고 떠들어 대는 것 같아 보여도 업무에 있어서만큼은 어느 것 하나 허투루 이야기하고 행동하는 법이 없는 녀석이다. 믿고 맡겨도 된다는 판단이 섰다.

주원은 곧장 화제를 돌렸다.

"사무실 분위기는 좀 어때?"

—완전 살벌하지라. 차장님이고 부장님이고 뒷목 잡고 넘어가게 생겼소.

"시신 발견 장소가 관악산 장군봉 인근 등산로니까 우리 관할 맞지?"

—예. 그렇지 않아도 방금 지검장님께서 수사 지휘권 발동

한다고 말씀하셨어라. 이대로 경찰한테 맡겨 뒀다간 죽도 밥도 안 된다고. 언론에서 엔간히 들쑤시고 다녀야지라. 회사 차원에서 뭔가 조치가 내려질 것이요잉.

"이번 장기 없는 시신 사건, 우리 쪽으로 배당받아 와. 모든 수사에서 경찰 배제시키는 것도 잊지 말고."

—알았어라. 나가 차장님 바짓가랑이를 붙잡고 늘어져서라도 반드시 배당은 우리 특수 2부로 받을 것잉께, 수석님은 염려 붙들어 매시오.

"길게 통화 못 한다. 휴대폰 배터리가 왔다 갔다 해서. 지금 강남 고속버스 터미널이야. 바로 회사로 복귀할게. 부장님께는 30분 뒤에 이번 장기 없는 시신 사건과 연계해서 호스피아 관련 브리핑하겠다고 말씀드려."

—형님 서울 오셨소? 아버지 칠순 잔치는 워쩌시고요잉?

"내일 새벽 첫차로 다시 대전 내려가야지."

—아이고, 고놈의 값싼 조동아리 입방정에 우리 수석님만 죽어나는 갑소. 플랜 A는 워떻게 할까요잉?

"이 시간부로 파기해. 우리가 장기 없는 시신 사건을 맡게 되는 순간 플랜 A는 아무짝에도 쓸모없어. 플랜 B로 간다."

—플랜 B는 너무 위험하…….

광현의 말소리가 지지직거리는 기계 소음과 함께 아스라이 멀어졌다. 간당간당하던 휴대폰 배터리가 하필이면 이때 완전히 방전되고 말았다.

주원은 제 기능을 상실한 휴대폰을 쑤셔 박듯이 바지 주머니 안에다 집어넣었다. 담뱃갑과 가스라이터를 꺼내 들고 흡연 구역을 찾아 두리번거렸다. 명치끝이 답답한 것이 지청으로 복귀하기 전에 담배라도 한 개비 태워야 제대로 숨을 쉴 수 있을 것 같았다.

✿　　✿　　✿

하루 24시간 쉴 틈 없이 돌아가는 중앙 집중식 에어컨디셔너 때문일까? 바깥은 섭씨 40도에 육박하는 뙤약볕인데, 건물 안은 한기가 느껴질 정도로 서늘하다. 디근자형 LED 형광등이 줄지어 늘어선 병원 복도를 타고 한여름답지 않은 냉기가 흐른다.

한국대학병원 본관 로젯(Rosette)*과 연결된 3층 복도 한쪽 귀퉁이에 중년의 여자가 등줄기를 꼿꼿이 세우고 앉아 있다. 주위 사람들과 일정 거리를 둔 서름한 태도가 제법 범상치가 않다. 마치 한 마리 도도한 학처럼 보인다.

윤정화는 남몰래 입술을 옥다물고서 애꿎은 손수건을 양손으로 비틀어 쥐었다. 사방에 지켜보는 눈들이 여럿이라 애써 참는다고 하는데도 자꾸만 눈물이 솟았다.

"제발……."

---

*Rosette:수술 준비실을 중심으로 여러 개의 수술방들이 방사형으로 모여 있는 수술장.

애끓는 간절한 기도 속에 억눌린 울음이 스몄다. 스물다섯이라는 아들의 나이가 지금 이 순간만큼 애틋한 적도 없었다.

오늘 새벽 올림픽 대로 잠실 대교 인근에서 추돌 사고를 일으킨 아들이 이동식 침상에 실려 수술장 안으로 들어간 것이 벌써 여덟 시간 전의 일이다.

애초 대여섯 시간을 예상한 응급 수술이 길어지자 하릴없이 최악의 상황을 상상하게 된다.

정화는 질끈 눈을 감았다. 복잡한 머릿속을 차지하고 들어앉은 끔찍한 사념을 어떻게든 단절해 버리고 싶었다.

"여사님."

속삭임에 가까운 조용한 부름이 가까이에서 들렸다. 정화는 가만히 눈을 뜨고 허리를 깊이 숙이고 선 젊은 남자의 얼굴을 멍하니 바라보았다.

"도지사님께서 도착하셨습니다."

"그래요?"

맥락 없이 대꾸를 하면서도 정화는 반가운 마음에 몇 번이나 고개를 끄덕였다. 뿌옇게 흐려진 눈시울로 성큼성큼 큰 걸음으로 다가오는 중년 남자의 모습이 맺혔다. 남편인 김선종 경북지사다.

정화는 북받치는 울음을 가까스로 삼켰다. 남편이 도착했으니 이제 한시름 덜었다는 생각이 저절로 들었다. 축축하게 젖은 안도의 숨이 무심코 입 밖으로 흘러나왔다.

"어떻게 된 거야?"

분명 아들의 사고 소식을 들었으니 바쁜 도정(道政)까지 미룬 채 병원으로 달려왔을 것이다. 그런데도 선종은 한 점 흐트러짐 없는 목소리로 교통사고의 정황을 물었다. 정화는 조금 의아한 기색으로 되물었다.

"변 보좌관한테 못 들으셨어요?"

"대충 듣기는 했어. 술이랑 여자에 약까지……."

말소리를 흐리는 선종의 얼굴에 차가운 분노가 서렸다. 정화는 서둘러 아들을 위한 변명을 늘어놓았다.

"오랜만에 뉴욕에서 같이 공부하던 친구들이랑 어울렸답니다. 옛날 생각이 났나 보지요. 술이야 마시라고 있는 거고, 젊은 혈기에 여자애들 불러서 조금 과하게 놀았나 봅니다."

"그렇다고 약에 손을 대?"

선종이 격양된 목소리를 냈다. 정화는 남편의 옷소매를 조심스럽게 부여잡았다.

"보는 눈이 많습니다. 듣는 귀도요. 다들 당신 사람이라고 안심하시면 안 됩니다."

"언론 쪽은?"

"변 보좌관이 알아서 한댔어요. 돈이 좀 들 것 같아 큰 걸로 두 장 넣어 주었습니다."

"잘했어. 술이고, 여자고, 약이고 일절 언론에 노출되는 일은 없어야 해."

"걱정 마세요. 교통사고 자체가 기록에 남지 않도록 이미 손을 써 두었으니까요."

"역시 당신이야."

"일간 김홍남 치안총감(治安總監)*이랑 만날 자리 한 번 만들 겠습니다. 고맙다고 인사하는 것 잊지 마시고요."

"알았어."

부부가 나란히 앉아 두런두런 이야기를 나누는데 지이잉, 하며 묵직한 기계음이 들렸다. 아홉 시간 가까이 굳게 닫혀 있 던 로젯의 출입문이 마침내 열렸다.

짙은 초록 빛깔 수술복을 입은 의사가 지친 기색이 역력한 채로 털레털레 복도로 걸어 나왔다. 정화와 선종은 마치 약속 이라도 한 듯이 일시에 의자를 박차고 일어섰다. 곧장 집도의 를 향해 달려갔다.

"우리 애는요?"

"어떻게 되었나?"

"다행히 목숨은 건졌습니다."

집도의가 거뭇하니 턱수염이 일어난 초췌한 얼굴에다 마른 세수를 더했다.

"닥터 김이 우리 애를 살렸어요. 고마워요."

집도의를 향해 고개를 숙이다 말고 정화는 와락 눈물을 쏟 았다. 흐느낌 소리가 새어 나오는 입을 황급히 손수건으로 틀 어막았다. 선종 또한 눈시울이 붉어져서 정중한 묵례를 보내 는 의사의 어깨를 공연히 팡팡 두드렸다.

---

*1급 관리관에 해당하는 경찰 공무원.

"김 박사, 고생 많았어. 역시 자타공인 세계 최고야."

"도지사님."

"으음?"

"……."

제법 심각한 표정으로 선종을 불러 놓고 집도의가 아무런 말도 못 했다. 심상치 않은 기류를 느낀 선종은 그럼에도 의연한 척, 억지로 입가에 미소를 만들어 피웠다.

"말해 봐. 김 박사랑 나 사이에 뭘 숨길 게 있다고."

"자제분, 심장 이식이 필요합니다."

"심장 이식?"

선종은 황망하니 되물었다. 마른하늘에 날벼락이 떨어져도 이만큼 당혹스럽지는 않을 것 같았다.

"사고 당시 갈비뼈가 부러지면서 심장을 찔렀습니다. 반 이상 파열된 상태라 기능은 이미 상실했다고 봐야 합니다. 당장은 에크모(Extra—Corporeal Membrane Oxygenation)*로 버틴다고 해도……."

집도의가 어렵사리 꺼낸 이야기를 끝맺음조차 못 한 채 흐지부지 흐렸다. 선종은 욱신거리는 관자놀이를 손가락으로 힘주어 짚었다.

"그 에크모라는 걸로 얼마나 버틸 수 있겠어?"

"최소 한 달, 최대 1년입니다."

---

*Extra—Corporeal Membrane Oxygeneation:인공 심폐기.

집도의의 대답에 정화가 무너져 내리듯 털썩 바닥으로 주저앉았다. 선종의 상체 역시 휘청하면서 크게 흔들렸다.

❖　　　❖　　　❖

"수석님, 나랑 살짝기 면담 좀 합시다요잉."

노크도 없이 사무실 출입문이 열렸다. 광현이 재바른 걸음으로 안으로 들어와 주원의 책상 앞에 섰다.

"지문 감식 결과 나왔어?"

"예. 신원 확인까지 깔끔하니 끝마쳤소."

"그래? 잘했어."

"여기."

광현이 바인더에 철이 된 서류를 주원에게 넘겨주었다. 주원은 제일 먼저 장기 없는 시신의 이름부터 확인했다.

"기서도, 37세 남성."

"현 주소지는 강원도 인제군 원대리 응봉산 소재 한울타리 정신요양병원이고요잉. 원적지는 경기도 수원시 장안구 송죽동으로 돼 있소."

"최 검, 잠깐만."

"아, 왜요?"

"방금 한울타리 정신요양병원이라고 했지?"

"예. 기서도가 지적 장애 3급이오. 주소지까지 그쪽으로 옮겨 간 걸 보면 장기 입원 환자였지 않았을까 합니다요잉."

"이런, 씨팔."

주원이 욕설을 쏟아 내자 기서도에 관해 보고하던 광현이 크지도 않은 눈동자를 댕그랗게 치떴다.

"갑자기 욕은 왜 해요? 이런 식으로 훅 치고 들어오면 아무리 멘탈 갑인 나도 충격 먹는다고요. 위자료 청구할 겁니다."

"지랄. 부장님 지금 집무실에 계시지?"

"아마도요."

광현의 대답은 듣는 둥 마는 둥 주원은 당장 자리를 털고 일어났다. 그대로 출입문을 나서는 주원의 뒤를 광현이 허둥지둥 따랐다.

"뭔 일인데 이렇게 서둘러요?"

"한울타리 정신요양병원 박태수 병원장이 호스피아 박경환 병원장의 아버지야."

"뭐 이런 좆같은 경우가……. 부자가 나란히 쌍쌍바 개새끼들이야."

광현이 정말이지 어처구니가 없다는 표정으로 잇따라 헛숨을 쉬었다. 겨우 진정을 하고 주원에게 물었다.

"이러면 기서도 건으로 압색 영장 칠 수 있겠죠? 한울타리랑 호스피아를 동시에 털면 되잖아요."

"워낙 사안이 커서 한울타리의 경우 무리 없이 압색 영장이 발부될 것 같긴 해. 호스피아 쪽은 모르겠다. 기서도랑 엮을 만한 게 아직은 딱히 없어서."

"무조건 둘을 같이 털어야 해요. 그게 안 되면 오히려 놈들한테 꼬리를 자를 수 있는 시간만 벌어 주는 꼴이 될 거라고요."

"내 생각도 그래. 한쪽만 압색 하느니, 차라리 수사 방향을 트는 게 나아."

"어디로요?"

"지문 감식 결과 나온 거 언론에서는 아직 모르지?"

"당연하죠. 국과수 금사경 박사랑 우리 둘, 현재로서는 딱 세 사람만 알고 있다고 보시면 돼요."

"금 박 입단속 철저하게 시켜. 언론에 입도 뻥긋하지 말라고. 사소한 거라도 뭐든 흘러 나갔다간 내가 아주 죽여 버린다고 해."

"사경 형님 입 무거운 건 고교 동창이자 절친인 형님이 더 잘 아시면서. 근데 기자들이 가만히 있겠어요? 뭐라도 하나 건지려고 눈이 벌게서 달려드는데."

광현이 일장 한숨을 쉬었다. 요즘 수사팀에서 언론 대응을 도맡아 하고 있는 터라 말 못 할 고충이 한두 가지가 아닐 것이다.

주원은 잠시 발걸음을 멈추고 주위를 살폈다. 주변에 아무도 없는 것을 확인하고 손가락을 까딱거려 광현에게 가까이 다가오도록 했다.

"왜요?"

"페이크로 가자."

주원은 아주 낮게 속삭였다. 광현도 한껏 목소리를 죽여 물었다.

"지문 감식을 못 했다고 속임수를 쓰자고요?"

"어. 시신의 부패 정도가 심해서 지문 채취가 불가능했다고 기자들한테 거짓 정보를 흘려."

"신분 확인을 위해 유전자 감식 들어간다고 하면 기서도의 신원을 공개 않고도 한두 달은 시간을 벌 수 있어요."

"좋아. 그렇게 하자."

"예."

결기에 찬 표정으로 고개를 주억거리는 광현의 어깨를 한 번 툭 쳐 주고, 주원은 부장 검사실로 향하는 발걸음을 재촉했다. 심증뿐이던 불법 장기 밀매의 실체가 조금씩 드러나고 있었다. 아직은 정황 증거밖에 없지만 어떻게든 물적 증거를 반드시 찾아내고 말리라 다짐했다.

❖   ❖   ❖

한울타리 정신요양병원 이소정 사무장은 땀이 차오른 손바닥을 치맛자락에다 아무렇게나 문질러서 닦았다. 본래 냉한 체질이라 어지간해서는 땀을 흘리지 않는데, 요즘은 시도 때도 없이 식은땀이 났다.

지난주 금요일 기서도의 사체가 관악산 장군봉 인근 등산로에서 발견된 이후로 순간순간이 살얼음판을 걷는 것처럼 불안했다. 당장 오늘이라도 경찰이 압수 수색 영장을 들고 병원으로 들이닥치는 것은 아닌지 조마조마했다.

언론에서는 시신의 부패 정도가 심해 신원을 알아내기가 어렵다고 이야기하고 있지만, 유전자 감식 방법이 눈부시게 발달한 현대 과학으로 아주 불가능한 것은 또 아니다. 다만 시간이 많이 걸릴 뿐이지, 아마도 두 달 이내에 기서도의 신원이 드러나고 말 것이다.

땅이 꺼져라 걱정하는 소정을 앞에 앉혀 두고 박태수 병원장은 압수 수색 영장의 발부를 막는 것은 일도 아니라며 큰소리를 쳤다.

"다 같이 죽기 싫으면 별수 있나. 지들이 나서서 방패막이가 되어 나를 보호해야지."

태수는 자신만만했다. 하기야 장기 이식의 덕을 본 정·재계 인사들이 한둘이 아니니까. 그들은 자신 혹은 제 가족의 수명을 연장하기 위해 아무런 거리낌 없이 돈을 주고 다른 사람의 장기를 샀다. 그 장기가 누구의 몸에서 적출되었는지는 전혀 중요하지 않았다. 젊고 튼튼하기만 하다면 돈은 얼마든지 지불했다.

"병원장님."

한참을 주저하다 흘러나온 소정의 부름을 듣고 소파 상석에 앉아 있던 태수는 돋보기안경 너머로 흘낏 시선을 들어 올렸다.

"할 말이 또 남았어?"

차갑게 묻는 태수의 날카로운 눈빛 속에 얼른 안 나가고 뭘

여태 미적거리냐는 질책이 담겼다. 소정은 무의식중에 숨을
삼켰다.

"재고해 주세요."

"뭐어?"

발끈한 태수가 목청을 높이자 소정이 질겁한 표정으로 후다
닥 고개를 떨구었다.

"죄송해요."

"애초에 죄송할 짓을 왜 해."

태수는 돋보기안경을 벗고 뻑뻑한 눈자위를 오른손 엄지와
검지를 이용해 꾹 눌렀다. 소정을 쳐다보고 있는 것만으로도
극심한 피로감이 한꺼번에 몰려드는 기분이었다.

어디서 저런 덜떨어진 게 나왔나. 한심해서 원.

박씨 집안의 내력이라 할 수 있는 얇게 쭉 찢어진 눈꼬리만
아니라면 단언컨대 절대 딸로 인정하지 않았을 것이다. 혈색
없이 삐쩍 마른 생김새부터 겁 많고 소심한 성격까지 소정은
오래전에 죽은 제 어미 이효숙을 쏙 빼다가 박았다.

"다음 주 안으로 스케줄 잡아."

"병원장님, 제발요. 무리예요."

"같은 말 몇 번씩 반복하게 만들지 마."

"상황이 너무 안 좋아요."

소정이 불안한 듯 무릎 위 마주 잡은 손가락을 잇달아 꼼지
락거렸다. 태수는 양복 재킷 주머니 안에서 손수건을 꺼내 안
경알을 닦았다. 후, 하고 입김을 불며 둥근 유리알에 비친 소

정의 모습을 넘겨다보았다.

안절부절못하는 꼬락서니가 아주 가관이다. 태수는 쯧쯧거리며 혀를 찼다.

"배포가 그리 작아서야 어디다 써먹어."

"조심해서 나쁠 것 없잖아요."

"상황이 좋아지기 기다리다가는 사람이 죽어. 하나밖에 없는 늦둥이 아들 앞세우고 나면 김선종 지사가 가만히 있을 것 같아?"

"간이나 신장이라면 당장 오늘 밤에라도 작업장 열어요. 근데 심장이잖아요."

"그래서?"

태수는 돋보기안경을 도로 쓰며 짐짓 점잖게 되물음을 했다. 평소와 다를 바 없는 태연자약한 태도와 달리 똑바로 소정을 쏘아보는 눈초리만큼은 어느 때보다 차가웠다. 소정이 꼼지락대던 손가락을 힘껏 틀어쥐었다.

"신장이 아니라 심장이라고요. 누구든 또 죽어야 한다는 소리잖아요."

"보잘것없는 하나가 죽으면 가치 있는 생명 여럿을 살릴 수 있어. 심장, 간장, 췌장, 폐랑 신장은 각각 두 개씩. 최소 일곱이 살아."

"하지만……."

"알아들었으면 그만 나가."

"지난번에도 무리하게 작업 진행했다가 동티 났잖아요. 위험 부담이 높으니까 일반 병동 쪽은 건드리지 말자고 제가 몇 번이나 말씀드렸는데도 이식 적합성 수치가 높다고……"

"이런 쌍! 동티가 난 게 작업 스케줄 때문이야?"

명백한 분노를 띤 태수의 물음에 소정이 어떠한 대꾸도 못한 채 애꿎은 입술만 잘근잘근 깨물었다. 앙다물어 문 아래턱이 파들파들 떨린다.

태수는 두꺼운 안경알 너머로 얇게 쭉 찢어진 눈꼬리를 한층 맵차게 만들었다. 얄팍하니 들여다보이는 눈동자 또한 얼음장처럼 싸늘하게 식혔다. 소정에게 던지는 말소리가 한겨울 서릿발 같았다.

"애초 계획대로 처리했으면 이런 일이 벌어지지도 않았겠지. 드럼통에 공구리 쳐서 밀봉한 다음 바다에 내다 버리라고 했잖아. 네 멋대로 암매장을 해서 결국 이 사달이 난 것 아니야."

"태풍이 연달아 오는 바람에 보름 가까이 배를 띄우지 못했다고요. 장기도 없는 시신을 언제까지 폐쇄 병동 지하 냉동고 안에다 보관해 둘 수도 없는 거잖아요. 하필 거기서 산사태가 발생할 줄 누가 알았겠어요."

소정이 말소리를 제법 옹골지게 쏘았다. 제 딴에는 억울하다며 시위라도 하고 싶은 모양이었다. 주제도 모르고 나대는 꼴에 태수는 눈살을 구겼다.

저것이 죽고 싶어 환장을 했나.

못된 싹은 움트자마자 바로바로 잘라서 버려야 뒤탈이 없는 법이다. 태수는 재빨리 팔을 뻗어 마호가니 탁자 위에 놓인 재떨이를 집어 들었다. 묵직한 크리스털이 허공을 가로질러 소정을 향해 날아갔다.

"엄마야!"

소스라치게 놀란 소정이 줄줄 피가 흐르는 머리통을 양손으로 감싸 쥐었다. 그나마 살겠다고 강파른 몸뚱이를 납작 웅크린다.

"감히 어디서 말대답이야. 어미 죽고 오갈 데 없는 걸 불쌍하다고 거둬 줬더니만, 내가 너 이따위로 행동하라고 20년을 넘게 거둬 먹인 줄 알아?"

"잘못했어요, 아버지."

울음을 터트린 소정이 피 묻은 손바닥을 어린애처럼 싹싹 문질러 비볐다. 한일자로 다물린 태수의 입가로 냉소가 스치고 지났다.

"나이를 마흔이나 처먹었으면 이제 말귀를 알아들을 때도 됐잖아. 내가 꼭 회초리를 들어야겠어?"

"다시는 안 그럴게요."

"다음 주에 작업장 열어."

"흑흑...... 예."

"나가서 일 봐."

태수는 아무 일도 없었다는 양 흔들림 없는 목소리로 태연자약 이야기했다. 안경다리를 밀어 올려 돋보기를 고쳐 쓰는 얼굴빛 역시 천연덕스러울 정도로 여상하기만 했다.

✿   ✿   ✿

"주원 형."

광현이 바짝 애가 타들어 가는 어조로 책상 너머 지그시 눈을 감고 앉은 주원을 불렀다. 주원은 일부러 대답하지 않았다. 광현이 무슨 말을 하려는지 짐작이 가고도 남았다. 위험하다고 말리려는 것이 분명했다.

"아, 형님."

재차 부르는 소리에 주원은 오히려 회전의자 등받이에 상체를 더욱 깊숙이 기댔다. 광현에게 그만 나가 보라는 식으로 오른손을 홰홰 휘저어 흔들었다.

결론이 난 이야기를 두고 광현과 왈가왈부하고 싶지 않았다. 장기 밀매 일당의 본거지라 할 수 있는 한울타리 정신요양병원에 주원이 직접 잠입하여 수사를 이어 가기로 이미 마음을 굳힌 상태였다.

말도 안 되는 끔찍한 기획이라며 펄펄 뛰던 부장과 차장의 결재도 어찌어찌 받아 냈다. 중증 편집성 인격 장애를 앓고 있는 살인범이라는 주원의 위장 신분이 지검장의 묵인 아래 착착 만들어졌다.

"강주원 수석 검사님!"

참다못한 광현이 목청을 쏘았다. 콧구멍을 크게 벌렁거리며 뜨거운 콧김을 뿜어 대는 꼴이 숫제 발까지 구를 태세였다. 주원은 그제야 감았던 눈을 떴다. 불그죽죽 열이 오른 광현의 얼굴을 감정을 지운 눈으로 쳐다보았다.

"뭐?"

"진짜로 할 거요?"

"피곤하다. 그만 네 사무실로 돌아가라."

"진짜로 할 거냐고요?"

광현이 정확한 표준어 발음으로 질문을 반복했다. 따져 묻는 말투 하나만으로도 그가 지금 이 상황을 얼마나 심각하게 받아들이고 있는지 확연하게 느껴졌다. 주원은 입가를 허물어트리면서 솟아오르는 웃음기를 서둘러 감추었다.

"그럼 가짜로 해?"

"너무 위험해요."

"위험하니까 내가 직접 하겠다는 거잖아."

"차라리 호스피아에 잠입을 하든가요."

광현이 마치 분통을 터트리기라도 하듯이 무척 격양된 어조로 말했다. 주원은 피식 웃어 버렸다.

"거긴 털어 봤자 잔챙이뿐이야. 진짜는 한울타리에 있어. 내 감을 믿어."

"자칫 형님이 당할 수도 있어요. 일반적인 병원도 아니고 정신병원이잖아요. 게다가 아무나 쉽게 들고날 수 없는 폐쇄 병동. 그 안에서 무슨 일이 벌어지는지 누가 알겠느냐고요."

"그러니까 잠입하겠다는 거잖아. 그 안에서 무슨 일이 벌어지고 있는지 낱낱이 밝히려고."

주원은 딱 잘라 이야기했다. 한울타리 정신요양병원과 호스피아를 동시에 압수 수색할 수 없다면 남은 길은 잠입 수사밖에 없었다. 수단과 방법을 가리지 않고 물적 증거부터 확보하는 것이 최우선이다.

"상대적으로 출입이라도 자유로운 일반 병동으로 가요. 기서도도 일반 병동 장기 입원 환자였잖아요."

"내 생각에 기서도는 어쩌다 잘못 걸린 케이스야. 너도 봤잖아. 한울타리 정신요양병원 폐쇄 병동 내 입원 환자 현황. 비슷한 규모의 다른 정신요양병원에 비해서 사망자 비율이 지나치게 높아. 그것도 유독 3, 40대 환자들만. 병원에서 무슨 놈의 돌연사가 뭐 그렇게 빈번하게 일어나는지. 정신 질환이 난치병인 건 맞지만, 그렇다고 생명에 지장까지 주는 중병은 아니잖아."

"형님 얘기가 전부 맞는데, 아무리 그래도 이건 진짜 아니에요. 저는 동의할 수 없어요. 너무 위험하다고요."

"조심할게, 인마."

주원은 부러 더 가벼이 대꾸했다. 좀처럼 걱정을 덜어 내지 못하는 광현을 향해 싱긋 미소를 지어 보냈다. 광현이 눈초리를 매섭게 흡뜨더니 바락 소리를 질렀다.

"형은 지금 이 상황에 웃음이 나와요?"

"그럼 울까?"

"내가 진짜 기가 막혀서."

"기가 막힐 건 또 뭐냐."

"내가 형을 몰라요? 물불 안 가리고 달려들 것이 뻔한데."

"조심한다니까 그러네."

"내가 그 말을 믿으면 형 마누라예요."

"나도 너 같은 마누라는 싫어."

"어쩔 수 없죠. 외삼촌한테 부탁해 볼게요."

"뜬금없이 뭘?"

주원은 오른쪽 눈썹을 비뚜름하게 꺾어 올렸다. 광현의 외삼촌이라면 우리나라 3대 법무법인 중 하나인 '고앤장'의 고상훈 공동 대표를 지칭했다.

"형님을 어디 재벌가 아들쯤으로 포장해 달라고요. 그래야 그 양아치 새끼들이 함부로 건들지 못할 거잖아요."

"내가 장기 다 털리고 변사체로 발견될까 봐 겁나냐?"

"예. 심히 걱정됩니다."

"걱정 마라. 내 앞가림 정도는 할 줄 아니까."

"멀쩡히 살아 있는 사람 배를 가르고 장기 빼다가 팔아먹는 놈들이라고요. 극악무도한 개새끼들 상대하면서 그깟 앞가림만으로 방어가 될 것 같습니까? 턱도 없는 소리 하지도 말아요. 호랑이 굴로 들어가는데 최소한의 자구책은 마련해 놓아야죠."

광현이 격양된 말소리를 바삐 쏟았다. 여전히 서울 말씨를 구사했다. 싫다고 버티었다가는 한바탕 난리가 날 것이다. 두툼한 저 입에 뽀글뽀글 거품이나 물지 않으면 그나마 다행이다.

"알았어, 인마. 고 대표님한테 잘 부탁한다고 전해."

주원은 한결 누그러진 태도로 상황을 마무리했다. 광현의 걱정이 다소 지나친 감은 있지만 조심해서 나쁠 것은 없었다.

✿　　✿　　✿

폐쇄 병동 1층에서 지하로 내려가는 계단참 형광등 불빛이 갑자기 깜빡거리기 시작했다. 가뜩이나 흐릿하던 실내가 형광등이 한 번씩 점멸할 때마다 캄캄한 어두움에 휩싸였다.

"뭐야, 이건!"

소정이 빽 하고 소리쳤다. 쇳소리를 닮은 날카로운 말소리가 깜박이는 형광등 불빛 아래 텅 빈 계단을 타고 우렁우렁 울렸다.

소정보다 두어 발짝쯤 앞서가던 그림자가 걸음을 멈추었다. 푸른색 스크럽복 차림의 유인호 간호사가 고개를 돌려 신경이 곤두서 있는 소정 쪽을 쳐다보았다. 인호가 계단을 도로 올라 소정의 곁으로 다가왔다. 한껏 목소리를 낮추어 속삭였다.

"형광등이 낡아서 그래요."

"새것으로 전부 갈아."

"내일 아침 날이 밝는 대로 처리할게요."

"작업장 준비는?"

"10분 전부터 스탠바이예요."

"이번에는 실수 없도록 잘해."

소정이 쇳소리를 닮은 날카로운 말소리를 다시 쏘았다. 시종일관 부드러운 표정을 유지하던 인호의 얼굴이 돌연 싸늘하게 식었다. 앙다문 잇새로 단어를 씹듯이 바스러뜨려 뱉어 내는 목소리 역시 얼음장 같았다.

"너나 잘하세요. 어디다 대고 훈장질이야."

"뭐?"

"도너(Donor)* 처리 제대로 하라고. 여기저기 시끄럽게 만들지 말고."

"그거야 뭐……."

소정은 딱히 반박할 말이 없어 애꿎은 입술만 벙싯거렸다. 두 뺨이 붉게 젖었다. 인호가 씨익 미소를 짓는다. 싸늘하게 식은 하백안(下白眼)은 그대로인 채 얄팍한 입술만 연하게 늘여서 웃었다.

"사무실 올라가서 얌전히 기다리고 있어. 작업 끝나는 대로 달려갈 테니까."

"에네마(Enema)*도 준비해 둘까?"

소정이 쇳소리 대신 콧소리를 뿜었다. 짐짓 수줍은 양 비쩍 마른 허리를 외로 비틀어 댔다. 덕분에 한층 도드라져 보이는 가슴을 인호는 함부로 움켜잡았다.

우악스러운 손바닥 안에서 얇은 블라우스에 감싸인 연한 속

---

*Donor:장기 공여자.
*Enema:관장.

살이 가차 없이 뭉개졌다.

"오늘은 특별히 틸 클리어 에네마(Till—Clear Enema)*로 해 줄 게. 기똥차게 뚫어 줄 테니까 기대해도 좋아."

"나 어떡해?"

"뭘?"

"벌써 젖었어."

소정이 간드러진 숨소리를 뜨겁게 쏟았다. 가슴을 주물러 대는 인호의 손목을 부여잡아 축축한 아래로 이끌었다. 허리 를 빠르게 내둘러 인호의 손바닥에다 두두룩한 둔덕을 거칠게 부비고 검질기게 문질렀다. 꽃무늬 프린트가 화려한 스커트 자락을 뚫고 올라오는 열기가 홧홧하면서도 습하다.

"아, 쌍."

인호는 포악스럽다 싶을 정도로 거칠게 소정의 어깨를 돌려 세웠다. 무작정 계단참 난간 쪽으로 밀어붙였다. 손에 잡히는 대로 스커트 자락을 와락 걷어 올렸다. 속옷을 입지 않은 뽀얀 엉덩이가 눈앞에 고스란히 드러났다.

채 아물지 않은 채찍 자국이 선명하게 보인다. 붉고 가늘며 기다란 상흔에 인호의 흥분이 고조되었다. 재빨리 허리 매듭 을 풀고 스크럽복 바지를 벗어 내렸다.

"지금 여기서 하게?"

소정의 콧소리가 유난스러웠다. 계단참 난간을 붙들고 서서

---

*Till—Clear Enema:깨끗해질 때까지 장을 완전히 비우는 관장.

소정이 두 다리를 어깨너비 남짓하게 벌렸다. 발그레 달아오른 얼굴에 당장 기대감이 번졌다.

"입만 아프게 뭘 물어. 네가 먼저 유혹해 놓고."

인호는 다짜고짜 소정의 허리를 붙잡아 뒤로 쭉 당겼다. 흠뻑 젖어 번들거리는 주름진 구멍이 유독 검붉었다. 유혹하듯 움찔움찔, 음란하기 짝이 없을 정도로 꿈틀댔다. 소정의 엉덩이를 양손으로 받쳐 들고 인호는 아래에서부터 위로 허리를 높이 튕겼다. 소정이 아찔한 비명을 내질렀다.

"아웃, 더 해 줘. 거칠게, 마구⋯⋯."

"좋아?"

"나 미쳐. 하아⋯⋯."

달뜬 교성을 할딱이며 소정이 등줄기를 뒤틀었다. 절정을 향해 오르는 인호의 허릿짓이 미친 듯이 빨라졌다.

듣지도 못하고 말하지도 못하는

"장해서 선생님, 좋은 아침입니다."

언제나처럼 따뜻한 목소리가 아침 회진을 마치고 일반 병동 간호사 스테이션으로 나온 해서를 반갑게 맞았다. 해서는 환하게 미소 짓는 인호를 향해 가벼운 묵례를 해 보였다.

"유인호 선생님은 오늘도 스마일이시네요."

반달 모양으로 휘어든 인호의 눈자위에 웃음기가 짙었다. 호리호리하니 왜소한 체격과 달리 인상이 부드럽고 성격까지 상냥한 인호는 10년차 베테랑 간호사. 한울타리 정신요양병원 안에서 일명 '스마일 맨'으로 통한다. 항상 웃는 낯으로 환자와 동료를 대하기 때문이다.

"마침 간호사들끼리 티타임 가지려는 차였어요. 장해서 선생님도 커피 한 잔 드릴까요?"

인호가 인스턴트커피 가루가 담긴 종이컵에 뜨거운 물을 부으면서 물었다. 해서는 미소를 머금은 얼굴로 잘게 도리질을 쳤다. 늘 웃는 낮인 인호를 대할 때면 해서 역시 저절로 미소가 솟았다.

"저는 됐어요. 지금 바로 폐쇄 병동 쪽으로 넘어가 봐야 하거든요."

"오늘 폐쇄 병동 상담은 집단 치료잖아요. 오후 스케줄 아닌가요?"

"오전에 개별 상담이 한 차례 잡혔거든요. 어제 환자가 새로 들어왔어요."

"아, 맞다. 공주 교도소에서 이송되어 온 장기 복역수 말씀하시는 거죠?"

"예. 정신증을 이유로 형 집행 정지*를 받았더라고요."

"그 환자, 재벌가 숨겨 놓은 아들이라는 소리가 있던데요."

"네?"

"우리나라에서 이름만 대면 다 아는 대형 로펌의 공동 대표가 일부러 우리 병원장님을 찾아왔더래요. 그 장기수 잘 부탁한다고."

인호가 상황을 부연했다. 해서는 쓴웃음부터 지었다. '유전무죄, 무전유죄'라는 말을 다시금 실감했다. 그렇지 않아도 법

---

* 형사 소송법 제471조에 의거, 검사의 지휘권 아래 형의 집행을 일시적으로 정지함.

무부 쪽에서 보낸 병력 및 재판 기록 등을 살펴보고, 두 남녀를 잔인하게 살해한 살인마의 형량이 12년밖에 되지 않아 무슨 사연이 있나 보다 짐작했었다.

재벌가 숨겨 놓은 아들이라는 소문이 사실이라면 중증 편집성 인격 장애라는 병증은 거짓일 확률이 높다. 사람을 죽이고, 혹은 사람을 죽이라 사주를 하고도 막강한 돈의 힘을 빌려 교도소가 아닌 병원에서 상대적으로 자유로운 수감 생활을 영위하는 범죄인들이 종종 있었다.

"유인호 선생님은 그 얘기 누구한테 들으셨어요?"

"사무처에서 흘러나온 소리를 지나가다 귀동냥했어요. 어제 오후 이소정 사무장님이 간호사랑 요양 보호사들한테 단체 메일까지 보냈더라고요. 입원 환자들 처우에 각별히 신경 쓰라고. 콕 찍어 누구라는 말은 없었지만 뻔하잖아요. 아무리 까마귀 날자 배 떨어졌겠어요?"

"그러네요."

해서는 대충 동의를 표함으로써 새로운 환자에 대한 가십을 끝맺었다. 그이가 재벌가 숨겨 놓은 아들이든 아니든 해서와는 하등 상관없는 일이다. 진짜로 중증 편집성 인격 장애를 앓고 있는지 아닌지가 중요할 뿐.

"제가 며칠 전에 유 선생님께 부탁드린 일 있잖아요."

"무슨 부탁이요?"

"기서도 환자요."

"아, 그거요."

"보호자랑 통화하셨어요?"

해서가 제법 심각한 표정으로 묻자 인호가 안심하라는 듯이 눈가의 웃음을 얼굴 전체로 피웠다. 낭랑한 말소리 역시 더없이 다정다감했다.

"집 전화는 결번이라고 나오고, 보호자 휴대폰은 다른 사람이 받더라고요. 그 번호 사용한 지 벌써 1년이 넘었대요. 요즘은 다들 집 전화를 없애는 추세잖아요. 식구들마다 휴대폰이 있으니까. 번호야 무슨 이유가 있어서 바꿨겠죠. 저도 얼마 전에 2년 약정하면서 새 번호 받았어요. 분위기 쇄신 차원에서."

"기서도 환자 본가 주소를 알 수 있을까요?"

"사무장님한테 얘기하면 될 거예요. 왜요?"

"찾아가 볼까 싶어서요."

"장해서 선생님이 직접요?"

"네. 영 찜찜해서요."

"뭐가 또 찜찜하세요? 전에 보호자한테 기서도 환자 집에 잘 도착했다는 전화받으셨다고 하지 않으셨어요?"

"사무처에서 연락 왔다는 메모만 건네받았어요."

"그럼 됐잖아요."

"하필 집단 상담 치료 중일 때 전화가 와서 보호자나 기서도 환자랑은 직접 통화를 못 했어요. 집에 가고 싶다는 쪽지 하나 달랑 남기고 병원을 나간 게 자꾸 마음에 걸려요. 무슨 일인가 싶기도 하고요."

"당시에 기서도 환자 어머니가 고관절 수술을 받으셨대요.

비 오는 날 버스에서 내리다가 낙상해서 다쳤다고 들었어요."

"그래서 그때 한참 면회를 못 오셨구나. 매주 빠짐없이 아들 보러 오시더니."

"기서도 환자가 어머니가 걱정됐나 봐요. 보고 싶기도 했겠죠."

"그래도 하필 그렇게 나가서……. 차라리 정식으로 외출 신청을 하지."

안타까운 혼잣말을 중얼거리며 한숨짓는 해서의 어깨를 인호가 담백하지만 제법 다정다감한 손길로 도닥였다. 어린 여동생을 달래는 큰오빠 같았다.

"우리 장해서 선생님은 마음이 여린 게 장점이자 단점이라니까요. 기서도 환자가 정 그렇게 마음에 걸리시면 제가 좀 어떻게 해 볼까요?"

"뭘 어떻게요?"

"보호자한테 정식으로 퇴원 확인서 받아야 하잖아요. 사무처에서 그 일 처리할 때 필히 연락 달라는 메모라도 붙여서 보내죠."

"제가 편지를 쓸게요. 기서도 환자 앞으로."

"그러실래요?"

인호가 입술을 길게 늘여서 웃었다. 마른 얼굴 전체를 감싸는 특유의 부드럽고 서글서글한 미소에 이끌려 해서도 웃으면서 고개를 끄덕였다. 달포쯤 전 일반 병동 장기 입원 환자인 서도가 무단으로 한울타리 정신요양병원을 이탈한 이후 내내 불편하던 마음이 조금은 가벼워지는 느낌이었다.

"고맙습니다."

"제가 더 고마워요. 장해서 선생님처럼 훌륭한 닥터가 이런 산골 마을까지 와 주시고. 완전 우리 병원의 복덩어리라니까요."

"과찬이세요. 유인호 선생님이야말로 대도시 아무 대학병원이나 골라서 갈 수 있을 만큼 훌륭한 경력이시던데요."

"서울에서 수술방 근무만 8년 정도 했거든요. 하루 종일 정신없이 바쁘고, 매일매일이 끔찍했어요. 이곳이 좋아요. 누구는 시골이 답답하다는데 저는 전원생활 체질인가 봐요."

"저도요. 여기 온 지 이제 겨우 5개월째인데 인제가 고향 같아요. 응봉산은 우리 집 뒷산 같고요."

해서는 활짝 웃었다. 진심이었다. 2년 6개월 전 강제 추행 사건을 겪고 겉돌기만 하던 마음자리에 그나마 정붙일 장소가 하나 생겼다. 다행스럽고도 고마운 일이다.

❃   ❃   ❃

주원은 두 명의 건장한 요양 보호사들에게 이끌려 승강기에 올랐다. 둘 다 정확한 이름을 알 길이 없어 편의상 사마귀와 매부리로 기억해 두기로 했다. 하나는 아래턱 왼쪽에 새끼손톱만 한 사마귀가 나 있고, 다른 하나는 전에 코뼈가 부러졌던 모양인지 콧잔등이가 매부리처럼 휘어 보였다.

승강기가 아래층으로 내려가는 동안 주원은 한울타리 정신 요양병원 별관 폐쇄 병동의 설계 도면을 머릿속으로 떠올렸다.

1968년 신축하여 1982년 증축과 1997년 개축을 거듭한 철근 골조 슬래브 건물로 지하 1층, 지상 3층의 규모다. 서류상 지하는 창고로 사용 중이며 상담실과 휴게실 등 공용 시설이 1층에 있다. 남은 2층과 3층은 중증 환자들을 수용하는 입원실로 각 층마다 네 명의 요양 보호사가 하루 3교대로 상주한다. 또한 건물 전체가 보안 요원들에 의하여 출입이 엄격하게 통제되고 있다.

낡고 오래된 승강기가 덜컹덜컹 소리를 내며 상담실이 위치한 1층에 멈추어 섰다. 승강기 출입문이 열리자 커다란 도넛 모양의 카운터가 한눈에 들어왔다. 예전에 건물 현관 안내 데스크였던 곳을 지금은 폐쇄 병동 간호사 스테이션으로 사용하는 모양이다.

새하얀 간호사 정복을 차려입은 남자 둘이 스테이션 안쪽 탁자에 서로 마주 보고 앉아 이야기를 나누다 인기척에 고개를 돌렸다. 개중 나이가 지긋한 간호사가 주원의 얼굴에 흘낏 일별하더니 자리에서 일어나 주섬주섬 차트를 챙겨 들었다.

"강주원 환자인가?"

간호사는 고압적인 태도로, 그러면서도 지극히 예사로운 말투로 요양 보호사들에게 물었다.

"네, 수간호사님."

사마귀와 매부리가 마치 입을 맞춘 것처럼 동시에 우렁찬 목소리로 대답을 했다. 군기가 빠짝 들어간 신병 훈련소에서나 볼 법한 모습이었다.

주원은 새삼스러운 눈길로 요양 보호사들의 얼굴을 번갈아 쳐다보았다. 무표정한 그들의 낯빛에서 희로애락의 어떠한 감정도 일절 느껴지지 않았다. 얼굴에 표정이 없기는 수간호사라는 남자 역시 마찬가지였다.

이름 이병철, 나이 만 40세. 15년 차 간호사로 10년째 한울타리 정신요양병원에서 근무 중.

주원은 수간호사의 간략한 이력 사항을 기억해 냈다. 외부 강의와 학회 업무 등으로 일상이 바쁜 병원장 박태수를 대신하여 한울타리 정신요양병원의 실질적 운영을 도맡아 처리하는 사무장 이소정과는 동갑내기 사촌 지간이라고 했다.

"안쪽 개별 상담실로 데려가. 장해서 선생 금방 올 거야."

"알았습니다, 수간호사님."

이번에도 사마귀와 매부리는 입을 맞추어 큰 목소리로 대답했다. 요양 보호사들이 주원의 양팔을 하나씩 붙잡고 오른편 복도 쪽으로 이끌기가 무섭게 병철이 조금은 날카로운 어조로 끼어들었다.

"정중히 대해. 환자한테 함부로 하지 말라고 몇 번을 얘기해."

"죄송합니다, 수간호사님."

사마귀와 매부리가 어깨를 아래로 혹 내려 허리가 반으로 접히도록 병철을 향해 꾸뻑 고개를 숙였다. 통칭 '깍두기'로 불리는 조직 폭력배들 사이에서나 통용되는 인사법이었다.

주원은 복도를 따라 걸으며 다시 한번 요양 보호사들의 얼굴을 곁눈으로 확인했다. 사마귀와 매부리 모두 지난주 한울타리 정신요양병원에 잠입할 것을 결정지은 직후, 어렵사리 구해서 훑어본 직원들 이력서 사진과 분명 일치하는 얼굴이다.

정신 질환자와 심신 박약자를 수용하는 정신요양병원이라는 특수성 때문인지, 스무 명의 보안 요원은 물론이고 마흔여덟 명의 요양 보호사까지 전부 건장한 남자들로만 구성되어 있다. 폐쇄 병동 간호사의 경우도 스물다섯 중 절반이 넘는 열다섯 명이 남성이다.

주원은 이곳 직원 중 대부분이 전직 조직 폭력배가 아닐까 하는 의심이 들었다. 최소한 요양 보호사들만큼은 폭력 조직의 구성원 출신이라는 데 주원은 자신의 통장 잔고를 몽땅 걸 수도 있었다.

사마귀와 매부리는 오른쪽 복도 맨 끝 방으로 주원을 데리고 갔다. 복도 막다른 곳은 방화문을 겸한 비상구였다.

사마귀가 아이디카드를 이용해 개별 상담실 출입문에 달린 전자식 잠금장치를 막 해제하려는 순간이었다. 마침 맞은편 휴게실에서 허름한 작업복 차림의 중년 남자가 청소 용구를 잔뜩 실은 수레를 끌면서 나왔다.

"오 씨."

매부리가 아버지뻘은 되어 보임직한 중년 남자를 함부로 불렀다. 수간호사 앞에서는 바닥을 기며 꼼짝을 못 하더니, 잡역부 뒤에서는 엉덩이에 뿔난 송아지가 따로 없을 만큼 기고만장이다. 한낱 개인 병원에서조차도 계급이 존재하고, 그에 따르는 권력이라는 놈은 가히 무시무시했다.

주원은 속으로 실소했다. 본능적으로 권력을 좇는 인간의 추악한 단면을 보는 것만 같아서 입안이 소태껍질을 씹은 듯이 썼다.

"어이, 오장희!"

매부리의 계속되는 부름에도 드르륵거리며 돌아가는 수레바퀴 소리는 전혀 그칠 기미가 없었다. 사마귀가 잠금장치가 풀린 출입문 손잡이를 돌리면서 혀를 찼다.

"으이구, 이 꼴통아. 저 인간 못 듣잖아. 귀머거리한테 등 뒤에서 소리치면 들리겠냐. 백날 소리 질러 봐라, 네 목만 아프지."

"아우, 짱나. 사람 귀찮게시리."

매부리의 얼굴에 잠시 낭패감이 돌았다. 매부리가 큰 걸음으로 다가가 장희의 어깨를 툭툭 건드리자 쉼 없이 복도를 구르던 수레바퀴가 그제야 멈추었다.

"지하실 비상계단 형광등 갈라니까 왜 안 갈아? 도대체 몇 번을 얘기해야 하냐고."

매부리가 우악스럽다 싶을 만큼 사나운 손아귀 힘으로 장희의 어깨를 움켜잡고 흔들었다. 그때마다 장희의 강파른 몸이 종이 인형처럼 맥없이 앞뒤로 요동을 쳤다. 매부리의 패악에 장희가 흠칫흠칫 어깨를 떨었다.

열 걸음 이상 떨어져 서 있는 주원의 눈에도 장희의 얼굴에 떠오른 두려움이 확연히 보일 정도였다. 주원은 무의식중에 주먹을 그러잡았다. 당장 달려가 장희의 어깨를 붙잡고 흔드는 매부리의 손을 멀리 떼어 내고 싶었다. 그러나 섣부른 행동은 금물이다. 주원은 마디진 손가락에 들어간 힘을 서서히 풀었다.

"당장 가서 형광등부터 갈아."

매부리가 신경질을 부리며 으르렁거렸다. 장희는 가느다란 눈만 느릿느릿 끔뻑거릴 뿐 아무런 대답도 하지 않았다.

주원은 조심스러운, 그러면서도 날카로운 눈길로 장희의 태도를 꼼꼼하게 살폈다. 코앞에서 매부리가 온갖 소리를 질러 대도 그저 무덤덤한 표정이었다. 언뜻 처연하기까지 해서 마치 세상만사를 달관해 버린 사람 같았다. 태어날 때부터 귀가 들리지 않아 애초 말하는 법을 배우지 못한 농아가 아닌가 싶었다.

"오 씨, 내 말 알아들었냐고!"

바락바락 목청을 돋우는 매부리의 다그침에 장희는 아무 소리 없이 고개를 끄덕거렸다. 알았다는 장희 나름의 표시인 듯했다. 그제야 매부리가 장희의 어깨를 움켜잡고 있던 손아귀를 치웠다.

드르륵드르륵, 수레바퀴가 다시 복도를 구르기 시작했다.

"저 병신은 왜 저쪽으로 가. 비상계단은 이쪽인데."

매부리가 툴툴대자 사마귀가 한심하다는 표정을 지었다.

"엘리베이터 타야지. 수레 끌고 계단으로 내려가리?"

"뭐 하나 시킬 때마다 아주 복장이 터져서 죽겠다니까. 귀머거리에 말까지 못 하는 병신을 왜 여기 두는지 모르겠어."

여전히 불뚝거리며 매부리가 제자리로 돌아왔다. 사마귀가 활짝 열린 출입문 옆에 서서 주원에게 먼저 상담실 안으로 들어가라고 턱짓을 보내며 피식 웃었다.

"듣지도 못하고 말하지도 못하는 게 얼마나 큰 장점인지 모르지?"

"뭔 소리야?"

"꼴통 너는 모르는 게 약이다."

"존나 짱나. 진짜 뭔 소리인지⋯⋯."

매부리가 상담실 안으로 들어서다 말고 인상을 있는 대로 팍 구겼다. 사마귀가 출입문을 닫으며 한 차례 더 피식거렸다.

"굳이 알려고 하지 마라. 다친다."

매부리와 사마귀 사이 오가는 대화에는 도무지 관심 없다는 식으로 주원은 짐짓 무심한 척 굴었다. 무감하게 꾸민 시선을 이리저리 돌려 먼지 하나 없이 말끔하게 정리되어 있는 개별 상담실 내부를 휘휘 둘러보았다.

"듣지도 못하고 말하지도 못하는 게 얼마나 큰 장점인지 모르지?"

방금 사마귀가 한 이야기가 딴청을 피우는 주원의 귓전에 고스란히 남았다. 뱅글뱅글 매암을 돈다.

듣지도 못하고 말하지도 못하는 자.

듣지 못하기에 그 어떠한 것도 쉽게 알 수가 없는 자.

만에 하나 무엇을 알게 되더라도 말하지 못하기에 어디 가서 쉽게 누설할 수도 없는 자.

그래서 듣지도 못하고, 말하지도 못하는 자가 끄는 수레는 그곳이 어디든 아마 자유롭게 출입할 수 있으리라.

주원은 시선을 아래로 내리고 자그시 눈을 감았다. 들려올 리 없는 수레바퀴 구르는 소리가 먼 데서 아스라이 울리는 것만 같다.

드르륵드르륵, 드르륵드르륵.

❖　　　❖　　　❖

"장해서예요."

여자는 정신건강의학과 전문의라는 직함을 뺀 이름 석 자로만 스스로를 소개했다. 새벽바람처럼 울림이 서늘한 여자의 목소리는 어딘지 모르게 색정적인 구석이 있었다. 살짝 우유를 끼얹어 놓은 것 같은 허스키한 음색 탓인 듯했다.

주원은 일부러 아무런 대꾸도 하지 않았다. 대신 군데군데 옹이가 박힌 가문비나무 탁자 앞으로 바투 다가가 앉았다.

"강주원 씨?"

해서가 가문비나무 탁자 맞은편에 서서 물었다. 지극히 사무적인 표정으로 무장한 얼굴빛이 일견 창백해 보일 정도로 맑지다. 마른 몸피 위에 걸친 새하얀 의사 가운 때문인지, 아니면 정수리까지 바짝 틀어 올린 새카만 머리카락 탓인지 투명한 피부가 유난히 도드라졌다. 희고 갸름한 두 뺨에 얽힌 푸르스름한 실핏줄이 한눈에 들여다보였다.

이번에도 주원은 대답하지 않았다. 비협조적인 환자를 해서가 어떠한 방식으로 다루는지 지켜볼 요량이었다.

"채혈할 거예요."

해서의 허스키한 목소리는 여전히 서늘했다. 사무적인 표정에도 아무런 변화가 없었다. 무감하다 싶을 만큼 해서는 차분하기만 했다. 여상한 태도로 의료용 라텍스 장갑을 찾아 양손에 꼈다. 절제된 동작으로 직육면체 모양의 뚜껑 달린 스테인리스 스틸 통 안에서 빈 주사기와 알코올 솜을 꺼냈다.

주원은 비스듬히 고개를 들었다. 옆으로 가까이 다가와 서는 해서를 빤히 올려다보았다. 해서 역시 완벽하게 표정을 지운 얼굴로 주원을 무심히 내려다보았다.

"강주원 씨?"

그저 '네'라는 대답을 요구하는 단순한 부름이 아니다. 채혈을 할 수 있도록 왼쪽 팔을 해서 쪽으로 내어 달라는 요청이었다. 속뜻을 제대로 파악했으면서도 주원은 전혀 못 알아들은 척 가만히 있었다.

"통상적인 혈액 검사예요. 강주원 씨한테 B형 간염 등과 같은 전염병이 있는지 없는지 병원 측에서 알아야 하거든요. 여러 사람이 함께 생활하는 곳이라 예방 차원에서요."

"내가 선단 공포증*이 있어서."

주원은 꼼짝 않고 앉아 말소리를 삐뚜름하게 던졌다. 주원의 똑바른 시선 저쪽에서 해서가 잘게 웃었다. 솜털같이 연한 자분치 몇 올이 살랑살랑 흔들리는 얼굴을 외로 비틀고서 입술을 부드럽게 늘였다. 언뜻 미소처럼 보이나 실제는 어이없어 짓는 비웃음이었다. 거짓말하지 말라는 일종의 경고와도 같은.

"자꾸 비협조적으로 나오시면 요양 보호사들 불러서 강주원 씨를 묶어 놓고 강제로 채혈할 수도 있어요."

해서가 서늘하니 이야기했다. 대놓고 협박을 자행할 때조차 무감한 표정은 그대로였다. 다만 여태껏 감정을 담아내는 법이 없던 다갈색 눈동자가 한순간 화르르 타올랐다. 찰나에 지나지 않은 그 불길은 금세 사그라졌다. 주원이 내내 해서를 지켜보고 있지 않았다면 절대 알아차리지 못했을 것이다.

이 여자, 겉보기와 다르게 귀여운 구석이 있네.

"의사 선생 좋으실 대로."

주원은 주먹 쥔 왼쪽 팔을 가문비나무 탁자 위에 올려놓았다.

---

*바늘, 연필처럼 끝이 뾰족한 물체가 시야에 들어오면 정신적으로 강하게 동요함.

"저쪽 보세요."

해서가 손가락 사이에 주사기를 끼운 오른손으로 주원의 팔을 붙잡아 쥐었다. 당장 시원한 기운이 주원의 왼쪽 손목으로 찰싹 감겨들었다. 여자는 목소리도, 얼굴빛도, 심지어 체온까지 서늘했다.

"손이 차군."

"에어컨이 하루 종일 돌아가잖아요."

대충 무성의하게 이야기하고, 해서가 손끝으로 주원의 팔뚝을 톡톡톡 두드렸다. 자극을 받은 혈관이 구릿빛 살갗 위로 푸르게 도드라져 올랐다. 그 부위를 해서가 알코올 솜으로 소독했다. 그리고 가차 없이 주삿바늘을 푹 찔러 넣었다. 무지근한 통증이 혈관을 타고 주원의 팔뚝 전체로 번졌다.

무정한 여자 같으니라고.

주원은 가늘고 뾰족한 바늘을 통해 잇따라 빨려 나오는 혈액을 뚫어져라 쳐다보았다. 걸쭉하고 시뻘건 핏줄기가 제법 두툼한 주사기를 빠르게 채웠다.

주원은 무심코 헛웃음을 지었다. 채취한 혈액으로 전염병의 감염 여부를 검사한다는 소리는 허울 좋은 핑곗거리에 지나지 않을 것이다. 장기 이식 적합 검사에 사용되고 있음이 분명했다.

해서가 그것을 알고 채혈을 하는지 모르고 하는지, 주원으로서는 섣불리 판단하기 어려웠다. 다만 직원 현황을 통해 확인한 바로는 해서의 한울타리 정신요양병원 근무 기간이 채

반년이 되지 않았다. 모르고 채혈할 가능성에 무게가 실렸다.

어쨌든 입원 환자들로부터 채취한 혈액을 이용해 장기 이식 적합 검사를 하고 있다면 병원 내부 컴퓨터를 뒤졌을 때 관련 데이터가 나올 확률이 높았다.

"선단 공포증이라면서요?"

해서가 주삿바늘을 빼낸 자리를 새 알코올 솜으로 꾸욱 누르면서 물었다. 끝이 뾰족한 물건을 무서워한다고 이야기해 놓고 오히려 시종일관 주삿바늘만 노려보고 앉은 주원을 은근슬쩍 비꼬는 투였다.

이미 거짓말을 간파 당했으니 허튼 수작일랑 꿈도 꾸지 말라……. 아니다, 어쩌면 주원의 농담에 해서 나름대로 장단을 맞추어 주는 것인지도 모르겠다. 스스로의 엉뚱한 상상이 우스워서 주원은 작게 하하 소리 내어 웃었다. 대수롭지 않다는 식으로 대답했다.

"요즘 극복하는 중이라."

"이미 극복한 것 같은데요."

해서가 후후 웃었다. 길게 늘어져 유연히 말리는 입술 끝자락에 걸린 미소가 문득 선연했다. 여태 보아 온 비웃음이 아닌 진짜 웃음이었다. 한순간이지만 너무 선연해서 우련 다습게까지 느껴지는 미소였다.

목소리도, 얼굴빛도, 심지어 체온까지 서늘한 여자에게도 따스한 유머 감각은 있는 모양이었다.

선연한 미소를 입가에 머금은 채로 해서가 알코올 솜 위에다 거즈를 덧대어 올렸다. 종이 반창고를 이용해서 움직이지 못하도록 단단히 고정시켰다.

　주원은 섬세하게 움직이는 해서의 희고 가늘고 여린 손가락을 물끄러미 내려다보았다. 의료용 라텍스 장갑 없이 맨살이 피부에 와서 직접 닿는다면 어떤 느낌일까, 불현듯 궁금해졌다.

　여전히 차갑기만 하려나? 아니면…….

　강주원, 정신 차려.

　주원은 고개를 가로저었다. 얼토당토않은 머릿속 사념을 황급히 지웠다. 해서에게 건네는 말소리를 예사로이 꾸몄다. 그럼에도 어딘지 모르게 낮고 탁하게 갈라져서 나왔다.

　"정신과 전문의가 내린 진단이니 맞겠지."

　"내 진단을 믿어 준다니 고맙군요."

　"별말씀을."

　주원은 짐짓 권태로운 미소를 지었다. 의자 등받이 모서리에다 양쪽 겨드랑이를 걸고 두 팔을 뒤쪽으로 넘겨 축 늘어트렸다. 그 상태로 허리를 서서히 뒤로 젖혔다. 의자 앞다리가 공중으로 붕 들렸다. 모든 것이 죄다 귀찮고 따분하다는 태도로 상체를 느릿하게 흔들었다.

　주원의 몸이 앞뒤로 건들건들 움직일 때마다 의자가 덩달아 까딱댔다. 끼익끼익 나지막한 비명을 토해 냈다.

　해서는 되도록 심상한 태도로 채집한 혈액 샘플과 사용한 주사기 등을 챙겼다. 상담실 한쪽 벽면을 따라 놓인 카운터 테이블 쪽으로 돌아섰다. 해서의 뒷등에 주원의 날카로운 시선이 곧장 날아와서 꽂혔다. 애써 의식하지 않으려 하는데도 어쩔 수 없이 신경이 쓰였다.

해서를 따르는 주원의 눈길은 꽤나 집요했다. 등받이에 기댄 몸을 굴려 의자를 앞뒤로 흔들면서 해서의 일거수일투족을 끊임없이 좇았다. 다행히 눈빛이 묘하게 끈적거린다거나 불쾌한 성적 의미를 내포하고 있지는 않았다. 오히려 더할 나위 없을 만큼 담백했다. 주원의 얼굴빛 또한 무심함이 고스란히 느껴질 정도로 권태로웠다.

해서는 신경 쓰이면서도 아닌 척했다. 차분히 의료용 라텍스 장갑을 벗어 주사기와 함께 폐기물 분리수거함에 던져 넣었다. 카운터 테이블 아래쪽 소형 냉장고를 열고 혈액 샘플을 보관대에다 끼웠다.

"토마토 주스 한 잔 드릴까요?"

어깨 너머 비스듬히 돌아다본 시선 끝에서 주원이 미소를 지었다. 가느스름하게 말아 뜬 눈초리가 어째 의미심장했다. 마치 장난인 것 같으면서도 결코 장난이 아닌 듯 애매모호한 미소였다.

"혈액 주스를 주는 게 아니고?"

"뱀파이어 증후군(Porphyrias)*으로는 보이지 않는데요?"

---

*Porphyrias:포피리아. 효소 결핍에 의해서 헴 전구 물질이 체내에 축적되는 유전성 대사 장애로 햇빛 알레르기와 극심한 빈혈 증세를 동반함.

해서는 서늘한 어조로 되물으며 꼬마 유리병에 담긴 토마토 주스 두 개를 냉장고 안에서 꺼냈다.

"의사 선생이 뱀파이어 같은데. 피부가 지나치게 하얘서 평생 햇빛 구경도 못 해 본 사람 같잖아."

"그럴 리가요."

"의사 선생처럼 예쁜 뱀파이어라면 기꺼이 목덜미를 내놓을 것 같기는 해."

"예?"

해서가 황당해하자 주원이 껄껄껄 웃었다. 공중에 붕 띄워 놓았던 의자 앞다리를 콘크리트 바닥으로 되돌린다. 등받이에 깊숙이 등줄기를 기대앉은 주원의 모습이 몹시 나른해 보였다. 그러면서도 감출 수 없는 어떤 긴장감이 널따란 어깨 위에 도사리고 있었다.

평소 게으르다 싶을 만큼 유유자적하다가도 눈앞에 먹잇감이 나타나는 순간 바로 돌변해 날렵한 사냥 본능을 유감없이 발휘하는 한 마리 맹수. 주원은 한때 드넓은 시베리아 벌판을 호령했던 아무르 호랑이 같았다.

갑자기 해서의 가슴이 까닭도 없이 살캉거렸다. 이 무슨 해괴한 반응인지 모르겠다. 해서는 후다닥 몸을 돌려 카운터 테이블 옆 싱크대로 다가갔다. 수돗물을 틀어 일없이 손을 씻었다. 손바닥과 손등은 물론이고 손가락 사이사이까지 깨끗이 씻었다. 페이퍼 타월로 양손의 물기를 말끔하게 닦아 냈다. 살캉거리던 가슴이 서서히 가라앉았다.

평정심을 되찾은 해서는 옹이 진 가문비나무 탁자 위에다 토마토 주스가 담긴 꼬마 유리병 두 개를 나란히 올려놓았다.

"드세요."

"고마워."

주원이 맞은편에 자리를 잡고 앉는 해서의 움직임을 예의 집요한 시선으로 좇았다. 해서는 시큰둥한 주원의 말투를 똑같이 흉내 냈다.

"별말씀을요."

주원이 씨익 미소를 지었다. 좀처럼 눈길을 마주 대하지 못하는 다른 중증 환자들과 달리 가문비나무 탁자 너머 똑바로 해서를 응시하는 주원의 시선에는 어떠한 흔들림도, 아무런 주저함도 없었다.

먹빛 눈동자가 새카만 유리알처럼 반질반질 빛을 낸다. 눈동자 안에서 차가운 광선이 뿜어져 나와 해서의 뱃속까지 꿰뚫고 들어오는 기분이다. 해서는 무의식중에 마른침을 삼켰다.

살인자의 눈동자는 다들 저렇게 생겼을까?

사람을 죽인 자들은 모두 광기 어린 눈동자를 갖게 되는 것일까?

아니면 저런 광기 어린 눈동자를 가진 사람들이 살인을 저지르는 것일까?

해서의 머릿속 들끓는 상념을 읽기라도 한 듯 주원이 다시 씨익 웃었다. 유리 파편보다 더 날카로운 시선을 여전히 해서에게 고정시켜 둔 채였다.

주원이 왼쪽 엄지로 입술을 핥듯이 천천히 문질렀다. 등줄기가 오싹할 정도로 섬뜩하면서도 사뭇 관능적이다. 주원의 온몸에서 풍기는 땀 냄새 때문인 듯싶었다.

의자 등받이에 느긋하게 몸을 기대고 앉은 주원한테서 한여름 소낙비 같은 냄새가 났다. 먼지 냄새 같기도 하고, 흙냄새 같기도 한 텁텁하고 비릿한 비 냄새. 수컷의 냄새였다.

불현듯 해서는 의대 재학 시절에 들은 상담 심리학 교수의 말이 떠올랐다.

"어떠한 상황에서도 그가 가진 힘을 과소평가해서는 안 되는 인물이 있다."

해서는 주원이 바로 그런 인물이라는 것을 알아챘다. 바람난 아내와 그 상대를 잔인하게 살해하고, 지병인 중증 편집성 인격 장애를 이유로 정신요양병원 폐쇄 병동에 수감되었으면서도 주원은 자신감이 넘쳤다. 자기가 가진 힘이 얼마나 크고 대단한지 정확하게 알고 있으며, 그 힘을 어떻게 사용해야 하는지 또한 잘 알고 있는 것 같았다.

주원이 길게 뻗은 두 다리를 턱 하고 가문비나무 탁자 위에 올려놓았다. 머리 뒤로 손깍지를 잡더니 오늘 예정된 상담을 이제 시작해도 좋다는 양 해서를 향해 거만한 턱짓을 보냈다. 마치 제집 거실에라도 앉아 있는 듯 느슨하게 풀어진 모습이 해서의 눈에는 더없이 선정적으로 다가왔다.

해서는 본능적으로 숨소리를 죽였다. 설컹대던 가슴이 이제는 아예 대놓고 간질거렸다. 문득 현기증이 든 것처럼 눈앞이 아득했다.

장해서, 미쳤어. 상대는 환자라고. 그것도 사람을 둘씩이나 죽인 잔인한 살인범.

혼미해지는 정신을 다잡기 위해 해서는 자잘하게 심호흡을 했다. 주원에게 건네는 말소리도 일부러 다부지게 묶었다. 최대한 사무적으로 이야기하려고 노력했다.

"다리는 내려 주시죠?"

"저혈압이라 하체 쪽은 혈액 순환이 부실해서. 피까지 뽑았더니 좀 어지럽네."

주원이 능글능글 웃으면서 능청을 떨었다. 어디 한번 해 보자는 식이었다. 상담실 안에서 딴전을 피우는 환자라면 이골이 난 해서다. 그녀 역시 지지 않고 주원에게 마주 미소를 보냈다. 차고 건조한 웃음을 얼굴에 한가득 담았다.

"강주원 씨. 다리 내리고, 토마토 주스 드세요."

"헌혈하면 초코파이 주는 것 아닌가? 당분 보충하라고. 아하! 헌혈이 아니고 채혈이라서 토마토 주스를 주는 건가?"

주원이 이기죽거렸다. 해서는 어금니를 앙다물고 눈을 감았다가 떴다. 머리꼭지까지 훅 치고 올라오는 못된 성질머리를 가까스로 내려앉혔다. 의사 가운 주머니를 뒤져 박하사탕 두 개를 꺼내 옹이가 박힌 가문비나무 탁자 위에다 아무렇게나 올려놓았다.

"드세요."

"진즉 단 걸 줬으면 좋았잖아."

주원이 두 개의 박하사탕 중 하나를 잽싸게 집어 들고 빙긋이 웃었다. 길고 짙은 속눈썹을 비스듬하니 가라떠 유리알을 닮은 새카만 눈동자를 반쯤 가리더니 눈꼬리를 둥그스름하게 말았다. 의외로 매력적인 미소다. 아니, 솔직히 기대했던 것만큼 매력적이다.

"테이블에서 그만 다리 내리세요."

해서의 서늘한 요구에 이번에는 주원이 순순히 응했다. 껍질을 깐 박하사탕을 톡, 입안으로 던져 넣고 두 다리를 차례대로 하나씩 바닥으로 내렸다.

"이제 상담을 시작할까요?"

"의사 선생 뜻대로."

주원이 오도독오도독 박하사탕을 씹으며 아무렇게나 어깨를 한 번 으쓱했다. 무심한 얼굴빛이 여전히 권태로웠다. 오늘 예정된 상담이야 어찌 되든지 일절 개의치 않겠다는 표정이었다. 상담을 거부할 생각은 아니지만, 그렇다고 상담에 협조적으로 임할 마음 역시 없다는 의미였다.

해서는 소리 없이 헛웃음을 지었다. 주원과의 상담이 쉽지 않으리라는 예감이 들었다. 공연히 차트를 뒤적이는 척하며 마른 한숨을 삼켰다. 가장 무난할 법한 질문부터 시작했다.

"기분은 어떠세요?"

"그냥저냥."

"배정받은 입원실은 마음에 드세요?"

"그럭저럭."

"어디 불편한 데는 없으시고요?"

"그다지, 뭐."

꼬박꼬박 대답을 주는 중저음의 목소리가 시종일관 비딱하게 울렸다. 서른여섯의 나이에 중학교 2학년의 반항기를 가진 말투였다. 해서의 예상에서 한 치도 벗어나지 않는 반응이었다. 상대가 이렇게 나온다면 해서 역시 극약 처방으로 갈 수밖에 없다.

"오늘 상담은 여기까지예요."

박하사탕을 부수어 씹던 오도독거리는 소리가 우뚝 멈추었다. 시쳇말로 벙찐 주원의 얼굴에다 서늘히 일별하고 해서는 가차 없이 자리를 털고 일어섰다.

뒷등은 보여 줄 수 없을 만큼의 신뢰

한울타리 정신요양병원 폐쇄 병동 내의 휴게실.

주원은 가만히 시선을 들어 올렸다. 한낮의 햇살이 비스듬히 들이치는 실내를 찬찬히 둘러보았다.

익숙하지 않은, 아마도 난생처음인 풍경을 보고 있자니 하릴없는 위화감이 들었다. 단순히 낯설다는 느낌과는 차원이 달랐다. 무엇이라고 딱 꼬집어 말할 수는 없지만, 아무튼 어떤 무엇인가가 어색하고 또 이상했다.

주원을 제외한 휴게실 안의 모든 환자들이 벽걸이형 대형 TV 앞에 띄엄띄엄 앉아 있었다. 둘씩 짝을 짓거나 삼삼오오 무리를 이룬 경우는 일절 없었다. 다들 암묵적으로 약속이라도 한 것처럼 혼자 덩그러니 앉아서 TV 화면 속에다 오롯이 시선을 고정시킨 채였다.

딱히 현재 방송 중인 예능 프로그램을 시청하고 있는 것 같지도 않았다. 밥 한 끼를 얻어먹기 위해 등장인물들이 돌아가며 헐렁한 농담을 쏟아 내는 와중에도 TV를 지켜보는 환자들 중 어느 누구 하나 그에 동조하여 웃는 사람이 없었다.

"아."

주원은 입속말에 가까운 감탄사를 발했다. 이곳 휴게실에 들어서고부터 줄곧 위화감이 들었던 이유를 알겠다. TV 앞에 앉아 있는 환자들의 얼굴이 하나같이 무표정하다. 단순히 웃지 않는 정도가 아니라, 환자들 전부가 아예 희로애락의 감정을 가지지 못한 인형 같았다.

주원은 일종의 의지를 끌어모으는 식으로 얄팍한 어깻숨을 한차례 내쉬었다. 휴게실에 모인 환자들 중에서 가장 연장자로 보이는 초로의 남자를 향해 곧장 다가갔다. 휠체어에 앉아 있는 그에게 허리를 굽혔다.

"안녕하세요?"

초로의 남자가 TV 화면에 붙박아 두었던 시선을 느리게, 흡사 슬로우 비디오라도 되는 것처럼 아주 느릿느릿 주원 쪽으로 옮겼다.

오래전에 총기를 잃고 이제 생기마저 사라지고 없는 두 개의 눈동자가 눈앞에 선 주원을 멀거니 응시한다.

"강주원이라고 합니다."

주원은 말이 없는 초로의 남자에게 이름을 밝혔다. 일반적으로 이쯤 되면 통성명이 오고 가야 마땅한 시점임에도 초로의 남자는 여전히 아무런 반응도 보이지 않았다. 대신 근처에서 어떤 목소리가 주원에게 툭, 말을 걸었다.

"그 양반 실어증이야."

주원은 말소리가 들려온 방향으로 고개를 돌렸다. 모두의 시선이 천편일률적이다 싶을 만큼 몽땅 TV 화면에 가 있던 터라 누가 이야기를 건넨 것인지 짐작하는 것조차 불가능했다.

"방금 말씀하신 분 누구세요?"

주원의 물음에 아무도 대답하지 않았다. 흘낏 눈길을 주원에게 두는 사람조차 한 명이 없었다. 주원은 목소리를 조금 더 키웠다.

"어제 새로 들어온 신입입니다."

주원의 말소리가 TV에서 흘러나오는 소음을 뚫고 휴게실 사방으로 쩌렁쩌렁 울려 퍼졌다. 환자들의 시선이 일제히 주원 쪽으로 쏠렸다.

그와 동시에 출입문 근처 벽면에 기대서서 환자들을 감시하던 요양 보호사들이 주원을 향해 달려왔다. 사마귀와 매부리였다.

"조용히 해."

으르렁거리는 사마귀의 경고를 주원은 가볍게 무시했다.

"너 이 새끼 이리 안 와! 왜 지랄이냐고. 사람 짱나게시리."

손목을 틀어잡으려고 드는 매부리의 손길 역시 주원은 재빨리 몸을 움직여서 가뿐하게 피해 버렸다.

"아무리 그래도 인사 정도는 나눠야지. 이제 다 같이 살 한

식구나 마찬가지인데. 안 그렇습니까, 여러분?"

"소란 피우지 말라니까."

사마귀는 대놓고 이를 갈았다. 다른 때 같으면 무력을 행사해서 주원의 입부터 틀어막았을 것이다. 그런데 지금은 주위에 지켜보는 눈들이 너무 많았다. 폐쇄 병동 입원 환자 전부가 휴게실에 모여 있는 상황인 데다, 엊그제 이소정 사무장으로부터 환자들을 너무 엄격하게 다루지 말라는 주의까지 들은 터였다.

"서로서로 통성명 좀 하겠다는 게 무슨 소란입니까."

주원은 일부러 씨익 윗니를 드러내고 웃었다.

"저 새끼 존나 짱나게 하네."

매부리의 상스러운 지껄임 따위 귓등으로 흘려들으면서 주원은 초로의 남자와 악수를 했다. 실제로는 아무 반응 없는 남자의 오른손을 주원이 억지로 붙잡아 흔들었다.

"어르신 잘 부탁합니다."

초로의 남자와 악수를 나눈 것을 필두로 주원은 휴게실 안 모든 환자들을 일일이 찾아다니면서 손을 잡았다. 주원이 내민 오른손을 누구는 선뜻 붙잡고, 또 누구는 마지못한 양 미적미적 악수를 하고, 어떤 누구는 그저 말똥말똥 쳐다보기만 했다. 환자들의 반응이 다들 제각각이었다.

"반갑습니다. 강주원입니다."

주원이 악수를 청하자 마흔 살 남짓해 보이는 남자 하나가 제 두 손을 후다닥 등 뒤로 감추었다.

"배, 배 아프면 아, 안 돼. 구, 국수 먹고 벼, 병원 가. 주, 죽는데 살아. 배, 배 아프지 마. 구, 국수 먹으면 크, 큰일 난다."

심하게 더듬거리는 남자의 말소리는 대화라기보다는 맥락 없는 횡설수설에 가까웠다. 그럼에도 주원은 기꺼이 무릎을 굽히고 앉아 남자가 하는 이야기에 귀를 기울였다. 보잘 것 없는 말 한마디가 이번 장기 밀매 사건을 푸는 열쇠가 될 수도 있었다.

"배 아프니까 국수 먹지 말라고요?"

"수, 수술한다. 매, 맹장 없어."

"맹장 수술하셨어요?"

"보, 볼래?"

남자가 환자복 상의를 꼼지락꼼지락 들어 올리기 시작했다. 겨우 옷자락 하나 걷어 내는 일에 남자의 양손이 얼마나 굼뜨게 움직이는지…….

대신 나서서 환자복 상의를 올려 주고 싶은 마음을 애써 참으며 주원은 인내심을 가지고 기다렸다.

"우필호! 이 개새……."

매부리가 허겁지겁 남자에게 달려들었다. 옆구리쯤에서 올라가다가 멈춘 필호의 옷자락을 제자리로 되돌리는 매부리의 손길이 꽤나 당황한 것처럼 보였다.

느닷없이 필호가 악을 쓰며 비명을 질러 댔다. 경기를 하듯이 팔다리도 마구 뒤틀었다. 아마도 다른 이와의 피부 접촉을 병적으로 싫어하는 것 같았다. 필호는 매부리를 피해 온몸을 바르작거리고, 매부리는 발작을 일으킨 필호를 강제로 제압하려고 들었다.

금세 몸싸움이 격해진 탓에 필호의 옷매무새가 함부로 흐트러졌다. 그때 주원은 똑똑히 보았다. 필호의 흉곽 한가운데서부터 오른쪽 아랫배까지 길게 이어지는 흉터를 말이다. 통상적인 맹장 수술 자국으로는 절대 볼 수 없는 L자 모양의 커다란 흉터였다.

주원은 절로 터져 나오는 쌍욕을 가까스로 삼켰다. 맹장 수술을 핑계로 필호의 간 일부를 잘라 낸 것이 분명했다. 멀쩡히 살아 숨 쉬는 사람의 배를 갈라 심장까지 서슴없이 꺼내 가는 놈들이다. 간 일부를 절개하는 것은 일도 아니었으리라.

광화문 사거리에서 사지 육신을 갈가리 찢어 죽여도 시원찮을 새끼들.

주원은 순간적으로 눈이 뒤집혔다. 머리꼭지가 휙 돌았다. 이성적인 사고로 앞뒤를 재고 말고 할 겨를도 없이 무작정 매부리에게 달려들었다. 필호의 신체를 결박하고 있는 매부리의 양쪽 손을 완력으로 떼어 냈다.

"그만둬."

"그만두긴 뭘 그만둬, 새끼야. 짱나니까 너까지 개지랄 떨지 말고 조용히 찌그러져 있어라."

매부리가 쌍욕을 날리면서 주원의 멱살을 움켜잡았다. 주원도 이에 굴하지 않고 마주 드잡이를 했다.

"너랑 닿는 게 싫다잖아."

"이것 웃긴 새끼네. 너 뭐야?"

매부리가 눈알을 부릅떴다. 주원 역시 지지 않고 눈동자를 맵차게 흘겼다.

"나 강주원이다. 씹새야."

"뭐?"

주원의 욕설에 격분한 매부리가 제 성질을 못 이겨 주먹을 휘둘렀다. 주원은 잽싸게 허리를 굽혀 얼굴을 향해 날아오는 주먹을 피했다. 바로 반격에 나선 그는 오른손으로 가드를 잡고, 왼손으로 두어 번 잽(Jap)을 날리다 결정적인 순간에 어퍼컷(Uppercut)을 올렸다.

정통으로 아래턱을 강타당한 매부리가 입안에 고인 핏물을 퉤, 하고 뱉었다.

"아우. 존나 짱나. 강주원이 너 이 새끼, 오늘 죽었어."

"한 대라도 쳐 보고 그런 소리를 지껄여야지."

"오냐, 그래. 아주 존나게 패 주마."

"할 수 있으면 어디 한번 해 보시든……."

기세등등하던 주원의 말소리가 별안간 혀끝에서 말렸다. 뒷덜미로 전기 충격이 가해졌기 때문이다. 등줄기를 관통하는 고압 전류를 견디지 못하고 주원의 상체가 휘청이더니 그대로 의식을 잃고 쓰러졌다.

"쥐뿔도 없는 놈이 똥폼은."

휴대용 전기 충격기를 손에 든 사마귀가 바닥에 널브러진 주원을 내려다보며 비웃음을 뿌렸다. 지원군을 얻어 신바람이 난 매부리까지 덩달아 이기죽거렸다.

"그러니까 말이야. 겨우 전기 충격 한 방에 나가떨어질 거면서. 근데 이 새끼 뭐야, 진짜. 존나 사람을 짱나게 하네."

"괜히 정신 분열증 환자겠어. 회까닥 돌아 버린 새끼한테 눈깔에 뵈는 게 있을 리가. 그냥 미친놈이 지랄을 떠는 거지."

"이 새끼 어떻게 할까?"

매부리가 물었다. 사마귀는 목소리를 한껏 낮추어 속삭이듯이 대답했다.

"결박해서 3층 격리실로 데려가."

"간만에 몸 좀 풀겠는데."

❂　　　❂　　　❂

기서도 님, 안녕하세요?
강원도 인제 한울타리 정신요양병원의 장해서입니다.
기서도 님의 안부가 궁금해서 펜을 들었습니다.

서도에게 보낼 편지의 도입부를 끄적거리다 말고 해서는 짙은 한숨을 쉬었다. 지극히 관용적인 표현들로 가득한 글에서 하릴없는 식상함이 느껴졌다.

마음만은 재기 발랄하게 편지를 쓰고 싶은데 타고난 글재주가 젬병이었다. 솔직히 달랑 세 줄짜리 도입부 이후로 본론을 어떻게 적어야 할지 막막하기까지 했다.

논술 전형으로 대학에 들어가야 했다면 의과대학 진학은 꿈도 꾸지 못했을 것이다.

별 시답지도 않은 생각을 다 한다고 스스로를 타박하며 해서는 책상을 벗어났다. 기분 전환이 필요했다.

카운터 테이블로 다가가 아래쪽 냉장고를 열었다. 느닷없는 웃음이 무심코 해서의 입 밖으로 새어 나왔다. 냉장고 안 토마토 주스가 담긴 꼬마 유리병을 보자 오늘 오전, 이곳 상담실에서 있었던 일이 자연스럽게 떠올랐다.

상담을 끝내자는 해서의 말에 그대로 벙찐 표정을 짓던 주원의 얼굴은 다시 생각해도 웃음이 날 정도로 고소했다. 호적수에게 한 방을 제대로 먹인 것 같은 뿌듯함이 가슴 밑바닥에서부터 불끈 일어난다고 할까.

강주원, 왜인지 모르게 해서의 신경을 긁는 환자다. 해서가 여태 임상에서 다루어 온 일반적인 만성 정신 질환자들과는 완전히 달랐다. 흉악한 살인범이라는 조건을 배재해 놓고 본다면, 정신적으로 문제가 전혀 없는 보통 사람이라고 해도 무방할 정도였다.

사회화가 아주 잘된 소시오패스가 아닐까…….

거기까지 머릿속 이론을 확장해 나가다 해서는 후후 하고 잘게 웃었다.

반사회적 인격 장애의 일종인 소시오패스를 두고서 사회화가 아주 잘되었다는 표현이 가당키나 한가 싶었다. 어폐도 이런 어폐가 없었다. 하지만 연구해 볼 가치는 충분했다.

사회화가 아주 잘된 소시오패스라······.

대표적인 케이스를 하나 꼽자면······.

셜록 홈즈?

해서는 재차 소리를 내어 웃었다. 사회화가 잘된 소시오패스에 대하여 학계에 발표된 연구 논문이 있는지 찾아봐야겠다. 때아닌 학구열에 불타올랐다. 토마토 주스를 꺼내 마시려던 애초 계획도 잊고 서둘러 데스크톱 컴퓨터를 켰다.

인터넷 창을 열고 막 검색 엔진에 접속하려는 찰나였다. 자동 잠금장치가 작동 중인 개별 상담실 출입문을 누가 복도 쪽에서 아이디카드를 이용해 여는 소리가 들렸다. 벌컥 문이 열리고 장희가 낯빛이 하얗게 질린 채 헐레벌떡 안으로 뛰어 들어왔다.

"무슨 일이세요?"

놀라서 묻는 해서의 손목을 장희가 덥석 부여잡는다.

"왜요?"

다시금 묻자 장희가 그녀의 손목을 당겼다. 그가 이끄는 대로 해서는 자리에서 일어났다.

"같이 가자고요?"

해서는 일부러 눈을 똑바로 맞추고서 단어의 음절을 하나하나 천천히 발음했다. 장희가 독순술(讀脣術)*을 할 수 있지 않

---

*말하는 사람의 입모양을 보고 음성 언어의 자극을 받아들여 시각으로 언어를 읽는 방법.

나, 하는 생각이 가끔씩 들었기 때문이다.

마치 말하는 해서의 입술을 읽기라도 한 양 장희가 고개를 마구마구 주억거렸다.

✿   ✿   ✿

매부리와 사마귀에게 허리를 붙잡혀 질질 복도를 끌려가는 동안 주원은 잃었던 의식을 되찾았다. 머릿속이 멍하고 시야가 흐릿하다. 두 팔은 옴짝달싹하기도 어려울 만큼 부자유스럽다.

눈동자를 똑바로 하고 눈살에도 힘을 넣었다. 멍하던 머릿속은 조금씩 명료해지고 흐릿하던 시야는 점차 명확해졌다. 제일 먼저 양팔의 부자유스러움부터 확인했다.

가슴 앞에서 두 팔을 서로 엇갈리게 만들어 등 뒤로 소매를 묶어 버리는 자해 방지용 환자복을 입고 있었다. 그가 의식을 잃은 사이 요양 보호사들이 상의 위에 덧입힌 모양이다. 자해 방지보다는 결박용일 것이다.

"무슨 일이에요?"

맞은편 복도에서 걸어오던 간호사가 주원의 곁을 무심히 지나쳐 가며 물었다. 결박을 당한 채 끌려가는 환자를 보는 것이 일상적인 일인 듯 간호사의 말투가 여상했다. 사마귀 역시 대수롭지 않다는 태도로 대답한다.

"격리실로 데려가려고요. 조금 전 휴게실에서 발작을 일으켰거든요."

"아휴. 오늘도 고생하시네요."

"고생은요, 무슨."

"일반 병동 쪽은 그나마 덜한데. 여기 폐쇄 병동은 조용히 지나가는 날이 하루가 없네요."

"전부 중증 환자들이라 어쩔 수 없죠."

"아무튼 수고하세요."

"김조형 선생님도요."

간호사와 사마귀가 서로 목례를 나누었다. 그동안 주원은 이대로 순순히 격리실로 끌려가 줄까, 아니면 대차게 반항을 한 번 해 볼까. 비록 잠깐이지만 나름 심각하게 고민했다.

이래 맞으나 저래 맞으나 어차피 두들겨 맞을 매였다. 아무도 보지 못하는 곳에 끌려가서 맞는 것보다는 사방이 탁 트인 장소에서, 하다못해 반항이라도 해 보고 맞는 매가 나을 성싶었다.

그렇게 되면 요양 보호사들이 입원 환자들에게 폭력을 행사한다는 주장에 대하여 최소한의 증언이라도 확보할 수 있을 것이다.

"놔! 놓으라고, 씹새끼들!"

주원은 부러 목청을 높이 쏘면서 발버둥을 쳤다. 저만치 가던 김조형 간호사가 어깨 너머로 흘낏 뒤를 돌아다보았다. 멀리서나마 주원과 시선이 마주쳤다. 조형이 한심하다는 듯이 고개를 절레절레 흔들다가 이내 제 갈 길을 가 버린다.

"미친놈이 진짜. 너나 닥쳐."

당장 주원의 옆구리로 매부리가 휘두른 주먹이 날아들었다. 뒤이어 광대뼈까지 강타당했다.

"꼴통. 얼굴은 안 된다고 몇 번을 말해. 멍이라도 지면 어쩌려고."

사마귀가 짜증 섞인 목소리로 끼어들었다.

"됐거든. 아우, 짱나."

매부리가 공연한 신경질을 부렸다. 재차 주원의 오금을 발등으로 후려쳤다.

주원의 무릎이 턱 꺾이면서 몸이 앞으로 훅 쏠렸다. 두 팔이 완전히 묶여 있는 상태라 주원은 좀처럼 균형을 잡지 못했다. 이리저리 비틀거리면서도 어떻게든 넘어지지 않으려고 안간힘을 썼다.

아등바등하는 주원의 모습을 쳐다보며 매부리가 낄낄낄 비웃음을 뿜었다. 사마귀도 빙긋이 미소를 지으며 간신히 균형 감각을 되찾은 주원의 어깨를 손바닥으로 은근슬쩍 밀쳤다.

주원은 속수무책 바닥으로 고꾸라질 수밖에 없었다.

"꼴좋다, 새끼야."

매부리가 폐쇄 병동 3층 복도가 떠내려가도록 박장대소를 했다. 사마귀 또한 제가 한 짓이 무척이나 뿌듯하다는 표정으로 키득키득 소리를 내어 웃어 젖혔다.

"넘어질 때 어디 하나 부러졌으면 더 좋았을 텐데."

"일으켜 세워서 다시 밀치지 뭐."

"차라리 핀볼 게임을 해 볼까?"

"그건 또 뭔데?"

"이 자식을 가운데 놓고 통통 치면 재밌을 것 같지 않아? 안 넘어지려고 기를 쓰는 모습도 보고. 그러다 이 새끼가 넘어지면 우리야 즐겁고."

"괜찮은 생각인데."

"내가 또 아이디어 뱅크 아니냐."

"아이어…… 뭐?"

"됐다."

사마귀가 널브러져 있는 주원 쪽으로 허리를 굽혔다. 아까 매부리가 휘두른 주먹에 쓸린 주원의 광대를 내려다보며 끌끌 혀를 찬다.

"이 자식 여기 아무래도 멍들겠는데. 장해서 선생이 보면 또 한바탕 난리를 치겠고만."

"괜찮아. 이 새끼 혼자 넘어지면서 얼굴에 멍들었다고 얘기하면 그만이야."

매부리가 별것 아니라는 투로 흔연스럽게 받아넘겼다. 사마귀가 기꺼이 동의를 표하며 고개를 끄덕였다.

"하기는 뭐, 이 자식이 우리한테 맞았다고 해도 믿을 사람이 누가 있겠어."

"다들 미친놈이 헛소리한다고 하겠지."

저들끼리 흥이 나서 주거니 받거니, 난리였다. 매부리는 낄낄대고 사마귀는 키득거렸다.

주원은 바닥에 널브러진 채로 어금니를 으득 깨물었다.

폐쇄 병동 내 입원 환자가 전부 중증 정신 질환자들뿐이라, 그동안 요양 보호사들의 폭력 앞에서 누구 한 사람 제대로 저항하지 못했을 것이다. 다른 의료진에게 도움을 요청한다 해도 피해망상이라는 식으로 몰아갔을 것이 뻔하다. 병원 돌아가는 모양새가 눈에 선했다.

"그래도 조심해라. 꼴통, 너 그 욱하는 성질머리 좀 죽여. 장해서 선생이 눈치 까면 이래저래 우리만 골치 아파."

"그 여선생 존나 마음에 안 들어. 툭하면 오지랖에, 퍽 하면 훈장질이야. 지가 잘났으면 얼마나 잘났다고 만날 사람을 가르치려고 들어. 의사면 다냐."

"또 주둥아리 함부로 놀리지."

사마귀의 경고를 듣고 매부리가 오히려 눈알을 부릅떴다.

"내가 뭘?"

"지난번에는 경위서로 끝났지만 이번에 걸리면 아예 잘릴지도 몰라."

"알았으니까 잔소리는 1절만 해. 존나 짱나게시리."

"으이구, 이 꼴통아. 언제 철들래."

사마귀와 매부리 사이에 오가는 대화를 주원은 새겨들었다. 그나마 해서는 입원 환자들 편에 서서 처우를 개선하기 위하여 여러모로 신경을 쓰는 모양이다. 그런 해서가 장기 밀매 일당의 일원일 가능성은 낮았다.

❖　　　❖　　　　❖

해서는 경악을 금치 못했다. 지금 눈앞에서 자행되고 있는
상황을 직접 보고 있으면서도 도저히 믿고 싶지가 않았다.

요양 보호사 두 명이 자해 방지용 환자복을 입은 주원을 가
운데 세워 두고, 마치 그가 탁구공이라도 되는 듯이 등과 가슴
을 번갈아 가며 손바닥으로 툭툭 쳐서 상대편 쪽으로 밀어 댔
다.

주원의 몸 전체가 진자 운동을 하는 추처럼 일정한 방향성
을 가지고 흔들렸다. 만약 요양 보호사들이 그에게 가하는 힘
에 조금이라도 변화를 준다면—확 밀치거나 하는 따위의— 주원
의 몸은 곧장 균형을 잃고 바닥으로 고부라지고 말 것이다. 양
팔이 모두 뒤로 묶인 상태라 자칫 큰 사고로 이어질 수도 있
다.

"당장 멈춰요!"

해서는 노성을 내지르며 세 남자를 향해 달려갔다. 화들짝
놀란 요양 보호사들이 당황한 표정으로 어쩔 줄을 몰라 했다.

"그냥 장난으로……."

"꼴통. 입 다물어."

"아니, 그게 아니라……."

"장해서 선생님. 그러니까 이게 말입니다."

"두 사람 다 조용히 하세요."

해서는 건조하지만 엄정한 어조를 써서 요양 보호사들의 변

명을 차단했다. 솔직히 어처구니가 없었다. 담당 주치의인 해서한테는 보고도 없이 멋대로 주원에게 자해 방지용 환자복을 입힌 것부터 월권행위에 해당했다.

"방금 선생님께서 보신 거랑 상황이 많이 다릅니다."

"제가 본 거랑 상황이 전혀 달라 보이지 않는데요?"

"이 새끼⋯⋯. 아니, 아니. 이 환자가 휴게실에서 말썽을 일으키는 바람에⋯⋯."

"예, 맞습니다. 갑자기 흥분해서 경련을 하더라고요. 어쩔 수 없이 자해 방지용 환자복을 입혔습니다."

"제 허락 없이 함부로 환자들 결박하지 말라고 전에도 분명 얘기했을 텐데요. 저한테 보고부터 하셨어야지요."

"그럴 만한 시간적 여유가 없었습니다. 환자가 덩치도 있는 데다가 저항까지 심해 다른 환자들도 피해를 볼 수 있는 상황이었어요."

"저는 주먹으로 턱도 맞았어요. 여기 보세요. 퍼렇게 멍들었잖아요."

둘이 돌아가며 주절주절 변명을 늘어놓았다. 해서는 싸늘한 눈길로 요양 보호사들을 쏘아보았다. 두 사람이 작정하고 거짓말을 하고 있다는 의심을 좀처럼 지울 수가 없었다. 그 이유가 무엇이든 간에 아무튼 석연치가 않았다.

"제 눈에는 환자 상태가 꽤나 안정적으로 보이는데요?"

"휴게실에서 바로 진정됐으니까요."

"바로 진정됐다면 자해 방지용 환자복은 입히지 말았어야지요."

노기를 띤 해서의 질책에 요양 보호사들이 흠칫 어깨를 떨었다. 개중 하나가 부리나케 나서서 상황을 부연하려고 했다.

"격리실로 옮기는 과정에서 조금 마찰이 있었습니다."

"두 사람이 환자를 가운데 두고 이쪽저쪽으로 밀치는 게 마찰인가요?"

해서는 눈살을 찌푸리고 서서 눈심지를 키웠다. 마음 같아서는 당장에라도 요양 보호사들을 해고해 버리고 싶었다.

하지만 한울타리 정신요양병원의 모든 인사권은 박태수 병원장에게 있었다.

게다가 지금은 환자인 주원에게 집중해야 할 시점이다. 요양 보호사들의 잘잘못을 따져 인사 위원회에 회부할지 말지 결정하는 일은 다음에 해도 늦지 않다.

"장해서 선생님이 오해하신 겁니다."

"글쎄요. 일단 두 사람 모두 돌아가세요."

"이 환자는 어떻게 할까요? 격리실로 데려가야 하는데."

"제가 알아서 할게요."

"위험한 놈입니다."

"하!"

황당해하는 헛웃음이 자제할 겨를도 없이 해서의 입술을 뚫고 나왔다. 난동을 부리기는커녕 반항조차 하지 않는 환자를 결박까지 해서 장난감인 양 가지고 놀아 놓고, 이제 와서 한다는 소리가 위험하단다. 한마디로 기가 막혔다.

'내가 볼 땐 당신들이 더 위험해 보여'라고 쏘아붙이고 싶은 것을 해서는 겨우 참았다.

"환자가 다시 발작을 일으킬 수도 있고요."

"자해 소동을 벌일지도 모릅니다."

어떻게든 한 소리라도 보태려고 드는 요양 보호사들의 이야기를 해서는 무질러 버렸다. 일부러 더 단호하게 굴었다.

"됐어요. 제가 알아서 할 테니까 쓸데없는 걱정은 넣어 두세요."

"⋯⋯알겠습니다."

"⋯⋯어쩔 수 없죠. 그럼."

요양 보호사들이 한참을 미적거리다 떠났다. 털레털레 승강기를 향해 걸어가는 요양 보호사들의 모습은 본 척도 않고 해서는 온전히 주원 쪽으로 관심을 기울였다.

"강주원 씨?"

"의사 선생?"

주원이 비스듬하니 틀고 있던 고개를 내려 해서와 똑바로 시선을 맞추었다. 해서도 올곧은 눈길로 주원을 올려다보았다.

"괜찮으세요?"

"의사 선생 눈에는 내가 괜찮아 보입니까?"

주원이 살짝 시비조로 물었다. 명백한 항의였다.

"아니요."

"제대로 봤습니다."

자조와 빈정거림이 뒤섞인 대답이었다. 해서는 살긋이 미소를 지었다. 주원이 불뚝한 표정으로 웃음의 이유를 따졌다.

"뭡니까?"

"오전에는 저한테 반말하셨잖아요."

"이 상황에 내가 존대해 주니까 좋다고 웃음이 나왔다?"

주원이 어이없다는 듯 대놓고 시비조로 되물었다. 그렇다고 딱히 기분이 나빠 보이지는 않았다.

"그러게요. 이 상황에 강주원 씨가 존대를 해 주니까 웃음이 나네요. 내가 강주원 씨한테 신뢰를 주는 의사가 된 것 같아서요."

"그깟 존댓말 하나로?"

"존중받는 기분이에요."

"반말이든 존대든 어차피 나는 을이고, 의사 선생은 갑이잖아. 지금 내 꼴을 보라고."

"글쎄요. 갑을 관계라는 표현은 맞지 않는 것 같은데요. 강주원 씨는 환자고, 나는 의사일 뿐이니까요."

"그러면 이거나 풀어 주지?"

"결박은 풀어 드릴 거예요. 대신 저랑 한 가지만 약속해요."

"역시 세상에 공짜란 없지."

주원이 혼잣말을 빙자해서 투덜거렸다. 해서는 작게 후후 소리를 내어 웃었다.

"얌전히 있기. 어때요?"

"의사 선생이 생각하는 얌전의 정의가 무엇이냐에 따라 내

대답은 얼마든지 달라질 수 있어."

"하나, 난동 부리지 않기. 둘, 1층 개별 상담실로 가서 얼굴에 입은 찰과상 치료하기. 셋, 반말하지 않기."

"약속이 하나가 아니잖아. 의사가 환자한테 거짓말을 하면 쓰나."

"얌전히 있기의 세부 조항일 뿐이에요."

"정신과 의사라 그런지 말장난도 제법 논리적으로 하네."

"풀까요, 아님 이대로 둘까요?"

해서가 관용을 베푸는 척 두 개의 선택지를 제시했다. 무조건 후자를 선택할 수밖에 없는 주원의 귀에는 질문이라기보다 강요에 더 가깝게 들렸다. 사실 신체의 자유를 담보로 한 협박이나 다름없었다. 자유롭고 싶으면 얌전히 있으라는.

주원은 입가를 타고 번지는 미소를 자그시 눌러 감추었다.

이 여자 겪으면 겪을수록 매력적이다.

사람을 다루는 데 고단수다.

"좋아요. 풉시다."

"탁월한 선택이에요."

✿　　　✿　　　✿

해서가 아이디카드를 이용해 1층 오른쪽 복도 맨 끝에 위치한 개별 상담실의 출입문 자동 잠금장치를 풀었다. 주원에게 먼저 들어가라며 눈짓을 보낸다.

주원 역시 별다른 대꾸를 하지 않았다. 여닫이문을 활짝 열고 서 있는 해서의 곁을 조용히 지나쳐 상담실 안으로 들어섰다.

생각해 보니 3층에서 이곳까지 오는 동안 해서는 줄곧 주원을 앞세우고 걸었다. 1층으로 내려오는 승강기에서도 그를 먼저 태운 다음 안으로 들어와 반보쯤 뒤에 가서 섰다. 의식적으로든 무의식적으로든 주원에게 뒷등을 보이지 않으려고 하는 것 같았다.

하긴 중증 편집성 인격 장애를 앓고 있는 살인범에게 어느 누가 자신의 뒷등을 아무렇지도 않게 내보일 수 있겠는가. 이유도 없이 갑자기 흥분해서 위해를 가할지도 모르는데 말이다.

솔직히 주위에 요양 보호사들까지 없는 상황에서 얌전히 있겠다는 주원의 구두 약속을 믿고 결박을 풀어 준 해서의 행동이 어떤 면에서는 상식을 벗어난 일이었다.

"뭘 믿고 결박을 풀어 준 겁니까?"

느닷없는 주원의 물음에 해서가 상담실 안으로 들어서다 말고 고개를 한쪽으로 갸웃한다. 주원이 왜 그런 질문을 하는지 모르겠다는 얼굴이다.

"강주원 씨가 얌전히 있기로 약속했으니까요."

"구속력도 없는 약속일 뿐이잖아요?"

"약속을 하는 데 구속력의 유무가 중요한가요?"

"의사 선생은 중요하지 않다고 생각하나 봅니다?"

"지키고자 하는 의지가 없다면 구속력이 아무리 막강해도 약속은 깨지게 되어 있어요."

"구속력보다 지키고자 하는 의지가 중요하다, 그런 뜻인가요?"

"맞아요."

"의사 선생은 나한테 약속을 지키고자 하는 의지가 있다고 생각한 겁니까?"

주원은 질문을 바꾸었다. 해서가 일말의 주저함도 없이 대답했다.

"당연하죠. 그러니까 결박을 풀어 준 거잖아요."

"결박은 선뜻 풀어 주되, 뒷등은 차마 보여 줄 수 없을 만큼의 신뢰로군요."

주원은 적나라한 표현을 써서 이야기했다. 해서를 타박하기 위한 것은 아니었다. 사실에 대한 단순 적시였다. 해서가 잠시 멍한 표정을 지었다. 주원에게 뒷등을 보이지 않았던 행동이 딱히 의식적인 것은 아니었던 모양이다.

해서가 어느 순간 '아' 하며 감탄인지 한탄인지 모를 짧막한 단어를 내뱉었다. 주원을 앞세우고 걸었던 자신의 행동을 그제야 깨달았다는 듯이. 그럼에도 '그게 아니라'로 시작하는 핑계나 '사실은 이렇다'라는 따위의 변명은 없었다.

다만 해서는 서늘한 얼굴에 멋쩍은 미소를 살짝 머금었을 뿐이다. 주원은 '그것 보라'는 식으로, 혹은 '나에 대해 당신이 가지는 믿음의 깊이란 기껏 해야 그 정도일 뿐이다'라는 태도로 잘게 웃었다.

상대에 대한 신뢰 여부를 놓고 따지자면 주원도 해서를 못 믿기는 마찬가지였다. 한울타리 정신요양병원 관계자 중 어느 누가 불법 장기 밀매 일당인지 정확히 특정 지을 수 없는 상황이다. 현재로서는 모든 의료진을 무조건 용의 선상에 두고 볼 수밖에 없었다.

그러니 해서에 대해서도 주원은 당연히 손톱만큼의 신뢰조차 하고 있지 않았다.

진짜로?

손톱만큼의 신뢰조차 없다고?

예상치도 못한 물음이 주원의 머릿속에서 불쑥 떠올랐다. 스스로에게 답을 주는 대신 주원은 입가를 헐겁게 비틀어서 웃어 버렸다.

해서를 믿고 싶었다. 한울타리 정신요양병원 관계자 모두가 불법 장기 밀매와 연계되어 있다 해도 해서만큼은 아니었으면 했다.

지극히 비이성적이며 너무나도 감상적인 자세였다. 수사를 진두지휘하는 검사로서 결코 가져서는 안 되는 태도였다.

그럼에도 전혀 불쾌하지도, 불편하지도 않았다. 주원은 스스로가 조금, 아니 아주 많이 우스웠다.

"아무 데나 편하게 앉으세요."

해서가 주원에게 자리를 권하고 안쪽의 카운터 테이블로 걸어갔다.

주원은 대충 눈에 보이는 가장 가까운 의자에 가서 털썩 몸을 주저앉혔다. 팔다리가 온통 노곤하고 뼈마디가 전부 욱신거렸다. 저절로 무지근한 한숨이 입 밖으로 새어 나왔다.

몸속 곳곳에 도사리고 있던 긴장감이 한꺼번에 스르르 풀어졌다. 동시에 엄청난 피로감이 해일처럼 단박에 밀려들었다.

한바탕 드잡이에 주먹다짐을 하고, 난생처음 고압 전기 충격기로 가격을 당하고, 심지어 인간 핀볼 게임의 장난감 노릇까지, 얼마 되지도 않은 시간 동안 진을 다 뺀 기분이다. 무엇이든 위로가 필요했다.

"의사 선생."

주원의 부름을 듣고 찰과상에 바를 연고를 챙기던 해서가 어깨 너머로 뒤를 돌아다보았다.

"네?"

"혹시 담배 피웁니까?"

"아니요."

"접대용으로 가지고 있는 거라도 없습니까?"

"없어요. 있어도 못 드려요. 병원 건물 전체가 금연 구역이거든요."

해서가 왼손으로 가운 주머니를 이쪽저쪽 뒤지면서 주원의 곁으로 다가왔다. 오른손에는 'Petroleum Jelly*'라고 적힌 주

---

*석유에서 추출한 탄화수소를 정제해서 만든 반고체 혼합물. 보통 바셀린이라는 상표명으로 불림.

먹만 한 플라스틱 통을 쥔 채였다.

"손 좀 줘 보세요."

연고를 발라 주려는 것으로 생각한 주원은 찰과상을 입은 왼쪽 손등을 해서 쪽으로 내밀었다. 해서가 상처 부위를 힐끗 한 번 내려다보더니 손가락 끝을 붙잡고서 주원의 손을 뒤집었다. 생채기가 난 손바닥 위에다 반투명 셀로판지에 싸인 박하사탕 두 알을 살포시 올려놓았다.

"뭡니까?"

"담배 대신이에요."

"사탕과 담배는 간극이 너무 크지 않나?"

"금연으로 심심해진 입엔 군것질거리가 제일이래요. 전에 우리 할머니가 그러셨어요."

해서가 근처 가지런히 놓여 있는 의자들 중 하나를 끌어당겨 오면서 말했다. 주원은 무릎을 마주 대듯이 앉는 해서를 쳐다보며 낮게 소리를 내어 웃었다.

"만병통치약은 좀 그렇고, 만사형통 용도라고 해야 하나. 무슨 우는 아이 달래기도 아니고 말이야. 뭐만 하면 박하사탕을 주네."

"그런 뜻은 없었어요."

"오전에 채혈하고 나서도 나한테 사탕 줬잖아요. 토마토 주스 대신."

"사탕 싫어하세요?"

"그다지 별로. 단 걸 안 좋아해서."

"환자들은 다들 좋아하던데요. 우리 할머니도 좋아하시고."

심상하니 이야기하며 해서가 바셀린 통의 뚜껑을 열었다. 하얗고 가늘며 긴 손가락으로 연고를 듬뿍 덜어 냈다. 매부리와 주먹다짐을 하느라 피부가 까진 주원의 손등과 손가락 관절에 골고루 바셀린을 펴서 발랐다.

"으윽."

주원이 인상을 팍 쓰며 움찔거리자 해서가 연고를 바르던 손길을 멈추었다. 고개는 비스듬하니 그대로 숙인 채 말간 눈동자만 위로 치켜뜨고 주원을 빤히 올려다본다.

"아파요?"

"쓰려 죽을 것 같아."

"엄살이 심하시네요. 겨우 이 정도 아파서는 죽고 싶어도 죽을 수가 없어요."

말은 야멸차게 하면서도 해서는 주원의 상처 부위에다 후후 입김을 불어 주었다. 해서가 지니고 있는 이미지랑 딱 맞아떨어지는 서늘한 바람이 주원의 손등을 스치듯이 지나 손가락 사이사이로 스며들었다. 화끈거리는 화기를 닮은 쓰라림이 금세 가라앉았다.

주원은 해서에게 붙잡힌 손끝에다 저도 모르게 힘을 넣었다. 서늘한 입김이 불어와 닿는 곳은 손등인데 손바닥 안쪽이 묘할 정도로 간지러웠다.

"아까 3층에는 어떻게 알고 왔습니까?"

주원이 물었다. 살짝 잠긴 듯한 중저음의 목소리가 연고를 재차 바셀린 통에서 덜어 내는 해서의 귓가로 날아와 깊숙이 감겼다.

퍼렇게 멍울이 번지기 시작한 주원의 광대뼈 주변에 연고를 넓게 펴서 바르는 해서의 손가락이 미세하게 떨렸다.

해서는 어쩌다 그냥 지나던 길이었다고 대강 둘러대려던 마음을 바꾸었다. 장희가 알려 주었다고 이야기해도 괜찮을 것 같았다. 주원이 입을 가볍게 놀릴 사람으로는 보이지 않기 때문이다. 요양 보호사들의 귀에 들어가 장희가 해코지를 당하는 일은 없을 것이다.

"오 씨 아저씨가……. 아! 강주원 씨는 그분이 누군지 모르죠? 오장희 씨라고 우리 병원에서 이런저런 잡다한 업무를 도맡아 처리해 주는 분이 계세요."

"압니다."

"오 씨 아저씨를 아세요?"

"아침에 봤어요. 청소하시는 분이죠?"

"맞아요. 그 양반이 여기로 저를 데리러 왔더라고요. 다짜고짜 손목을 잡아끌기에 무슨 일인가 했어요."

"오다가다 만나면 고맙다고 인사 정도는 해야겠군요."

"그러세요. 그런데 오 씨 아저씨 귀가 안 들리세요. 말도 전혀 못 하시고. 몸짓으로 표현을 하면 알아들으실 거예요."

해서는 바셀린을 바른 주원의 얼굴 상처에 입술을 가까이 댔다. 화기를 달래듯 후후 입김을 불었다. 단순한 본능처럼 무심결에 나온 행동이었다.

"의사 선생."

가만히 해서를 부르는 주원의 목소리가 꽉 잠긴 채 흘렀다. 낮고 탁한 중저음이 귓속을 파고들기가 무섭게 해서의 두 뺨으로 우련하니 홍조가 어렸다. 하면 안 되는 짓을 하다 들키기라도 한 것처럼 해서의 심장이 콩닥콩닥 뛰었다.

"죄송해요. 약 때문에 쓰릴까 봐."

"당신 할머니가 틀렸어."

"네?"

"금연으로 심심해진 입엔 군것질거리가 아니라……."

주원이 돌연 말소리를 멈추었다. 번득이는 유리알을 닮은 새카만 눈동자가 해서의 다갈색 눈망울을 똑바로 응시한다. 해서는 숨 쉬는 것조차 잊은 채 애꿎은 눈꺼풀만 빠르게 슴벅거렸다.

"무슨……."

"키스가 제일이야."

주원은 충동적으로 내뱉었다. 해서를 놀리려는 즉흥적인 의도였다. 그런데 '키스'라는 단어를 입에 담자마자 격렬할 정도로 해서와 입을 맞추고 싶어졌다. 장난이 충동으로 발현하고, 충동은 욕망으로 구체화되고 있었다.

어떠한 대꾸도 못 하고 그저 망연히 앉은 해서를 압박하듯 주원은 느릿느릿 말소리를 이어 나갔다.

"키스하고 싶은데……."

해도 될까, 주원이 묻기도 전에 해서가 다급한 어조로 대답을 한다.

"아, 안 돼요. 저, 절대로."

말까지 더듬으며 허둥지둥 상체를 뒤로 물리는 해서의 얼굴빛이 잘 익은 홍시보다 더 새빨갛다. 주원은 아무 소리 없이 입술만 연하게 늘여서 미소 지었다.

되게 귀엽네.

금단 현상

주원이 한울타리 정신요양병원 폐쇄 병동에 입원하고 닷새째 되는 날 광현이 찾아왔다. 병원 사무처에다 매월 1회 이상실시하는 형 집행 정지자에 대한 불시 점검이라는 아주 그럴싸한 핑계를 댔다.

형 집행 정지자 관찰 규정에 따라 실제 법무부에서 2014년이후 형 집행 정지 심사를 담당하는 검사들에게 의무적으로시행토록 만든 제도였다.

"최 검사님, 담배 있습니까?"

주원의 정중한 물음을 듣고 광현이 화들짝 놀란 표정으로사방을 휘휘 둘러보았다. 정신없이 고개를 이리저리 돌려 대는 모양새가 잔뜩 겁을 집어먹은 미어캣을 연상시켰다.

사방 탁 트인 시야로 들어오는 반경 안에 사람이라고는 그림자조차 보이지 않는다는 것을 거듭 확인한 광현이 당장 눈살을 찌푸렸다.

"뭐예요?"

"뭘?"

주원은 당최 모르겠다는 식으로 시치미를 쳤다.

"누가 있는 것도 아닌데 웬 존댓말이냐고요."

광현이 말소리를 잇새에 눌러 이야기하며 짜증을 부렸다. 양쪽 어깨가 다 들썩일 정도로 기다란 날숨을 쉬었다. 주원은 눈가를 접어 엷은 눈웃음을 피웠다.

"놀랐냐?"

"그럼 안 놀라요? 순간적으로 철렁했잖아요."

"낮말은 새가 듣고, 밤말은 쥐가 듣고."

"그래서 일부러 건물 밖으로 나왔잖아요. 혹시 있을지 모를 도·감청 방지 차원에서."

"그럼 뭐해. 듣지도 못하고 말하지도 못하는 자는 그곳이 어디든 갈 수가 있는데."

"뜬금없이 무슨 소리예요?"

"그런 게 있어."

"수수께끼라도 해요?"

"아마도. 담배나 내놔."

"아주 맡겨 놨지, 맡겨 놨어."

광현이 혼잣말로 툴툴거리며 바지 주머니 안에서 담뱃갑과 라이터를 꺼내 주원의 앞쪽에다 나란히 내려놓았다.

"라이터랑 같이 갑째 가져가요."

"됐어. 한 개비면 돼. 가지고 있다 들키면 괜히 시끄러워져."

"숨기면 되잖아요."

"구차해서 싫어. 차라리 안 피고 말지."

딱 자르는 주원의 이야기에 광현이 피식 웃었다. 그럴 줄 알았다는 표정이다.

"병원 생활은 어때요?"

"그럭저럭 견딜 만해. 폐쇄 병동에 대충 적응도 끝났고."

건성으로 대꾸하며 주원은 라이터를 켰다. 부싯돌이 제대로 작동하는 것을 확인하고 담배를 입에 물었다. 닷새 만에 맡는 연초 냄새가 지독하게 느껴졌다. 불을 붙이며 담배 연기를 폐부 깊숙이 들이마셨다.

별안간 눈앞이 핑 돌았다. 컥 하면서 마른기침이 터져 나왔다.

"뭐야, 이거. 왜 이렇게 써."

"니코틴 거부 반응 같은데요."

"엉?"

"갑자기 담배를 끊어 버리면 금단 현상으로 니코틴 거부 반응이 오기도 한다더라고요. 전에 신문 기사로 읽은 적 있어요."

광현이 자세히 부연했다. 주원은 인상을 있는 대로 팍 구겼다. 제대로 한 번 빨아 보지도 못한 담배 개비를 꽤나 복잡한

심경으로 내려다보았다. 그냥 버리자니 아깝고, 계속 피우자니 쓰디쓰고. 문자 그대로 계륵이 따로 없었다.

"이제 담배까지 지랄이네."

짧게 혀를 차고 담뱃불을 운동화 밑창에 대고 짓이겼다.

"잘됐어요."

"불난 집에 부채질해?"

"이왕 이렇게 된 것 이참에 술이랑 담배 끊고 건전한 몸으로 새로 태어나요."

"내가 언제는 불건전했냐?"

"술이야 고만고만했어도 담배에 찌들어 살았잖아요."

"시끄러."

"불뚝성과 까칠함이 빛을 발하는 게 금단 현상 맞네요."

좋다고 키득거리는 광현을 주원은 맵차게 노려보았다.

"됐고."

한소리 쏘아 주고 한껏 목소리를 낮추었다.

"직원들에 대해서 알아보고 있지?"

"불법 흥신소 급으로다가 탈탈 캐고 있으니까 곧 뭐라도 나올 거예요."

광현도 말소리를 죽여서 속삭였다. 이야기하는 동안 끊임없이 시선을 이쪽저쪽으로 굴려 주변을 살핀다. 주원 역시 엿듣는 귀가 없는지 조심했다.

"오장희라고 여기 잡역부야. 듣지도 못하고 말하지도 못해."

"어디든 갈 수 있다는?"

"그래."

"먼저 털까요?"

"응. 우리 쪽으로 당길 수 있는지 알아봐."

"듣지 못한다면서요?"

"듣지 못한다고 보지도 못하는 건 아니잖아."

"말하지도 못한다는데 어쩌려고요?"

"대화가 반드시 언어로만 가능하다는 편견을 버려. 글도 있고, 그림도 있고, 만국 공통어인 보디랭귀지도 있고."

"장애를 문제 삼아 증언의 신빙성에 대해 걸고넘어질 거예요."

광현이 차분한 태도로 이야기했다. 이제 겨우 첫발을 뗀 것에 불과한 수사를 두고 벌써부터 재판 걱정을 하고 앉았다. 주원은 헛웃음을 쳤다. 어쨌든 틀린 소리는 아니었다.

"증인이 한 명이라면 그렇겠지."

"누가 더 있어요?"

"장해서. 병동 주치의."

"의료진이라면 한편일 확률이 높지 않아요?"

"그 여자는 아니야."

주원은 무심코 호언장담을 쳤다. 스스로의 이야기에 혼자 황망해져서 허탈하니 웃어 버렸다. 왜인지 낯이 뜨뜻하다. 얼른 이야기를 바꾸었다.

"마지막 말은 못 들은 걸로 해. 편견 없이 털어. 저쪽인지 이쪽인지 아직 모르니까."

"반하기라도 했어요?"

광현이 제법 심각한 어조로 물었다. 차라리 짓궂은 놀림을 당하는 편이 더 나을 뻔했다. 주원은 굳은 얼굴을 손바닥으로 벅벅 문질렀다.

판단력이 흐려지고, 집중력이 약해진 것 모두가 강제 금연에 따른 금단 현상 탓이라고 애써 치부했다.

"그런 거 아니야. 그냥 좀 그래."

"그냥 좀 그래, 라는 것은 어떤 건데요?"

대충 넘어가 주면 좋으련만 광현이 기어이 물고 늘어졌다.

"그냥 좀 신경 쓰여."

신경질적으로 답하고 주원은 얄팍한 한숨에 진한 욕설을 실었다.

"씨팔."

❖   ❖   ❖

사람의 통행은 물론이고 들고나는 모든 물품에 대한 통제까지 엄격하게 유지되는 폐쇄 병동의 출입문도 하루에 세 번은 아무런 규제 없이 활짝 열린다. 아침 7시와 한낮인 정오, 그리고 저녁 6시. 삼시 세끼 밥때다.

요양 보호사들의 감시하에 폐쇄 병동 입원 환자들이 일반 병동 1층에 위치한 식당으로 이동하기 때문이다.

간간히 식기 부딪치는 소리만 들릴 뿐, 식당 전체가 정적이 흐른다고 표현해도 무방할 만큼 조용하다.

특유의 무겁고 답답한 분위기 탓인지 즐거워야 할 식사 시간이 주원은 전혀 즐겁지가 않았다. 도리어 실체 모를 무엇인가에 사정없이 짓눌리는 기분이었다.

숟가락으로 콩나물국을 뜨며 옆자리에 힐끗 시선을 던졌다. 주원의 병실인 314호와 복도를 사이에 두고 이웃한 313호 입원 환자다. 올해 서른여섯 살인 주원과 대충 비슷한 또래로 보였다.

이름이 뭐였더라?

권…….

주원은 잡곡밥을 우물거리면서 기억을 더듬었다. 지난주 휴게실에서 악수를 하며 분명 통성명을 했었다.

아, 맞다. 권상엽.

어떤 식으로 말을 붙일까 고민하는 차였다. 상엽이 갑자기 등을 웅크리며 두 손으로 아랫배를 움켜잡았다. 핏기가 가신 허연 얼굴에 굵직굵직한 알땀이 빠르게 맺혔다. 주원은 당장 숟가락을 내려놓고 신음하는 상엽의 어깨를 흔들었다.

"어디 아파요?"

"배가…….."

상엽이 복통을 호소했다. 주원이 주위에 도움을 요청하기도 전에 사마귀와 매부리가 빈 휠체어를 끌고 달려왔다.

"권상엽 환자."

사마귀가 끙끙 앓는 소리를 내는 상엽의 한쪽 뺨을 손바닥으로 가볍게 톡톡 두드리더니 질문을 이었다.

"배 많이 아파요?"

"으윽……. 죽을 것 같아요."

상엽의 대답에 사마귀가 빈 휠체어를 붙잡고 서 있는 매부리 쪽으로 눈길을 보낸다.

"맹장 같은데?"

"그러게. 밖으로 옮겨야겠지?"

"맹장 수술하려면 외부 병원으로 보내야 할 거야."

사마귀와 매부리 사이에 오가는 대화가 어쩐 수상쩍었다. 주원은 후다닥 자리를 박차고 일어났다. 상엽의 곁에 딱 붙어서서 요양 보호사들의 접근을 막았다.

"장해서 선생 데려와."

"뭐야, 이 새끼."

인상부터 팍 긋던 매부리가 주원의 얼굴을 알아보고 나지막한 소리로 욕설을 내뱉었다.

"또 너냐? 존나 짱나게시리. 재벌가 사생아면 다냐고. 돈 많은 새끼들은 좋겠어. 뭐든 제멋대로 할 수 있어서."

"가서 장해서 선생 데려오라고 했어. 같은 말 자꾸 반복하게 만들지 마."

주원은 앙다문 잇새로 말소리를 씹어 뱉었다. 한울타리 정신요양병원 의료진 중 그나마 믿고 기댈 수 있는 사람은 해서뿐이다.

"이봐요, 강주원 환자. 지금 권상엽 환자 아파하는 거 안 보여요?"

사마귀가 제 딴에 중재를 해 보겠다며 나름 점잖은 태도로 나왔다. 아마도 지난번 주원과 주먹다짐을 한 일로 윗선으로부터 경고를 받은 것이 분명했다.

"장해서 선생 데려와서 맹장인지 아닌지 진찰부터 해. 당신들 둘 다 의사 아니잖아."

"와, 이 새끼 진짜 강적이네."

매부리가 씩씩대며 어처구니가 없다는 식으로 코웃음을 쳤다. 흥분한 매부리를 말리며 사마귀가 날카로운 눈빛으로 주원을 쏘아보았다.

"급성 맹장이면 최대한 빨리 수술해야 합니다."

"맹장인지 아닌지 당신이 어떻게 알아?"

"그러니까 큰 병원으로 이송해서 제대로 진찰하겠다는 거잖아."

사마귀가 정중한 척하던 가면을 벗어던졌다. 주원은 목청을 높이는 사마귀의 말 따위 귓등으로 흘린 채 대놓고 비웃었다.

"멀쩡한 의사 놔두고 춘천까지 뭐 하러 가는데?"

"우리 병원에는 수술방이 없으니까. 수술할 외과 의사도 없고."

사마귀가 으르렁거렸다. 주원은 작정하고 버럭 고함을 질렀다. 쩌렁쩌렁 울리는 주원의 목소리가 무겁고 답답한 분위기의 식당 안을 빼곡히 메웠다.

"장해서 선생 데려오라고! 씨팔! 확 다 엎어 버리기 전에!"

❖　　　　❖　　　　❖

일어섰다가 앉았다가, 주원은 한차례 어깻숨을 짓고 다시 자리에서 일어났다. 수인(囚人) 신분이다 보니 상엽의 장기가 언제 적출될지 모르는 상황에서조차 주원이 할 수 있는 일은 아무것도 없었다.

심지어 병실 출입문을 열고 밖으로 나가는 일마저 마음대로 하지 못했다.

아까부터 극도의 초조함이 임계점을 넘나들었다. 주원은 도저히 견디지 못하고 하릴없이 병실 안을 오락가락 거닐었다. 한동안 갈피없이 서성이다 도로 침대 가장자리에 엉덩이를 대충 걸치고 앉았다. 팔꿈치를 허벅지에 대고 깍지 잡은 손등 위로 턱을 괴었다.

"하아."

갑갑한 숨 자락이 저절로 입술을 뚫고 새어 나왔다. 정면으로 보이는 출입문만 뚫어져라 응시했다. 굳게 닫힌 문짝을 때려 부셔 버리고 싶은 심정이었다.

열려라.

좀 열리라고.

씨팔, 열리라니까.

소리 없는 입속말을 나지막한 욕설에 섞어 주문처럼 반복했다. 성질을 못 이겨 이러다 진짜로 문짝을 깨부수고 말지 싶을 즈음 출입문이 열렸다.

"오래 기다리셨죠?"

해서가 경쾌한 인사말과 함께 병실 안으로 들어왔다. 주원은 용수철에 튕기듯 자리에서 벌떡 일어나 해서를 맞이했다.

"권상엽 씨는 좀 어때요?"

"다행히 안정을 찾았어요. 복통도 거의 가라앉았고요."

해서가 외짝 여닫이문을 닫으며 화사한 미소를 지었다. 주원은 해서에게 앉을 틈도 주지 않고 계속해서 질문을 던졌다.

"왜 배가 아팠던 겁니까?"

"정확한 원인은 모르겠어요."

"대충 짚이는 데도 없어요?"

"가벼운 식중독에 의한 장염이 아닌가 싶어요. 혈액 검사 요청했으니까 이틀 후면 염증 수치가 나올 거예요."

"어쨌든 맹장은 아니라는 거죠?"

주원이 확인에 확인을 거듭하자 해서가 다시금 미소를 피웠다.

"예, 맹장 아니에요. 복부 엑스레이도 찍었고, 초음파도 봤어요. 맹장도 깨끗하고 장 꼬임도 없던걸요."

"됐어요, 그럼."

주원은 안도의 숨을 길게 내쉬었다. 오랜 시간 긴장해 있던 탓인지 맥이 다 풀렸다. 밀물처럼 빠르게 밀려와 전신을 덮치는 탈력감에 말할 기운도 없었다. 손짓으로 해서에게 의자를 권하고 주원 자신도 침대 가장자리에 털썩 몸을 주저앉혔다.

크게 달라질 것은 없겠지만 임시방편이나마 불법 장기 밀매 일당의 마수로부터 상엽을 구했다는 데 의의를 두었다. 해서가 제때 식당에 나타나 맹장이 아니라는 진단을 내려 준 덕분이었다.

만약 그 상황에서 해서가 없었다면 주원이 제아무리 난리를 치고 난동을 부린다 해도 상엽은 그대로 외부로 이송되어 갔을 것이다. 그리고 간이든 신장이든 여타 장기들을 적출당하고 말았겠지. 상상만으로도 눈앞이 아찔했다.

"많이 걱정하셨나 봐요."

해서가 자리에 앉는 대신 주원 쪽으로 가까이 다가왔다. 불룩하니 솟은 가운 주머니 안에서 어른 손가락 마디 하나쯤 되는 크기의 삼각뿔 모양 초콜릿을 한 움큼 꺼내 침대 한쪽에다 우르르 쏟아 놓았다. 알루미늄 호일 유형의 짙은 보라색 포장지에 'Dark'라고 적힌 꼬리표가 달려 있었다.

"이건 또 뭡니까?"

"다크초콜릿이에요. 단 건 싫어한다고 하셔서요."

"그러니까 왜 이걸 나한테?"

"일종의 위문품이에요."

"포상이 아니고?"

"그런 의미도 없지 않아 있고요. 오늘 고생하셨어요."

"그만 앉아요."

주원이 재차 자리를 권하자 해서가 침대 한쪽에 엉덩이를 걸쳤다. 한 무더기의 다크초콜릿을 사이에 두고 둘이서 나란히 앉은 모양새가 되었다. 주원은 수북하게 쌓여 있는 진보랏빛 삼각뿔더미에서 초콜릿 하나를 집어 해서에게 건넸다.

"의사 선생도 수고 많았어요."

"고마워요. 잘 먹을게요."

"그 말은 내가 해야 하는 것 아닌가? 이 초콜릿 전부 의사 선생 거잖아."

"이미 소유권 양도가 이루어졌으니까 강주원 씨 거죠."

해서가 눈시울을 반달 모양으로 접었다. 포장지를 벗긴 다크초콜릿을 입안으로 가져갔다. 위아래 입술을 꾹 닫은 채 혀로 삼각뿔을 이리저리 굴리며 빨아먹는다. 쉬지 않고 오물거리는 입으로 주원의 눈길이 저절로 쏠렸다. 스스로가 해서의 입술만 빤히 쳐다보고 있는 줄도 모른 채 줄곧 응시했다.

해서를 믿어도 될까?

이쯤에서 불법 장기 밀매에 대한 이야기를 꺼내 볼까?

수사에 협조를 부탁해도 괜찮지 않을까?

복잡하게 엉킨 여러 가지 생각들이 말없이 앉은 주원의 머릿속을 채웠다.

"안 드세요?"

"별로."

"이것 그렇게 달지 않아요."

"지금은 생각 없어."

"뒀다가 나중에 드세요."

"어."

건성으로 대답하는 주원의 얼굴을 해서가 흘낏흘낏 보더니 콧잔등이를 찡그렸다.

"왜요?"

"으응?"

"심각해 보여요. 뭐가 마음에 안 들어요?"

"심각하거나 마음에 안 드는 건 아니고."

"그럼요?"

"길들여지는 느낌이야."

"길들여져요?"

"응. 의사 선생한테."

"어린 왕자랑 여우처럼요?"

"그런 우아한 길들임은 아닌 것 같아. 글쎄, 굳이 따지자면 파블로프의 개 쪽에 가깝지 않을까 싶어."

"슈뢰딩거의 고양이로 하면 안 될까요? 파블로프의 개보다 뭔가 더 있어 보이잖아요."

해서의 엉뚱한 대꾸를 듣고 주원이 쿡쿡거렸다.

"슈뢰딩거의 고양이 같은 고차원적 길들임도 아니야. 지극히 본능적인 길들임이거든. 의사 선생이 먹는 걸로 나를 길들이려고 하고 있으니까."

"겨우 다크초콜릿으로요?"

해서는 웃음기 짙은 얼굴로 되물음을 했다.

"그러니까 말이야. 겨우 다크초콜릿으로."

주원이 마주 미소를 지어 보냈다. 악마처럼 잘생긴 얼굴에 환한 웃음이 깃들자 바라보고 있는 것만으로도 시리도록 눈이 부셨다.

해서는 슬그머니 시선을 내렸다. 가라뜬 눈동자로 새하얀 시트 위 아무렇게나 흩어져 있는 짙은 보라색 삼각뿔의 개수를 헤아렸다.

하나, 둘, 셋, 넷, 다섯, 여섯······.

"한 개 더 먹어도 돼요?"

"줄 때는 언제고?"

"그래서 허락받잖아요."

"드세요, 양껏."

존댓말 같지도 않은 존댓말을 툭 던져 놓고 주원이 다시 소리를 내어 웃었다. 해서는 차마 같이 웃을 수가 없었다. 여전히 시선을 피한 채였다.

"한 개만 더 먹을게요. 나도 강주원 씨한테 길들여지는 기분이거든요. 여기서 더 먹으면 위험할 것 같아요."

쿡쿡거리던 주원의 웃음소리가 일시에 그쳤다. 해서는 모르는 척 진보랏빛 포장지를 벗겼다. 쌉싸름한 맛보다 단맛이 더 강하게 느껴지는 다크초콜릿이 입안에서 사르르 녹았다.

슈뢰딩거의 고양이는 어떤 심정으로 무쇠 상자 속을 헤집고 돌아다녔을까? 한 시간 안에 핵이 붕괴될 확률이 50%나 된다는 것을 까맣게 몰랐으니 가능했겠지.

"의사 선생."

"네?"

"나 좀 보지."

"……."

"응?"

주원이 느긋한 어조로, 그러면서도 빠듯한 음성으로 재촉했다. 그제야 해서는 고개를 들어 올렸다. 새카만 유리알 같은 눈동자 속에서 정체 모를 불꽃이 파랗게 일렁였다.

첫 만남에서 보았던 광기와 닮았으나 결코 광기는 아닌 그 무엇.

해서는 후다닥 시선을 도로 내렸다. 눈동자를 가라뜬 채 살살 고개를 내저었다.

"싫어요."

무엇이 싫은지 스스로조차 알지 못했다.

"왜?"

주원이 싫음의 주체를 묻지 않고 그 이유를 캐어물었다. 해서가 싫어하는 것의 정체를 정확히 알고 있다는 투였다.

"말하지 않을래요."

"내가 마음대로 오해하면 어쩌려고?"

"……안 돼요."

해서는 한참을 망설인 끝에 대답했다.

"뭐가?"

주원이 이제야 이유가 아닌 주체에 대하여 물었다. 해서는 저도 모르게 벌떡 일어나 출입문 쪽으로 달렸다. 무엇을 생각하고 어떠한 판단을 내린 다음의 행동이 아니었다. 본능에 따라 무작정 움직였다.

문고리를 붙잡아 막 돌리려는 찰나에 기다란 팔 하나가 해서의 정수리 위쪽으로 쑥 밀고 들어왔다. 주원이 손바닥으로 여닫이문을 꾹 눌러 해서가 출입문 여는 것을 막았다.

해서는 아무런 말도 못 한 채 어깨만 발발 떨었다. 숨조차 제대로 쉴 수가 없었다. 열리지 않는 출입문에다 몸을 바투 붙이고 서자 뒷등 쪽에서 주원이 상체를 밀착시켰다.

두 사람의 몸이 나란히 누운 스푼처럼 하나로 포개졌다. 주원이 해서의 정수리에 아래턱을 괴었다. 그가 뱉어 내는 더운 숨결이 해서의 목덜미를 타고 흘렀다.

"의사 선생."

귓바퀴로 감기는 중저음의 목소리가 흡사 탄식과도 같았다. 해서는 울 것 같은 심정이 되었다. 질끈 눈을 감고서 애꿎은 이마를 여닫이문에다 대고 문질렀다.

"이러지 말아요."

"장해서."

"제발요."

"싫어."

"이러면 안 되는 거잖아요. 나도, 강주원 씨도."

"하아…… 그러게. 이러면 안 되는 건데."

짙은 탄식이 분명한 주원의 말소리가 해서의 귓전에서 조금씩 멀어졌다. 동시에 스푼처럼 겹쳐져 있던 주원의 몸이 한 발짝 뒤로 물러났다.

딸칵.

출입문이 열렸다.

날카로운 첫 키스

장희는 접이식 사다리를 질질 끌면서 걸었다. 길고 좁은 직사각형의 상자처럼 생긴 복도를 느릿느릿 지났다. 반짝이는 얼음 막대기 같은 형광등이 높다란 천장에 줄지어 매달려 있다.

차가우나 따가운 빛다발이 막무가내로 쏟아져 내린다. 온통 회백색 페인트칠을 한 사방의 벽면에 부딪쳐 도로 튕겨져 나온 빛줄기는 흡사 눈부신 햇발처럼 장희의 눈앞에서 다시금 어지럽게 산란했다. 얼크러진 빛다발이 날카로운 섬광인 양 장희의 머릿속을 꿰뚫었다.

그날, 그 밤, 그때 같았다.

천지를 뒤흔드는 엄청난 폭발음, 눈을 뜰 수 없을 정도로 따갑게 쏟아지는 새하얀 빛더미, 가는 비처럼 내려 흐르는 시뻘건 핏줄기, 여기저기 난무하는 울부짖음과 당장 숨이 넘어갈 듯한 헐떡거림. 문자 그대로 무간지옥 속 아비규환이었다.

무의식에서 시작된 지독한 공포가 장희의 의식마저 잠식했다. 순간 사지가 굳어 버리고 숨까지 멎었다. 장희는 오른손으로 제 왼쪽 가슴을 움켜잡았다. 뭉뚝한 손톱이 옷자락을 뚫고 들어왔다. 싸늘하니 식은 살갗을 함부로 할퀴었다.

어디선가 시커먼 안개가 흘러든다. 지독한 공포에 짓눌려 석상처럼 굳어 있는 장희의 온몸을 감싼다. 시야가 두터운 안개로 인해 흐려진다. 시야 확보를 위해 눈꺼풀을 깜빡거릴 때마다 머릿속에서 무시무시한 섬화가 번쩍인다.

장희의 상체가 비틀비틀 흔들렸다. 좁은 눈가가 파르라니 경련했다. 두개골은 징징 울렸다. 누가 관자놀이에다 사정없이 대못을 쳐대는 것 같았다.

아아아아아.

소리가 되지 못하는, 비명조차 될 수 없는 신음이 장희의 아랫배 밑창에서부터 솟구쳤다. 오랫동안 사용하지 않아 꽉 눌린 목울대를 순식간에 찢어발겼다.

도움을 청해야 한다.

사람들에게 알려야 한다.

장희는 정신없이 접이식 사다리를 펼쳐 세웠다. 필사적으로 계단을 밟아 위로, 위로, 위로 올랐다. 천장 한가운데 마구잡이로 빛다발을 퍼부어 대는 형광등을 맨손으로 쥐었다. 홧홧한 열기가 손바닥을 태웠다.

"악!"

단말마 같은 외마디 비명이 터짐과 동시에 눈앞의 세상이 휘청거렸다. 무중력 공간에 와 있는 것처럼 장희의 몸뚱이가 허공중으로 붕 떠올랐다. 자우룩한 안개 속에서 시야에 들어오는 사물들이 하나둘 어그러졌다.

공기가 아닌 안개로 가득 찬 실내는 수축과 이완을 반복하며 볼품없이 찌그러 들었다. 한 줄로 길게 늘어서 있던 형광등이 한꺼번에 우르르 무너져 내렸다. 길고 좁다란 직사각형 모양의 복도 또한 물뱀처럼 구불구불 굽이쳐 보였다.

"위험해!"

아스라이 먼 듯, 그러나 가까운 곳에서 강력한 외침이 날아왔다. 그 경고의 말은 빙글빙글 소용돌이치는 공간을 촘촘하게 갈랐다. 어떤 알 수 없는 힘이 공중에 붕 떠 있는 장희의 몸뚱이를 견고히 떠받들었다.

장희는 바르르 경련하듯 제멋대로 끔뻑거리는 눈꺼풀을 애써 부릅떴다. 안개가 점차 걷히고 시야가 조금씩 또렷해진다. 어그러졌던 사물들도 서서히 제자리를 찾았다. 굽이굽이 흐르던 복도 역시 본래의 모습을 되찾아 갔다.

다행이다.

안도감 속에서 장희의 눈꺼풀이 한 번 더 바르르 떨렸다.

중증 입원 환자들의 집단 치료를 마친 해서는 서둘러 상담실을 벗어났다. 보통은 환자들을 먼저 병실로 올려 보낸 후 마지막으로 나오면서 문단속을 하는 편이다. 오늘은 우울증을 앓고 있는 외아들을 일반 병동에 입원시키길 원하는 부모와 보호자 면담이 잡혀 있었다.

해서는 폐쇄 병동과 일반 병동을 연결해 주는 통로 쪽으로 길을 잡았다. 걸음을 재촉하며 폐쇄 병동 1층 복도를 지나는데, 저만치 떨어진 곳에서 장희가 형광등을 갈고 있었다.

별다른 보호 장구도 없이 높다란 사다리 위에 올라선 모습이 어째 불안해 보였다. 아니나 다를까 불 켜진 형광등을 맨손으로 잡던 장희의 상체가 크게 휘청거렸다.

"위험해!"

해서가 경고의 말을 내지름과 동시에 등 뒤에서부터 뛰어오는 발자국 소리가 다급하게 울렸다. 병실로 돌아가던 주원이 복도 한가운데 서 있는 해서의 어깨를 옆으로 밀치고 장희를 향해 날 듯이 달려갔다.

무방비 상태에서 갑자기 주원에게 떠밀린 해서는 균형을 잃고 잠시 허우적거리다 그대로 바닥에 엉덩방아를 찧고 말았다. 그 와중에도 복도 저쪽에서 벌어지는 상황을 하나도 놓치지 않고 끝까지 주시했다.

사다리 위에서 곧장 아래로 수직 낙하하듯 떨어지는 장희를 쏜살같이 뛰어간 주원이 양팔로 받아 냈다.

"휴우."

해서가 놀란 가슴을 쓸어내릴 겨를도 없이 주원과 장희가 콘크리트 바닥으로 사납게 나동그라졌다. 쿵 하는 소리가 제법 멀찍이 떨어져 있는 해서의 귓전에까지 울렸다. 본능적으로 움찔하며 해서가 목덜미를 움츠리는데 다시 쾅 소리가 들렸다. 쓰러진 주원과 장희 위로 접이식 사다리가 무너져 내렸다. 아예 소스라친 해서는 흠칫 어깨를 떨었다.

"장해서 선생님!"

"어디 다친 데는 없으세요?"

요양 보호사 둘이 한꺼번에 내달려 와 물었다.

"괜찮아요. 저보다도 저 두 사람부터……."

해서는 팔을 잡아 부축하려는 요양 보호사들의 손길을 정중히 사양했다. 복도 바닥에 쓰러져 누운 주원과 장희를 턱짓으로 가리켰다.

"진짜 괜찮으세요?"

요양 보호사들 중 하나가 재차 물었다. 공연히 심화가 오른 해서는 저도 모르게 목소리를 쏘았다.

"저는 괜찮다고요. 저 두 사람부터 도우세요."

그제야 요양 보호사들이 주원과 장희 쪽으로 뛰어갔다. 해서 역시 황급히 몸을 일으켜 세우고 내처 달렸다. 마침 요양 보호사들이 맥없이 널브러진 주원과 장희를 반듯하게 돌려 눕히고 있었다.

"잠깐만요. 제가 할게요."

해서는 요양 보호사들을 옆으로 물렸다. 주원과 장희 사이에 한쪽 무릎을 꿇고 앉아 두 사람의 상태를 확인했다. 혹시라도 뼈를 다쳤다면 함부로 옮겨서는 안 된다.

우선 장희부터 살펴보았다. 눈에 띄는 출혈과 골절은 없었다. 딱히 내상을 입은 것 같지도 않았다.

듣지도 못하고 말하지도 못하는 사람의 의식은 어떻게 확인해야 하지?

의학 서적에도 없는 질문을 스스로에게 던지며 해서는 조심스러운 손길로 장희의 어깨를 붙잡고 흔들었다.

"아저씨. 오 씨 아저씨."

장희가 힘겹게 눈꺼풀을 들어 올렸다. 종잇장처럼 허옇게 질린 얼굴빛 때문인지 가뜩이나 강파른 사람이 한층 강파르게 보였다.

"정신이 드세요?"

해서는 듣지 못하는 장희에게 목청을 높여 물었다. 아무짝에 쓸모없는 줄 알면서도 행여 그녀의 말하는 입술이나마 장희가 읽을 수 있지 않을까 기대했다. 장희의 눈꺼풀이 경련을 일으킨 것처럼 바르르 떨렸다. 나름의 대답인 듯했다.

"많이 놀라셨죠?"

해서의 물음에 이번에도 장희는 눈꺼풀만 잇달아 깜빡거렸다. 천천히 혹은 빠르게. 대답의 가부는 고사하고 질문을 제대로 알아들었는지조차 모르겠다.

그런데도 해서는 장희가 괜찮다고 판단했다. 일단 장희의 의식이 또렷하고, 해서의 말에 어쨌든 일정한 반응을 보이고 있었기 때문이다. 어쩌면 제발 장희가 무사했으면 하는 마음에 무조건 좋은 쪽으로 생각하고 싶었는지도 모르겠다.

"빈 병실로 옮겨서 안정제 투여해 드릴게요."

장희의 눈꺼풀이 다시 깜박거렸다. 빠르게 세 번, 천천히 세 번. 아무래도 크게 놀란 모양이었다. 자꾸만 눈꺼풀을 깜빡여대는 장희의 손등을 해서는 달래듯이 다독거렸다.

"괜찮아요. 어디 다친 데는 없는 것 같아요. 한숨 푹 주무시고 나면 몸도 가뿐해지실 거예요."

장희가 마치 구명줄이라도 되는 양 해서의 오른손을 양손으로 힘주어 부여잡았다. 장희의 눈꺼풀이 다시금 엄청난 속도로 깜빡거렸다. 불안해하는 장희의 손등을 해서는 한차례 더 다독여 주었다.

"걱정 마세요. 다 잘될 테니까."

벌새의 날갯짓 같던 눈꺼풀의 깜빡거림이 조금씩 잦아들었다. 장희가 안정을 찾은 것을 확인한 해서는 서둘러 주원 쪽으로 시선을 옮겼다. 완벽한 대칭을 이루며 직각으로 떨어지던 어깨가 보기 흉한 모습으로 뒤틀려 있었다.

"강주원 씨?"

"으윽."

"많이 아파요?"

"왼쪽 어깨가……."

"탈골이에요. 혹시 습관성인가요?"

"아니."

"탈골될 때 연골이 찢어졌을지도 몰라요. 그럼 수술받아야 할 거예요."

조곤조곤한 해서의 설명을 듣고, 주원이 정말 마음에 안 든다는 식으로 미간을 찌푸렸다.

"씨팔."

입속말에 가까운 짧막한 욕설 속에 감출 수 없는 짜증과 고통이 뒤섞여 있었다.

"다행히 뼈가 부러진 곳은 없는 것 같아요. 어깨 말고 다른데 아프거나 불편한 곳 있어요?"

"숨 쉬기가, 힘들어."

주원이 힘겨운 말소리 끝에 '끄응' 하고 신음을 토했다. 해서는 나름 조심해서, 그러면서도 세밀하게 주원의 가슴 부위를 손가락으로 더듬었다. 왼편 옆구리를 만지자마자 주원이 급하게 헛숨을 삼켰다.

"흐읍."

날카로운 턱 선이 도드라져 보일 정도로 주원이 어금니를 으득 물었다. 해서는 신속한 동작으로 주원의 환자복 상의 앞섶을 풀어 헤쳤다. 왼쪽 가슴부터 옆구리까지 검붉은 상흔이 여기저기 산재하다. 몇 시간 후면 시퍼렇게 피멍이 올라와 번질 것이다. 이 정도 상흔이라면 단순 타박상이라기보다 갈비뼈에 금이 갔을 확률이 높았다.

"정확한 건 흉부 엑스레이를 찍어 봐야 알겠지만 아무래도 왼쪽 갈비뼈에 금이 간 것 같아요."

"엎친 데, 후우, 덮친 격이군."

"그나마 이만하기가 천만다행이에요."

"아저씨는?"

"찰과상 몇 군데 정도예요. 크게 다친 곳 없이 무사하세요."

"그거야말로 으윽, 천만다행이군."

목소리조차 제대로 내지 못하는 상황인데도 주원이 살긋이 미소를 지었다. 찌푸린 미간을 반듯하게 펴고 입술을 유연히 늘여서 웃는다. 그 모습이 문득 애틋해서 해서는 부러 더 환한 미소를 주원에게 되돌렸다. 활짝 웃음 짓는 해서의 가슴 한쪽에 찌르르 둔통이 흘렀다.

"조금만 참아요. 바로 진통제 처방할게요."

"수술은 어디서?"

"춘천으로 가야죠."

"최광현 검사한테 하아, 연락해요."

"최광현 검사요?"

"내 담당 검사. 으읏, 법무부 기록에 연락처가 있을 겁니다."

또박또박 말소리를 이어 나가는 주원의 이마로 식은땀이 맺혔다. 해서는 급한 대로 가운 소맷자락을 이용해 주원의 땀을 닦아 냈다.

"담당 검사한테 연락해서 강주원 씨 이송 허락받으라는 거죠?"

"교정 당국에서 후우, 병원을 지정해 줄 겁니다."

"알겠어요."

투명한 유리창을 뚫고 들이치는 가을 햇살이 눈에 시리다 못해 따가웠다. 해서는 블라인드의 각도를 조절해 눈부신 빛 줄기를 쏘아 대는 태양을 온전히 차단했다.

낮이면서도 낮이 아닌 듯한 시간이 적막함뿐인 병실 안을 빼꼭하게 메운다. 일견 동살 같아 보이는 흐린 햇발이 먼지 가루인 양 공기 중에서 가만가만 떠다닌다.

천천히 창가를 벗어난 해서는 곧장 침상 쪽으로 향했다. 반 듯하게 누워 잠든 주원의 얼굴이 사뭇 평온해 보였다. 규칙적 으로 울리는 숨소리는 낮고 잔잔하며, 몸의 뒤척임 또한 일절 없다. 강력한 진통제와 항생제에 취해 깊은 잠에 빠져 있음이 다.

해서는 침대 머리맡에 우두커니 서서 잠든 주원을 한참이나 내려다보았다. 주원이 가지고 있는 본성이 정확히 어떤 것인 지 궁금했다.

저 남자가, 바로 저 사람이 살인을 저지른 극악무도한 범죄 자라는데…….

아무런 주저함 없이 몸을 날려 사다리에서 떨어지는 장희를 양팔로 받아 내던 주원의 모습, 왼쪽 어깨가 탈골되고 갈비뼈 에 금이 간 상태인데도 장희가 무사하다는 소리를 듣고 선선 히 미소 짓던 주원의 얼굴 등등이 해서의 머릿속에서 좀처럼 가실 줄을 몰랐다.

생판 모르는 남을 위한 본능에 가까운 헌신은 도저히 살인자가 행할 법한 일이 아니다. 이 역시 한나 아렌트(Hannah Arendt)*가 이야기한 '사유 없는 악의 평범성*'에서 기인하는 것일까?

해서는 엷은 한숨을 내쉬며 손가락 끝으로 찡그린 이마를 꾹꾹 누르듯이 긁었다. 주원과 관련한 일련의 일들이 조금은 당혹스럽고, 혼란스러웠다.

✿   ✿   ✿

바람이 분다. 반짝이는 사금파리처럼 산산이 부서져 내리는 눈부신 햇발 속에서 살랑살랑 바람이 인다.

주원은 바람이 불어오는 방향으로 얼굴을 틀었다. 두 다리를 그러모아 발뒤꿈치를 이어 붙였다. 어깨도 직각으로 곧추세웠다. 한껏 턱을 치켜 올렸다. 바람이 아닌 햇발이 뺨을 적셨다. 짜증이 확 나려는 순간 마침 바람이 다시 불어왔다.

콧날을 스치고 지나는 남실바람을 타고 달짝지근한 꽃향기가 밀려들었다. 별안간 눈앞에서 형형색색의 꽃들이 한바탕 꽃망울을 터트리기 시작했다. 따가운 빛다발은 화려한 색채가 되었다. 보이지 않는 바람이 지나는 자리마다 도란형 꽃잎이

---

*Hannah Arendt:독일계 유대인 철학자.
*악은 특별한 괴물의 형상이 아닌 평범한 우리의 일상에 존재한다는 개념.

겹겹이 만들어졌다. 함박 피어오른 모양새가 언뜻 모란 같기도 하고, 떨기나무가 아닌 것이 문득 야생 작약 같기도 하다.

달짝지근한 꽃향기가 한결 짙어졌다.

모란은 향기가 없다고 하지 않았나?

아, 실제 향기가 있는데 당 태종이 선물한 그림 속에 모란 꽃만 보이고 벌과 나비는 없어 선덕여왕이 착각한 것이라 했지.

야생 작약에서는 어떤 향기가 나더라?

해마다 유월이면 친가 앞마당에 붉은 작약이 흐드러지게 피고는 했었다. 어릴 적 초여름 내내 맡았던 그 향기가 지금은 기억조차 없다.

부지불식간 바람이 그쳤다. 주원의 코끝을 간질이던 달짝지근한 꽃향기도 감쪽같이 사그라져 버렸다.

느닷없이 꽃들이 하나둘 지기 시작했다. 한꺼번에 우수수 잎이 떨어지고 대롱은 순식간에 버썩 말라 시들었다. 마치 누가 성능 좋은 지우개로 그림판을 빠르게 지워 나가는 것 같았다. 울긋불긋한 색깔이 지워지자 눈부신 빛다발도 함께 사라졌다. 앞을 볼 수 없는 칠흑 같은 어두움이 사방을 뒤덮으며 빽빽하게 내린다.

제발 그러지 마!

주원은 누군지도 모를 막연한 대상을 향해 바락바락 고함이라도 치고 싶었다.

"······으으으."

알아들을 수 없는 말들이 신음처럼, 혹은 탄식처럼 침상에 누운 주원의 입술을 비집고 새어 나왔다. 해서는 알땀이 송골송골 흐르는 주원의 이마를 손바닥으로 가만히 쓸었다.

"쉬이, 괜찮아요."

부드럽고 따뜻한 감촉이 의식과 무의식의 불분명한 경계, 그 어디쯤에 서 있는 주원의 이마를 짚었다. 주원은 지나는 바람이려니 했다.

"강주원 씨?"

바람결에 들려오는 목소리가 산들산들 감미로웠다. 어디선가 희미한 꽃향기가 묻어났다.

당신, 누구?

주원은 바람을 붙잡기 위해 팔을 뻗었다. 바람에 실려 흐르는 꽃향기를 어떻게든 붙들고 싶었다. 무작정 뻗어 나가는 주원의 오른손으로 즉시 다정다감한 온기가 감겼다.

"깼어요?"

갑자기 풍속이 빨라졌다. 산들바람에서 흔들바람으로 보퍼트(Beaufort)*가 한꺼번에 두 단계나 상승했다. 모란인지 작약인지 모를 달짝지근한 꽃향기는 어김없이 주원의 코끝을 파고들었다.

주원은 도무지 떠지지 않는 눈꺼풀을 억지로 들어 올렸다. 희뿌연 물안개 같은 빛줄기 사이사이로 소담한 꽃들이 지천에

---

*Beaufort:풍속 계급.

피어 있다. 개중 새하얀 꽃송이 하나가 유독 주원의 눈길을 잡아끌었다. 꽃대는 올곧고 꽃봉오리는 탐스러웠다. 그윽한 꽃향기는 언급할 필요조차 없었다.

주원은 마른 숨을 삼켰다. 아름다운 꽃잎 속에 코를 묻고 잔뜩 향기를 맡고 싶다. 꽃봉오리는 물론이고 꽃대까지 전부 가지고 싶다. 어쩌면 꺾어 버리고 싶은 것인지도 모르겠다.

오른손에 힘을 넣었다. 틀어쥔 꽃대를 사정없이 당겼다.

"강주원 씨!"

그때 누가 비명처럼 주원의 이름을 불렀다. 주원은 이번에도 날카로운 바람 소리려니 했다. 버퍼트가 세 단계나 급상승한 바람은 빠르면서도 맵차게 불어왔다. 무시무시한 풍력에 떠밀려 여린 꽃잎이 눈꽃인 양 어지러이 흩날렸다.

줄곧 욕심이 나던 바로 그 새하얀 꽃봉오리가 통째로 큰바람에 날려 주원의 입술에 닿았다.

마침내, 잡았다.

충족된 소유욕으로 주원은 가슴이 다 뻐근했다.

해서는 다짜고짜 손목을 붙잡아 당기는 강한 힘에 속수무책 이끌렸다. 침상 위 주원의 가슴으로 무너져 내리듯 쓰러지고 말았다. 그 와중에서 해서는 등줄기에 바짝 힘을 주어 금이 간 주원의 갈비뼈에 부담을 주지 않으려고 했다.

그러다 하필 공교롭게도 주원의 입술과 해서의 입술이 하나로 잇닿아 포개졌다. 해서가 화들짝 놀라 바르작거리자 주원이 막무가내로 그녀를 오른팔로 가두어 안았다.

"이러지 말아……."

어딘지 미약하기만 한 거부의 말은 주원의 입안으로 고스란히 스몄다. 바동거리는 해서의 몸부림 역시 왜인지 모르게 형식적이라 단단한 주원의 품속에 그대로 잠겨 버렸다.

이러면 안 되는 줄 알면서도 해서는 질끈 눈을 감았다. 쿵쿵쿵 요란한 소리를 내면서 뛰노는 심장 박동이 불쾌감 탓인지, 기대감 때문인지 좀처럼 모르겠다.

주원이 한층 더 깊숙이 입술을 겹쳐 왔다. 오랜 허기를 달래듯 각도까지 바꾸어 가며 해서의 입술을 빨고 핥고 깨물었다. 날카로운 잇새로 도톰한 아랫입술을 물고서 잘근잘근 짓씹어 댔다. 진짜로 해서의 입술을 먹어 치우려는 것 같았다.

"으읏."

질척이는 아픔에 떠밀려 해서는 젖은 신음을 흘렸다. 살포시 벌어지는 입술 사이로 틈입한 주원의 혀가 가지런한 잇몸을 빠르게 훑어 나갔다. 여린 점막을 문지르고 둥근 입천장을 비비다가 해서의 혀를 농밀하게 감아 얽었다. 뿌리까지 쭉쭉 빨아 당기는 기세가 열렬했다. 뜻하지 않게 시작된 입맞춤은 그렇게 자꾸만 깊어져 갔다.

해서는 어찌할 바를 몰라 애꿎은 손가락을 움켰다. 턱밑으로 숨이 차오르고 미처 다 넘기지 못한 침이 입안에 고였다. 넘쳐흐르는 타액을 주원이 숨결을 앗으면서 구석구석 핥아먹었다.

격렬하고 거칠면서도 진득하니 입맞춤하는 주원의 입술이 놀랄 만큼 뜨거웠다. 결박이라도 한 양 한껏 해서를 부둥켜안은 오른팔 또한 뜨겁기는 마찬가지였다. 사실 주원의 온몸이 고열로 인해 절절 끓고 있었다.

해열제, 항생제, 진통제 등 온갖 약에 취한 상태라 자신이 무슨 짓을 저지르고 있는지 전혀 알지 못할 것이 뻔했다. 지금 해서와 나누는 입맞춤 역시 주원에게는 그저 고열이 만들어 낸 환시에 불과할 것이다.

당장 주원을 밀쳐 내는 것이 맞다고 생각하면서도 해서는 오히려 양손을 짧은 머리카락 속에 찔러 넣었다. 어이없게도 탐욕스러운 본능은 도덕적 의지 능력인 이성을 앞질러 버렸다. 이 얼토당토않은 상황을, 주원의 입맞춤을 오롯이 현실로 받아들이려고 하는 것이다.

진땀에 젖은 주원의 머리카락이 해서의 열 손가락 가녀린 마디를 타고 이리저리 엉겨 붙었다. 안타까워서, 딱히 무엇이 안타까운지도 모른 채, 그냥 모든 것이 안타깝기만 하여서 해서는 짙은 한숨을 지었다.

"하아."

주원은 보드레한 꽃잎을 여인의 입술인 듯 달게 빨았다. 뾰족하니 세운 혀끝으로 여린 봉오리를 가르고 안으로 침입해 꽃샘을 찾았다. 흠뻑 고인 꿀을 샅샅이 핥아 마셨다. 다디단 과즙을 가득 삼킨 것처럼 입안이 온통 달콤했다.

야들야들한 꽃술이 주원의 혀로 와서 감겼다. 여인의 혀처럼 달고 무른 꽃술을 주원은 이로 자근자근 깨물었다. 꽃잎도, 꽃샘도, 꽃술도, 꽃대도 몽땅 혀로 발라 전부 이로 씹어 먹었으면 좋겠다.

치밀어 오르는 갈증과 지독한 허기를 누를 길이 없어서 공연한 조급증이 났다. 더 맛보고 싶었다. 더 느끼고 싶었다. 더 가지고 싶었다.

더, 더, 더, 더, 더.

다 나한테 줘.

"흐읏."

해서는 달뜬 신음을 가만히 삼켰다. 입안을 엉망으로 휘저으며 함부로 돌아다니는 주원의 혀는 거센 불꽃같았다. 뜨거운 불길이 동그란 입천장을 길게 훑더니 난폭할 정도로 세차게 해서의 혀를 문지르며 비볐다. 목구멍 안쪽까지 꾹꾹 찔러대는 동작은 은밀한 성행위를 연상시켰다. 하얗게 비워진 머릿속으로 열이 올랐다.

주원이 뽑아 버릴 것처럼 혀를 뿌리째 빨아 당길 때마다 저릿저릿한 감각이 칼날이 되어 해서의 등줄기를 찔렀다. 해서의 몸이 파들파들 떨리고 뒤따라 마음이 함께 파닥파닥 떨렸다. 아무것도 생각할 수 없을 만큼 쾌감은 강렬했다. 해서의 발끝이 저절로 바짝 오므라들었다.

해서는 본능이 시키는 대로 움직였다. 입을 최대한 크게 벌리고 서툴게나마 주원에게 입맞춤을 되돌렸다. 부풀어 오른 입술로 부비고 아릿한 혀로 감아 주원의 숨결을 빼앗았다.

"으음."

수줍고 서툰 혀와 격정적이며 거침없는 혀가 얽혔다. 내일이 없는 것처럼 절실함으로 희롱하고, 지금뿐인 듯 절박하게 탐했다. 서로가 서로를 미친 듯이 물고 게걸스레 빨고 질펀하니 핥았다. 영원히 끝날 것 같지 않은 입맞춤이 정신없이 이어졌다.

입술을 물고 혀를 빨고 점막을 핥아 대는 동안 흥분이 점점 고조되었다. 하나로 잇닿은 가슴이 뜨겁게 달았다.

"이제 너는, 내 거야."

주원이 하도 뜯기고 씹혀 퉁퉁 부은 해서의 입술을 느릿하니 핥으면서 속삭였다. 탁하게 갈라져 흐르는 중저음이 쾌락에 젖어 허덕이는 해서의 귓바퀴로 고스란히 담겼다.

"하아, 주원 씨."

"⋯⋯."

대답 없는 주원의 이름을 해서는 한 번 더 조용히 불러 보았다.

"강주원 씨?"

"⋯⋯."

어느덧 바람이 그쳤다. 다만 꽃향기는 여전히 남아 입안이 온통 그윽할 따름이다. 주원은 다시 단잠 속으로 빠져들었다.

❈　　　❈　　　❈

팔다리는 무겁고 정신은 몽롱하다. 특히 왼쪽 어깨와 가슴 쪽에서 느껴지는 통증이 극심했다. 소리를 내지 않으려고 해도 앓는 소리가 제멋대로 흘러나왔다.

"으윽."

주원은 커다란 쇳덩어리에 온몸이 짓뭉개진 것 같은 기분으로 눈을 떴다. 초점이 맞지 않는 흐릿한 시야에 제일 먼저 해서의 모습이 맺혔다. 눈꺼풀을 잇달아 끔뻑거려 초점을 제대로 맞추었다.

해서가 침대 가장자리에 팔을 괸 채 옆으로 엎드려 있다. 지쳐 선잠에라도 빠진 모양이다. 쌕쌕, 깊은 숨소리를 내면서 곤히 자는 해서의 얼굴을 주원은 물끄러미 응시했다. 더운 숨이 들고 나오는 붉은 입술에 본능적으로 시선이 가서 멈춘다.

입 맞추고 싶다는 생각이 자연스럽게 들었다. 수술 때문에 몸을 움직이는 일이 불편하지만 않았어도 감히 도둑 키스를 감행했을지도 모른다.

너를 어떻게 해야 하지?

너를 향한 내 감정의 정체는 과연 뭘까?

해답 없는 물음 속에서 주원은 오른쪽 팔로 욱신거리는 눈가를 덮었다.

도리 없는 끌림, 하릴없는 떨림, 부질없는 거부, 소용없는 부정 등등 해서를 향한 온갖 감정이 한꺼번에 밀려왔다. 가뜩이나 시끄러운 머릿속을 기껍지도 않은 감정이라는 것들이 무참하도록 헤집고 제멋대로 잠식했다.

"깼어요?"

잠기운이 잔뜩 묻어나는 목소리가 혼란에 빠진 주원의 귓가로 다정히 감겼다. 주원은 눈가를 덮고 있던 오른팔을 느릿느릿 치웠다.

"몇 시?"

"잠깐만요."

부스럭거리는 소리가 나더니 해서가 휴대폰으로 현재 시각을 확인한다.

"11시 25분이에요."

"오전, 오후?"

물어 놓고 주원은 실소했다.

당연히 한밤중이겠지.

"오후예요. 곧 오전이 되겠지만."

해서가 후후 작게 웃었다.

"집에……."

"네?"

"의사 선생 집에 안 갔냐고."

왜 돌아가지 않았냐고 물었어야 했는데, 주원은 질문에다 '왜'라는 단어 하나 더 붙이기가 어려웠다. 노골적으로 들릴 것만 같아서였다. 어쩌면 감추어 둔 감정이 만천하에 드러나는 일인 것만 같아 감당하기가 버거웠는지도 모르겠다.

그런데도 자꾸만 해서에게 무엇인가를 기대하게 된다. 좋아해 주면 좋겠다고, 남자로 봐 주면 좋겠다고……. 기대를 품는 스스로가 주원은 너무 한심했다. 그러면서도 바라고 또 원한다. 참으로 이율배반적이다.

"환자만 두고 퇴근하는 의사는 없어요."

해서의 대답에 주원은 피식 웃었다. 말도 안 되는 소리는 하지도 말라는 식으로. 그것을 감지한 듯 해서가 대답을 고쳤다.

"수술한 환자가 의식을 못 찾았을 때요."

다분히 변명처럼 들리는 대답이었다. 주원은 이번에도 말없이 웃기만 했다.

어깨 연골 재생 수술 후 주원은 회복실에서 의식을 되찾고 병실로 올라왔다. 단지 약 기운에 취한 상태라 쏟아지는 잠을 주체하지 못했을 뿐. 이 사실은 환자인 주원보다 의사인 해서가 더 잘 알고 있었다.

"아직 밤이니까 더 자요."

"의사 선생은?"

주원은 짧게 물었다. 그만 집에 가 보라는 소리는 차마 나오지 않았다. 해서를 돌려보내는 것이 옳다고 생각하면서도 밤새도록 같이 있고 싶었다.

"내일 아침에 여기서 출근하려고요."

"피곤하지 않겠어?"

"하룻밤 잠 못 잔다고 죽지 않아요. 인턴 때는 몇 날 며칠 잠도 못 자고 굴렀는데요."

해서는 목소리를 잔망스럽게 꾸몄다. 일부러 더 아무렇지도 않다는 투로 이야기했다.

그만 돌아가야 한다는 것을 안다. 벌써 집에 갔어야 했다. 해서가 주원의 병실을 지켜야 할 의무가 없듯, 주원의 머리맡을 지켜야 할 이유 역시 없다. 상담 의사와 담당 환자라는 관계성에서 벗어나는, 그것도 한참이나 벗어나는 행동이었다.

그럼에도 해서는 주원을 혼자 두고 싶지 않았다. 아침까지 함께 있고 싶었다. 그런 생각을 하는 마음이 저 같지가 않았다. 불쑥 뺨이 달아올랐다.

"침대 비워 줄까? 나는 잘 만큼 잤는데."

주원이 농담인지 진담인지 선뜻 구분이 가지 않는 소리를 했다. 해서는 대충 농담으로 받아넘겼다.

"됐어요. 나 앉아서도 잘 자요. 인턴 때는 서서도 잤어요."

"그러지 말고 침대로 올라와. 나는 동네 한 바퀴 돌고 올게."

주원이 산책을 하고 오겠다며 몸을 일으켜 세웠다. 침대에서 내려서는 주원의 환자복 소매를 해서는 거의 무의식적으로 붙잡고 조용히 속삭였다.

"밖에 경찰들 있어요."

강주원 씨 도주하지 못하도록 감시하러 온.

차마 하지 못한 해서의 말을 주원은 바로 알아챘다.

"아아!"

깨달음의 감탄사를 발하며 주원이 어색한 미소를 짓는다. 해서까지 덩달아 어색해졌다. 주원이 살인죄로 형을 살고 있는 재소자임에도 자꾸 잊어버린다. 그리고 지금처럼 다시 떠올리게 될 때마다 건드려서는 안 되는 부분을 건드린 것 같아 마음이 불편했다.

"강주원 씨가 아까 담당 검사한테 전화하라고 했잖아요."

"최광현 검사?"

"예. 전화했더니 병원도 지정해 주고, 경찰도 보냈더라고요. 내일 오후에 들르겠대요. 오늘은 급한 용무가 있다고 했어요."

"모르는 사람이 보면 내가 무슨 주요 인사라도 되는 줄 알겠네."

주원이 씁쓸한 표정을 지었다. 해서는 어색해진 분위기를 무마하려는 의도로 목소리를 가볍게 띄웠다.

"병실도 1인실로 배정해 놓아서 솔직히 좀 놀랐어요."

"세금이 아까웠던 건 아니고?"

"병원비, 정부에서 내는 거예요?"

"몰랐어요?"

"예."

"재소자의 경우 의료 보험이 정지되기 때문에 법무부에서 일정 금액을 건강 관리 공단에 예탁해 놓아요. 그 돈에서 병원비가 자동 결제되는 시스템이죠. 1년에 약 150억 원 정도의 세금이 재소자들 외부 병원비로 지출될 걸요."

주원의 설명을 들으며 해서는 공연히 화가 났다. 불합리하다는 생각이 들었다.

"형편이 어려운 재소자들의 경우 세금으로 지출하는 게 맞지만요. 강주원 씨 같은 재벌들은 자기 돈 내고 치료 받아야 하는 거잖아요."

"나 같은 재벌?"

주원이 금시초문이라는 얼굴로 되물음을 했다.

"재벌가 숨겨 놓은 자식이라는 소문 있던데요. 그래서 담당 검사가 강주원 씨한테 극진하다고 생각했어요. 병원도 절대 다른 데 가면 안 된다고, 반드시 여기로 와야 한다고 전화로 나한테 몇 번을 다짐 받더라고요. 수술할 집도의도 미리 섭외해 놓고, 병실도 1인실로 잡아 놓고. 말이 1인실이지, 이 정도면 특실이에요."

해서는 새삼스러운 눈으로 병실 안을 둘레둘레 훑어보았다. 벽걸이형 TV, 대형 냉장고, 오븐 겸용 전자레인지, 전기 커피포트, 물소 가죽 소파 세트와 오크목 책상까지. 어지간한 호텔 객실보다 낫다.

"나 재벌 2세 아닌데."

"그럼 3세예요?"

"전혀."

주원이 폭소했다. 웃음소리가 울려서 수술한 어깨와 금 간 갈비뼈가 당기고 아픈지 잔뜩 인상을 찡그린 채 한참을 웃었다.

"내가 재벌이 아니라서 실망했어요?"

"실망할 게 뭐 있어요. 강주원 씨가 재벌이든 아니든 나랑 무슨 상관이라고."

"내가 재벌이면 의사 선생한테 돈지랄할 수도 있잖아요. 백도 사 주고, 차도 뽑아 주고, 빚도 갚아 주고."

주원의 농담에 이번에는 해서가 한바탕 웃음을 터트렸다.

"사채든 은행 대출이든 갚아야 할 빚은 없고, 자동차는 비록 똥차지만 이미 한 대 있고, 명품 백이야 마음만 먹으면 한 개 정도쯤은 내 카드로 충분히 지를 능력되고. 물론 12개월 할부로 긁어야겠지만요."

"자꾸 웃기지 말아요. 갈비뼈 당겨서 아프니까. 어깨도 욱신거리고."

주원이 웃는 것인지 우는 것인지 모를 미묘한 표정으로 파안대소했다. 주원을 따라 다시금 웃음을 쏟아 내는 해서의 심정은 복잡했다.

해서는 흘낏 주원의 얼굴을 쳐다보았다. 주원의 머릿속에 둘이서 나눈 뜨거운 입맞춤에 대한 기억은 일절 남아 있지 않는 눈치였다. 그래서 해서도 잊기로 했다. 아무 일도 없었던 것처럼 그렇게.

그리고 아무 말도 없었다

"어깨는 좀 어떠십니까?"

광현이 물었다. 그것도 서울 사람들이 사용한다는 정확한 표준어로. 흥분해서 열이 뻗친 것도 아닌데 걸쭉한 전라도 사투리는 어디다 버려두고 웬 서울 말씨인가 싶다.

주원은 한쪽 눈썹을 비뚜름하게 꺾어 올렸다. 통나무 탁자 너머로 마주 앉은 광현의 얼굴을 비스듬히 건너다보았다. 주원의 말없는 시선이 계속해서 이어지자 광현이 보송보송한 구레나룻을 긁적거린다.

"왜요?"

"말투."

"우리 지금 사건 담당 검사와 범죄인 신분으로 만나는 거거든요."

광현이 한껏 목소리를 낮추어 이야기했다. 조금은 아니꼽다는 투였다. 혹시라도 있을지 모를 도·감청을 피해 한울타리 정신요양병원 폐쇄 병동을 나와 한낮의 태양이 내리쬐는 뒤뜰 벤치에 굳이 자리를 잡아 놓고도 광현의 조심성은 여전했다.

물론 주원도 언제 어디서나 듣는 귀와 보는 눈을 주의해야 함을 안다. 다만 며칠 전부터 심사가 잔뜩 꼬여 있을 뿐이었다.

"그래서?"

주원은 부러 더 심드렁하니 되물었다. 정수리를 뜨뜻이 데우는 햇살에 그만 짜증이 난 탓이다. 한낮이라고는 하나 여름도 아니고 기껏 해야 가을볕 자락이 따가우면 얼마나 따갑다고. 옛말에도 봄볕에는 며느리를, 가을볕에는 딸을 밭일 보내라고 하지 않았나.

어깨 탈골로 연골 재생 수술을 받은 이후 눈에 띄게 불뚝성이 늘었다. 참을성 게이지는 바닥을 친 지 오래고, 별것도 아닌 일로 쉽사리 역정을 부렸다. 욕구 불만에 빠진 무기력한 중년이라도 된 기분이었다.

어쩌면 그 꿈 때문인지도 모르겠다. 지천으로 꽃이 흐드러지게 피고, 살랑살랑 바람이 불고, 새하얀 꽃잎이 눈처럼 흩날리던 백일몽. 꿈인지 생시인지 비몽사몽 속을 헤매던 꿈. 모든 것이 흐릿한 와중에도 유독 후각과 촉각만큼은 엄연한 현실인 양 생생했다.

지금도 눈을 감으면 온몸을 관통해 정수리를 찔러 대던 그때 그날의 저릿한 감각이 또렷이 되살아났다. 콧속을 파고드는 꽃향기의 달짝지근함, 입술로 날아와서 닿는 꽃잎의 부드러움, 혀를 옥죄어 얽는 꽃술의 쫀득거림, 꽃샘에 고인 다디단 꿀물까지 몽땅.

틀림없는 키스였다. 그것도 성인 남녀가 섹스를 목적으로 나누는 노골적이고도 농밀한 입맞춤 말이다.

씨팔.

주원은 치밀어 오르는 욕지거리를 혀 아래 사렸다. 양쪽 손바닥으로 벅벅 얼굴을 문질러 머릿속을 채우고 있는 사념을 털어 내고자 했다.

"언제까지 여기 있을 거예요? 이제 대충 실마리도 잡혀 가는데 그만하고 나오시죠."

"걱정돼?"

"당연하죠."

"쓸데없는 데 힘쓰지 말고 말투나 평소대로 고쳐. 괜히 나까지 심각해지려고 하니까."

"그래서 언제까지 있을 건데요?"

광현이 고치라는 말투는 그대로 두고 오히려 짜증을 냈다.

"있을 만큼 있을 거다, 왜."

주원은 확답을 피한 채 불퉁하니 쏘아붙였다. 그러자 제 딴에도 너무 나갔다 싶었는지 광현이 큼큼 군기침하며 슬쩍 화제를 되돌렸다.

"다친 어깨는요?"

그런데도 여전히 말투는 고치지 않고 표준어를 고수한다.

쇠심줄 같은 새끼.

"슬슬 움직일 만해."

"갈비뼈 금 간 것은요?"

"부러진 것 아니라서 대충 놔두면 지가 알아서 붙는대. 퇴원할 때 주치의가 그러더라고."

"대충요?"

기가 차다는 듯이 광현이 되물었다. 주원은 머쓱한 시선을 멀리 허공중으로 던졌다. 스스로가 생각해도 요즘 자신이 문제를 몰고 다니는 것 같았다. 딱히 공명심이 있는 것도 아닌데 말이다.

"한 달 정도는 무리하지 말라더라."

"그러게 내가 뭐랬어요. 몸 사리라고 귀에 딱지가 앉도록 얘기했잖아요. 사람 말을 귓등으로 듣더니만."

장탄식과 함께 광현의 입에서 잔소리가 흐드러졌다. 아주 작정하고 주원의 성질을 긁어 댔다.

"시끄러."

"오늘 그날이에요? 누가 보면 욕구 불만인 줄 알겠어요."

광현이 빈정거렸다. 대놓고 정곡을 찌르는 소리에 주원은 그만 허탈해져서 저도 모르게 웃음을 터트리고 말았다. 피식피식 헛웃음만 나왔다.

"그래, 나 욕구 불만이다. 그래서 뭐?"

피식거리는 웃음 때문인지 자조와 한탄이 뒤섞인 주원의 이야기를 광현은 전혀 개의치 않았다. 선뜻 농담으로 받았다.

"오메, 요것이 뭔 일이당가요잉?"

심지어 그렇게 바꾸라고 닦달을 쳐도 바꾸지 않던 말투까지 전라도 사투리로 일시에 변환했다.

"아무 일도 아니니까 관심 꺼. 내가 부탁한 건 가져왔냐?"

주원은 무성의한 손사랫짓과 함께 대충 둘러대며 화제를 돌렸다. 광현이 못마땅하다는 식으로 미간에 주름을 잡았다. 바지 주머니에서 지름 4cm 남짓한 작은 플라스틱 통을 하나 꺼내더니, 주위를 둘레둘레 살피며 아무도 모르게 주원의 손바닥 안에다 슬쩍 쥐여 주었다.

"휴대용 실톱은 워따 쓰시려고요잉?"

"여차하면 저놈들 목줄이라도 딸까 싶어서."

주원은 건성으로 대답하고 플라스틱 통을 쥔 왼손을 슬그머니 뒷등 쪽으로 내렸다. 등허리를 긁는 척하며 휴대용 실톱을 속옷 안쪽에다 감추었다. 다행히 타이트하게 조이는 스판덱스 소재라 주원이 걷거나 움직여도 플라스틱 통이 밖으로 빠져나올 염려는 없었다.

"호신용으로 딱이고만이라. 쫙 조이는 순간 꽥 하고 죽을 것잉게."

광현이 건들건들, 딱 조직 폭력배 느낌이 나는 태도로 짧게 휘파람을 불었다. 주원은 어처구니가 없었다.

"그게 대한민국 검사가 할 소리냐?"

"그라는 형님은요?"

"됐거든. 오장희는 어때? 뭐 좀 나왔어?"

"그다지 특별한 사항은 없어라. 형님이 예상한 대로 처음 입원 환자로 한울타리 정신요양병원에 들어왔다가 아예 잡역부로 눌러앉은 케이스 맞고요잉. 군대에서 폭발물 사고가 있었다는데, 청력은 아마 그때 잃은⋯⋯."

"잠깐."

주원은 황급히 오른손을 들어 광현의 설명을 무질렀다. 누구한테 주먹으로 한 대 얻어맞기라도 한 것처럼 갑자기 머릿속이 띵했다.

단박에 핏기가 확 가시는 주원의 모습에 놀라 광현이 몹시 어리둥절해하는 표정을 지었다. 사안이 심각하다고 나름대로 판단한 모양인지 전라도 사투리를 다시 표준어로 변환했다.

"뭐가 잘못됐습니까?"

"방금 군대라고 했지?"

"예. 공군 폭발물 처리반 소속이요. 국방부 기록에 따르면 부사관으로 복무하던 중에 의병 전역*을 했더라고요."

"태어날 때부터 농아 아니었어?"

야트막하게 울리는 주원의 이야기는 질문이라기보다 혼잣말에 가까웠다. 광현이 무슨 말도 안 되는 소리냐며 한쪽 팔을 홰홰 내저었다.

"선천적으로 귀머거리라 애초에 말하는 법을 배우지 못한

---

*현역 군인이 복무 기간 중, 질병이나 장애로 인해 예정보다 일찍 제대하는 경우.

농아가 무슨 재주로 군대를 갑니까. 그것도 공군 폭발물 처리 반으로. 거기 특수 정예 부대예요. 게다가 부사관이면 짬밥도 제법 있었단 소린데."

청산유수처럼 쏟아지는 광현의 말소리는 혼자만의 상념에 빠진 주원의 귀에 그저 윙윙거리는 소음에 불과했다.

주원은 멍한 머릿속을 재빨리 환기시켰다. 그동안 모아 놓은 정보를 새롭게 배열해 나갔다. 장희가 듣지도 못하고 말하지도 못한다던 요양 보호사들의 대화부터 하나하나 되짚었다. 그러고 보니 매부리와 사마귀 중 누구도 장희를 두고 농아라고 칭하지 않았다.

"이런, 씨팔."

"아, 왜요?"

"듣지도 못하고 말하지도 못한다 해서 다 농아는 아닌데 말이야."

"예?"

"국방부에다 폭발물 사고 당시 오장희 병원 기록 요청해. 특히 외상 후 스트레스 장애로 인한 정신과 상담 기록 있는지 꼼꼼하게 살피고. 실어증에 대한 언급 여부도 반드시 확인하고. 한울타리 정신요양병원으로 흘러든 경유에 대해서도 상세히 재조사하고."

"알았습니다."

광현이 하얀 이를 드러내며 씨익 웃었다. 서로 알고 지낸 세월만 10년이 넘다 보니 몇 가지 지시 사항만 듣고도 주원의 심중을 얼추 짐작해 낸 모양이다.

장희가 외상 후 스트레스 장애로 인한 실어증으로, 즉 스스로 입을 닫아 버린 경우라면 어떻게든 입을 열도록 만들면 된다. 하다못해 필담이라도 가능하도록 유도해서 참고인 조사를 진행할 수 있을 것이다.

주원은 제대로 실마리를 잡은 기분이었다.

"이곳이랑 협력 관계인 병원들에 대해서도 자세히 알아봐. 외과 수술 가능한 곳이 어디 어디인지."

"외과 수술요?"

"어. 여기 환자들 몇몇이랑 얘기해 봤거든. 근 3년 사이에 맹장 수술받은 사람이 대다수야. 평균치를 웃도는 정도가 아니라 지나치게 많아."

"그거 혹시……."

광현은 차마 말을 잇지 못했다. 속에서 열불이 치솟아 오르는 사람처럼 기다란 날숨을 잇달아 토해 냈다. 이번에는 주원이 격양된 반응을 보이는 광현의 속내를 정확하게 짚었다.

"환자들한테는 맹장 수술했다 말하고 정작 떼어 낸 것은 신장이었을 거야. 산 채로 장기를 죄다 들어내는 놈들이 그깟 신장 한쪽 적출하는 건 일도 아니었겠지."

"개새끼들! 찢어 죽여도 시원찮을 씹새들!"

"신장은 이식 적합 검사도 까다롭지 않고 혈액형만 맞으면 되니까."

"아주 곶감 빼먹듯이 퍽 하면 적출 수술을 해 댔겠죠. 통장에 넣어 둔 퇴직금 찾아가듯이."

"의사 선생은 어때?"

"장해서 슨상 말이지라?"

해서가 화제의 중심이 되자 광현의 말투가 또 바뀌었다. 지난번 만남에서 해서가 신경 쓰인다고 이야기한 것이 아무래도 광현의 호기심을 자극한 모양이었다. 주원은 인상을 찡그렸다.

"뭐 좀 나왔어?"

"거꾸로 들고 탈탈 털었는데도 먼지 한 톨이 없소. 서른두 해 일평생이 출생부터 현재까지 완전무결하당께요. 살면서 교통 법규 위반 딱지 하나를 뗀 적이 없다면 말 다했지라. 전형적인 모범생 타입이요잉. 그동안 살아온 족적으로 봐서는 저짝 놈들이랑 장 슨상이 엮인다는 것 자체가 무리여라."

주원은 부쩍 해서의 지난 삶이 궁금해졌다. 속으로는 관심이 동하면서도 겉으로는 아닌 척 데면데면하게 굴었다.

"어쩌다가 이런 촌구석으로 흘러든 거야?"

"불쌍한 장 슨상이 전문의 따고 한 2년 방황했지라."

"출생부터 현재까지 완전무결이라며?"

"그 방황이라는 것도 모범생의 방점일 뿐이랑께요. 레지던트 4년 차 때 전문의 시험을 코앞에 둔 시점이었응께, 말년 병장쯤 됐을 때라고 해야 하나. 워쨌든 의사들한테는 젤로 중요하다는 고 시점에 하필 거시기한 사건이 터져 부렸소."

길어지는 광현의 사설을 주원은 딱 잘랐다.

"본론만 얘기해."

"강제 추행을 당했더라고요."

광현의 간략하면서도 조용한 대답을 듣고 주원은 바락 목소리를 높였다.

"도대체 어떤 새끼야?"

"형님이 왜 흥분하시요잉?"

"그래서 그 개새끼가 누구라고?"

주원은 애꿎은 광현을 다그쳤다. 어떤 놈인지 손에 걸리면 그 잘난 모가지를 비틀어 버릴 것이다. 지독한 살심이 아랫배 단전에서부터 솟구쳐 올랐다. 지글지글 체열이 들끓는 이마를 손바닥으로 꾹 눌렀다.

"장 슨상 담당 지도 교수라는 새끼요."

"대학병원에서 교수 소리 들을 정도면 나이도 처먹을 만큼 처먹었겠고만."

"거 뭐시냐, 쓰레기 불변의 법칙이라는 소리도 있잖소잉. 한 번 쓰레기는 영원한 쓰레기다, 뭐 그런."

"그 개새끼 처벌은 받았냐?"

"징역 1년에 집행 유예 1년 6개월인갑소. 듣자니 애초 대학병원 측에서는 대충 무마해서 덮으려고 했답디다. 장 슨상한테 미국 어디 유명한 병원으로 연수를 보내 주것다고 함서, 돌아오면 교수 자리도 내주것다고 허벌나게 꼬셨다더만요. 그란데도 장 슨상이 일절 거절해 부리고 꾸역꾸역 재판까지 끌고 갔답디다."

"의지의 한국인이네."

"그라죠잉? 나가 생각혀도 쪼가 멋지다 싶더랑께요."

"뭘 쪼가 멋져. 엄청 멋지고만."

"헐! 관심 있소?"

"뭐?"

"장해서 선생한테 관심 있냐고 물었습니다."

"왜 또 서울 말씨야? 사람 무섭게."

주원은 대강 우스갯소리로 얼버무리려고 했다. 그러자 광현이 얼굴빛을 진지하게 만들고서 끈덕지게 물고 늘어졌다.

"심지어 궁서체거든요. 저 지금 심각하게 묻는 겁니다."

"그냥 좀 신경 쓰인다고 했잖아. 뭘 또 물어. 대답하는 사람 입만 아프게."

"얼마나요? 얼마나 신경 쓰이는데요?"

"의사 선생은 그쪽 일에 대해서 아무것도 몰랐으면 좋겠다고 간절히 원할 만큼. 됐냐?"

주원은 솔직하게 이야기했다. 숨기고 말고 할 정도의 감정은 아니지만, 광현이 알고는 있어야 할 것 같았다. 만에 하나 해서에 대한 감정 때문에 판단이 흐려지는 일이 발생한다면 광현이 나서서 제동을 걸어 주기를 바랐다.

"차라리 참고인 조사 들어갈까요?"

"아직. 섣불리 움직였다가 놈들이 눈치채고 꼬리를 감추면 곤란한 건 우리야. 결정적인 것부터 잡고 시작하자."

"결정적인 것 뭐요?"

"폐쇄 병동 지하를 뒤지려고. 요양병원 내에서 작업장이 있을 만한 곳은 딱 거기뿐이거든."

"형님!"

"왜?"

"지하실은 압색 영장 발부 받아서 뒤집시다. 제발 몸 좀 사리자고요. 하다못해 금 간 갈비뼈나 붙은 다음에요."

광현이 펄펄 뛰었다. 검사라는 놈이, 그것도 특수부 소속 검사가 간덩이는 겨우 손톱만 하다. 주원은 대차게 쏘아붙일까 하다가 그냥 두었다. 그래 보았자 광현의 잔소리만 길어질 것이 뻔했다.

"왜 대답을 안 하십니까?"

"알았어, 인마."

"건성으로 넘기지 말고요."

"알았다고, 새꺄. 적당히 해라. 네가 내 마누라냐?"

짜증을 부리는 주원 쪽으로 광현이 대뜸 상체를 기울였다. 조심스럽게 꺼내는 말소리가 어째 은밀하기까지 하다.

"제가요……. 그러니까 이건 굵은 글씨로 궁서체거든요. 새겨서 들으세요. 아까 장해서 선생이 저에게 묻더라고요. 자기가 형님한테 정신 질환이 없다는 진단을 내리면 어떻게 되냐고. 단순히 개인적인 궁금증이라고 살짝 말을 돌리던데, 아무래도 장해서 선생이 뭔가 눈치를 챈 것 같아요."

"무슨 눈치?"

"형님이 미친 게 아닌데 미친 척하는 걸 알았다는 것 아니겠어요. 정확히는 저도 잘 모르겠는데, 뉘앙스가 딱 그거잖아요."

"그래서 너는 뭐라고 대답했어?"

"중증 인격 장애가 아니라는 확실한 판단이 서면 저한테 먼저 알려 달라고 했죠. 형님은 그날로 교도소 감방으로 직행할 거라는 소리까지 친절하게 덧붙여서."

"그랬더니 의사 선생이 뭐래?"

"별다른 말없이 생각만 많아 보였……. 얼라리."

광현이 한창 나누던 대화를 그치고 이상야릇한 감탄사를 발했다. 주원의 어깨 너머 어느 한 지점을 뚫어져라 쳐다본다. 누가 이쪽으로 다가오고 있는 모양이다.

사박사박 마른땅을 밟는 가벼운 발걸음 소리가 주원의 귓등에 와서 꽂혔다. 기척이 가까워질수록 야생 작약을 연상시키는 달짝지근한 꽃향기가 점점 짙어졌다.

"아직 상담 중이시네요."

해서가 서늘한 미소를 지었다. 주원은 무의식중에 숨을 폐부 안쪽까지 깊숙이 들이마셨다. 때아닌 꽃향기로 콧속은 물론이고 머릿속까지 쨍하다. 어디선가 남실바람이 불어오는 것 같다. 그날의 꿈이 자꾸만 선명하게 떠오른다.

"우리 쪽 용어로는 범죄인 면담이라고 합니다. 변호사들은 의뢰인 접견이라고 부르고요."

광현이 자리에서 일어나 해서를 마주하고 섰다. 해서가 앙증맞은 콧잔등이로 연한 주름을 잡았다.

"우리 업계에서는 환자 개별 상담이라고 하거든요."

"어디 다녀오시는 길입니까?"

광현은 감정이 실리지 않은 눈으로 해서의 차림새를 훑었다. 스판덱스 소재의 검은색 요가 바지 위에 진회색 후드 집업 셔츠를 입고 있다. 흰색 런닝화까지, 영락없는 운동복이다.

"산책 갔다 왔어요. 매일 점심 먹고 이 시간쯤 산자락을 한 바퀴 돌고 오거든요. 자작나무 군락이 제법 멋있어요."

"응봉산이 자작나무 숲 군락지로 유명하다는 소리는 저도 들었습니다. 9월이라도 요즘 늦더위가 한창이라 한낮에는 좀 덥지 않으세요?"

"산속으로 들어가면 전부 나무 그늘이라 시원해요. 제가 게 을러서 아침에는 일찍 못 일어나거든요. 운동은 해야겠고, 어 쩌겠어요. 이렇게라도 실행해야죠."

"저녁 시간은요?"

"익숙한 지형이라도 늦은 시간에 혼자 산에 오르는 건 좀 무섭더라고요. 도시랑 달리 여긴 해가 빨리 지거든요."

"그렇군요. 마침 잘 오셨어요. 막 면담 끝난 참이거든요. 강 주원 씨 신병을 폐쇄 병동으로 인도하겠습니다."

"제가 할게요."

"장해서 선생님께서요?"

"네."

"혼자 괜찮으시겠어요? 요양 보호사들 부르는 게 낫지 않을 까요?"

광현이 헤실바실 웃으면서 물었다. 체구가 건장한 주원이 이대로 도주라도 해 버리면 연약한 여자 혼자 몸으로 어떻게 대처하려고 그러냐는 은근한 깔봄이었다.

"이곳 산세가 제법 험해서 초짜는 길 잃기 십상이에요. 게다가 가중 처벌이라는 훌륭한 제도도 있잖아요."

해서가 대수롭지 않다는 투로 받아쳤다. 바보가 아닌 이상 주원이 탈주를 꿈꾸지 않을 것이라는 에두른 표현이었다. 어떤 면에서는 주원에 대한 일종의 신뢰처럼 느껴지기도 했다.

광현은 날카로운 시선을 무덤덤한 척 앉아 있는 주원 쪽으로 던졌다. 두 사람 사이에 호감이라고 부를 수 있는 감정—그것이 남녀 간의 것이든, 아니면 단순히 인간적인 것이든—이 분명히 존재했다.

광현은 용솟음하는 웃음기를 억지로 눌렀다. 호감의 실체를 파악하는 일은 해서와 주원 두 사람이 알아서 할 문제였다. 또한 방해꾼은 사라져 주어야 할 시점이기도 했다.

"그럼 저는 이만."

광현의 짧은 묵례를 해서는 정중한 인사로 받았다.

"안녕히 가세요."

해서가 방금 전까지 광현이 앉았던 자리에 가만히 몸을 내려앉혔다. 주원은 가뜩이나 복잡한 머릿속을 더욱 어지럽히는 꽃향기에 취한 채 통나무 탁자 너머로 해서의 얼굴을 빤히 응시했다. 해서의 진심이 알고 싶었다.

"이번에는 뭘 믿고?"

받아들이기에 따라 뜬금없다고 할 수 있는 주원의 질문을 해서는 단박에 알아들었다. 고운 입술을 연하게 늘여서 붓으로 그려 놓은 것처럼 선명한 미소를 짓는다. 주원이 비슷한 물음을 던졌던 예전과 마찬가지로 대수롭지 않다는 식으로 받았다.

"강주원 씨 지능 지수 높던걸요. 165면 천재 수준인데, 통상적인 상황 판단뿐 아니라 어떻게 행동하는 게 스스로에게 유리한지도 잘 알 거잖아요. 원활한 통제를 위해서 내가 강주원 씨 손목을 묶어야 하나요?"

"아니."

주원은 간단히 대답하고 복잡한 심정으로 웃었다. 몹쓸 충동 때문에 언제든 해서의 결박에 기꺼이 응할 용의가 있다는 말이 하고 싶어졌다. 단, 침대라는 한정된 공간에서만.

다시 바람이 분다. 꽃향기가 지독하다.

"전에 나랑 한 약속 기억해요?"

"얌전히 있기?"

"세부 조항은요?"

"하나, 난동 부리지 않기. 둘, 상담실로 가서 얼굴에 입은 찰과상 치료하기. 셋, 반말하지 않기."

"정확하게 기억하네요. 오늘은 두 번째 세부 조항은 뺄게요. 해당 사항 없음이니까."

"좋습니다."

"몸은 좀 어떠세요?"

"그냥저냥."

주원은 일부러 무성의하게 대답했다. 아까부터 어질어질 쨍한 머릿속에서 아뜩한 꿈과 아찔한 상상이 무작위로 뒤엉켰다. 눈을 뜬 채 백일몽을 꾸고 있는 듯했다. 불현듯 몸이 달았다.

"강주원 씨."

"왜요?"

"……무리하지 말아요."

해서는 한참을 망설이다 겨우 이야기했다. 별것도 아닌 말이 무척이나 무겁게 흘러나왔다. 애써 감추고 싶은 마음이 부질없게도 주원에게 건네는 이야기 속에 알음알음 담기고 말았다.

서로가 서로를 부둥켜안고 진한 입맞춤을 나누었다는 사실에 대해 까맣게 모르는 남자를 앞에 앉혀 두고, 해서 홀로 뜨거운 기억에 사로잡혀 입술을 깨물었다.

그저 그렇고 그런 해프닝으로 치부해 버릴 수 있다면 좋으련만. 애써 잊으려 하는데도 시도 때도 없이 머릿속에서 그날의 일이 반복 재생되는 이유는 도대체 무엇인지…….

쓸데없이 흔들리는 마음을 해서는 다잡아 묶었다. 최선을 다해 최대한 꽁꽁 묶고자 했다. 개인적인 감정이나 생각 따위는 철저히 배제하기로 마음먹었다. 강주원이라는 남자를 오로지 담당 환자로만 대하기로.

"응."

한참이나 뒤늦은 주원의 대답은 나지막했다. 단음절에 불과한 간결한 음성이 꽤나 묵직하게 울렸다.

해서는 아무 말 없이 서늘하게 식힌 시선을 먼 곳으로 옮겼다. 그런 그녀의 얼굴을 주원은 여전하고 뜨거운 눈길로 우두커니 바라만 보았다.

한동안 두 사람 모두 말이 없었다.

한울타리 정신요양병원 뒤뜰을 가로질러 폐쇄 병동으로 돌아오는 길, 처음 해서와 나란히 걷기 시작했던 주원은 조금씩 발걸음을 늦추었다. 의도적으로 서너 발짝쯤 뒤에 떨어져서 걸었다. 둘 사이의 간격이 점차 벌어지는 상황에서 해서가 어떠한 반응을 나타낼지 눈여겨보려는 의도였다. 하나의 실험이자 일종의 시험이기도 했다.

어찌 되었든 현재 주원은 중증 인격 장애를 앓고 있는 정신 질환 환자이자 살인을 저지른 범죄인 신분이다. 이곳이 비록 교도소가 아닌 요양병원이라고는 하나 주원에 대한 감시와 통제가 24시간 삼엄하게 이루어져야 함은 기본 원칙이었다.

그러니 실제 검사의 입장에서 살인 범죄인을 자유롭게 다루는 해서의 태도는 지극히 불만족스러워야 맞다. 하지만 남자의 입장이라면 이야기가 180도 달라진다.

내로남불. 내가 하면 로맨스, 남이 하면 불륜.

간사한 인간 사회를 대표하는 이 대명제는 주원에게도 예외 없이 적용되었다. 살인자라는 끔찍한 낙인에도 불구하고 해서가 믿어 주었으면 좋겠다. 아무런 거리낌 없이 뒷등을 보여 줄 수 있을 만큼 전폭적인 신뢰를 보내 주기를 바랐다.

반보로 시작한 간격은 주원이 발걸음을 느리게 내딛자 서서히 더 벌어졌다. 종국에는 세 걸음 이상 뒤처지게 되었다.

그런데 해서는 주원이 잘 따라오나 안 오나 신경도 쓰지 않았다. 발걸음을 멈추고 서서 뒤돌아보기는커녕 계속해서 앞만 보고 다박다박 제 길을 간다.

주원은 보폭을 다시 넓게 디뎠다. 즉시 해서와의 간격이 좁혀졌다. 서로의 어깨를 잇대듯이 하고 걸었다.

"서슴없이 뒷등을 보여 주면 안 되는 것 아닌가?"

전에는 안 그랬잖아.

나를 계속해서 당신 눈앞에 두고 걸었잖아.

여러 가지 질문을 하나로 함축해서 물었다. 해서가 무심하다 싶을 만큼 담백한 곁눈으로 나란히 걷고 있는 주원을 올려다보았다.

"왜 강주원 씨한테 뒷등을 보여 주면 안 되는데요?"

"의사 선생 몰래 내가 도망이라도 치면 어쩌려고?"

주원은 똑바른 시선으로 해서를 마주 내려다보았다. 해서의 대답을 기다리는 그 짧은 순간에도 마음은 더없이 초조했다. 입이 다 말랐다.

"나한테 도망치지 않겠다고 약속했잖아요."

"내가 언제?"

"조금 전에요. 결박할 필요 없다면서요? 얌전히 있기로 한

건 도주 의사가 없다는 뜻 아니었어요?"

"맞아."

주저함 없는 주원의 대답에 해서가 양쪽 어깨를 한차례 으쓱거렸다. 그러면 된 것 아니냐는 의미 같았다. 주원은 소리 없이 잘게 웃었다. 멀쩡한 척 구는 겉모습과 달리 마음은 자꾸만 더 초조해졌다.

"무섭지 않아?"

"뭐가요?"

"나."

"내가 강주원 씨를 무서워해야 하나요?"

해서가 가던 발걸음을 멈추고 서서 가만히 되물었다. 평소에도 서늘하던 말소리가 한층 낮고 한결 건조했다. 고개를 외로 갸웃 기울인 모습에서 의아함보다는 무감함이 엿보였다.

차분한 얼굴빛, 차분한 목소리, 차분한 행동거지. 주원을 향해 곧장 올라오는 눈길조차도 못내 차분하게 가라앉아 있다.

주원은 어금니를 한차례 윽물었다. 온통 차분하기만 한 해서를 막무가내로 흔들어 버리고 싶은 충동이 느닷없이 일었다. 주원 역시 발길을 그치고 해서와 얼굴을 마주 대하고 섰다. 해서를 몰아붙이고자 내뱉는 말소리가 이유도 없이 꽉 잠긴 채 흐른다.

"당연히 무서워해야지."

"왜요?"

"내가 사람을 죽였으니까. 그것도 둘씩이나."

"그래서 나도 죽일 건가요?"

듣기에 따라 섬뜩할 수도 있는 질문을 해서는 지극히 평온한 어조로 물었다. 눈썹 하나 끔쩍 않는 해서의 무심함에 그만 질려서 주원은 열없이 웃고 말았다.

"아니."

해서가 아무 말 없이 다시 어깻짓을 보였다. 너무도 가벼이. 이 또한 된 것 아니냐는 의미인 듯했다.

이 여자 정말 강적이다.

주원은 속으로 혀를 내둘렀다. 해서가 멈추어 두었던 발길을 도로 옮기기 시작했다.

한 발짝 앞장서서 걷는 해서를 주원은 넓은 보폭을 이용해 금세 따라잡았다. 작정하고 이야기 소리를 비틀어 꼬아 대놓고 어기댔다.

"의사 선생은 내가 한 얘기를 다 믿습니까?"

"딱히 안 믿을 이유도 없잖아요."

"내가 뒤통수치면 어쩌려고?"

"뒤통수 맞은 다음에 욕을 바가지로 퍼붓겠죠."

"그런 위험을 감수하면서까지 살인범인 나를 신뢰하는 이유가 뭡니까?"

"상담에 임하는 의사와 환자 사이의 신뢰감은 중요한 거예요. 기본 중에서도 기본이라고 할 수 있죠."

해서가 딱 잘라 버리듯 무척이나 단호한 태도로 말했다. 주원은 어이가 없었다. 공연히 울화가 치밀었다.

결국 의사와 환자라는 틀에다 우리 사이를 가두겠다는 거잖아.

서운한 감정이 훅 치고 올라왔다. 치기나 다를 바 없는 머릿속 사고에 주원은 순간적으로 당황해서 이마를 긁었다.

'우리' 라고?

대체 언제부터 장해서와 강주원이 '우리' 라는 단어로 묶이게 된 것인지 모르겠다. 해서의 주장대로 상담자인 의사와 내담자인 환자로 관계를 한정 지음이 바람직하다 여기면서도, 정작 서운함을 떨쳐 버리지 못하는 주원의 가슴은 다른 이야기를 들려주고 있었다.

의사와 환자가 아닌 여자와 남자로 마주 보고 싶다는…….

그래서 우리라는 복수형 인칭 대명사가 지극히 자연스러운 관계를 정립하기 원한다는…….

정체를 알 수 없는 답답한 감정이 주원의 가슴으로 차올랐다. 부글부글 끓어서 넘칠 것만 같았다. 그야말로 '씨팔' 이었다.

"왜요?"

해서가 물었다. 주원을 응시하는 다갈색 눈동자에 의아함이 번졌다. 씩씩대는 주원의 반응을 도무지 이해할 수 없다는 태도였다.

"죄는 미워하되 사람은 미워하지 말라. 뭐 그딴 썩어 빠진 도덕률의 발로인가 싶어서."

이율배반적이게도 주원은 말소리를 부러 더 비틀고, 꼬았다. 이마를 긁던 손으로 의미 없는 손사랫짓을 만들어 함부로 흔들었다.

"죄를 사람이 짓는데, 어떻게 죄만 미워할 수가 있어요? 당연히 사람도 밉죠. 내가 무슨 공자님도 아니고."

해서가 입가를 유연히 늘이고 웃는다. 분명 비소는 아닌데, 머릿속이 복작복작 시끄럽기만 한 주원의 눈에는 비웃음이나 다름없어 보였다. 해서의 차분한 미소도, 서늘한 목소리도 그냥 다 괘씸하기만 했다.

"그거 공자님 말씀 아니야."

"알아요. '공총자'에서 유래된 말이잖아요."

"맞아. 그 책 어디에도 '공자 왈'이라는 단어는 나오지 않거든. 고지청언공 오기의불오기인. 옛적 재판관은 죄를 범한 사람의 뜻은 미워하되 그 사람을 미워하지는 않았다."

"어려운 말도 잘 아네요?"

"판사들이 퍽 하면 법정에서 씨부려 대는 소리라 귀에 딱지가 앉도록 들었다고 해야 할까. 내가 재판 경력이 꽤 되거든."

주원은 시시껄렁하니 이야기했다. 사실 그대로를 말한 것이지만 주원을 살인범으로 알고 있는 해서가 오해해서 듣기 딱 좋은 소리였다.

살인죄로 초심, 재심, 삼심을 거치는 동안 몸과 마음이 너덜너덜해지기라도 했느냐는 등의 약간은 비아냥거리는 말을 해서로부터 듣게 될 것으로 기대했다.

"나도 재판 경력은 꽤 돼요. 어디 가서 공판이 어쩌고저쩌고 알은체도 가능할 만큼. 최종 판결에 앞서서 판사가 나한테 그러더라고요. 죄는 미워하되 사람은 미워하지 말라고. 마음의 평화를 위해서라도 피의자를 용서하라고."

해서는 주원이 상상도 못 한 이야기를 꺼내 놓았다. 아까 광현이 언급한 강제 추행 사건을 해서의 입을 통해 직접 듣게 될 줄은 몰랐다. 우습게도 방금 전 해서에 대한 서운함이 말끔하게 가셨다. 가슴 깊은 곳에 웅크리고 있던 울화도 깨끗이 가라앉았다.

이 여자, 무엇을 상상하든 그 이상을 보여 주는구나.

새삼스러운 깨달음 속에서 주원의 본심이 여과 없이 튀어나갔다.

"판사한테 엿이나 처먹으라고 하지 그랬어요?"

갑자기 해서가 소리를 내어 웃기 시작했다. 투명한 비눗방울처럼 공기 중에 떠올라 톡톡 터지는 웃음소리가 몹시도 드맑았다.

주원은 어깨 너머 비스듬히 돌아다본 해서의 웃는 모습에 잠시 넋을 잃었다. 아름다웠다. 세상 누구보다도 예뻤다. 차분함을 걷어 낸 눈빛은 형형하고, 발그레 젖은 얼굴빛은 요요하다. 서늘한 말소리 대신 다사로운 웃음소리를 쏟아 내는 입술은 붉디붉어서 더욱 고왔다.

입, 맞추면…….

하릴없는 몽상이 꼬리에 꼬리를 물고 일어선다.

곱고 붉은 저 입술에 내 걸 가져다 하나로 포개어 맞추면 그날의 꿈처럼 달콤, 하려나?

하얀 치열을 가르고 안으로 들어가 혀를 얽어 빨아 당기면 그때의 꿈처럼 짜릿, 하겠지?

부쩍 몸이 달떴다. 체액이 절절 끓어오르는 느낌이었다. 주원은 황급히 손부채질을 하며 온몸에서 기승을 부리는 열기를 늦더위 탓으로 돌렸다.

"왜 이렇게 더워."

"법정 모독으로 구속되는 한이 있어도 미친 척 말해 버릴 걸 그랬나 봐요. 그러면 속이라도 시원했을 텐데. 이제 와서 후회가 되네요."

"담당 판사가 누구였어요?"

"내가 누구라고 얘기하면 강주원 씨가 알아요?"

"내 재판 경력이 상당하다고 했잖아요."

남다른 자신감을 보이는 주원에게 일별하고 해서가 직원 아이디카드를 겸한 전자식 카드 키로 폐쇄 병동 현관 출입문을 열었다. 먼저 들어가라는 해서의 턱짓에 따라 주원은 활짝 열린 출입구를 통해 실내로 들어섰다.

시원한 에어컨 바람이 피부에 들러붙어 따라온 늦더위를 식혀 주었다. 좀처럼 가시지 않는 가슴속 열기도 더불어 식혔으면 했다.

"오민석."

"으응?"

주원이 뒤를 돌아다보자 어느새 차분하게 가라앉은 얼굴빛으로 해서가 서 있다. 다행히 눈빛은 여전히 형형했다. 가만가만 울리는 목소리에도 예의 서늘함은 찾을 수 없었다.

"서울서부지법 형사 6부 오민석 판사라고요."

"언제 만나면 대신 말해 줄게. 엿이나 처먹으라고."

주원이 먼저 미소를 지었다. 해서가 마주 웃었다. 방금 전 주원의 시선을 강탈해 넋까지 앗을 정도로 아름답고 어여쁜 모습 그대로. 아주 환하게 활짝.

"고마워요."

짧게 세 번, 길게 세 번, 다시 또 짧게 세 번

"골랐어?"

소정의 물음에 책상 앞에 앉아 있던 인호가 데스크톱 컴퓨터의 메인 스크린을 오른손 검지로 톡톡 두드렸다.

"여기."

인호의 어깨 너머로 스크린을 흘낏 넘겨다본 소정은 고개를 가로저었다. 말도 안 되는 선택이었다.

"삼일사는 곤란해."

소정이 펄쩍 뛰는데도 인호는 심드렁하기만 했다.

"곤란할 게 뭔데?"

"잘못 건드렸다가 무슨 사달이 날 줄 알고."

"이식 적합성 검사 결과지를 봐. Class I, Class II 모두 일치해. 동일 부모 아래서 태어난 형제자매 사이에서도 25%밖에 안 되는 확률이라고. 부모와 자식 간에는 8%. 이게 얼마나 대단한 수치인지나 알아? 단군의 자손 단일 민족인 우리나라에서나 생판 모르는 남남 사이에서 같은 유전자가 존재하는 거지. 흰둥이, 검둥이 구분 없이 모여 사는 미국 같은 데서는 어림도 없어."

인호가 열을 올렸다. 소정은 아래턱을 당기고 서서 한 번 더 도리질을 쳤다.

"그래도 안 돼."

"언제부터 그렇게 몸을 사렸어?"

인호가 앉았던 자리에서 벌떡 일어섰다. 소정을 노려보는 얼굴에 불만이 한가득이다.

한울타리 정신요양병원의 자체 의료 정보 시스템 안에다 비밀리에 구축해 놓은 데이터베이스를 기반으로 그동안 인호가 장기 공여자를 지목해 왔다. 이식 수여자와 주조직 적합 복합체(Major Histocompatibility Complex)*가 얼마나 일치하는가를 근거로 한 것이라 소정은 여태껏 인호의 선택에 제동을 걸어 본 적이 한 번도 없었다.

그러나 이번만큼은 아니다. 이식 적합성 수치가 제아무리 높게 나왔다 해도 인호의 지목에 선뜻 동의하기가 어려웠다. 기서도 때도 주조직 적합 복합체가 완전히 일치한다는 이유로

---

*Major Histocompatibility Complex:면역 반응의 항원 인식 과정에서 가장 중요한 역할을 하는 유전자와 그 생산물인 단백질의 총칭.

무리해서 일을 진행했다가 결국 동티가 났다.

지난여름 주요 장기가 모두 적출되고 없는 기서도의 사체가 관악산 장군봉 인근 등산로에서 발견되었다. 그 바람에 소정은 한바탕 곤란을 겪었다. 박태수 원장이 정·재계 연줄을 동원해 미리 막지 않았다면 한울타리 정신요양병원에까지 불똥이 튀었을 것이다.

만약 이번에 또 장기 공여자 때문에 사달이 난다면 문제는 심각해진다. 단순히 삐꺽대는 정도가 아니라 자칫 다 죽을 수도 있었다.

"재벌가 숨겨 놓은 자식이라잖아."

소정은 말소리 끝에 짤막한 어깻숨을 덧붙였다. 황금만능주의가 팽배해진 현대 사회에서 돈은 곧 권력을 의미했다. 돈 가진 자들은 함부로 건드리면 안 된다. 그들 곁에 찰싹 들러붙어 돈을 벌어야지. 생부의 강압에 이끌려 장기 불법 매매를 시작한 이후로 소정이 매번 뼈저리게 느끼는 금과옥조였다.

"더 잘된 것 아니야?"

인호가 이해할 수 없다는 태도로 되물음을 했다. 소정은 어처구니가 없었다.

"무슨 소리야?"

"재벌가에서 멀쩡한 자식을 숨겨 둔 데는 다 그럴 만한 이유가 있는 법이야. 더러운 사생아에다 사람을 둘이나 죽인 살인범. 손톱 밑에 박힌 가시 같은 놈이 세상에서 깨끗이 사라져 주면 그 집안에서도 좋은 거잖아. 손 안 대고 코 푸는 건데."

"어쨌든 자식이잖아."

"왕좌를 지키기 위해 태종은 형제를 죽이고, 세조는 조카를 죽이고, 영조는 아들을 죽였지. 권력이란 동서고금을 막론하고 비정해. 피도 눈물도 없거든. 돈 역시 마찬가지야. 있는 놈들 몸속엔 피가 아닌 돈이 흐른다잖아."

"법무부 교정 당국 쪽에서 나서면 골치 아파져. 아버지 연줄로 덮는 데도 한도가 있는 법이야. 그러니까 꿈도 꾸지 마."

소정은 딱 잘라 선을 그었다. 인호가 돌출 행동을 못 하도록 막아야 한다고 생각했다. 권력만 비정한 것이 아니다. 유인호라는 남자 또한 비정했다. 큰돈을 위해 산 사람의 배를 갈라 장기를 꺼내고도 죄책감 따위 일절 없었다. 후회 역시 전혀 하지 않았다. 오히려 입원 환자들의 생살여탈권을 마음대로 휘두르면서 그 힘을 즐겼다.

그래서 소정의 눈에는 인호가 더 매력적으로 다가왔다. 악한 남자 유인호한테 속절없이 끌렸다. 속수무책 화톳불 안으로 뛰어드는 부나방처럼.

"하여간 소심하기는."

인호가 끌끌 혀를 찼다. 다행히 기분 나빠 보이지는 않았다. 소정은 눈꼬리를 살래살래 흔들면서 인호의 마른 어깨에다 한쪽 뺨을 비볐다.

"다음으로 적합한 건 누구야?"

"삼일삼."

인호가 소정의 허리를 확 당겼다. 얌전히 이끌려 인호의 품에 안기며 소정은 한층 짙게 웃었다.

"삼일삼은 올해를 못 넘길 팔자인가 보다. 지난번 장해서 선생이 방해하지만 않았어도 쉽게 갈 뻔했는데."

"덕분에 며칠 더 세상 구경했으면 됐지."

"장해서 선생 어떡할 거야?"

소정은 슬쩍 운을 띄웠다. 아무래도 인호가 해서에게 관심이 있는 것 같아 전부터 신경이 쓰였더랬다. 하여간 남자들이란 애고 어른이고 예쁜 것들만 보면 정신을 못 차린다. 소정은 이번 기회에 해서를 멀리 치워 버렸으면 했다.

"뭘 어떡해. 나한테 인사권이 있는 것도 아닌데. 게다가 일도 잘하잖아."

"앞으로 사사건건 제동을 걸고 나서면 어쩌려고?"

"그 정도 깝치는 거야 귀여운 수준이지. 옆에서 깔짝거리면 뭔가 자극이 돼. 제대로 확 밟아 줄까 싶기도 하고."

인호가 낄낄거렸다. 소정은 초조해지려는 마음을 애써 다스렸다.

"내가 아버지한테 얘기해 볼까? 영 찜찜해서……."

"쓸데없이 나대지 마. 밟아도 내가 직접 밟을 거니까. 장해서 선생처럼 도도한 것들은 길들이는 맛이 있거든."

"장해서 선생한테 관심 없다며? 전에 나한테 그랬잖아."

신경질을 부리는 소정의 말에는 들은 척도 않고 인호가 등받이가 높은 회전의자에 몸을 주저앉혔다. 여전히 소정을 품에 안은 채였다.

소정은 두 다리를 넓게 벌린 상태로 인호의 허벅지 위에 날름 올라앉은 꼴이 되었다. 타이트스커트가 허리께로 말렸다. 허벅지는 물론이고 속옷을 입지 않은 엉덩이가 훤히 드러났다.

"지금 하게?"

은근히 물으면서 소정은 리듬을 타듯 허리를 슬쩍슬쩍 움직여 제 하체를 인호의 스크럽복에 대고 문질렀다. 인호의 아랫도리가 흉기처럼 빳빳이 솟았다.

"오늘도 뒤로 할까?"

"앞뒤 둘 다 해 줘."

"욕심도 많아."

인호가 홋, 하고 웃더니 스크럽복 바지와 속옷을 한꺼번에 내렸다. 검붉은 기둥이 소정의 엉덩이 골에 담겼다. 소정은 허리를 외로 틀었다.

"앞부터 해."

"뒤가 조이는 맛이 훨씬 좋은데."

"앞쪽으로도 쫙쫙 조여 줄게."

"제대로 못 조이면, 알지?"

인호가 으름장을 놓았다.

"때릴 거야?"

잔뜩 겁을 집어먹은 목소리와는 판이하게도 인호를 쳐다보는 소정의 눈빛은 기대감으로 넘쳤다. 인호는 아무런 대꾸 없이 서랍을 열었다. 회초리처럼 생긴 승마용 채찍을 꺼내 책상 위에 올려놓았다.

❖　　　❖　　　❖

—코드 블루(Code Blue)*. 코드 블루. 폐쇄 병동 313호, 코드
블루.

스피커를 통해 흘러나오는 다급한 안내 방송을 뒤로한 채
해서는 곧장 비상구를 향해 달렸다. 승강기를 기다리고 있을
만한 여유가 없었다. 한꺼번에 계단을 두 개씩 뛰어올랐다. 숨
이 금방 턱까지 찼다. 그럼에도 2층 계단참을 돌아 3층으로 가
는 발걸음을 잠시도 쉴 수가 없었다.

한울타리 정신요양병원에서 해서가 일을 시작한 지 이제 겨
우 6개월 남짓 지났을 뿐이다. 그런데 급성 심정지로 인한 사
망 환자가 벌써 넷이나 발생했다.

이번이 한울타리 정신요양병원에서 해서가 겪는 다섯 번째
'코드 블루' 다. 평균 달포에 한 명 꼴로 심정지 환자가 발생하
고 있다.

흉부외과와 종양내과를 진료 과목에 두지 않는 요양병원에
서는 어지간해서 보기 어려운 수치였다. 호스피스 의료를 주
로 담당하는 노인 요양병원이 아닌 이상 불가능에 가까운 수
치이기도 했다.

---

*Code Blue:급성 심정지 혹은 심장 마비 환자가 발생했음을 알리는 병원 암호.

비상구를 벗어나 3층 복도를 달리는 해서의 등줄기로 진땀이 차올랐다. '코드 블루'를 알리는 긴급 안내 방송이 조금 전 그친 것이 아무래도 마음에 걸렸다.

폐쇄 병동 313호 병실 앞 운집한 사람들 사이를 재빠르게 뚫고 해서는 실내로 들어섰다. 의료진 모두가 심폐 소생술로 정신이 없을 줄만 알았는데, 병실 안은 오히려 잠잠하다 못해 침통한 분위기였다.

"CPR은……."

왜 심폐 소생술을 시작하지 않았냐고 간호사와 요양 보호사들을 다그치려다 말고 해서는 어금니를 악물었다. 침상 위 석상처럼 누워 있는 환자의 모습에서 이미 모든 상황이 종료되었음을 직감했다.

"DNR(Do Not Resuscitate)* 환자입니다."

폐쇄 병동 수간호사 이병철이 환자의 머리맡에 서서 이야기했다. 해서의 미간 위로 깊은 주름이 파였다. 도무지 믿을 수가 없었다. 올해 서른여덟, 만으로 서른일곱 살에 불과한 권상엽 환자가 심폐 소생술 거부 서약을 했다는 것을 어떤 식으로 받아들여야 할지 모르겠다.

더욱이 상엽은 만성 우울증에 따른 자살 충동자였다. 그런 상엽의 심폐 소생술 거부를 의료진이 아무런 거리낌 없이 받

---

*Do Not Resuscitate:소생술 포기. 본인 또는 가족의 의사 결정에 따라 심폐 소생술을 시행하지 않는 것.

아들였다면 자살 방조라고 해도 지나친 표현은 아닐 것이다.

해서는 무작정 침상으로 달려가 상엽의 왼쪽 가슴을 양손바닥으로 짚어 눌렀다. 오래전 배운 대로 흉곽이 내려앉을 정도로 힘을 주었다.

"당장 CPR을 실시합니다. 디피브릴레이터(Defibrillator)* 가져오고, 에피네프린(Epinephrine)* 1mg 원(One) 앰플 투약해요."

"장해서 선생님! 이 환자 DNR이라고요!"

병철이 해서의 돌발 행동에 소스라쳐서 고함을 지르며 심폐소생술을 실시 중인 해서의 손목을 강압적으로 움켜잡았다. 병철의 끈질긴 방해에도 불구하고 해서는 규칙적으로 상엽의 심장을 압박하는 동작을 절대 멈추지 않았다.

"빨리 디피브릴레이터! 아미오다론(Amiodarone)* 300mg 준비!"

"장 선생님, 제발 이러지 마세요. 심장 박동이 그친 지 꽤 오래 지났습니다. 담당 요양 보호사가 발견했을 때는 이미 심정지로 사망한 뒤였다고요."

병철이 전략을 바꾼 듯 조곤조곤한 목소리로 해서를 어르고 달랬다. 대신 손아귀에 움켜쥔 해서의 손목만큼은 더욱 막무가내로 붙들었다. 여차하면 뼈라도 부러트려 심폐 소생술을

---

*Epinephrine:신경 전달 물질로 혈압 상승 효과가 있음.
*Amiodarone:부정맥 치료제로 제세동 후에도 맥박이 잡히지 않을 경우에 투여.
*Defibrillator:심장 박동을 정상화시키기 위해 전기 충격을 가하는 데 쓰는 심실 제세동기.

막을 태세 같았다. 해서는 전혀 개의치 않았다.

"손 놓으라고요. 놔!"

"CPR을 하다가 갈비뼈가 부러져 폐를 찌를 수도 있습니다. 시신이 훼손되는 것은 말할 필요도 없고요. 마지막 가는 길이나마 편히 가야지 않겠습니까. 여기 좀 보세요. 체온은 30도를 밑돌고, 사후 강직 징후까지 나타나기 시작했습니다."

병철이 흐트러진 상엽의 환자복 상의 안쪽으로 부여잡고 있는 해서의 손목을 이끌었다. 손바닥 아래로 닿는 상엽의 피부 온도가 비상식적일 정도로 차가웠다. 체온이 30도를 밑돈다는 병철의 말은 거짓이 아니었다.

해서는 심폐 소생술을 멈추었다. 무지근한 통증과도 같은 무력감이 명치를 짓눌러 왔다. 해서가 멍하니 넋을 놓아 버리자 병철이 새삼 조심스러운 어조로 재촉을 넣었다.

"사망 선고, 하셔야지요?"

해서는 들은 척도 하지 않았다. 얼른 정신을 차리고 재바른 시선으로 병실 안과 밖에 운집해 있는 사람들의 면면을 확인했다.

"요양 보호사들은 복도에 나와 있는 환자들 각자 병실로 안내하세요. 김 선생님은 여기 병실 출입문 닫으시고요."

해서의 지시에 폐쇄 병동 3층을 담당하고 있는 요양 보호사 둘과 김조형 간호사가 약속이라도 한 듯이 병철의 얼굴을 쳐다보았다. 병철이 고개를 끄덕여 해서의 지시에 따르라는 신호를 주었다. 그제야 요양 보호사들이 병실을 나가 우왕좌왕

하는 환자들을 규합했다.

"경찰에 연락하세요."

해서는 313호 병실 출입문이 닫히기를 기다려 참아 두었던 말문을 열었다.

"네?"

"경찰이요?"

병철과 조형이 거의 동시에 어안이 벙벙한 채로 되물었다. 해서는 작정하고 얼굴 표정을 냉정하게 식혔다. 목소리 또한 싸늘하니 가라앉혔다.

"요양 보호사가 발견했을 당시 권상엽 환자는 이미 사망한 후였다면서요? 단순한 급성 심정지가 아닐 수도 있겠다 싶어요. 우선 관할 경찰서에 신고부터 한 다음 검시 절차를 밟도록 하죠."

"사, 살인이라고 보는 겁니까?"

잔뜩 흥분해서 말을 더듬던 병철이 잇달아 거친 숨을 몰아쉬었다. 일그러진 낯빛이 붉으락푸르락 변화무쌍했다.

"눈에 띄는 외상도 없고, 저항한 흔적도 없고. 일단은 자연사라고 봐요."

"그런데요?"

병철이 따져 물었다.

"권상엽 환자는 자살 충동 조절 장애가 있었어요. 약물에 의한 자살일지도 모르잖아요. 아니면 누군가의 자살 방조가 있었거나. 수간호사님 말마따나 마지막 가는 길, 최소한 사인은 제대로 알아야 하지 않겠어요?"

"이보세요, 장해서 선생님! 병원 문 닫게 하려고 작정했습니까!"

병철이 경악에 경악을 거듭했다. 해서는 일부러 시선을 날카롭게 곤추세웠다. 찰나의 흔들림도 찾아볼 수 없는 완강한 눈빛을 병철에게 쏘았다.

"일말의 의혹도 없이 가자는 취지예요. 이렇게 해야 병원을 지킬 수 있다고 봅니다, 저는. 권상엽 환자 보호자한테는 제가 연락할게요. 부검에 대해서 상세히 설명해야 할 테니까요."

❀   ❀   ❀

주원은 요양 보호사들의 험상궂은 윽박지름에 떠밀려 하릴없이 병실로 돌아왔다. 다혈질인 매부리는 물론이고 평소 웬만해서는 얼굴색을 바꾸지 않는 사마귀까지 잔뜩 흥분해서 날뛰었다.

요양 보호사들의 흥분이 급성 심정지로 인해 사망한 313호 권상엽 환자 때문이 아니라는 것은 어설픈 눈치만으로도 충분히 알아차릴 수 있었다.

병실 안으로 들어오자마자 주원은 버석버석한 얼굴에 마른 세수를 더했다. 지금의 이 상황을 어떻게 받아들여야 할지 모르겠다. 마음의 여유가 좀처럼 생기지 않았다.

하필 권상엽이라니……

지난번 식당에서 상엽이 갑작스러운 복통을 일으킨 일도 내
내 의뭉스러웠다. 그런데 아예 오늘은 심장 마비로 사망을 한
것이다. 일련의 일들이 전부 장기 밀매 일당이 벌인 극악무도
한 소행이라는 의심이 들었다.

심장이 멈추어 버리면 장기를 적출해서 이식하는 데 문제가
많을 텐데…….

인두겁을 뒤집어쓴 악귀들이라고 밖에는 볼 수 없는 이 자
들은 도대체 어디까지 잔인해지려는 것인지…….

개새끼라는 욕조차 아까운 새끼들.

주원은 이를 갈며 굳게 닫힌 출입문에 바짝 붙어 섰다. 바
깥의 동향에 촉각을 곤두세웠다. 하지만 병동 복도도, 맞은편
313호 병실도 쥐 죽은 듯이 고요할 뿐이다.

모르는 척 복도로 한번 나가 볼까.

잠시 고민했다. 낮 시간에 한해서 환자들의 폐쇄 병동 3층
내부 통행은 제법 자유로운 편이었다. 한차례 심호흡을 한 다
음 주원은 병실 출입문 손잡이를 그러잡았다. 막 문고리를 돌
리려는 차였다. 속닥거리는 말소리가 밖에서부터 병실 안으로
흘러들었다. 사마귀와 매부리다.

"다들 병실 안으로 얌전히 들어갔지?"

"어."

"동요한 환자는 없고?"

"308호 늙은이가 자꾸 찔찔 짜서 진정제 한 대 놓았어."

"눈앞에서 사람이 죽었잖아. 찔찔 짜는 정도는 준수한 편이

지. 장해서 선생 덕분에 죽음이 뭔가 더 드라마틱했으니까."

"아우, 존나 짱나! 사망 선고 내리라고 불렀더니 무슨 생뚱맞은 심폐 소생술이냐고. 관심 종자도 아니고."

"좀 닥쳐."

"당장 지하 냉동 보관소로 내려가야 하는데. 30분은 넘기지 말라고 아까 유인호 선생님이 신신당부했잖아."

"입 닥치라니까."

"누가 듣는다고? 여기 정신 온전히 박힌 새끼가 있어야 말이지. 죄다 미친놈들뿐인데, 들어도 무슨 소리인지 알지도 못할 걸."

"그래도 조심해. 낮말은 새가 듣고 밤말은 쥐가 듣고도 모르냐?"

사마귀의 이어지는 경고에 매부리가 마지못해서 입을 닫았다. 침묵이 흘렀다.

314호 병실 안, 미동조차 없이 출입문 손잡이를 여전히 움켜쥐고 서 있는 주원의 손바닥에 알땀이 흥건했다. 바스락거리는 작은 소음 하나가 자칫 공든 탑을 한순간에 무너트릴 수도 있었다. 주원은 한껏 숨을 죽인 채 마땅한 때를 기다렸다.

"시신 운구해 가랍니다."

낯선 목소리가 복도 맞은편 313호 병실 출입문을 열었다.

"알겠습니다."

"예, 김조형 선셈님."

매부리와 사마귀가 동시에 대답했다. 요란한 발자국 소리와 함께 부산스러운 움직임이 감지되었다. 매부리와 사마귀가 상엽의 시신을 옮기기 위해 313호 병실 안으로 뛰어들어 간 모양이었다.

주원은 소리가 나지 않도록 최대한 조심조심 문고리를 돌렸다. 3cm 남짓 출입문을 슬쩍 열어 두고 그 뒤로 몸을 숨겼다.

드르륵드르륵, 이동 침대에 달린 바퀴가 빠른 속도로 병동 복도를 굴렀다.

누가 보면 응급 환자라도 이송하는 줄……. 잠깐, 이미 사망한 환자를 왜 저렇게 빠른 속도로 이송해 가는 거지?

가뜩이나 복잡한 주원의 머릿속이 뒤죽박죽 엉망으로 엉켰다. 때아닌 편두통이 일었다. 지끈거리는 관자놀이를 손가락으로 꾹 눌러 짚자 엉뚱하게도 눈가가 파르르 경련했다. 주원은 잇새를 비집고 나오는 신음을 가까스로 삼켰다.

드르륵드르륵, 바퀴 굴러가는 소리가 다시 들려왔다. 조금 전에 비해 구르는 속도가 현저히 줄어 있었다.

"오 씨, 여기 이쪽부터. 어서. 구석구석 청소 깨끗이."

"김조형 선생."

"예, 수 선생님?"

"듣지도 못하는 사람 붙잡고서 웬 잔소리야?"

"죄송합니다."

"우리도 그만 내려가지."

조형과 병철 사이에 오가는 대화가 서서히 멀어졌다. 드르륵거리는 바퀴 소리도 어느덧 멈추었다. 대신 무엇인가를 두드리는 소리가 복도 맞은편 313호 병실 안에서 일정한 간격을 두고 울리기 시작했다.

짧게 세 번, 길게 세 번, 다시 또 짧게 세 번.

주원은 본능적으로 병실 출입문을 벌컥 열어젖혔다. 차마 복도로 뛰어나가지는 못하고 애꿎은 문고리만 부러져라 붙들고 선 주원의 얼굴에서 혈색이 완연하게 가셨다.

"314호 강주원 환자, 병실로 들어갑니다. 당장!"

건장한 체구의 요양 보호사 하나가 복도 저 끝에서부터 주원을 향해 내달려 왔다. 목청을 높여 고래고래 질러 대는 요양 보호사의 목소리가 주원의 귀에는 단 한마디도 제대로 들리지 않았다.

요양 보호사에게 강제로 끌려가 병실 안 침상 위로 내팽개쳐지면서도 주원은 복도를 가로질러 울리는 둔탁한 소리에 오롯이 귀를 기울였다.

탁탁탁. 탁, 탁, 탁. 탁탁탁.

짧게 세 번, 길게 세 번, 다시 또 짧게 세 번.

S. O. S.

구조를 요청하는 모스 부호였다.

승강기를 향해 내딛던 해서의 발걸음이 조금씩 느려졌다. 코드 블루를 알리는 긴급 안내 방송을 듣기가 무섭게 아침 회

진도 중단하고 폐쇄 병동으로 뛰어나온 터라 신속히 일반 병동으로 복귀해야 했다.

그런데 313호 병실에다 장희만 혼자 두고 가기가 영 마음에 걸렸다. 청소 용구가 담긴 수레를 끌고 나타난 장희의 모습이 여느 날과는 많이 달랐기 때문이다. 창백하기만 한 낯빛이 몹시 불안해 보였다. 곁을 스치면서 흘낏 건너다본 장희의 손도 벌벌 떠는 것 같았다.

듣지 못하는 사람들 중에 주변 분위기와 상대방 눈치를 읽어 내는 능력이 남다른 이가 간혹 있다. 사람이 시각을 잃으면서 유별나게 청각이 발달하는 경우와 비슷한 이치였다.

장희는 듣지도 못하고 말을 하지도 못하는 대신 눈치가 재발랐다. 다만 지나칠 정도로 행동이 굼뜬 탓에 어느 누구도 장희의 눈치가 빠르다고 생각하지 않았다.

해서는 발길을 되돌려 방금 나온 313호 병실로 다시 향했다. 청소하는 동안 환기를 위해 활짝 열어 놓은 출입문을 지나 안으로 들어섰다.

물에 젖은 대걸레를 한 손에 든 채 정신 사납도록 오락가락하는 장희의 모습이 제일 먼저 눈에 들어왔다. 바닥을 닦지는 않고 대걸레를 병실 구석진 자리로 질질 끌고 가더니, 공연히 벽에다 대고 탁탁탁 두드렸다.

해서는 서둘러 장희에게 다가갔다. 가까이에서 본 장희의 얼굴은 핏기 하나 없이 파리했다. 눈동자 초점은 흐리고 손끝이 심하게 떨렸다. 전형적인 불안 증세였다.

장희는 상엽의 사망 사실을 정확히 인지하고 있는 듯했다. 하기야 듣지 못한다고 해서 알지 못함을 의미하는 것은 아니니까.

바로 눈앞에서 주검을 지켜보는 일은 누구에게나 힘겹다. 더욱이 오랜 시간 곁에서 알아 온 이의 급작스러운 죽음은 극심한 스트레스를 유발한다. 비통함은 기본이고, 절망과 공포로 정신이 너덜너덜해진다.

지금 장희가 느끼는 고통의 무게는 해서가 상상하는 것 이상일 터였다. 말을 못 한다 하여 고통을 느끼지 못할 리가 없다.

"괜찮아요."

해서는 대걸레 봉으로 끊임없이 벽을 두드려 대는 장희의 손등을 감싸듯이 손바닥으로 덮어서 쥐었다. 탁, 탁, 탁. 대걸레가 벽을 두드렸다.

"아저씨 힘드신 것 알아요."

탁탁탁, 벽 두드리는 소리가 빨라졌다.

"매일매일 얼굴 보던 사람이 하루아침에 죽었는데……."

문득 목이 메어 왔다. 해서는 잠시 이야기를 그치고 흐트러진 호흡을 차분히 골랐다. 콧날에 맺혀 시큰거리는 울음기를 겨우겨우 지웠다. 탁, 탁, 탁. 장희가 대걸레 봉으로 병실 벽을 두드린다. 그 소리를 들으면서 해서는 이야기를 이었다.

"사실은 저도 너무 힘들어요."

탁탁거리는 소리가 멈추었다. 꺽꺽, 상처 입은 들짐승의 피

맺힌 울음과도 같은 흐느낌이 말 못 하는 장희의 입술을 뚫고 새어 나왔다. 왜인지 모르게 절박함이 느껴지는 울음이었다.

해서는 더 이상 아무런 이야기도 할 수가 없었다. 어떠한 말이 장희에게 위로가 되는지도 몰랐다. 그저 흐느껴 우는 장희의 어깨를 가만히 보듬어 안았다.

어느새 해서도 장희를 따라 울고 있었다.

✿   ✿   ✿

사망 원인 칸에 '심실세동에 의한 급성 심정지로 추정'이라고 적혀 있다.

해서는 이미 한차례 훑어본 상엽의 부검 결과지를 보다 더 꼼꼼하게 읽어 내려갔다. 딱히 이상하거나 수상한 부분은 찾을 수 없었다. 그런데도 자꾸 찜찜한 기분이 들었다. 평소 상엽에게서 부정맥을 의심할 만한 이상 징후를 보지 못했기 때문이다.

"분명 뭔가 있을 텐데……."

혼잣말을 중얼거리며 해서는 데스크톱 컴퓨터로 한울타리 정신요양병원의 자체 의료 정보 시스템에 접속했다. 사무처에서 부여해 준 비밀번호를 입력한 후, 먼저 상엽의 임상 진료 기록부터 열었다. 역시나 미심쩍은 부분은 일절 없었다.

지난 6개월 사이 한울타리 정신요양병원에서 급성 심정지로 사망한 환자들의 전자 의무 기록지를 차례대로 열람했다.

다섯 개의 차트를 일일이 대조해 가며 유사성을 찾았다.

권상엽 38세, 김석주 40세, 김유성 39세, 양종철 33세, 이완규 45세. 이름과 나이가 제각각인 이들 다섯 명에게 의외로 공통점이 많았다. 남자, 만성 정신 질환자, 정신증을 제외하고 평소 건강에 문제가 없던 장년층, 급성 심정지로 인한 돌연사 등등.

덧붙여 이상한 사실을 한 가지 발견했다. 다섯 사람 모두 사후에 부검을 실시한 기록이 남아 있었다.

상엽과 석주와 완규는 유가족의 정식 요청에 의해서였다. 무연고자라 법적 보호자가 따로 없는 유성과 종철은 한울타리 정신요양병원 측의 공식 요청에 따랐다. 참으로 알다가도 모를 일이다.

경찰에 연락해서 검시 절차를 밟자는 소리에 이병철 수간호사는 왜 그렇게 팔짝 뛰었을까?

으레 해 오던 일이었으면서도 말이다. 해답이 없는 질문이 가뜩이나 복닥복닥 어지러운 해서의 머릿속을 빠르게 잠식했다.

왜 그랬을까?

묻고 또 묻다가 불현듯 '상엽의 유가족이 반드시 부검을 요청하도록 만들어야만 하는 어떤 이유가 있었던 것은 아닐까' 라는 얼토당토않은 상념까지 도출해 내기에 이르렀다.

만약 해서가 나서서 부검을 하자고 상엽의 큰형을 설득하지 않았다면 대대로 유교 집안인 안동 권씨 일문의 엄격한 가풍에 의거, 죽은 자의 몸에 결코 칼을 대지 못했을 것이다.

그렇다면 무엇 때문에 부검이 필요했을까?

다시 의문이 솟았다. 여전히 해답은 없었다. 한숨만 덧없이 쌓였다.

해서는 장시간 컴퓨터 모니터를 보느라 뻑뻑해진 눈자위를 손가락으로 꾹 눌렀다. 스스로의 한계에 다다랐다 여겨졌다. 다른 사람의 도움이 절실해지는 순간이다. 전문가의 조언이 필요했다.

몇 번을 망설인 끝에 해서는 휴대폰을 집어 들었다. 기억 속 각인처럼 남은 아홉 자리 숫자를 눌렀다. 구내 번호를 입력하라는 안내에 따라 숫자 네 개를 더 눌렀다. 단조로운 통화 연결음이 흘러나왔다.

해서는 속으로 전화벨 울리는 횟수를 헤아렸다. 딱 열까지만 세고 전화를 끊어야겠다고 마음먹었다. 일곱 번째 벨이 중간에서 그치고 상대가 전화를 받았다.

—경성대학병원 해부·병리과 차도연입니다.

"……."

—여보세요? 말씀하세요.

"나야, 해서."

조심스러운 태도로 이름을 밝혔다. 한참을 기다려도 좀처럼 대꾸가 없다. 걱정과 울화가 뒤엉킨 도연의 한숨 소리만 쉴 사이 없이 전화기를 타고 넘어왔다.

해서는 살얼음판 위를 걷는 마음으로 사과의 말을 입 밖으

222

로 천천히 밀어냈다.

"미안해."

—뭐가 미안한데?

도연이 말소리를 싸늘하니 쏘았다. 해서는 하릴없이 주눅이 들면서도 피식, 웃음이 났다. 성난 들고양이 같은 못된 성질머리는 여전하구나 싶었다. 친구의 한결같음이 문득 고마웠다. 서로가 서로의 얼굴을 보지 못하고 지나온 2년 6개월이라는 세월이 아무것도 아닌 듯했다.

"그동안 연락 못 해서 미안해."

—하! 못 해서? 작정하고 안 해 놓고 뭘 못 해, 못 하기를!

사뭇 기가 차다는 듯 도연이 격양되어 소리쳤다. 아예 시비조였다. 저러다 제 성질을 이기지 못해 앙 하고 울음을 터트릴지도 모른다.

해서는 후다닥 목소리를 잔망스럽게 띄웠다. 휴대폰을 타고 흐르는 울적하고 칙칙한 분위기도 덩달아 가벼이 떠오르기를 바랐다.

"그래, 나 작정하고 너한테 일부러 연락 안 했다. 그래서 뭐? 어쩌라고?"

—적반하장?

"감히 그럴 리가. 유분수, 마땅히 지켜야 할 내 분수를 아는 거지. 너무 염치가 없어서 너스레라도 쳐 볼까 싶은 거야."

—나쁜 년!

차진 욕지거리 뒤로 도연이 끝내 울음을 터트렸다. 해서는 울지 말라는 소리를 차마 하지 못했다. 함께 울지도 못 했다. 섧게도 우는 친구 앞에서 죄인 아닌 죄인의 심정이 되었다. 입술을 앙다문 채 도연의 울음이 잦아들기만을 기다렸다.

한참이 지나 휴대폰 너머로 코 푸는 소리가 요란하게 울렸다.

"다 울었어?"

—아직 멀었어, 이년아. 너 때문에 썩어서 문드러진 내 속을 생각하면 3박 4일을 내리 울어도 시원찮아.

"미안."

—말로만 미안하다 하지 말고, 행동으로 보여.

"어떻게 보여 줄까?"

—주말에 만나서 몸으로 때워. 아니다, 당장 오늘 저녁에 얼굴 보자.

"차도연 성질 급한 건 여전하네. 오늘은 힘들어. 이번 주말도 힘들 것 같고."

해서가 난색을 표하자 모두 부질없는 핑계라고 여긴 도연이 바락 소리를 내질렀다.

—아, 왜!

"나도 먹고 살아야 할 거 아니야. 당연히 일해야지. 나는 뭐 땅 파먹고 사니?"

해서도 지지 않고 목청을 돋우었다. 화가 나서가 아니라 즐거워서 저절로 목소리가 높이 올랐다. 도연과 티격태격하고 있자니 옛날 학부 시절로 돌아간 듯한 착각마저 들었다.

—어머! 해서, 너 취직했어? 병원 일 다시 시작한 거야?

도연이 반색에 반색을 보냈다. 성질만 급한 것이 아니라 감정 변화까지 요즘 시쳇말로 완전 LTE급이다.

"시골에 있는 작은 정신요양병원이야."

—시골 어디?

"강원도 인제. 병원이 웅봉산 자락에 있어."

—거기 자작나무 숲으로 엄청 유명한 곳 아니야? 산 좋고, 물 좋고, 공기는 더 좋다던데. 진짜 그래?

"응. 언제 한번 놀러 와."

—이번 토요일에 갈게. 네가 못 오면 내가 가면 되지. 어디 도망가지 말고 딱 붙어 있어. 언니가 새벽같이 일어나서 부지런히 운전해 갈 테니까.

"아무튼 성질 급한 차도연은 추진력도 짱이다. 언제든 오기만 해. 너 좋아하는 메밀국수 대짜로 사 줄게."

—약속했다? 딴말 없기다?

"그래."

해서는 기어이 다짐을 지우는 도연에게 기꺼이 확답을 주었다. 오랫동안 밀어 두기만 하던 숙제를 말끔하게 해치운 기분이었다. 밀린 숙제를 해결했으니 이제 까다로운 숙제를 처리할 차례였다.

"도연아. 부탁 하나만 들어주라."

—무슨 부탁?

"부검 결과지 감수 좀 해 줄래?"

—의료 사고야?

"아니. 단순 돌연사인데 미심쩍은 데가 있어서. 서른여덟의 신체 건강한 남자가 급성 심정지로 사망할 확률이 얼마나 될까?"

—거의 없지. 그렇다고 제로라고는 아무도 말 못 해. 0에 수렴은 하겠지만, 0은 또 아니니까.

"평소 부정맥 징후가 전혀 없었거든."

—내가 방금 얘기했잖아. 0에 수렴하는 것과 0은 다르다고. 돌연사는 말 그대로 돌연사야. 평소 건강하던 사람이 갑자기 죽는 거니까. 그래도 눈에 띄는 변수가 있을 텐데……. 하다못해 없던 알레르기가 생겼다든가, 아니면 근래 복용을 시작한 약이 있다든가.

"내가 알기로는 없……."

이야기를 하다 말고 해서의 낯빛이 돌연 핼쑥하게 질렸다. 상엽의 부검 결과지를 받고 줄곧 찜찜했던 이유를 이제야 알았다. 바보같이 어쩌다가 그것을 놓쳤는지 모르겠다.

—왜 그래?

"사망하기 얼마 전부터 환자한테 프로비질(Provigil)*을 하루 200mg씩 처방했거든. 그런데 부검 결과지의 혈액 내 모다피닐(Modafinil)* 성분은 제로라고 나와. 분석 결과가 이상하지?"

---

*Provigil:기면증 치료제.
*Modafinil:프로비질의 주성분으로 체내 도파민을 증가시키는 각성·흥분제 역할을 함.

—둘 중 하나네. 애초 혈액 분석을 안 했거나, 아예 결과를 조작했거나. 어차피 그게 그거지만.

　"무슨 이유로?"

　—나야 모르지. 부검의한테 물어봐, 왜 그랬냐고. 물어본다고 제대로 대답을 해 줄까 싶다만. 차라리 참관 신청하지 그랬어?

　"신청이야 했지. 부검의가 사정이 생겼다면서 스케줄을 멋대로 변경하는 바람에 참관을 못 했어."

　—구리다. 그것도 완전.

　도연이 한마디로 단정했다. 해서도 같은 생각이었다. 시궁창보다 더 지독한 구린내가 진동을 했다.

죽음은 때로는 태산보다 무겁고
때로는 깃털보다 가볍다

병실 출입문 앞에서 잠시 멈추는가 싶던 발자국 소리가 점차 멀어져 갔다. 주원은 침대에 누운 채 숨을 죽였다. 병동 복도에서 울리는 발자국 소리가 완전히 그치기를 기다렸다. 잠시 후 무거운 정적이 폐쇄 병동 전체를 휘돌았다.

짙은 어두움 속에서 주원은 서서히 몸을 일으켜 세웠다. 야간 근무를 하는 요양 보호사가 각 병실을 점검하러 다시 올 때까지 앞으로 한 시간의 여유가 있다. 단 일분일초도 허투루 쓸수 없었다. 어두움을 타고 움직이는 손발에 속도를 붙였다.

베개를 이불 안쪽으로 집어넣었다.

너무 뻔한 눈속임이지만 아예 안 하는 것보다는 나을 것이다. 관심을 가지고 보지 않는 한 이불을 뒤집어쓰고 자는 것처럼 착각하기 십상일 테니까.

까치발을 내딛어 창가를 향해 다가갔다. 소리가 나지 않도록 최대한 조심조심 창문을 열었다. 낡고 오래된 쇠창살이 흐릿한 달빛 아래서 흉물스러운 모습을 드러냈다.

한밤중에 일어나 휴대용 실톱으로 잘라 내는 일만 벌써 사흘째 하고 있었다.

위아래 이음새 부분을 교묘하게 잘라 놓은 터라 손으로 밀어 보지 않는 이상 아무도 모를 것이다.

주원은 잘린 쇠창살을 가만히 옮겼다. 빠듯하지만 성인 남자 한 명이 빠져나갈 만큼의 공간은 확보되었다. 먼저 다리부터 창문 밖으로 뺐다. 이어서 어깨를 접고 상체를 옆으로 튼 상태로 머리까지 단번에 뒤로 쭈욱 밀었다.

산자락을 돌아 불어오는 밤바람이 서늘했다. 얇은 환자복에 감싸인 등골은 선득거리고 창틀을 붙잡은 양손에는 진땀이 맺혔다. 허공중에 대롱대롱 매달린 채 발끝으로 건물 외벽을 더듬어 디딜 만한 것을 찾았다.

이럴 줄 알았으면 대학 산악부에서 암벽 타기나 제대로 배워 두는 건데…….

소용없는 후회를 곱씹던 차에 왼쪽 어깨로 극심한 고통이 고인다. 팔이 끊어져 나갈 듯이 아프면서 찌르르한 통증이 흉곽에까지 퍼졌다. 가뜩이나 성치 않은 몸을 무리해서 움직였나 보다.

하지만 다친 어깨와 갈비뼈가 나을 때까지 기다릴 수가 없었다. 이미 기서도와 권상엽이 죽었다. 서두르지 않으면 또 다른 누군가가 영문도 모르는 채 죽어 나갈 것이다. 하루라도 빨리, 한시라도 먼저 불법 장기 매매 일당의 정체를 밝혀내야 한다. 팔다리가 잘려 나가고 살과 뼈가 전부 으스러지는 한이 있어도.

주원은 그것이 마땅히 자신의 할 일이라 여겼다. 본능적으로 터져 나오는 신음을 참으며 턱 선이 도드라질 정도로 어금니를 꽉 깨물었다.

외벽을 디딘 발가락에 힘을 빡 준 상태로 오른팔을 최대한 길게 뻗었다. 316호 병실의 유리창을 가로막고 있는 쇠창살이 손끝에 닿을락 말락했다.

지체 없이 몸을 훌쩍 날렸다. 오른손이 가까스로 쇠창살을 붙들었다. 체중을 실은 반동을 이용해서 왼손으로도 316호 병실의 쇠창살을 잡았다. 잠시 숨을 골랐다. 유리창 근처로 뻗어 나온 떡갈나무 가지의 두께를 눈으로 가름했다.

주원의 병실에서 확인했을 때는 꽤나 튼튼해 보이던 나뭇가지가 영 시원찮게 느껴졌다. 신장 185cm에 78kg의 체중, 운동선수에 버금가는 주원의 몸을 과연 지탱해 줄 수 있을지 의문이었다.

여기까지 왔는데 돌아갈 수는 없지.

심호흡을 하고 다시 몸을 날렸다. 나뭇가지에 안착한 뒤로는 일사천리였다. 두툼한 떡갈나무 줄기를 타고 지상까지 한번에 주르륵 내려왔다. 맨발에 닿은 지면의 축축함이 이토록 반가울 줄은 몰랐다.

몸을 낮추고 어두움 속을 걸었다. 1층 개별 상담실로 추정되는 위치—폐쇄 병동 오른쪽 복도 맨 끝 방, 방화문으로 된 비상구와 잇닿은 곳—에서 발걸음을 멈추었다. 머릿속에 폐쇄 병동의 설계 도면을 띄웠다. 건물 왼쪽 끝에서부터 창문의 숫자를 정확하게 하나씩 되짚어 나갔다.

여기가 맞군.

주원은 환자복 바지 속으로 오른손을 집어넣어 속옷에 담아서 가지고 온 실톱을 꺼냈다. 전문 산악인들이 주로 사용하는 것으로 지름 4cm가 될까 말까한 자그마한 플라스틱 통에 톱날이 실처럼 감겨 있다.

내장형 실패를 천천히 돌려 가시가 박힌 와이어처럼 생긴 톱날을 잡아 뽑았다. 쇠창살의 이음새 부분을 겨냥해 능숙한 솜씨로 실톱을 움직였다.

처음 톱질을 시작했을 때는 작업 속도도 더디고 손바닥에 자꾸 물집이 잡혔었다. 지금은 내리 사흘을 계속하다 보니 조금씩 요령이 생겼다.

굳은살이 자리 잡기 시작한 손으로 30분 남짓 톱질만 해 댔다. 드디어 쇠창살의 아래쪽 이음새가 끊어졌다. 내일은 위쪽 이음새를 자르고, 모레 오전 개별 상담 때, 해서 모르게 창문의 잠금장치를 풀어놓을 생각이다.

그렇게 모든 준비를 끝마치면 방금 전과 같은 방법으로 내려와 상담실 안으로 잠입할 계획이다. 계획대로만 된다면 상담실에서 1층 복도로 나가 비상계단으로 통하는 방화문을 열고 곧장 지하로 내려갈 수 있을 터였다.

24시간 출입이 엄격하게 통제되는 폐쇄 병동 내에서 삼엄한 경계를 피해 주원이 쓸 수 있는 방법은 이것뿐이다.

D—3.

매일 밤마다 어둠을 틈타 폐쇄 병동 지하실로 잠입하려는 계획은 착착 진행되고 있었다. 주원은 희망에 부풀어서 실톱을 감았다. 지친 몸을 이끌고 병실로 되돌아갈 일이 까마득하기는 했지만, 그래도 마음만은 뿌듯했다.

❁　　　❁　　　❁

개별 상담을 하자며 주원을 불러다 앉혀 놓고 해서는 먼산바라기만 했다.

주원은 해서의 눈치를 살짝 보고는 슬그머니 자리에서 일어나 창가로 갔다. 유리창 너머를 바라보는 척하며 해서가 알아채지 못하도록 재빨리 창문의 잠금장치를 풀었다. 제대로 열리는지 확인까지 해 보고 싶은 마음이 굴뚝같았으나 여기서거사를 그르칠 수는 없기에 꾹 참았다.

창가 앞을 일없이 몇 번 오락가락거리다 자연스럽게 가문비나무 탁자로 되돌아왔다. 제자리에 앉아 맞은편의 해서를 새삼스러운 눈으로 쳐다보았다. 우두커니 허공을 응시하고 앉은 모양새가 세상의 걱정과 근심은 혼자서 몽땅 짊어지고 있는 사람 같았다.

"의사 선생."

"아, 네?"

"상담 안 합니까?"

"해야죠. 죄송해요. 제가 잠시 딴생각을 좀 하느라."

"요즘 무슨 일 있습니까?"

주원이 물었다. 해서에게 존대를 하고 있지만 툭 던지는 말소리가 평소와 다를 바 없이 비딱했다. 다만 옹이진 가문비나무 탁자를 넘어 다가오는 눈빛만큼은 사뭇 달랐다. 날카로우면서도 일견 다정했다.

"왜요?"

해서는 눈가를 접으며 잘게 웃었다. 오늘은 시작이 나쁘지 않다고 생각했다. 상담 치료 측면에서 본다면 오히려 더없이 좋은 현상이었다.

개별 상담에 앞서서 주원이 가문비나무 탁자 위에다 다리를 올려놓지 않는 것만으로도 장족의 발전이었다. 오늘은 게다가 주원이 먼저 해서에게 무슨 일이 있냐고 묻기까지 했다.

내담자가 테이블을 사이에 두고 마주 앉은 상담자에게 관심을 보인다는 것은 매우 고무적인 현상이다. 그만큼 마음을 열었다는 뜻이니까.

"의사 선생 표정이 영 안 좋아 보입니다."

"제 표정이 어떤데요?"

"솔직하게 얘기해도 됩니까?"

"그럼요."

해서는 고개를 끄덕이며 미소를 지었다. 원활한 상담을 위해 억지로 짓는 직업적인 웃음이 아니라 마음에서 우러나온 진짜 미소였다. 솜사탕처럼 부드럽고 솜이불처럼 따뜻했다.

마주 웃을 줄 알았는데 주원은 심드렁한 태도를 견지했다. 두 팔을 가슴 앞에서 어긋나니 걸어 팔짱을 꼈다.

"욕구 불만에 찌들어 보입니다."

"그럴 리가요. 강주원 씨가 욕구 불만인 것 아니에요? 무학 대사 말씀이 부처 눈엔 부처만 보이고, 돼지 눈엔 돼지만 보인다잖아요."

"그럴지도."

의외로 주원이 선선히 동의했다. 해서는 주원이 느끼는 욕구 불만의 종류에 대해 질문하려다가 말았다. 주원으로부터 원초적이며 원색적인 단어들로 점철된 대답을 듣게 될 것 같았기 때문이다.

정신증 환자의 일반적인 특징 중 하나가 주위 환경과 주변 사람에게 별다른 관심을 보이지 않는다는 것이다. 뇌의 이상으로 태어날 때부터 공감 능력이 현저하게 떨어지는 사이코패스도 마찬가지였다.

살인자이면서 중증 인격 장애를 앓고 있는 주원 역시 예외는 아니었다. 교정 당국을 통해 건네받은 그간의 진료 기록에 따르면, 주원은 여자를 오로지 성적인 대상으로만 취급하고 있었다.

대답에 실망할지도 몰라. 분명 실망하고 말 거야.

해서는 황급히 머리를 털어 쓸데없는 사념을 지웠다. 담당 환자와의 상담에 개인적인 감정이 실린다는 것은 있을 수 없는 일이다. 있어서도 안 되는 일이고. 해서는 주원에게 질문하는 목소리를 여느 때처럼 서늘하니 식혔다.

"아직도 제가 욕구 불만인 것 같아요?"

"응."

"어떤 측면에서요?"

"공사다망한 사람 불러다 놓고, 내가 먼저 말을 걸 때까지 먼산바라기만 했잖아. 그것 안 좋은 버릇이야. 못써, 의사 선생."

주원이 데면데면한 얼굴로 앉아서 불퉁거렸다가 숫제 나무라기까지 했다. 언뜻 신경질을 부리는 것처럼 보이지만 짓궂은 농담이었다. 폐쇄 병동 안에서 하루 종일 갇혀 지내는 주원에게 공적으로나 사적으로나 바쁠 일은 전혀 없으니 말이다. 호선을 그리며 부드럽게 휘어든 주원의 눈초리가 장난꾸러기의 그것 같았다.

주원과의 상담에 있어서 쓸데없는 사감은 접어 두자던 종전의 다짐조차 까맣게 잊고 해서는 환히 웃었다. 주원의 농담에 선뜻 응했다.

"강주원 씨, 요새 바빠요?"

"엄청 많이."

"무슨 공사가 얼마나 다망한데요?"

"지금 내 꼴을 보면 답이 딱 나오지 않아?"

주원의 목소리는 여전히 삐뚜름했다. '뭘 또 굳이 묻기까지 하느냐'는 투였다. 해서는 슬그머니 솟는 웃음기를 살그머니 눌렀다. 겉보기는 퉁명스러워도 속은 말랑말랑한 주원의 유머가 마음에 들었다.

"강주원 씨 꼴이 어때서요?"

"그 질문, 어째 내 꼴이 좋아 보인다는 소리로 들립니다."

"좋아 보이지는 않지만 괜찮아 보이기는 해요."

"좋아 보이는 것과 괜찮아 보이는 게 다릅니까?"

"그럼요. 나쁘지 않다고 해서 좋은 것은 아니잖아요. 좋지 않다고 해서 다 나쁜 게 아닌 것처럼요."

"쓸데없는 말장난."

"말장난이면서 말장난이 아니기도 하죠."

"이봐요, 의사 선생."

주원이 제법 인상을 험악하게 그었다. 해서는 작게 소리를 내어 웃었다.

주원의 정신증 치료 및 교정을 목적으로 하는 상담에서 오히려 자신이 치유를 받고 있는 것 같았다. 상엽의 돌연사 이후로 내내 명치를 짓누르던 답답함이 어느 정도 가시는 듯했다. 숨을 쉬기가 조금은 편해졌다.

"사실대로 얘기했을 뿐이에요."

"나도 사실대로 얘기하자면, 의사 선생은 보기 좋아."

"네에?"

"웃으니까 좋다고. 아까 심각하게 앉아 있을 때는 진짜 보기 싫었어."

주원이 콧잔등이를 찡그린 채 고개를 살살 흔들었다. 아주 마음에 안 들었다는 듯이. 그 모습이 왜인지 모르게 따뜻했다.

해서는 젖어 드는 눈가를 재빨리 접고 살긋이 웃었다. 그녀의 심각한 모습이 보기 싫다는 이유로 일부러 장난을 걸어 웃게 만들어 준 주원의 마음 씀씀이가 훤히 보였다.

"고마워요."

"뭐가?"

"웃게 해 줘서."

"내가 언제?"

"방금요."

"의사 선생이 혼자 실없이 웃은 거잖아."

주원이 딱 잡아 시치미를 떼었다. 쑥스러운 모양이다. 속은 말랑말랑한데 겉은 퉁명스럽기만 한 강주원답다. 해서는 알면서도 모르는 척 넘어가 주기로 했다.

"마침 웃음에 대한 얘기가 나왔으니까, 우리 오늘은 살아오면서 가장 행복했던 시절이 언제였는지 말해 볼까요?"

"잘 나가다가 꼭 그렇게 엉뚱한 데로 빠져야겠어?"

"얘기하기 싫어요?"

"과거가 어쩌고저쩌고, 딱 질색이야. 인간이란 자고로 미래를 지향해야지."

"과거가 없으면 미래도 없어요."

"그런 교과서적인 대답도 질색이야."

"강주원 씨가 말하고 싶은 주제는 뭔데요? 그걸로 얘기를 나눠 볼까요?"

해서가 구슬리는 말로 제안을 내놓자 주원이 씨익 웃는다. 기다렸다는 듯이 거래 조건을 내세웠다.

"의사 선생이 먼저 얘기하면 나도 그것에 준하는 얘기를 할 게. 어때요?"

"좋아요. 묻고 대답하는 방식으로 할까요?"

이번에는 해서가 협상 조건을 추가했다. 주원이 다시 씨익 웃었다.

"콜. 왜 하필 정신과입니까?"

"질문이에요?"

"응."

"마음을 치료하고 싶었어요. 강주원 씨 어린 시절은 어땠어요?"

"평범했습니다. 왜 마음을……."

"잠깐만요. 단답형 말고 서술형으로 대답해요. 논술형까지는 바라지도 않아요."

"내가 그랬잖아요. 의사 선생이 얘기하는 만큼만 얘기하겠다고. 의사 선생 대답도 서술형으로 보기는 어려운데."

"마음을 치료하고 싶었어요, 세 개의 어절이죠? 평범했습니다, 한 개잖아요."

셋과 하나가 어떻게 같을 수 있냐는 해서의 이의 제기를 받아들여 주원은 즉시 답변을 고쳤다.

"지극히, 평범한, 하루하루."

어절을 하나씩 말할 때마다 손가락을 일일이 꼽기까지 했다. 오른쪽 눈썹을 비딱하게 꺾어 올리고 가문비나무 탁자 너머로 해서의 얼굴을 빤히 쳐다본다. 이제 만족하냐고 눈으로 묻는 것이다.

해서는 짤막한 고갯짓으로 대답을 했다. 만족스럽지는 않았지만 그다지 억울할 것도 없었다. 주원의 오른쪽 눈썹이 제자리를 찾아 내려갔다.

"왜 마음을 치료하고 싶었습니까?"

"사람을 살리기에는 내가 가진 재주가 많이 부족하더라고요. 부모님은 어떤 분이세요?"

"아버지는 대한민국의 전형적인 가장, 엄마는 흔한 가정주부. 왜 사람을 살리기에는 의사 선생이 가진 재주가 많이 부족하다고 생각했나요?"

"담당 환자들 중에서 사망자가 나오면 그게 그렇게 힘들더라고요. 혹시 강주원 씨 아버지한테 술이나 여자와 관련한 문제는 없나요?"

"내가 알기로는 전혀 없어요. 첫 사망자가 누군지 기억합니까?"

빠르게 답을 주고 곧바로 질문을 잇는 주원의 얼굴 표정이 어느 때보다 진지했다. 해서는 말없이 오른손을 들어 올리고 엄지를 접었다. 남은 손가락 네 개로 그만큼의 단어가 부족하다는 뜻을 전달했다.

주원이 느닷없이 고개를 뒤로 젖히더니 껄껄껄 소리를 내어 웃었다. 고즈넉하다 싶을 정도로 조용하던 상담실 안에 한바탕 웃음소리가 들끓었다.

"우리 아버지한테 술이나 여자와 관련한 문제는 일절 없어요. 엄마도 술과 남자 문제는 깨끗하고. 두 분 모두 돈 문제 역시 깔끔해요. 얘기인즉슨 어렸을 때 부모님한테 학대를 당한 경험이 없다고. 이게 알고 싶었던 거죠?"

이제 해서가 웃을 차례였다. 소리 없이 쓴웃음을 지으며 아까와는 반대로 손가락 네 개를 접고 엄지를 척 세웠다. 인정한다는 의미였다.

주원이 다시 껄껄껄 웃었다. 해서는 주원의 웃음소리가 그치기를 기다렸다. 차분한 어조로 오래전 이야기를 기억 속에서 끄집어냈다.

"인턴을 응급의학과에서 시작했어요. 내가 운이 없는 건지, 환자가 운이 없었던 건지……. 출근 첫날 담당한 첫 환자가 죽었어요. 교통사고 뺑소니 피해자였는데, 두부 외상이 너무 심해서 손쓸 겨를도 없었어요. 심폐 소생술만 한 시간 가까이 한 것 같아요. 결국 사망 선고를 내릴 수밖에 없었죠. 그때 환자 나이가 스물아홉. 임신 7개월의 아내는 스물다섯."

"인생 참 엿 같네."

"그러니까요."

"초등학교 5학년 때 대전으로 이사를 갔어. 엄밀하게 얘기하자면 미국에서 살다가 아버지 직장 때문에 한국으로 영구

240

귀국을 한 거야. 아버지가 컴퓨터 엔지니어거든. 카이스트 교수로 초빙을 받았지. 미국에서 태어나 줄곧 산호세(San Jose)*에서 자란 나한테 한국은 조국이 아니라 그저 그런 낯선 땅이었어. 학교는 끔찍했고."

주원이 담담히 말했다. 해서는 조금은 놀란 눈으로 맞은편 주원의 얼굴을 바라보았다.

상담에 비협조적인 것은 물론이고, 개인적인 질문에는 언제나 피상적인 대답만을 고집하던 그동안의 태도와 완전히 대비되는 모습이었다. 묻지도 않았는데 주원이 자발적으로 어린 시절 이야기를 꺼낸 것이 신기했다.

"학교에서 집단 따돌림이라도 당했어요?"

"왕따는 기본이었지. 그래도 덩치가 커서 누구한테 맞고 다니지는 않았어. 내가 무슨 말만 하면 애들이 막 웃는 거야. 책을 읽어도 지들끼리 키득거리고. 내 발음이 이상하다면서. 점점 말하기가 싫어지더니 나중에는 말문을 닫게 되더라고. 하루 종일 한마디도 안 하고 지낸 날이 많아. 엄마가 되게 유명한 아동 심리학 박사한테 나를 데려갔어. 내가 당최 무슨 말이든 하지를 않으니까 처음에는 그림을 그리라고 하더라고."

"그림 그리기도 심리를 진단하고 치료하는 방법 중 하나예요. 효과도 크고요."

---

*San Jose:컴퓨터 산업의 요람이라는 실리콘 밸리가 위치한 캘리포니아의 작은 도시.

"우리말이 아닌 영어에는 내가 어느 정도 반응을 보인다는 것을 알고, 그 아동 심리학 박사가 대뜸 영어로 묻는 거야. 나중에 커서 뭐가 되고 싶으냐고. 나를 괴롭히는 우리 반 애들을 전부 없애 버리겠다고 대답했어. 어떻게 없애 버릴 생각이냐고 묻기에 경찰이 되어 총으로 다 쏴 죽여 버릴 거라고 했지. 그날 집으로 돌아오는 길에 엄마는 차 안에서 내내 울었어. 당신 잘못이 아닌데도 무조건 미안하다고 나한테 빌고 또 빌면서."

주원은 거기까지만 이야기하기로 했다. 나머지 사연을 전부 까발렸다가는 위장한 신분이 들통날 공산이 컸다.

진심이 담긴 말과 사랑이 깃든 어머니의 눈물은 열 살짜리 어린 아들의 마음을 움직였다. 그날 이후로 주원은 식구들과 다시 대화를 하기 시작했다. 우리말 공부와 학업에도 열을 올렸다.

가족 간의 유대감은 끈끈하게 깊어졌으며, 주원의 우리말 실력은 일취월장했다. 학업에서도 성과를 보여 중학교 때부터 전교 1등을 놓쳐 본 적이 없었다. 중학교, 고등학교, 대학교, 사법 연수원을 거치는 동안 마음 맞는 친구들도 하나둘 생겼다.

"어머니 연세가 어떻게 되세요?"

"반칙이야. 내가 질문할 차례잖아."

"알았어요. 뭐든 물어봐요."

"내가 엄청 센 질문을 던지면 어쩌려고?"

주원이 놀랐다. 조금 전까지 진중하던 얼굴에 능청능청 미소가 넘쳤다. 해서도 입가를 연하게 풀고 눈가를 접었다.

"얼렁뚱땅 넘기죠, 뭐. 이제 내가 질문할 차례인 것 맞죠?"

"아니. 이미 의사 선생이 묻고 내가 대답했잖아. 그러니까 도로 내 차례야."

"뭐예요!"

"뭐긴, 질의응답 시간이지."

"약속은 약속이니까. 좋아요. 질문해요."

해서가 선심을 쓰듯이 이야기했다. 주원은 아까부터 준비하고 있던 질문을 조심스러운 말과 태도로 물었다.

"권상엽 환자……. 많이 힘듭니까?"

해서는 입술을 깨물었다. 아무 준비 없이 대찬 바람을 만난 것처럼 머릿속이 그저 쨍하다. 가슴도 싸했다. 자칫 울음이 터져 나올까 두려웠다. 자잘하게 숨을 골랐다. 울컥 올라왔던 감정이 다행스럽게도 잠잠히 내려갔다.

"담당 환자가 사망할 때 의사가 느끼는 무력감은 말로 다 표현할 수가 없어요. 선배들 얘기가 금방 괜찮아진다고, 병원에서 환자 죽어 나가는 것 보는 일은 그냥 일상다반사라고, 곧 감정 소모가 줄면서 무뎌질 거라고. 그것 다 말짱 거짓말이에요. 환자가 사망할 때마다 기억은 계속 더해져서 떠올라요. 첫 번째 사망 환자가 이랬지, 두 번째 사망 환자는 그랬지, 세 번째 사망 환자는 어땠더라, 이런 식으로요. 한마디로 미치는 거죠."

해서는 시선을 멀리 허공에다 두었다. 그런 해서의 모습을 주원은 묵묵히 지켜보기만 했다. 그 나름의 위로였다.

침묵이 흘렀다. 결코 가볍지 않은, 그렇다고 해서 무거운 것은 또 아닌 침묵이 한참 동안이나 두 사람 사이를 오갔다. 서로 간에 말이 없어도 어색하지 않았다. 언어를 대신하여 이해가 오갔고, 슬픔에 대한 공감이 형성되었다.

"죽음은 때로는 태산보다 무겁고, 때로는 깃털보다 가볍다."

시구 같은 경구를 하나 던지고 해서가 시선을 주원에게 되돌렸다. 고통이 깃들어 있음에도 여전히 맑진 눈동자와 그 고통에 동참하느라 살짝 흐려진 눈동자가 마주 닿았다.

"사마천?"

"네. 의사가 되어 여태껏 겪은 주검들은 하나같이 태산보다 무겁기만 했어요. 그 어떠한 죽음도 깃털처럼 가볍게 넘길 수가 없었어요. 그래서 정신건강의학과를 선택했는지도 몰라요. 사람을 살리기에는 부족한 재주지만, 사람의 아픈 마음은 그나마 어떻게라도 보듬어 안을 수 있을 것 같았거든요."

"당신 훌륭한 의사야. 내가 만나 본 정신과 의사들 중에서 단연 최고."

주원은 기꺼이 엄지를 세웠다. 진심이었다.

해서가 피식 웃었다. 둥글게 휘어 흐르는 눈꼬리에 말간 눈물방울이 맺혔다.

눈물을 손바닥으로 아무렇게 닦아 내며 미소 짓는 해서의 모습이 그저 고왔다. 눈물을 보이고 만 것이 수줍어 시선을 외로 비켜 내리는 모습이 마냥 예뻤다. 그래 놓고도 울지 않은 척 새치름 떠는 모습 또한 그냥 좋았다.

안을 수 있었으면…….

입 맞출 수 있다면…….

금지된 열망이 말없이 앉은 주원의 가슴에서 들끓어 올랐다. 공연히 주먹을 쥐었다가 폈다. 다시 주먹을 쥐고 가문비나무 탁자 위 옹이가 박힌 곳을 일없이 두드렸다.

"그거…… 혹시 무슨 의미가 있어요?"

해서가 당황한 기색으로 물었다. 잠시 상념에 젖어 있던 주원은 해서가 무슨 말을 하는지 몰라 미간 위로 빗금을 그었다.

"으응?"

"방금 탁자 두드렸잖아요. 짧게, 길게, 다시 짧게."

이번에는 주원의 얼굴에 당황한 기색이 어렸다가 금세 사라졌다. 몇 날 며칠 동안 머릿속에서 그날 들렸던 모스 부호를 곱씹고 또 곱씹었던 터라 무의식중에 그 리듬을 반복한 모양이었다.

"이거?"

탁탁탁. 탁, 탁, 탁. 탁탁탁.

"맞아요, 그거. 전에 오 씨 아저씨도 똑같은 소리를 냈거든요."

"오장희 씨가?"

"네. 틀림없어요. 권상엽 환자가 사망한 날 아침 폐쇄 병동

313호 병실에서 아저씨가 대걸레 봉으로 자꾸만 벽을 두드렸어요. 짧게 탁탁탁. 길게 탁, 탁, 탁. 다시 짧게 탁탁탁. 그때는 단순히 불안 증세라고만 여겼는데……."

설명을 부연하는 해서의 목소리가 떨렸다. 몹시 혼란스럽다는 표정이었다. 주원은 숨겨 놓은 패를 깔 때라고 판단했다.

"모스 부호야. SOS, 구조 요청."

해서가 헉, 하고 놀란 숨을 삼키며 양손으로 입을 틀어막았다. 휘둥그렇게 커진 눈망울로 서서히 두려움이 깃들었다. 명명백백한 공포였다.

❖   ❖   ❖

늦은 오후, 해서는 빠른 걸음으로 복도를 지났다. 예상대로 청소 용구가 실린 수레가 개별 상담실 앞에 서 있다. 청소를 할 때면 으레 그렇듯이 장희는 출입문을 활짝 열어 놓은 채였다. 환기를 위해 창문까지 전부 열려 있는 상담실 안에서 대걸레질이 한창이다.

해서는 평소보다 인기척을 훨씬 크게 만들었다. 공기를 휘젓기라도 하는 것처럼 팔을 앞뒤로 내둘렀다. 발도 쾅쾅 구르면서 걸었다. 소리 대신 공기의 흐름을 감지한 장희가 뒤를 돌아다보았다.

"청소 중이셨어요?"

해서는 일부러 더 활짝 웃었다. 장희를 안심시키고 호감을 끌어내려는 의도였다. 장희가 보일락 말락 한 미소를 보냈다. 해서는 성큼 다가가 장희 곁에 나란히 섰다.

"도와 드릴까요? 저 청소 엄청 잘하는데."

해서의 말을 알아듣기라도 한 듯 장희가 웃으면서 고개를 가로저었다. 보일락 말락 하던 미소가 이제 확연했다.

"토마토 주스 하나 드릴까요?"

장희가 또 도리질을 쳤다. 거부 의사쯤은 가뿐히 무시하고, 해서는 곧장 상담실 한쪽에 놓인 냉장고로 향했다.

"그러지 말고 드세요. 엄청 많아요."

장희가 머리와 손을 한꺼번에 흔들었다. 해서는 더 이상 장희가 거부할 수 없도록 아예 유리병의 뚜껑을 땄다. 열심히 손사랫짓하는 장희의 오른손에 억지로 쥐여 주었다.

"사양지심 후회막심이래요. 이런! 말이 어렵다. 그렇죠? 아저씨가 드시면 좋겠다는 뜻이에요."

해서가 헤, 하고 웃자 장희도 덩달아 헤실바실 미소를 지었다. 해서는 어서 토마토 주스를 마시라는 몸짓을 장희에게 해 보였다.

그제야 장희가 유리병을 입으로 가져간다. 목이 말랐던 모양인지, 토마토 주스 병을 단숨에 비웠다.

"맛있죠?"

해서의 물음에 장희가 고개를 끄덕였다.

"토마토라 몸에도 좋은 거예요."

해서는 빈 유리병을 장희한테 받아 뚜껑을 닫았다. 둘레둘레 쓰레기통을 찾는데 장희가 자신에게 달라는 듯 오른쪽 손바닥을 펼쳐서 내민다. 해서는 왼손으로 장희의 손목을 붙잡아 쥐고 오른손으로 장희의 손바닥 위에다 토마토 주스 병을 올렸다.

탁탁탁. 탁, 탁, 탁. 탁탁탁.

해서가 유리병을 이용해 일정한 규칙으로 손바닥을 두드려 대자 장희의 얼굴에서 핏기가 한꺼번에 가셨다. 새파랗게 질린 낯빛으로 장희가 '어어어……' 하며 탁한 쇳소리 같은 소리를 냈다. 판자에 박힌 낡은 못을 쇠지레로 빼내는 것 같은 소리였다.

해서는 온 힘을 다해, 또한 온 마음을 담아 벌벌 떨고 있는 장희의 오른손을 양손으로 감싸 쥐었다. 돕고자 하는 해서의 진심이 따뜻한 체온을 통해 장희에게 전해지기를 바랐다.

"괜찮아요, 아저씨. 제가 도와 드릴게요."

"어어어."

장희가 세차게 도리질을 쳤다. 그러다 안 되겠다 싶었는지 역으로 해서의 손목을 움켜잡는다. 빈 주스 병으로 해서의 왼쪽 손바닥을 타닥타닥 두드리기 시작했다.

단순히 살려 달라는 구조 요청이 아니었다. 타닥거리는 두드림은 길면서도 짧고, 또 짧으면서도 길었다. 모스 부호가 한층 복잡해졌다.

"모르겠어요. 아저씨가 무슨 말씀을 하시는지 전혀 모르겠어요."

해서는 당장에라도 울음을 터트릴 것 같은 표정으로 고개를 미친 듯이 흔들었다. 이럴 줄 알았으면 어떻게든 모스 부호를 공부해 둘 것을 그랬다.

정말이지 울고 싶었다. 장희와 소통할 수 있는 방법을 간신히 찾았는데, 눈앞은 암담한 낭떠러지나 마찬가지였다. 제발 무슨 방법이 좀 있었으면 좋겠다.

장희가 아무렇게나 유리병을 던져 놓고 급히 손가락을 들었다. 해서의 손바닥 위에 손톱으로 꾹꾹 힘을 주어 글씨를 새긴다.

도, 망, 가, 다, 죽, 어.

울음의 이유

모두가 저녁을 먹으러 식당으로 향하는 시각, 주원은 점심에 먹은 돈가스가 체한 것 같다는 핑계를 대고 병실에 남았다. 반쯤 열어 놓은 출입문 앞을 초조하게 서성이며 장희를 기다렸다.

폐쇄 병동 3층 전체가 한꺼번에 비는 저녁 식사 시간을 이용해 장희는 각 병실을 돌아다니며 청소한다. 얼마 기다리지 않아 수레 끄는 소리가 들렸다.

드르륵드르륵.

주원은 빠끔하니 열린 문틈으로 슬쩍 고개를 내밀고 바깥 동정을 살폈다. 복도 저쪽 끝에 서 있는 사마귀의 뒷모습이 어룽어룽 보였다. 사마귀는 손짓과 발짓을 더해 가며 장희에게 청소 지시를 내리고 있었다.

"저 새끼는 밥도 안 쳐먹나."

주원은 공연히 성질이 나서 씩씩거렸다. 장희가 이곳 314호 병실로 올 때까지 얌전히 기다릴 일이 벌써부터 까마득했다.

"진짜 시간 안 가네. 환장하겠다."

주원은 침대 가장자리에 대충 엉덩이를 걸치고 앉아 무료한 발장난을 쳤다. 이유 없이 심호흡을 해 보고, 흐트러지지도 않은 침대 시트를 이리저리 손바닥으로 쓸기도 했다. 그래도 인내심을 가지고 기다리고 있자니, 장희가 끄는 수레가 조금씩 가까워졌다.

312호, 바로 옆 병실에서 장희가 청소를 하고 있다. 벽 하나를 사이에 두고 들려오는 여러 가지 형태의 소리에 귀를 기울이며 주원은 애꿎은 입술을 짓씹었다. 1분이 억천만겁만큼이나 더디게 흘렀다.

"그만하고 와라, 좀."

주원은 더 이상 참지 못하고 앉았던 자리에서 벌떡 몸을 일으켰다. 내처 복도까지 뛰쳐나가려는 순간, 수레바퀴 구르는 소리가 드르륵드르륵 울렸다.

장희가 출입문을 활짝 열어젖히며 안으로 들어왔다. 병실에 남아 있는 주원을 보고 흠칫 놀란 듯 잠시 주춤거리더니, 금세 제 할 일로 돌아갔다. 먼저 쓰레기통을 비우고 진공청소기로 바닥을 밀기 시작했다.

주원은 조심스럽게 움직였다. 열어 놓은 출입문 너머 복도 쪽 동향에도 신경을 곤두세웠다. 슬그머니 팔을 뻗어 침대 매트리스 아래 감추어 놓은 종이를 꺼냈다. 어른 손바닥만 한 크기의 백지를 오른손 안에 숨긴 채 장희에게 다가갔다.

주원은 청소가 한창인 장희의 팔을 톡톡 두드려 관심을 끌었다. 장희가 의아한 표정으로 올려다보자 주원은 연한 미소를 입가에 머금었다. 인상을 부드럽게 풀어 장희에게 친근감을 표현하고, 더불어 신뢰감을 주기 위해서였다.

주원의 노력이 무색하게도 장희의 표정은 줄곧 데면데면했다. 주원은 머쓱한 상태로 오른손을 서서히 들어 올렸다. 정확히 장희의 눈높이에 맞추어 손바닥을 활짝 펼쳤다. 안에 감추어 둔 글자를 장희가 한눈에 읽을 수 있도록 했다.

오장희 씨를 도우러 왔습니다.

메시지를 확인한 장희의 얼굴빛이 돌연 새파랗게 질렸다. 심지어 양손을 발발발 떠느라 잡고 있던 진공청소기를 놓치기까지 했다. 단연코 주원이 기대했던 반응은 아니었다. 뜻하지 않은 낭패감 속에서 주원은 어떻게든 상황을 수습하려고 노력했다.

"놀라지 마세요. 같은 편이에요. 제가 도와 드릴게요."

되도록 차분한 말로 장희를 어르고 달랬다. 그러나 장희는 여전히 아무 소리도 알아듣지 못하는 사람처럼, 진짜 농아라도 되는 듯이 사지를 발발발 떨기만 했다. 마구잡이로 고개를 흔들다 두 손으로 제 머리통을 부여잡고 비명을 내질렀다.

"악! 악! 악!"

"진정하세요. 다 잘될 거예요. 약속합니다."

당황한 주원은 어찌할 바를 몰랐다. 그때 바삐 뛰어오는 발자국 소리가 긴 복도를 타고 울렸다. 주원은 메시지가 담긴 종이를 서둘러 입안에 우겨 넣고 억지로 삼켰다.

❖　　　❖　　　❖

주원은 뜬눈으로 밤을 지새웠다. 어제는 일진이 사나웠던 것이 분명하다.

날을 잘못 잡았어. 택일에 마가 낀 거지.

우습지도 않은 미신을 끌어와 말도 안 되는 핑계를 대보지만 모든 책임이 주원 자신에게 있음은 변명의 여지조차 없었다. 한마디로 성급했다. 주원은 잔뜩 찌푸린 얼굴에 마른세수를 보탰다. 하릴없는 자괴감은 기본이고 덧없는 열패감마저 들었다.

어제저녁 장희와 접촉을 시도한 것부터 문제였는지도 모른다. 시기가 무르익을 때까지 진득하니 기다렸어야 했다. 천천히 시간을 두고 장희와 친분을 쌓고 조금씩 신뢰를 얻었어야 옳았다.

모스 부호로 구조를 요청한 사람이 장희라는 것을 알고서 지나치게 흥분했다. 어떻게든 접촉만 하면 장희가 불법 장기 밀매 일당에 관하여 알아서 술술 진술해 줄 것으로 여겼으니

말이다.

얼마나 어리석고, 어리숙한 판단이었는지……

되짚어 생각하는 것만으로도 주원은 낯이 다 뜨뜻해졌다. 게다가 일주일을 꼬박 준비해서 감행한 거사까지 수포로 돌아갔다.

어제 오전, 해서와 개별 상담 치료를 시작하기 전 틀림없이 상담실 창문의 잠금장치를 열어 두었다. 그런데 오늘 새벽 주원이 유리창을 열려고 시도했을 때 문제의 창문은 단단히 잠긴 채 끔쩍도 하지 않았다.

미치고 팔짝 뛸 노릇이었다. 지독한 낭패감 속에서 주원은 훗날을 기약하며 병실로 되돌아올 수밖에 없었다. 힘들게 떡갈나무를 기어올라 목숨을 건 점프를 두 번이나 감행했지만 기껏해야 어두움 속에서 더러워진 발바닥이나 닦고 앉은 스스로가 어찌나 한심하던지…….

나가 죽어라. 강주원 등신 새끼.

억울하고 분해서 잠도 오지 않았다. 밤새도록 지하실에 잠입할 방법을 여러 각도에서 다시 모색했다. 한울타리 정신요양병원 내부의 조력자가 없는 이상 주원 혼자 힘으로는 불가능하다는 결론이 났다. 장희나 해서의 도움이 반드시 필요했다. 하지만 현재 극심한 불안 증세를 보이고 있는 장희를 이 일에 끌어들인다는 것은 확실히 무리수였다.

해서를 믿을 수 있을까?

스스로의 물음에 평소 돌다리도 두드려 보고 건너자는 주의인 검사 강주원이 대답한다.

믿어야지. 별수 있나. 다른 카드가 없잖아.

장해서라는 여자한테 홀딱 마음을 빼앗겨 버린 남자 강주원
은 다른 대답을 내놓는다.

해서를 믿어. 전적으로 믿는다고. 그렇지만 그녀를 이 일에
끌어들이고 싶지는 않아. 지켜 주고 싶으니까.

검사이면서 남자이기도 한 강주원은 피곤한 얼굴에 쓸데없
는 마른세수만 더했다. 두 개의 대답 중 어느 것도 선택하지
못한 어정쩡한 상태로 자리를 털고 일어섰다. 벌겋게 핏발이
올라선 눈동자에 부질없는 안광만 넘쳤다.

❀　　　❀　　　❀

퇴근 시간을 훌쩍 넘긴 이슥한 밤. 사무실 불도 켜지 않은
채 해서는 생각 깊은 얼굴로 책상 앞에 앉아 있었다.

탁탁탁. 탁, 탁, 탁. 탁탁탁.

가볍게 말아 쥔 오른손으로 책상을 두드렸다. 짧게 세 번,
길게 세 번, 다시 또 짧게 세 번.

모스 부호를 이용해 애타게 구조 요청을 보내던 장희는 살
려 달라는 말 대신, '도망가, 다 죽어'라는 메시지를 해서의
손바닥에 적었다.

분명 무슨 이유가 있을 것이다.

도망가.

누구한테 한 말일까? 나에게 한 소리라면 '다 죽어'가 아니라 '너 죽어'라고 썼겠지?

다 죽어.

장희가 이야기하는 '다'의 범주는 무엇일까? 지난 6개월 동안 급성 심정지로 사망한 다섯 명의 환자들과 깊은 연관이 있겠지? 한울타리 정신요양병원 입원 환자 전부를 의미하는 것은 아닐까?

잠재적 피해자.

해서는 생각에 생각을 거듭하며 추측과 가설을 세웠다. 몇 시간을 끙끙거린 덕분에 나름대로 결론이 났다. '도망가, 다 죽어'라는 장희의 메시지를 해서는 '빨리 도망치지 않으면 입원 환자 모두가 죽는다'로 확대 해석했다.

정확히 무슨 일인지도, 누가 범인인지도 알 수 없으나 한울타리 정신요양병원 내에서 연쇄 살인이 벌어지고 있다.

정말이지 믿고 싶지 않은 끔찍한 추측이다. 그러나 신빙성은 이미 충분했다.

경찰에 신고할까? 그렇지만 무슨 근거로?

증거도, 증인도 없이 느낌이 그렇다고만 한다면 비웃음만 사게 될 것이 뻔했다.

놈인지, 놈들인지 범인은 이미 다섯 명을 감쪽같이 죽였다. 법적 효력을 갖춘 부검 결과지까지 마음대로 조작할 수 있는 능력을 가진 인물이다. 함부로 보고 덤비면 안 된다. 섣불리 나서서도 안 된다.

한울타리 정신요양병원 안에서 무슨 일이 벌어지고 있는지 알아내는 것은 제 할 일이 아니다. 연쇄 살인을 저지르고 있는 범인을 찾아서 붙잡는 것 또한 능력 밖의 일이다.

그렇다면 내가 할 수 있는 일은 무엇인데? 내가 반드시 해야 할 일은 또 무엇이고?

환자들!

해서는 천천히 심호흡을 했다. 환자들을 보호해야 한다. 당장 입원 환자들을 한울타리 정신요양병원 밖으로 내보내야 한다.

입원 환자들이 한꺼번에 움직이면 범인이 눈치를 챌 것이다. 눈속임할 방법을 강구해야 한다.

해서는 사무실 전등을 밝히고 데스크톱 컴퓨터에 전원을 넣은 후 한울타리 정신요양병원 자체 의료 정보 시스템에 접속했다. 메인 스크린에다 전체 차트를 띄운 다음 서브 스크린에서 엑셀을 열었다. 모든 입원 환자의 기본적인 신상 명세를 적어 나갔다.

만 18세 이상 50세 미만의 남자 환자들부터 추렸다. 급성 심정지로 사망한 다섯 명에게서 가장 두드러지게 나타난 특징이었다.

그리고 또 뭐가 있었지?

아, 정신증 외에는 특별한 질병이 없는 신체 건강한 자.

고혈압, 비만, 간경화, 심장병, 현재는 보균자가 아니지만 과거에 간염이나 결핵 등을 앓았던 병력이 있는 환자들을 차레로 제외시켰다. 서브 스크린에 띄운 리스트에 최종적으로 열다섯 명의 이름이 남았다.

우선 이들부터 서둘러서 병원 밖으로 **빼돌려야** 했다. 환자 가족들에게 퇴원을 종용하는 편지를 보내고, 법적 보호자가 없는 무연고자의 경우 해서가 임의로 근처 다른 병원으로 이송 처리할 생각이었다.

해서는 열다섯 명의 이름을 다시금 확인했다. 하필 제일 먼저 눈에 띈 것이 주원의 이름이었다.

강주원, 김동성, 김춘수, 박수찬, 송인배······.

가나다순으로 정리해 놓은 리스트를 해서는 멍하니 바라보았다. 왈칵 눈물이 쏟아졌다. 아무런 이유도 없이, 어쩌면 이유를 미처 깨닫지 못한 채 해서는 엉엉 목을 놓아 울었다. 심장이 뜯겨져 나가는 것처럼 아팠다.

✿   ✿   ✿

주원은 길게 기지개를 켰다. 오늘 아침은 오랜만에 가벼운 마음으로 눈을 떴다. 해서를 끌어들이지 않고 어떻게 하면 폐쇄 병동 지하로 내려갈 수 있을까, 그 방도를 궁리하느라 몇날 며칠 밤잠을 설친 것 치고는 컨디션도 썩 나쁘지 않았다.

아침 식사를 대충 먹는 둥 마는 둥하고 서둘러 3층 공동 샤워장으로 향했다. 비누 거품을 잔뜩 만들어 머리도 감고 구석구석 몸도 닦았다. 말끔하게 세탁해 **빳빳하니** 다림질까지 마친 새 환자복을 수령해서 입었다.

그렇게 모든 준비를 다 끝낸 시각은 오전 9시 24분. 개별 상담 치료가 예정된 10시가 되려면 아직 36분이나 남았다. 해서를 조금이라도 빨리 보고 싶어서 마음은 급한데 시간은 더디 흘렀다.

그래도 시곗바늘은 문자반 위에서 째깍째깍 제 길을 열심히 갔다. 오전 10시 정각을 향해 점점 가까워질수록 주원의 심장도 하릴없이 두근거렸다. 두근두근 심장 박동은 자꾸만 빨라지는데, 째깍째깍 시곗바늘은 시종일관 균일한 속도를 유지하며 움직였다.

마치 해서를 보는 것 같았다. 언제나 흔들림 없고 늘 한결같은…… 시답지도 않은 상념에 그만 스스러워져서 주원은 멋쩍은 미소를 피웠다.

오전 9시 50분. 복도를 따라 울리던 발자국 소리가 주원의 병실 앞에서 멈추었다. 개별 상담 시간에 맞추어 요양 보호사들이 데리러 온 모양이다. 이미 기다림에 지쳐 버린 주원은 후다닥 자리를 박차고 일어나 출입문 쪽으로 향했다.

활짝 열리는 여닫이문 사이로 제일 먼저 사마귀의 얼굴이 보였다. 사마귀는 샴쌍둥이처럼 항상 붙어 다니는 매부리 대신 낯설면서도 언제 한 번은 본 적이 있는 것 같은 사내를 대동하고 있었다.

"누구……."

주원은 질문하던 말소리를 흐렸다. 사내의 얼굴이 기억났다. 전에 공주 교도소에서 이곳 한울타리 정신요양병원으로 이감되어 올 때 주원의 호송 책임을 맡았던 법무부 교정국 소속 공무원이다. 잠입 수사 자체가 기획 단계부터 철저하게 비밀로 부쳐졌기에 사내는 주원의 정체를 몰랐다.

"강주원 씨?"

사내가 물었다.

"예. 무슨 일이십니까?"

주원이 던진 질문에는 일언반구도 없이 사내는 곧장 병실 안으로 들이닥쳤다. 바지 뒷주머니에서 수갑을 꺼내 다짜고짜 주원의 손목에 채웠다.

"무슨 일이냐고 묻잖아!"

당황한 주원은 일단 반항을 시작했다. 광현으로부터 어떠한 언질도 받은 것이 없었다. 복도에서 대기 중이던 정복 차림의 교도관 두 명이 달려왔다. 거세게 몸부림치는 주원의 팔을 하나씩 붙들어 쥐었다.

"호송 차량으로 데려가."

사내가 무뚝뚝한 어조로 교도관들에게 명령했다. 그때서야 주원은 돌아가는 상황이 어느 정도 머릿속에 그려졌다.

"아까 장해서 선생이 저에게 묻더라고요. 자기가 형님한테 정신 질환이 없다는 진단을 내리면 어떻게 되냐고. 단순히 개인적인 궁금증이라고 살짝 말을 돌리던데, 아무래도 장해서 선생이 뭔가 눈치를 챈 것 같아요."

그날 광현의 경고를 새겨들었어야 했다. 해서랑 마음이 통했다고 혼자 멋대로 착각해서 일을 그르치고 말았다. 목숨까지 걸고 잠입 수사를 하러 와서는 기껏 사랑 놀음에만 빠져 있었다. 스스로가 용서가 되지 않았다.

"장해서 선생 불러와!"

주원은 목청껏 소리를 내질렀다. 해서에 대한 배신감으로 치가 떨렸다. 물론 안다. 해서한테 잘못이 없다는 것 정도는.

만약 해서가 불법 장기 밀매 조직의 일원이고, 주원이 서울중앙지검 특수부 검사라는 사실을 알아챘다면 이런 식으로 복잡하게 법무부 교정국 소속 공무원과 교도관을 불러들이지는 않았을 것이다. 차라리 주원을 쥐도 새도 모르게 죽인 다음 주요 장기를 적출해 냈겠지.

서른두 해를 모범적인 시민으로 살아온 정신건강의학과 전문의 장해서는 원리 · 원칙에 입각하여 살인범 강주원이 정신질환자가 아니라는 진단을 내렸을 것이다. 그리고 대한민국 형법에 따라 본래 수감되어 있던 공주 교도소로 주원을 돌려보내려고 하고 있을 뿐이다.

그 뻔한 수를 훤히 다 알아보고도 주원은 화가 났다. 얼토당토않은 줄 아는데도 배신감이 들었다. 어쩔 수가 없었다.

"장해서 데려오라고, 씨팔!"

"얌전히 갑시다, 강주원 씨."

"쓸데없이 힘쓰지 말자고요."

솜털 보송보송한 어린 교도관들이, 고래고래 고함을 치면서 해서를 찾는 주원의 귀에다 대고 속삭였다. 주원은 이를 갈았다.

"장해서! 어디 있어! 당장 나와!"

교도관들에게 질질 끌려가면서도 주원은 목이 터져라 해서를 찾고 또 찾았다.

❖   ❖   ❖

"씨팔!"

주원은 거친 욕설을 뱉었다. 그러고도 분을 이기지 못해 주먹으로 보조석 쪽 대시 보드를 사정없이 후려쳤다.

콰앙.

요란한 울림이 좁은 자동차 안을 빼곡히 메웠다. 마침 옆에서 시동을 걸던 광현이 소스라쳐서 부르르 어깨를 떨었다.

"아이고, 깜짝이야. 형님은 그놈의 못돼 처먹은 성질머리좀 죽이쇼잉. 이 차 할부금 아직 반도 다 못 갚았단 말이요. 망가지면 새로 사 주실 것도 아니면서."

자동차가 가르랑거리는 엔진 소음과 함께 공주 교도소를 출발했다. 한적한 길을 달려 금세 고속 도로로 들어섰다. 제한속도를 넘나들며 빠르게 달려가는 방향이 서울 쪽임을 확인한 주원은 완강한 말소리를 잇새로 짓눌렀다.

"중앙 고속 도로로 빠져."

"형님."

"한울타리 정신요양병원으로 가."

"이미 버스는 떠났당께요. 우리는 묵묵히 우리의 갈 길을 갑시다요잉."

"차 돌리라고!"

주원은 바락 소리를 치고 그대로 어금니를 으득 물었다. 발끝에서부터 열화가 치밀어 귓등까지 차올랐다. 딱 미치기 일보 직전이었다.

"제발 진정하세요."

광현의 말투가 어느새 표준어로 변해 있었다. 광현은 주원의 상태가 꽤나 심각한 상황임을 직감적으로 알아차렸다. 검은 유리알처럼 번들거리는 눈동자에 온통 광기가 흉흉했다.

"너 같으면 진정할 수 있겠어?"

"그래도 이게 최선이에요."

"누구를 위한 최선?"

주원은 바드득 이를 갈았다. 날카롭게 도드라져 보이는 아래턱이 감출 수 없는 분노로 인해 부들부들 떨렸다.

"지금 한울타리로 가 봤자 형님이 할 수 있는 일은 아무것도 없어요. 아시잖아요. 다시 살인범이 될 수도 없고, 검찰 신분을 당당히 깔 수도 없고."

광현이 조곤조곤한 어조로 미쳐 날뛰기 직전의 주원을 어르고 달랬다. 모두 맞는 말이다.

"돌아 버리겠네, 진짜."

빼도 박도 못 하는 상황 속에서 주원은 질끈 눈을 감았다. 심화가 북받쳐 올라 정수리를 마구 찔렀다. 온몸에서 지글지글 열이 끓었다. 애꿎은 뒷머리를 자동차 머리 받침에다 쿵쿵쿵 소리가 나도록 박아 댔다.

뭐라도 하나 작신작신 때려 부수든가, 아니면 몸뚱이 어디에 지독한 자해라도 입히고 난 후에야 직성이 풀릴 것 같았다.

"형님, 사실은 말입니다. 그게, 그러니까……."

광현은 말머리만 꺼내 놓고 좀처럼 뒷말을 잇지 못했다. 폭탄이나 다름없는 이야기였다. 다 듣고 나서 주원이 어떤 반응을 보일지 눈앞에 훤히 그려졌다. 광분해서 날뛰며 다 죽여 버리겠다고 난리를 피울 것이다. 그러나 맞아 죽을 때 죽더라고 할 말은 해야 했다.

"며칠 전에 장해서 선생이 전화를 했더라고요."

"너한테?"

"예. 지난 달포 동안 형님을 상담하고 지켜본 결과, 정신증 환자로 볼 수 없다는 진단을 내렸다고요. 이미 법무부 교정국 쪽에도 공식 입장을 전달했으니까 하루라도 빨리 형님을 교도소로 이송해 갔으면 한다고요."

"그러니까 네 선에서 막았어야지. 어떻게든 장해서 선생을 설득했어야 할 것 아니야."

"저도 할 만큼 했어요. 무슨 소리를 해도 씨알도 안 먹히는 걸 저더러 어쩌라고요. 무조건 이감하라잖아요."

광현이 억울해했다.

"이제 꼬리를 당기기만 하면 되는데. 준비 다 해 놓고 실행만 남은 상태였다고."

주원은 아쉬움에 어쩔 줄을 몰랐다. 열흘만, 아니 일주일만, 하다못해 이틀만 더 시간이 주어졌으면 했다. 해서를 끌어들이지 않으려고 미적거리면서 보낸 시간들이 이제 와서 아까웠다. 결국 상담실 창문 하나를 못 열어서 결정적인 증거를 눈앞에 두고도 잡지를 못 했다.

"지하 작업장을 눈으로 확인만 하면 모든 게 다 끝나는데."

부질없이 한탄만 쏟아져 나왔다. 주원은 여기서 이대로 물러날 수는 없다고 생각했다. 가뜩이나 머리 꼭대기까지 차오른 울화가 끝끝내 정수리를 뚫었다.

"장해서, 그 바보. 며칠만 내 사정 좀 봐주지."

"장 선생이야 몰라서 그런 걸요."

"하아, 나를 그렇게 교도소로 보내고 싶었을까. 으휴, 진짜 그 바보. 앞뒤 꽉 막혀 가지고는."

"그래도 때려죽인다는 말은 안 하시네요?"

광현이 불난 집에 부채질을 해 댔다. 주원은 눈알을 부릅떴다.

"너야말로 맞아 뒈지고 싶냐?"

"말씀 참 살벌하게도 하십니다. 그러고 보니 그날 장해서 선생이 그런 말도 하던 걸요."

광현은 잠시 숨을 고르는 척하며 뜸을 들였다. 주원의 분노 게이지는 이미 한계치를 벗어난 상태였다. 잇따라 폭탄을 투하해야 하는 하릴없는 상황에서 그나마 시간 차라도 있어야 숨통이 막히지 않을 것이다.

한 번 꼭지가 돌면 물불을 가리지 않는 저 더러운 성격에 앞으로 어떻게 나올지, 상상만으로도 머릿속에서 현기증이 일었다.

"무슨 말?"

"재심사가 받아들여져서 형님을 다시 정신요양병원으로 옮기는 상황이 발생하더라도 한울타리로는 절대 이송하지 말라고요. 간곡히 부탁한다고."

"뭐가 어쩌고 어째!"

아니나 다를까 주원이 악을 쓰다시피 고함을 질렀다. 광현은 황급히 자동차를 한적한 갓길에 세웠다.

"화날 만하다고 이해는 하는데요, 소리 좀 적당히 지릅시다. 사고 나면 어쩌려고요?"

"교통사고로 죽으나, 나한테 맞아 뒈지나."

"우리 형님 또 말씀 살벌하게 하신다. 못난 동생 오금 저리게."

"장해서가 뭔가를 안 거야. 틀림없어. 오장희랑 꽤 친한 사이 같았거든. 둘이서 무슨 교감이 분명히 있었다고 봐. 그렇지 않고는 갑자기 나를 교도소로 돌려보낼 이유가 없어."

주절주절 혼잣말에 가까운 말들을 읊조려 대더니 주원이 버럭 고함을 쳤다.

"차 돌려, 새끼야! 당장!"

"대체 어디로요?"

광현은 알면서도 모르는 척 되물었다. 교통사고로 죽을 것도 아니고, 주원에게 맞아서 죽을 것도 아니고, 답답함에 속이 터져 죽을 것 같았다.

나이나 어리면, 하다못해 직급이라도 낮으면 말귀도 못 알아 처먹느냐고 쥐어 패기라도 할 텐데. 별수 있나, 나이도 어리고 직급까지 낮은 내가 알아서 기어야지.

"장해서 선생이 오죽하면 형님을 교도소로 돌려보내는 선택을 다 했겠습니까. 그 마음이 전혀 헤아려지지 않으십니까?"

"그래! 오죽했으면! 씨팔!"

주원은 울고 싶었다. 뜨듯하게 달아오르는 눈자위를 손바닥으로 덮어서 가렸다. 눈가가 축축했다. 가슴 밑바닥에서부터 뜨거운 어떤 것이 맹렬하게 들끓어 올랐다. 가슴이 온통 불에 덴 것처럼 쓰리고 따가웠다. 주원은 아픈 제 가슴을 주먹으로 퍽퍽 쳐 댔다.

"나를 살리려고, 어떻게든 구하려고, 병원 밖으로 빼돌렸겠지. 내가 왜 그걸 몰라! 내가 그 마음을 다 헤아리고도 서울로 가야겠냐? 사지에다 그 여자 혼자 두고, 나만 살자고⋯⋯. 씨팔! 내가 진짜 좆같아서! 내가, 내가, 씨팔⋯⋯."

주원은 가까스로 말소리를 밀어냈다. 결국 울음이 터졌다. 멋대로 흐르는 눈물을 아무렇게나 손바닥으로 지웠다.

"죄송합니다."

광현이 좁은 자동차 안에서 꾸뻑 고개를 숙였다.

주원은 한참을 말없이 앉아 있었다. 차창 밖 가을걷이로 한창인 황금빛 들녘에 오후의 햇살이 가득했다. 드맑은 햇발처럼 곱디고운 여자를 떠올렸다. 이제 막 단풍이 들기 시작한 나뭇잎들 사이로 검질긴 바람이 지났다.

여리디여리기만 한 그 여자는 피비린내 진동하는 광풍의 한가운데서 홀로 버틸 수 있을까?

무사하기를, 부디 무사할 수 있기를 바란다.

"당장 내일이라도 참고인으로 소환해."

"누구 말입니까? 장해서 선생이요?"

"아예 박태수를 잡아 올래? 내가 그 새끼 찢어 죽여 버린다."

주원이 송곳니를 드러내고 으르렁거리자 광현이 허겁지겁 손사랫짓을 쳤다. 주원의 말이 약간 과장되기는 했어도 결코 빈말이 아님을 잘 알기 때문이었다.

"그런데요, 형님. 대놓고 소환장을 보낼 수도 없는 데다가, 그렇다고 제가 병원으로 직접 찾아가서 참고인으로 임의 동행해 올 수도 없고, 난감합니다. 갈기갈기 찢어 죽여도 시원찮을 그 새끼들이 눈치 까면 안 되잖아요."

광현은 새삼 조심스러운 태도로 의견을 개진했다. 그 와중에도 힐끔힐끔 주원의 눈치를 살피는 일을 게을리하지 않았다. 발끈거리는 성질머리를 다스리지 못한 주원이 목소리를 사납게 쏘았다.

"그럼 데이트 신청이라도 하든가!"

"장해서 선생이 받아들이면 형님 상처 받으실 텐데요."

광현이 입술을 삐쭉거렸다. 잔뜩 주눅이 들어서도 제 하고 싶은 소리는 기어코 다했다. 주원은 잡아 죽일 듯이 광현을 노려보았다.

"진짜 죽여주랴?"

"아이고. 농담입니다, 농담. 아무도 모르게 살짝궁 장해서 선생을 소환할 방법을 찾아보겠습니다."

"사무실 도착하는 대로 압색 영장부터 쳐. 한울타리랑 호스피아, 둘 다 동시에 턴다."

"무슨 명목으로요? 불법 장기 밀매를 벌써부터 까면 저쪽에서 꼬리만 끊어 내고 몸통은 감출 게 빤하잖아요."

"호스피아는 마약류관리법 위반으로 걸고, 한울타리는 기서도를 수면 위로 올려."

"관악산 변사체 사건을 오픈하자는 얘기십니까?"

"협조 공문 먼저 띄우고, 안 먹힐 경우 대비해서 압색 영장도 쳐 놓고."

"알겠습니다. 이제 뭔가 수사가 제 궤도에 오른 것 같습니다. 역시 회사에 형님이 계셔야 한다니까요."

신바람이 난 광현이 자동차를 다시 출발시키기 위해 좌측 깜빡이를 넣었다. 주원은 무사히 차가 고속 도로로 진입하기를 기다려 광현에게 물었다.

"박태수한테 빨대 꽂아 놓았다고 했지?"

"예, 잘 꽂혀 있습니다. 탐사 보도가 주특기라더니 웬만한 검찰 조사관보다 나아요."

"빨대한테 내일 얼굴 좀 보자고 전해."

"옙."

광현이 액셀러레이터를 밟아 달리는 자동차에 가속을 붙였다.

다 들켰어

해서는 멍하니 창밖을 쳐다보았다. 꼬리에 꼬리를 물고 늘어서 있는 자동차들, 바삐 지나는 수많은 사람들, 오랜만에 찾은 서울의 도심은 차량과 인파로 가득했다. 바라보고 있는 것만으로도 숨이 막혔다.

오지 말 것을.

주말마다 와서 괴롭히겠다는 도연의 협박 아닌 협박은 그냥 무시해 버릴 것을.

지난 토요일 인제로 찾아온 도연은 주말 내내 해서의 원룸에 머물렀다. 키득키득 웃으며 밀린 수다를 떨고, 허기가 지면 배달 음식으로 배를 채우고, 졸리면 좁디좁은 싱글 침대에서 서로 몸을 딱 붙이고 잤다.

도연과 별의별 말을 다 나누었으면서도, 해서는 막상 하고 싶었던 이야기는 털어놓지 못했다.

좋아하는 남자가 있어.

그 남자가 사람을 죽였어. 그것도 둘씩이나.

우리 병원에서 자살 방조, 어쩌면 연쇄 살인일지도 모르는 무서운 일이 벌어지고 있어.

벌써 다섯 명이 급성 심정지로 사망했어.

연쇄 살인범한테 죽임을 당할까 무서워서 좋아하는 남자를 교도소로 돌려보냈어.

잊어야 하는데, 잊으려고 하는데 자꾸만 보고 싶어.

몇 번이나 이야기를 꺼낼까 말까 망설이다 끝내 못 하고 말았다. 걱정 근심이라고는 전혀 없는 사람처럼 도연 앞에서 방실방실 웃기만 했다.

이번 주 토요일 사촌 결혼식에 참석한 후 송도에서 인제로 차를 몰고 내려오겠다는 도연의 말에, 해서는 제가 서울로 올라오겠다고 했다.

인제를 떠나 한울타리 정신요양병원에서 멀어진다면, 사람들과 자동차로 넘쳐 나는 복잡한 서울 바닥에서라면 주원을 떠올리지 않게 될 줄만 알았다.

기껏 희망 사항일 뿐이었다. 여전히 주원이 보고 싶었다. 울울창창한 자작나무 숲도 그리웠다. 두고 온 환자들도 걱정이었다.

"오래 기다렸어?"

도연이 헐레벌떡 달려와 먼저 와 있던 해서에게 미안한 얼굴을 했다. 해서는 탁자 맞은편에 자리를 잡고 앉는 친구를 향해 다정한 미소를 지어 보냈다.

"나도 방금 왔어. 고속 도로에서는 별로 안 막혔는데, 올림 픽 대로 타자마자 트래픽이 장난 아니더라. 고속버스 타고 오길 잘했어. 차 끌고 왔으면…… 상상하기도 싫다."

"토요일 오후잖아. 서울 어디든 안 막히는 곳이 없지."

"도연이, 너 뭐 마실래? 여기 커피 괜찮다. 공정 무역 원두를 쓴다는데 맛이 깔끔해."

"너만 괜찮으면 우리 나가자. 밥부터 먹게."

"배고파?"

"응. 점심을 대충 먹었더니 출출해."

"결혼식 간 거 아니었어?"

"호텔 뷔페인데도 먹을 게 별로 없더라. 엄마가 축의금 많이 해야 한대서 봉투에 30만 원이나 넣었는데."

도연이 아까워 죽겠다며 툴툴거렸다. 해서는 벗어 둔 카디건과 지난주 도연에게 선물로 받은 에코백을 챙겼다. 도연이 알아보고 환히 웃었다.

"그거 들고 왔네."

"누가 준 건데. 열심히 들고 다녀야지. 수납공간이 넓어서 되게 편해."

"맘에 든다니 다행이네."

"근처 맛있는 데 알아?"

"양갈비 먹을래?"

도연이 자리에서 일어나며 물었다. 해서는 커피숍 출입문으로 향하는 도연의 뒤를 바짝 따랐다.

"비싼 거 먹어. 내가 살게."

"됐네요. 벼룩의 간을 빼먹지. 여기 서울이거든. 이 구역에서 발생하는 모든 계산은 내가 해. 오늘은 언니가 팍팍 쏠게."

"알았어. 양갈비 먹자."

"지하에다 차 대 놨거든. 가서 가져올 테니까 주차장 출구 쪽에서 기다리고 있어."

"그러지 말고 같이 내려가."

해서와 도연은 커피숍을 벗어나 승강기로 향했다. 그때 누군가가 두 사람 앞으로 다가왔다. 낯익은 남자가 정중한 묵례를 한다.

"장해서 선생님."

"어머! 검사님."

"잠깐 저랑 얘기 좀 하실까요? 강주원 씨 일로 조용히 상의할 게 있습니다."

광현이 꽤나 심각한 표정으로 말했다. 그사이 승강기가 와서 멈추었다. 도연이 냉큼 승강기에 올라타더니 서서히 닫히는 출입구 너머에서 손을 흔들었다.

"해서야. 차 빼 올게. 그분이랑 얘기하고 있어."

"어."

도연을 태운 승강기가 지하로 향하자 광현이 맥락 없는 소리를 했다.

"친구분께는 먼저 가시라고 전화를 하는 게 좋을 것 같습니다."

"네?"

해서는 미간을 찌푸렸다. 뭐가 뭔지 정신이 하나도 없었다. 광현이 돌연 해서 쪽으로 몸을 기울여 작게 속삭인다.

"기서도 씨 아시죠?"

"기서도 씨라면 우리 병원 장기 입원 환자였는데요."

"서울중앙지검까지 임의 동행 부탁드립니다."

"무슨······."

"기서도 씨가 변사체로 발견되었습니다."

"네? 잠, 잠깐만요."

해서는 눈을 감고 서서 손바닥으로 이마를 눌렀다. 머릿속이 빙글빙글 어지러웠다. 아랫입술을 꽉 깨물고 천천히 심호흡을 했다. 해서의 상태가 심상치 않다고 판단한 광현이 걱정스러운 어조로 물었다.

"괜찮으세요?"

"변호사를 선임해야 하나요?"

뜬금없다고 할 수 있는 해서의 질문을 듣고 광현이 연한 미소를 지었다.

"아닙니다. 그냥 참고인 조사예요. 몇 가지 궁금한 게 있어서요."

"임의 동행이면 제가 거부할 수 있는 거죠? 강제 구인이 아니니까."

"거부하지 않으셨으면 좋겠습니다. 장해서 선생님의 도움이 절실하거든요."

"제가 지금 정신이 하나도 없어서요. 그리고 솔직히 말씀드리면 최 검사님을 믿어야 할지, 말아야 할지 판단이 잘 서지를 않네요."

해서는 속에 둔 이야기를 가감 없이 쏟았다. 막말로 광현이 연쇄 살인범과 한패일 수도 있었다. 해서가 한울타리 정신요양병원 밖으로 환자들을 하나둘 빼돌리는 것을 눈치챈 연쇄 살인범이 광현에게 그녀를 처리하도록 시켰을지도 모르는 일이다.

과대망상일 수도 있고, 조현병일 수도 있고, 신경증일 수도 있고…….

해서는 요즘 자신이 연쇄 살인 때문에 겁을 집어먹은 나머지 점점 미쳐 가고 있다는 생각까지 들었다.

"믿어 주셨으면 좋겠는데……."

광현이 애교를 피우듯 말꼬리를 흐렸다. 해서는 들은 척도 하지 않았다.

"지금은 시간도 늦었고, 제가 또 친구랑 선약이 있기도 하고요. 다음 주 월요일, 아니 화요일이 좋겠어요. 변호사 선임해서 서울중앙지검으로 찾아갈게요."

딱 자르는 해서의 말에 광현이 느닷없는 휘파람을 불었다.

"와우! 100점짜리 답변이에요."

"네?"

"저쪽을 좀 보시겠어요."

광현이 짤막한 턱짓으로 해서의 어깨 너머를 가리켰다. 해서는 어리둥절한 얼굴로 뒤를 돌아다보았다. 다리의 힘이 일시에 풀리면서 그대로 풀썩 바닥에 주저앉고 말았다.

"장해서 선생님."

바로 옆에 있던 광현보다 뒤에서 달려온 주원이 더 빨랐다. 현기증을 일으킨 해서의 허리를 단단한 팔이 옥죄듯이 안는다.

"의사 선생, 나까지 쓰러지게 만들 거야? 놀랐잖아."

해서는 말끔한 슈트 차림의 주원을 다른 세상 사람을 보듯이 올려다보았다. '아무리 나만큼 놀랐겠느냐'는 소리가 입안에서 뱅뱅 돌기만 했다.

무슨 말이든 해야 한다고 생각하면서도, 어떻게 된 일이냐고 물어야겠다고 마음먹으면서도 막상 해서의 입을 통해 나오는 소리는 없었다. '어어어' 하면서 바보처럼 입술만 달싹거렸다.

"서울중앙지검 특수 2부 강주원 검사입니다. 한울타리 정신요양병원에서 발생한 의문의 살인 사건과 관련하여 참고인으로 임의 동행을 부탁드립니다."

주원이 검사 신분증을 꺼내 보여 주었다. 해서는 그저 멍한 상태로 고개를 주억거렸다.

❀   ❀   ❀

해서는 손바닥에 차오른 땀을 가만히 옷자락에 문질러서 닦았다. 조사실에 들어온 이후로 시간이 얼마나 흘렀는지 궁금했다. 겨우 1분일 수도 있고, 대충 10분 남짓일 수도 있고, 아니면 벌써 30분이 훌쩍 지나 버렸는지도 모를 일이다.

휴대폰이 없으니 누군가와 통화는 고사하고 현재 시각을 확인하는 것조차 어려웠다. 에코백을 포함한 모든 소지품은 조사실 안으로 들어오기 전 보관이라는 명목으로 정중히 빼앗겼다.

서울중앙지검으로 오는 자동차 안에서 도연과 전화 연결이 된 것이 그나마 다행이었다. 급한 사정이 생겨 저녁 약속을 지킬 수 없게 되었다는 해서의 설명을 듣고 도연은 걱정과 분노를 동시에 퍼부었다.

혹시 납치가 아니냐며 몇 번씩 되묻고, 괜찮은 거냐고 수차례 따지더니, 임의 동행인데 거부하지 그랬냐며 해서를 탓하기까지 했다. 해서가 도통 자세한 설명을 하려고 하지 않자 도연이 흥분해서 사람이 죽는 일만 아니면 당장 돌아오라며 소리소리를 질렀다.

걱정이 되어 죽겠다는 도연에게 해서는 '벌써 여섯이 죽었는데 피해자가 더 있을지도 몰라'라고 상황을 털어놓았다. 꽉 잠겨 흐르는 해서의 목소리가 거짓이 아님을 알았는지 도연은 '참고인 조사 마치는 대로 전화 줘'라는 말로 통화를 끝냈다.

해서는 말라붙은 입술을 혀로 적셨다. 입 안쪽까지 버썩 메

마른 상태라 목젖 아래로 침 넘어가는 소리가 또렷했다. 스스로 만들어 낸 소리에 화들짝 놀라 온통 검정 일색으로 꾸며 놓은 조사실 안을 저도 모르게 휘휘 둘러보았다.

소리를 잠식해 함몰시키는 것과도 같은 기이한 적막이 다섯 평 남짓한 좁은 공간을 빽빽하게 메우고 있었다. 꽤나 훌륭한 방음 장치가 되어 있는 곳임을 직감했다. 검은색 페인트칠을 한 벽면은 방 안의 소리를 흡수하고 바깥의 소리를 차단하기에 충분할 만큼 두터워 보였다.

벽과 천장이 잇닿는 사방 구석마다 감시 카메라가 달려 있다. 해서는 넉 대의 감시 카메라 중 하나를 정면에서 똑바로 올려다보았다. 렌즈 너머로 자신을 지켜보는 눈이 분명 있을 것이다. 그 눈이 누구의 것인지도 알 것 같았다.

서울중앙지방검찰청 특수 2부 강주원 수석 검사.

나란히 한 줄로 잇대듯이 놓인 넉 대의 모니터 안에 각각 다른 각도에서 바라보는 해서의 모습이 한가득이다.

올곧게 떨어지는 꼿꼿한 등줄기, 검고 기다란 머리채와 둥그스름한 어깨 위로 선이 분명한 옆모습, 시선을 똑바로 올리고 앉아 흔들림 없이 카메라 렌즈를 응시하는 맑진 얼굴까지.

주원은 들이쉰 숨을 길게 뱉어 내며 일없이 이마를 긁적였다. 장장 열흘 만에 모니터를 통해 마주 대하는 해서는 여전해 보였다. 서로의 얼굴을 마주하고 앉아서도 평정심을 유지할 수 있을지 의문이었다.

강남역 사거리에서 서울중앙지검이 위치한 서초동 반포대로까지 오는 자동차 안에서 해서는 대화를 거부했다. 주원이 어떻게든 상황을 설명하려고 해도 도무지 들으려고 하지 않았다.

굳게 닫힌 해서의 마음을 열려면 특단의 조치가 필요했다.

"최 검."

"예?"

"카메라 꺼."

"수석 검사님."

주원을 부르는 광현의 목소리가 제법 날카로웠다. 카메라를 끄라는 주원의 명령이 마음에 들지 않는다는 티를 팍팍 내고 있었다. 주원은 일절 개의치 않았다.

"꺼. 그리고 잠깐 나가 있어."

"녹화도 안 뜰 거면서 참관인도 없는 상태로 참고인 조사를 하시겠다고요? 불법인 것 아시죠?"

광현이 기가 차다는 듯이 되물음을 했다.

"참고인 조사 시작하기 전에 나한테 15분만 주라."

광현이 대답 대신 옅은 어깨숨을 내쉬었다.

"겨우 15분이야. 그것도 안 되겠냐?"

주원은 한숨을 섞어서 말했다. 머리만 숙이지 않았다 뿐이지 간청이나 다름없는 소리였다.

해서의 마음을 돌려놓아야 하는 숙제에 비한다면 비굴해지는 것 정도는 아무것도 아니었다.

해서에게 용서를 구하기 위해 무릎을 꿇어야 할지도 모른다. 필요하다면 무릎쯤은 열 번이라고 꿇을 수 있었다.

"딱 15분입니다. 현재 시각이 17시 49분이니까, 정확히 18시 04분에 들어와서 카메라 전원 다시 넣을 겁니다."

"알았어, 인마."

주원은 광현의 어깨를 툭 쳤다. 고맙다는 인사 대신이었다. 광현이 아무런 대꾸 없이 넉 대의 카메라 전원을 차례로 꺼 나갔다. 책상 위 모니터가 하나씩 블랙아웃되었다.

꾸뻑 인사하고 조사실에 딸린 조정실을 나서던 광현이 어깨 너머로 슬쩍 주원을 돌아다보았다.

"형님."

"왜?"

"벌써 2분 지났습니다."

"야, 이 치사한 새끼."

주원은 웃음에 버무린 욕설을 광현의 뒷등에다 쏘았다. 딸칵, 출입문 닫히는 소리를 들으며 천천히 자리에서 몸을 일으켜 세웠다. 드디어 조사실에서 기다리고 있는 해서와 담판을 지을 시간이다.

열흘 전, 째깍째깍 흐르는 시간 속에서 두근두근 뛰던 심장 박동이 고스란히 되살아났다.

문득 가슴이 달았다. 걱정과 기대가 열감처럼 흉곽에서 온몸으로 번졌다. 발끝부터 정수리까지 가득 채운 열감이 느릿한 한숨이 되어 입 밖으로 새어 나왔다.

주원은 그 어느 때보다 결의에 찬 표정으로 조정실을 나섰다.

복도를 지나 조사실로 향하는 걸음걸이 또한 다부졌다.

✿　　　✿　　　✿

"의사 선생. 뭐라고 말 좀 하지?"

남자가 말했다. 귀에 익숙한 삐뚜름한 말투로 눈에 익은 다정한 시선을 한 채. 낯설지 않으면서도 낯설기만 한 남자는 무슨 이야기든 해 보라며 해서에게 말을 걸었다.

해서는 서늘하니 식은 눈길로 탁자 맞은편에 앉은 남자를 응시했다. 어떠한 분노도, 서운함도 남자를 바라보는 시선 속에 담지 않았다. 남자를 모르는 사람으로 여기기로 했다. 오늘 처음 만난 사이처럼 남자를 대하기로 마음먹었다.

"말은 검사님이 저한테 하셔야 할 것 같은데요."

"내 행동을 두고 변명하자면 한도 끝도 없을 테니까 간단하게 상황을 설명할게."

"아니요. 변명도, 설명도 필요 없어요. 그냥 참고인 조사만 하세요."

"장해서."

주원이 으르렁거리듯 해서의 이름을 나지막이 불렀다. 냉정하기 이를 데 없는 해서의 태도가 마음에 들지 않는다는 명백한 의사 표시였다. 해서는 가뿐하게 무시해 버렸다.

"아까 검사님이 저한테 그러셨잖아요. 임의 동행을 부탁한다고. 변사체로 발견된 기서도 환자 일로 참고인 조사할 것이 있다고요. 그러니까 그것만 하자고요. 참고인 조사라는 것."

"이러지 말자. 서로 힘들잖아."

주원이 기다란 날숨을 토했다. 못 본 사이 홀쭉하게 살이 내린 두 뺨을 양쪽 손바닥으로 박박 문질렀다. 마른세수를 하는 주원의 얼굴이 일견 피곤해 보였다. 해서는 마음이 쓰이면서도 아닌 척했다. 일부러 더 말소리를 서늘하니 쏘았다.

"검사님이야말로 이러지 마세요. 왜 허락도 없이 나한테 반말해요?"

"하?"

주원이 어이가 없다는 표정으로 해서를 쳐다보았다. 해서는 눈빛을 뾰족하게 갈아 심지를 세웠다. 마치 눈싸움이라도 하는 양 서로를 겨누어 보기만 했다.

한참이 지나 주원 쪽에서 먼저 시선을 누그러트렸다. 마음먹은 대로 일이 풀리지 않는지 잔뜩 찌푸린 얼굴에 잇따라 마른세수를 해 댔다.

"내가 어떻게 하면 될까?"

아무것도 하지 마.

"내가 뭘 하면 당신 마음이 풀리겠어?"

내 마음을 풀려고도 하지 마.

"뭐라도 좋으니까 얘기 좀 해 봐. 응?"

할 얘기 없다고.

"무릎이라도 꿇을까?"

그래, 어디 한 번 꿇어 봐. 내 앞에서 싹싹 빌어 보라고.

목젖을 치고 올라온 악다구니를 해서는 혀 아래 사렸다. 어금니를 악물었다가 풀고 최대한 냉정하게 이야기했다.

"참고인 조사하자고 했잖아요. 검사님, 어서 시작하세요. 빨리 끝내고 집에 가고 싶어요. 제가 오늘 좀 많이 피곤하네요."

해서가 전에 없이 차갑게 굴었다. 감정을 지운 눈빛은 못내 차분하고, 표정을 없애 버린 얼굴빛은 애써 담담했다. 고집불통, 난공불락이 따로 없다. 주원은 쓴웃음을 지었다.

지독한 여자 같으니라고.

"참고인 조사 시작하도록 하겠습니다. 기록을 위해 이름과 주민 등록 번호를 알려 주시겠습니까?"

❂   ❂   ❂

불법 장기 밀매라니……

해서로서는 상상조차 못 한 일이다. 환자들의 잇따른 돌연사에 처음에는 누군가의 자살 방조가 아닐까 의심했다. 최악의 경우 의료진에 의한 연쇄 살인까지도 생각했다.

그런데 불법 밀매를 위한 장기 적출이라니……

억장이 무너져 내린다. 산 채로 사람 배를 갈라 그 안의 장기를 모두 들어냈으리라고는 정말이지 상상조차 하지 못했다.

그것도 사람을 살리기 위해 설립된 병원 내에서 그야말로 조직적으로.

어깨에서 흘러내린 에코백을 고쳐 메는 해서의 낯빛이 핼쑥했다. 승강기를 향해 걸어가는 발걸음 역시 눈에 띄게 비치적비치적 위태로웠다. 당장에라도 쓰러질 것 같았다. 이대로 다리의 힘이 풀려 바닥에 주저앉아 버리면 어쩌나, 해서 자신조차 순간적으로 걱정이 들 정도였다.

무작정 팔을 뻗어 무엇이든 붙잡아 몸을 의지할 만한 것을 찾았다. 하지만 텅 빈 복도 한가운데 의지처가 될 만한 것은 아무것도 없었다. 급한 대로 손바닥으로 벽을 짚었다. 거의 동시에 휘청하며 몸이 흔들렸다.

맥없이 허물어지고 마는 등줄기를 비스듬히 벽면에 기댔다. 눈앞이 아슴아슴 어지러웠다. 모든 움직임을 멈추고 현기증이 가라앉기를 잠잠히 기다렸다. 그럼에도 시야는 좀처럼 밝아지지 않고 오히려 관자놀이로 찌르르한 두통만 번졌다. 신음을 삼키며 이마를 손가락으로 꾹 눌렀다.

"괜찮아?"

낮고 조심스러운 목소리가 두 눈을 감고 선 해서의 귓등으로 감겼다. 서울중앙지방검찰청 특수 2부 강주원 수석 검사님이시다.

해서는 일절 대답하지 않았다. 극심한 두통을 동반한 어지럼증 때문에 가타부타 이야기할 만한 여력도 없을 뿐더러, 이 와중에도 주원과는 절대 말을 섞고 싶지 않다는 몹쓸 오기가 발동했다.

똑같은 질문을 반복하는 주원의 목소리에 초조한 다그침이 서렸다.

"괜찮아? 응급실 갈까?"

어깨를 안아 오는 주원의 팔을 해서는 가차 없이 손바닥으로 쳐 냈다. 무성의한 손짓으로 괜찮으니 상관하지 말라는 뜻도 확실하게 전달했다.

그런데도 주원은 머쓱해하지도, 돌아서서 가지도 않는다. 오히려 손사랫짓 치는 해서의 왼쪽 팔을 다정히 붙들어 쥐었다.

"안 되겠다. 급한 대로 내 방으로라도 가자."

"괜찮으니까 이것 놔요."

해서는 신경질적으로 입을 열었다. 고집스레 침묵을 고수하다가는 본의 아니게 주원의 사무실로 끌려갈 판이다. 가슴에서 기승을 부리는 분노 탓인지, 눈앞의 현기증은 어느새 사그라지고 머릿속 두통도 가마득하니 잊혀졌다.

"당장 쓰러질 것 같은 얼굴로 괜찮기는 뭐가 괜찮아."

그딴 걱정은 넣어 주심 안 될까요?

비딱한 말소리 대신 해서는 차분하게 이야기했다.

"피곤해서 그래요. 겨우 이 정도로 쓰러지거나 하지 않으니까 팔 놔요."

주원의 관심도 호의도 전부 사절이다. 팔을 붙잡고 있는 주원의 손길 역시 달갑지 않았다. 떨쳐 버리기 위해 어깨를 바르

286

작거렸다.

해서의 반항이 본격적으로 시작되자 손아귀 힘이 강압적으로 변했다. 주원이 해서의 왼쪽 팔을 바투 틀어쥐었다.

"왜 이렇게 고집이 세?"

"집안 내력이에요."

"아무리 우리 강씨 집안만 할까?"

"차라리 이름도 바꾸지 그랬어요. 어차피 딴사람인 척 연극하는 거, 이름은 왜 안 바꿨을까 몰라. 얼굴이 똑같은데 대체 누구냐고 사람들이 물으면 도플갱어라는 핑계라도 댈 수 있게 이름이라도 바꾸지, 왜."

해서는 한껏 비아냥거리며 양껏 어기댔다. 잠입 수사를 위해 신분을 위장할 수밖에 없었던 주원의 입장은 이해한다. 한울타리 정신요양병원 관계자—특히 의료진은 더—모두가 용의 선상에 놓인 상황에서 정체를 해서에게 밝히기는 어려웠을 것이다.

그럼에도 용서가 안 된다. 이성적으로는 충분히 이해하면서 감정적으로는 손톱만큼도 용서해 주기 싫었다. 이유 없이 억울하고 공연히 서러웠다. 당연히 화도 났다.

"우리 얘기 좀 하자."

"이러지 마세요, 강주원 수석 검사님. 지금 밤 10시가 넘었어요. 곧 11시예요. 참고인 조사를 장장 다섯 시간 가까이 해 놓고 무슨 얘기를 또 해요. 여태 협조적으로 참고인 조사에 임했잖아요. 묻는 것 아는 대로 전부 대답해 드리고, 그럼 된 거 아닌가요? 여기서 뭘 더 바라세요. 너무하네, 진짜."

해서는 질린다는 표정으로 싸늘한 말투를 써서 이야기했다. 주원이 어금니를 꽉 깨물었다. 뾰족한 턱 관절이 툭 불거져 보일 정도였다. 속에서 치솟는 열화를 겨우겨우 눌러 참고 있음이 분명했다.

"왜 말귀를 못 알아듣는 척해?"

"말귀를 못 알아듣는 사람은 강주원 수석 검사님이죠. 저는 더 이상 할 얘기 없어요. 참고인으로서 해야 할 얘기는 이미 다 했다고요."

시종일관 어기대기만 하는 해서의 태도에 주원은 참다 참다 기어코 고함을 쳤다.

"그럼 내 얘기를 듣기라도 하든가!"

"싫어요. 제가 왜 아까운 시간을 버려 가면서 강주원 수석 검사님 말을 들어야 하는데요. 우리가 무슨 사이라고. 아무 사이 아니잖아요."

"우리가 아무 사이도 아니라고?"

주원은 참담한 심정으로 되물었다. 해서는 어떠한 주저함도 없이 대답했다.

"그래요."

"진짜 아무 사이도 아니야? 내가 너한테 아무것도 아니야?"

"기껏해야 정신과 의사랑 담당 환자였는데, 그것마저도 몽땅 거짓이었잖아요."

"장해서, 너 정말……."

주원은 한차례 더 고함이라도 내지를 것처럼 숨을 크게 들이마시고 눈동자를 부풀렸다. 금세 또 그 성난 기세를 연하게 누그러트렸다. 어떻게든 격양된 감정을 다스리려 천천히 날숨을 뱉었다.

"가자. 데려다줄게."

주원은 그러잡은 해서의 왼쪽 팔을 왁살스러운 힘으로 잡아끌었다. 해서가 쓰러질지도 모른다는 염려는 이미 접었다. 차라리 쓰러져 버리는 편이 나을 수도 있지 않겠나 싶었다. 그러면 병원으로 옮겨 어디로든 도망치지 못하도록 꽁꽁 묶어 가둘 수라도 있을 테니까.

"놔요. 놓으란 말이에요."

바르작대는 해서의 저항이 한층 거세졌다. 주원은 아무런 대꾸도 하지 않았다. 해서의 팔을 붙든 손아귀에 우악스러울 정도로 힘만 더했을 뿐이다. 보폭도 한결 넓게 벌렸다. 완강히 버티는 해서를 숫제 질질 끌고 갔다.

승강기 앞에 다다를 무렵 해서의 반항은 극에 달했다.

"대한민국 검사는 임의 동행에 응한 참고인을 이런 식으로 함부로 대해도 되나 봐요?"

"너 지금 참고인 신분 아니야."

"왜요? 피의자로 만들어서 긴급 체포라도 하려고요?"

해서의 빈정거림에 주원은 목구멍을 뚫고 올라오는 욕지거리를 가까스로 삼켰다. 성질 같아서는 진짜 한바탕 욕이라도 해 대고 싶었다. 해서를 강제로 승강기 안에다 밀어 넣고, 애꽃은 닫힘 버튼만 주먹으로 팡 내려쳤다. 이를 으득 물었다. 눈도 질끈 감았다.

"소리 지를 거예요."

이대로는 안 되겠다 싶었는지, 해서가 아주 깜찍한 협박을 자행했다.

"질러."

주원은 윽다문 잇새로 목소리를 씹어 뱉듯이 바스러트렸다. 해서가 협박의 강도를 높였다.

"강제 추행으로 고소할 거라고요."

"고소해."

"내가 못 할 것 같아요?"

"그래."

일말의 주저함도 없이 대답하고 주원은 내내 감고 있던 눈을 떴다. 냉랭한 기운이 서린 다갈색 눈동자가 제일 먼저 보였다. 시선을 피하지 않고 주원을 쏘아보는 해서의 얼굴빛은 온통 싸늘했다.

저 냉랭함을, 저 싸늘함을 단번에 무너트려 버리고 싶다.

주원은 작정하고서 야트막하니 부드러우면서도 강단진 말소리를 느릿느릿 입 밖으로 밀어냈다.

"당신, 나 좋아하잖아."

"하! 기가 막혀서……."

해서가 정말이지 어처구니가 없다며 헛웃음을 쳐 댔다. 그런 중에도 다갈색 눈동자는 잔불처럼 흔들렸다. 파리한 얼굴빛도 안개처럼 흐려졌다. 주원은 그 순간을 놓치지 않고 달려들었다.

"부정해도 소용없어. 벌써 다 들켰거든."

나지막이 속삭여 말하고 해서 쪽으로 성큼 다가섰다. 두터운 몸을 함부로 부딪치기 직전, 해서가 허둥지둥 뒷걸음질을 쳤다. 주원은 그저 조용히 미소만 지었다.

몇 발짝 도망가지도 못해 승강기 스테인리스 스틸 벽과 해서의 뒷등이 마주 닿았다. 사방이 밀폐된 공간이니 당연한 결과였다. 당황한 해서가 어찌할 바를 몰라 커다란 눈망울만 이리저리 굴린다. 아랫입술을 잘근 깨물어 문 아래턱이 파르라니 떨린다.

"나한테 무슨 일이라도 생길까 봐, 내가 살해라도 당할까 봐 의사 선생이 쓸 수 있는 모든 권한을 동원해서 병원 밖으로 나를 빼돌렸잖아."

주원은 부쩍 해서와의 거리를 좁혔다. 서로의 몸을 하나로 잇대고, 얼굴을 비스듬히 기울여 해서 쪽으로 내렸다. 아래턱뿐 아니라 이제 온몸을 파르라니 떠는 해서의 귓불에다 입술을 답삭 가져다 붙였다. 제법 뜨겁게, 그러면서도 한껏 비딱하게 속삭였다.

"너 이래도 부정할래?"

퍽! 퍽! 퍽!

난데없는 주먹질이 주원의 가슴팍을 강타했다. 해서가 옹골지게 움켜쥔 주먹을 마구잡이로 휘둘렀다.

"나쁜 자식! 나는, 나는……. 죽을 것 같은데……. 진짜 이 대로, 콱……. 미쳐 버릴 것만 같은데……. 너는 뭐가 그렇게 잘났어. 뭐가……. 뭐가 이렇게 여유롭냐고."

격양된 감정이 여린 흐느낌 소리와 뒤섞여 끊어졌다가 이어 지기를 반복했다.

해서가 끝내 서러운 울음을 터트렸다. 주원은 재빨리 해서 의 어깨를 두 팔로 감싸 안았다. 강파르다 싶을 정도로 마르고 여린 몸을 품으로 와락 끌어당겼다. 되는 대로 사과의 말부터 질렀다.

"해서야, 내가 잘못했어. 응? 미안해."

"나쁜 놈. 나쁜 놈. 나쁜 놈."

할 줄 아는 욕이 겨우 그것밖에 없는지, 엉엉 울면서도 해 서는 나쁜 놈이라는 소리를 계속해서 읊조렸다.

"당신 앞에서 여유로웠던 적 단 한 번도 없었어. 겉으로야 멀쩡한 척 굴었지만, 속으로는 얼마나 당신한테 휩쓸리고 휘 둘렸는데. 그거 알아? 당신 볼 때마다 가슴이 떨리고, 마음은 매번 밑바닥까지 휘청거리고……."

해서가 고개를 들었다. 그렁그렁 눈물이 맺힌 다갈색 눈동 자가 말없이 주원을 올려다본다. 주원은 새삼 조심스러운 손 길로 해서의 헝클어진 머리카락을 가지런히 쓸었다. 젖은 두 뺨을 연신 어루만졌다. 양쪽 엄지로 방울져 흐르는 눈물을 가 만가만 문질러서 닦았다.

이 고운 얼굴에 예쁜 미소만 짓게 해 주고 싶었는데.

문득 주원은 진짜로 자신이 엄청 나쁜 놈이라도 된 기분이었다.

"지금도 당신한테 휘둘려서 뭐를 어떻게 해야 좋을지 모르겠어. 그냥 당신이 나 한 번만 봐주라. 응?"

"……."

"제발."

"……."

"해서야, 응?"

주원은 간청했다. 애가 타들어 갈만큼 간절하고 절박한 심정이었다.

그제야 해서가 마치 선심이라도 쓰듯이 고개를 끄덕여 준다. 눈물로 젖어 더욱 맑진 눈가에 새치름한 미소를 피우며 보일락 말락 살짝.

순간 주원의 몸과 마음이 한꺼번에 전율했다. 줄곧 졸였던 가슴이 탁 풀리면서 머릿속에서 온갖 감정이 봇물처럼 터져 넘쳤다.

무작정 해서를 품속으로 바투 끌어당겼다. 다시는 놓치지 않겠다는 듯 힘을 주어서 조여 안았다. 떨리는 손으로 좁고 둥근 어깨를 매만졌다. 가녀린 등줄기를 길게 쓰다듬었다. 믿기지 않는다는 듯이, 꿈만 같다는 듯이 속삭였다.

"얼마나 안고 싶었다고. 내가 얼마나 당신을 이렇게 품속에 안고 싶었는데……."

"나도요."

해서가 수줍게 이야기하고 주원의 목에 두 팔을 둘러 감았다. 주원은 다급히 입술을 내렸다. 해서 또한 기꺼이 발끝을 세웠다. 누가 먼저라고 할 것도 없이 입술과 입술이 닿아 하나로 포개졌다.

Why Not

　주원이 조수석 쪽 차 문을 열어 주었다. 해서는 키득키득 웃으면서 운전석 옆자리에 앉았다. 방금 전 승강기에서 맞닥 트렸던 상황이 다시 떠올랐다.

　"부장 검사님, 많이 놀라신 것 같던데요."

　해서가 말을 건네자 주원이 운전석에 앉으며 고개를 가로저 었다.

　"아닐 걸."

　"얼굴이 벌게지셨잖아요."

　"반주 때문일 거야."

　"어떻게 알아요?"

　해서는 반신반의했다. 주원이 피식 웃었다.

　"부장님한테서 살짝 술 냄새 났어."

"진짜요?"

"응. 한 잔 걸치고는 기분이 좋아져서 야식 사 들고 오신 게 분명해. 만날 그 패턴이거든."

"그나저나 강주원 수석 검사님 큰일 났네."

해서는 목소리를 잔망스럽게 띄웠다. 왜인지 주원을 놀려 주고 싶었다.

"뭐가?"

"엘리베이터에서 나랑 뽀뽀한 것 부장님한테 들켰잖아요."

"그게 뭐 어때서. 우리가 불륜도 아니고."

"나야 다시 얼굴 볼 사이 아니니까 뻔뻔하게 나가도 된다지만, 강주원 수석 검사님은 앞으로 직장 생활하기 많이 곤란하지 않겠어요?"

"전혀 아닌데. 그리고 뽀뽀 아니거든. 설왕설래했잖아."

"아우, 진짜."

되로 주고 말로 받았다. 해서는 발그레 얼굴이 달아 세상에서 제일로 뻔뻔할 것 같은 수석 검사님의 어깨를 주먹으로 때렸다. 꽤나 아플 텐데도 주원은 실실 웃기만 했다.

"부장님은 그렇다 치고, CCTV 걱정은 안 해?"

해서의 얼굴이 잘 익은 홍시인 양 빨갛게 익었다. 승강기 안에 감시 카메라가 있으리라는 생각을 전혀 못 했다. 솔직히 아무 생각이 없었다.

잔뜩 화가 난 상태에서 주원과 극적인 화해가 이루어지자 그 화는 해서에게 마치 흥분제처럼 작용했다. 입맞춤하는 주원에게 자발적으로 매달려 스스로 몸을 밀착해서 붙이고, 거리낌 없이 입술을 크게 벌려 그를 받아들였다.

주원의 말마따나 확실하게 설왕설래가 이루어졌다. 해서의 얼굴이 더 이상 빨개질 수 없을 만큼 새빨갛게 달아올랐다. 귓바퀴며 목덜미까지 빨갰다.

미쳤지. 미치지 않고서야…….

"의사 선생 큰일 났네. 우리 회사는 보안 때문에 CCTV 녹화 파일 함부로 파기도 못 하는데. 빼도 박도 못 하고 5년 의무 보관이야. 게다가 국정 감사할 때 법사위 소속 국회 의원들 중에 복사본 요청하는 사람도 있어. 너 이제 어쩔래?"

주원이 해서를 놀렸다. 새빨갛던 해서의 얼굴이 점점 새파랗게 질려 갔다. 이보다 더 무서운 일이 없을 만큼 해서는 등골이 오싹해지는 기분이었다. 무엇을 판단하고 말고 할 겨를도 없이 다짜고짜 주원의 멱살부터 잡았다.

"당장 가서 지워요."

"그거 지우려면 사유서 써서 부장님, 차장님, 총무과 보안팀장님까지 결재 맡아야 돼."

"100장이라도 써서 결재 맡아요."

"사유서에다 '애인이랑 설왕설래로 키스했습니다' 라고 쓰기는 좀 그렇잖아. 회사에 소문 다 날 텐데. 차라리 그냥 덮고 가는 게 낫지 않을까? 보안팀에서도 24시간 전체 파일을 돌려 보는 게 아닌 이상 모르고 넘어갈 거야."

"절대 안 돼요."

해서는 마구마구 도리질을 쳤다. 승강기 안에서 주원과 키스를 나눈 녹화 파일이 보안팀 메인 컴퓨터 하드 디스크 안에 버젓이 존재하고, 누군가가 볼 수도 있다고 생각하자 등줄기로 진땀이 흘렀다.

사색이 되어 죽을 것 같은 해서를 앞에 두고 주원이 느닷없는 웃음을 터트렸다. 처음에는 키득키득 웃다가 나중에는 아주 파안대소를 했다.

"지금 이 상황에 웃음이 나와요?"

잔뜩 노려보는 해서의 콧방울을 주원이 마디진 손가락으로 톡 튕겼다.

"으이구. 걱정 마. 내 등짝밖에 안 찍혔을 테니까. 키스하기 전에 카메라 각도 다 계산했거든요."

해서는 맥이 다 풀렸다. 어깨가 들썩일 정도로 커다랗게 안도의 숨을 내쉬었다. 돌연 눈물이 날 것 같아 손바닥 안에다 얼굴을 파묻었다.

"진짜죠? 믿어도 되는 거죠?"

"그래."

주원이 얼굴을 가리고 있는 해서의 양손을 떼어 냈다.

"울어? 무슨 이깟 일로 울어."

"안 운다고요!"

"눈가가 벌건데, 뭘."

주원이 오른손 엄지로 해서의 왼쪽 눈자위를 한 번 꾹 누르더니 안전띠를 매 주었다. 해서는 맥없이 앉아 있던 자세를 반듯하게 고쳤다.

"하도 놀라서 그래요. 십년감수했잖아요."

"왜 이렇게 예뻐."

뜬금없는 소리를 하고 주원이 쪽, 소리가 나도록 해서에게 입을 맞추었다. 연이어 깊숙이 입술을 포개어 온다. 소스라치게 놀란 해서는 주원의 어깨를 힘껏 밀어냈다. 안전띠로 묶어놓고 키스하려는 주원의 속셈이 훤히 보였다.

"주차장에도 감시 카메라 있을 거잖아요."

"있지."

당연한 것을 뭘 또 묻느냐는 투로 주원이 대꾸했다. 해서는 부르르 몸서리치는 시늉을 해 보였다.

"어우, 정말 싫다."

주원이 킥킥거렸다. 진득한 웃음기를 머금은 채로 안전띠를 맸다.

"어디로 모실까요?"

"근처 아무 호텔로 가요."

주원이 자동차 시동을 걸다 말고 휘파람을 불었다.

"의사 선생, 너무 노골적인 거 아니야? 나야 더없이 좋지만."

"그런 거 아니거든요. 오늘 밤에 잘 데가 없다고요. 친구 집에서 하룻밤 신세 지려고 했는데, 잘나신 수석 검사님 덕분에 약속 펑크 났잖아요."

억울하고, 또 억울해서 해서는 볼멘소리까지 내며 펄펄 뛰었다.

"내 집으로 갈래?"

마음 가는 대로 함부로 물어 놓고 주원은 쑥스러운 얼굴로 웃었다.

"참고로 나는 그런 거 맞아."

불쑥 이야기하고, 잠시 호흡을 고르는 듯 숨을 한 번 몰아쉬더니 '엄청 그래'라며 부연까지 했다.

해서는 선뜻 대답하지 못하고 머뭇거렸다. 어떻게 대답을 해야 할지 몰랐다. 한참을 망설이는 동안 고민이 깊어지면서 자연스럽게 'Why not?'이라는 문장이 머릿속에 떠올랐다.

그래, 안 될 게 뭔데?

스무 살짜리 어린애도 아니고.

둘 다 서른을 넘긴 어엿한 성인인데.

서로 좋아하는데 같이 못 잘 이유가 없었다. 문자 그대로, 'Why not!'

"그래요."

해서의 대답을 듣고 주원이 함박 미소를 짓는다. 남자가, 그것도 서른여섯이나 나이를 먹은 남자가 꽃처럼 웃을 수 있다는 것을 해서는 이때 처음으로 알았다.

"해서야."

"으응. 왜요?"

"안 되겠다. 그냥 호텔로 가자."

주원이 긴 한숨에 섞어서 말했다. 해서가 시쳇말로 벙찐 표정이 되어 쳐다보자 운전대 위에 양팔을 괴고 엎드려 버렸다. 고개를 비스듬하니 틀어 지그시 해서를 바라보는 주원의 눈빛이 달콤했다. 가만히 속삭이는 목소리는 유혹적이었다.

"판교까지 운전하고 갈 자신이 없어. 내가 지금 좀 급해."

달콤한 유혹에 홀딱 넘어간 해서는 까르르 웃으면서 고개를 끄덕여 대답했다.

이 남자, 왜 이렇게 귀여운 거야.

❖　　　❖　　　❖

반포 메리어트 호텔 주니어 스위트룸 안으로 들어서는 해서의 손목을 주원이 뒤에서 잡아채듯이 붙들었다. 카드 키를 꽂아 실내 전등을 밝힐 생각은 하지 않고, 어두움 속에서 해서의 목을 와락 끌어당기며 무턱대고 입술을 밀어붙였다.

어디선가 쿵 하는 소리가 아스라이 울렸다. 스위트룸 출입문이 자동으로 닫히는 소리인지, 해서의 어깨에서 흘러내린 에코백이 바닥으로 떨어지며 나는 소리인지 모르겠다. 어쩌면 두 개가 동시에 벌어졌을 수도 있겠다.

저돌적인 주원의 입맞춤에 해서도 적극적으로 응했다. 스스로 입술을 열어 안으로 틈입하는 주원을 기꺼이 받아들였다. 숨이 막히도록 허리를 조여 안는 주원의 목에 양팔을 감았다. 단단한 가슴에 봉긋한 가슴을 밀착시켰다.

등줄기를 길게 쓸며 아래로 내려온 주원의 두 손이 해서의 엉덩이를 움켜잡고서 단박에 제 쪽으로 당겼다. 뭐가 마음에 들지 않는 모양인지 주원이 짜증 섞인 신음을 짧게 뱉었다. 동시에 해서의 몸이 살짝 위로 들렸다.

불룩하니 솟아오른 아랫도리가 해서의 불두덩 한가운데 정확하게 마주 닿았다. 압박감이 느껴질 정도로 한껏 부둥켜안은 서로의 몸에서 화르르 불꽃이 튀었다. 각자의 중심부에서 각각 발원한 불길이 상대를 불살라 버릴 것처럼 맹렬하게 타올랐다.

입맞춤이 한층 격렬하게 변했다. 서로의 입술과 혀를 미친 듯이 찾았다. 정신없이 탐했다. 혀가 얽히고 숨이 앗겼다. 입술뿐 아니라 온몸을 통째로 삼켜 버릴 것처럼, 혹은 뼈까지 발라먹을 듯이 거칠게 구는 주원에게 떠밀려 해서의 등이 응접실과 연결된 복도 벽면에 가서 부딪쳤다.

"잠깐……."

해서는 주원의 어깨를 살짝 밀었다. 아주 미약한 저항에도 여태 뜨거웠던 입술이 곧장 떨어졌다. 흥분을 누르려는 듯 주원이 연신 숨을 몰아쉬었다. 덥고 습한 숨결이 해서의 귓가로 감겼다.

"왜?"

이유를 묻는 주원의 목소리가 쉰 것처럼 낮고 탁했다. 해서의 귓전에서 불현듯 일어난 잔떨림이 섬약한 목덜미를 온통 덮쳐 왔다. 뜻밖의 짜릿한 감각으로 어깨를 떠느라 해서는 아무런 대꾸도 할 수가 없었다. 주원이 말소리를 이었다.

"이제 와서 안 된다고 하지 마."

그럼 죽을 것 같다는 투였다. 해서는 잘게 도리질을 쳐 아니라는 뜻을 전달했다.

"먼저 씻어야……."

안도하는 듯한 긴 숨이 주원의 입에서 새어 나왔다. 주원이 해서의 귓불을 잇새에 물었다.

"나중에. 나중에 해, 나랑."

"하지만……."

"내가 못 기다려."

여린 귓불을 잘근잘근 짓씹으면서 주원이 조바심을 냈다. 젖은 말소리와 함께 짓눌린 숨소리가 해서의 귓속을 여지없이 파고들었다.

"좀 급해서?"

"아니. 엄청 급해."

해서의 겉옷을 벗겨 내는 주원의 손길 역시 다급했다. 니트 카디건이 아무렇게나 바닥으로 내팽개쳐졌다.

주원의 오른쪽 무릎이 해서의 중심부를 비집었다. 졸지에 주원의 허벅지 위로 올라앉게 된 해서의 상체가 불안하게 흔들렸다. 해서는 떨어지지 않으려 주원의 목에 두른 양팔에다 한층 힘을 주었다.

주원이 비스듬하니 고개를 숙여 무방비로 드러난 속살을 핥았다. 웅숭깊은 가슴골에 코를 대고 비비다 봉긋한 속살을 깨물기도 했다. 붉은 팥알처럼 부푼 유실이 탐욕스러운 입안으로 삼켜졌다.

그 모습을 멍하니 내려다보며 해서는 숨을 헐떡였다. 가파르게 차올라 허공을 찌르는 달뜬 숨소리가 감출 수 없는 욕망의 전조 같았다.

"주원 씨."

"으응?"

"여기서는……."

"으응?"

"침대로 가요."

말이 떨어지기가 무섭게 주원이 해서를 번쩍 안았다. 가뿐하게 들어 손바닥으로 엉덩이를 받쳤다. 해서는 발끝에서 달랑거리는 펌프스를 훌훌 털어 내듯 벗어 버렸다. 한결 가벼워진 다리로 주원의 허리를 감았다.

"아휴, 요 예쁜 것."

주원이 잘했다며 해서의 엉덩이를 토닥토닥 두드렸다. 무거운 기색도 없이 성큼성큼 복도를 지나 응접실을 가로질렀다.

은은한 달빛에 잠겨 있는 침실은 쾌적함을 넘어서는 우아함이 엿보였다. 통유리 형태의 커다란 창문은 어두움 속의 한강과 극적인 대비를 이루는 화려한 서울의 야경으로 가득했다. 정교한 바로크 스타일의 앤티크 침대는 셋이 누워 뒹굴어도 될 만큼 넉넉한 크기였다.

주원이 킹사이즈 침대 위에다 해서를 조심스럽게 내려놓았다. 옆으로 길게 누운 해서를 가라뜬 눈으로 지그시 응시한 채

한 꺼풀씩 옷을 벗기 시작했다. 넥타이를 풀어 슈트 재킷 주머니 안에 대충 쑤셔 넣고 와이셔츠 단추를 위에서부터 톡, 톡, 톡, 세 개를 차례대로 땄다.

일련의 과정을 해서는 물끄러미 올려다보았다. 주원이 재킷을 벗어 공중으로 휙 던졌다. 잇따라 와이셔츠도 허공을 날았다. 해서는 소리를 내어 웃었다.

"스트립쇼 해요?"

"본격적으로 보여 줘?"

주원이 벨트의 버클을 풀면서 짓궂게 물었다. 해서는 바삐 도리질을 쳤다.

"하지 마요."

"왜?"

"감당이 안 될 것 같아요."

"무슨 감당?"

"벗는 것만 봐도 가슴이 이렇게 떨리는데, 여기서 춤까지 추면……."

저절로 상상이 되었다. 부끄러운데 너무 좋아서 죽을지도 모른다. 사인은 아마도 수치사(羞恥死)가 될 것이다. 해서는 '아우' 하며 발그레 달아오르는 두 뺨을 양쪽 손바닥으로 꾹 눌렀다가 다시 손등으로 눌렀다.

"장해서."

낮게 으르렁거리는 소리가 들리나 싶더니 속옷 차림의 주원이 한달음에 침대로 뛰어들었다. 부끄러워 어쩔 줄을 몰라 하는 해서의 몸을 단숨에 올라탔다. 양쪽 무릎 사이에다 해서의 허벅지를 눌러 가두고 재차 으르렁거렸다.

"도발하지 마. 가뜩이나 여유가 없다고 했잖아."

"도발한 적 없거든요."

"했어."

단정을 짓고 주원이 해서 쪽으로 팔을 뻗었다. 차이나 칼라 형태의 품이 넉넉한 블라우스가 재바른 손길에 의해서 벗겨져 여지없이 어디론가 날아갔다. 해서는 앞으로 일어날 일에 대한 기대감으로 숨을 삼켰다.

"뭔가 변태 같아."

해서의 청바지를 벗기던 손길이 순간적으로 주춤했다. 홀딱 뒤집어진 청바지가 허공을 날았다.

"내가?"

"옷을 드라마틱하게 벗기고 있잖아요. 나 흥분시키려고."

어쩌면 주원의 배려일 수도 있다. 긴장하지 말라는. 흥분만 하라는.

"그래서 싫어?"

의미심장하게 묻고 주원이 혀로 제 윗입술을 느릿하니 핥았다. 섹시함을 넘어서는 음란함이다. 도발은 오히려 주원이 하고 있었다. 해서는 앙큼함에 발칙함을 더해서 말했다.

"전혀."

"우리 의사 선생 취향이 좀 독특하신 듯."

"내가 정신과 의사잖아요. 정신적으로 문제 있는 사람들을 좀 좋아해요."

"나쁜 남자가 취향이군."

주원이 키득거렸다.

"아닌데."

"그럼?"

"음란하고 위험한 남자."

"그것 딱 나잖아."

씨익 미소 짓는 주원을 잠시 바라보고 해서는 기꺼이 동의
했다.

"인정."

"내가 얼마나 음란하고, 얼마나 위험해질 수 있는지 궁금하
지 않아?"

"보여 줘 봐요."

"기꺼이."

유리알 같은 검은 눈동자가 거칠고 사나운 욕망으로 일렁거
렸다. 해서는 몸을 하나로 포개는 주원의 목을 힘주어 끌어안
았다.

"읏."

발버둥을 치듯 침대 시트를 발뒤꿈치로 밀어내며 해서는 엉
덩이를 뒤로 물렸다. 바삐 도망치는 해서의 발목을 주원이 잽
싸게 붙들어 잡는다.

"어딜."

"제발."

당장에라도 울음을 터트릴 것 같은 얼굴로 해서는 애원했다. 자신이 무엇을 원하고 바라는지도 모르면서 무작정 주원에게 빌었다. 이제 더는 견디기 어려웠다. 이 이상 버틸 수가 없었다. 온몸은 흐물흐물 녹아내리고 정신은 날아갈 것만 같았다.

"조금만. 응?"

주원이 가만히 달랬다. 악마의 속삭임이나 다름없었다.

뜨거운 숨결이 다시 해서를 적셨다. 축축한 혀가 골진 아래를 길게 핥았다.

"흐으으으읏."

해서는 마구 도리질을 치며 손톱으로 침대 시트를 쥐어뜯었다. 통각과 쾌감이 혼재되어 있는 야트막한 절정이 곧장 해서를 향해 밀물처럼 밀려왔다. 이것으로 벌써 몇 번째 파고를 넘는 것인지 모르겠다. 셋까지 헤아리다 세는 것조차 잊었다.

한 번 절정에 오른 몸은 미세한 자극에도 민감하게 반응했다. 주원의 끈질기고 진득한 애무에 엉덩이가 튕겨 올랐다. 허리도 같이 비틀렸다.

"주원 씨……. 나, 나……."

"쉬이. 괜찮아."

"아으읏."

해서의 입에서 짓눌린 신음이 끊임없이 흘러나왔다. 목구멍이 따끔따끔 아팠다. 얼마나 비명을 지르고 얼마나 교성을 터트렸는지 목소리가 다 쉬었다.

"싫어, 그만."

결국 흐느끼는 소리가 터져 버렸다. 여태껏 해서를 괴롭히던 것들이 일시에 그쳤다. 말 그대로 모든 것이 정지 화면처럼 우뚝 멈추었다. 마디진 손가락도, 뜨거운 입술도, 집요하던 혀도 금세 해서로부터 멀어져 갔다.

"하아⋯⋯."

상체를 일으켜 세운 주원이 어깨가 들썩일 정도로 거친 숨을 몰아쉬었다. 젖은 입가를 손등으로 쓱 문질러 닦고 어금니를 앙다문다. 극도의 흥분 상태를 제어하려는 듯했다.

무슨 일이냐고 물으려다, 해서는 퍼뜩 떠오르는 기억에 손바닥으로 제 입을 막았다. 진짜로 엉엉 울어 버릴 것만 같았다. 주원이 왜 갑자기 모든 것을 멈추고 뒤로 물러섰는지 자연스럽게 깨달았기 때문이다.

생각해 보니 아까 스위트룸 출입문 앞에서도 비슷한 일이 있었다. 살짝 어깨를 밀기만 했는데도 주원은 곧바로 입맞춤을 그쳤다. 방금도 싫다는 해서의 말에 즉시 모든 행동을 멈추었다. 그만하라는 이야기를 듣자마자 해서로부터 자신의 몸부터 떼어 놓았다.

"알고 있었어요?"

해서는 상체를 일으켜 앉았다. 반드시 짚고 넘어가야 할 문제라고 판단했다.

"뭐를?"

"내 재판 경력이 어쩌다 생긴 건지?"

해서의 물음에 주원이 그제야 무슨 소리인지 알아듣고 '아아' 하며 짧게 감탄사를 발했다.

"뒷조사했어요?"

"응."

주원이 순순히 인정했다. 하기는 당연한 일이었다. 용의 선상에 오른 한울타리 정신요양병원 직원들의 신상 조사는 수사의 기본일 테니까. 아마 출생부터 현재까지 서른두 해 장해서의 인생을 먼지 한 톨 남김없이 탈탈 털었겠지.

"그래서 그랬어요?"

"으응?"

주원이 미간을 좁히면서 되물었다. 해서가 하는 이야기를 도통 모르겠다는 표정이다.

"내가 싫다고 해서, 그만두라고 해서 멈춘 거죠?"

"그래."

"싫어서 싫다고 한 게 아니라 그만두라는 소리가……. 그러니까 정신이 나가 버릴 것 같아서, 무서워서……. 마치 내가 아닌 것 같아서요."

두서없이 말을 늘어놓다 말고 해서는 그만 민망해져 버렸다. 제대로 설명을 하려니 조금은 막막했다. 공연히 얼굴만 달아올랐다.

"아무튼 내가 싫다고 해도 그냥 계속해요. 무시해도 괜찮으니까."

"그게 아니지."

주원이 진지한 태도로 제동을 걸었다. 해서를 바라보는 눈빛이 다정하면서도 완강했다.

"뭐가 아닌데요?"

"네가 진짜로 싫어서 그만두라고 말했을 때, 내가 오해하면 어떡할 거야? 너의 싫다는 소리는 기분 좋으니 계속하라는 의미라고."

"아니, 그게……."

해서는 변명을 하려던 마음을 이내 접었다. 주원의 이야기가 백번 옳았다.

데이트 폭력의 피해자와 가해자를 상담하다 보면 자주 보게 된다. 상대의 'NO'라는 표현을 제멋대로 'YES'로 곡해해서 알아듣는 경우를.

심지어 해서 역시 비슷한 경험을 하지 않았던가. 싫다고 말하는데도, 그만두라는 소리에도 김유항 교수는 폭력을 행사하면서까지 해서를 굴복시키려고 했었다.

"그러니까 좋으면 좋다, 싫으면 싫다고 확실하게 의사 표현을 해."

주원은 단호했다.

"그럴게요."

해서는 부끄럽기도 하고 왜인지 뿌듯하기도 했다.

이 사람이라면 절대로 나를 아프게 하는 일을 하지 않겠구나.

이 남자라면 어떠한 상황에서도 나를 상처 입히지 않겠구나.

물리적으로든, 감정적으로든.

확신이 들었다.

"강주원 씨."

"응?"

"나 정말 주원 씨 좋아하나 봐요."

"뭘 새삼스럽게. 이미 다 들켜 놓고."

그 정도쯤은 알고도 남는다는 식으로 대꾸를 하는 주원의 귓가가 발그레 젖어 있었다. 해서는 분홍빛으로 곱게 물든 주원의 귓가를 한참이나 응시했다.

"어쩌면, 사랑……하는지도 몰라요."

망설임 끝에 한 해서의 고백을 주원은 어떠한 주저함도 없이 받았다.

"나는 당신 사랑해."

"치이! 나를 얼마나 봤다고 벌써 확신까지 해요?"

해서는 마음에도 없는 어깃장을 놓았다. 가슴이 뛰도록 행복하면서도 믿어지지가 않아서, 도저히 믿을 수가 없어서 어기댔다.

"그날…… 병원에 당신을 두고, 그 사지에다 너만 혼자 남겨 놓고 서울로 오는 길이 미치겠는 거야. 그때 알았어. 내가 장해서를 사랑하는구나. 정말 사랑하고 있구나, 하고……."

감정이 격해지는지 주원이 제대로 말을 잇지 못했다. 해서는 두 팔을 뻗어 파고 세운 장나무처럼 우뚝한 주원을 와락 끌어안았다. 단단히 결박하듯 마주 안아 오는 주원의 든든한 어깨에 얼굴을 묻었다. 가만가만 뺨을 문질러 비볐다.

"주원 씨."

"으응?"

"나는 당신 존경해요. 아주 많이."

"나도."

"네?"

해서가 고개를 들고 올려다보자 주원이 둥그스름한 이마에 입술을 꾹 눌러 입맞춤을 했다. 파르라니 떨리는 눈꺼풀 위에도, 올곧은 콧날 아래 앙증맞은 콧방울에도 살포시 입술이 닿았다.

"나도 의사 선생 존경한다고. 사람 대 사람으로, 남자 대 여자로."

"뭘 새삼스럽게. 이미 다 들켜 놓고."

해서는 방금 전 주원의 대꾸를 똑같이 답습했다. 주원이 껄껄껄 웃으면서 해서를 으스러지도록 한껏 안았다.

"그런 의미에서 하던 것 마저 해도 될까?"

"좋아요."

"바람직한 자세야. 좋으면 좋다, 싫으면 싫다고 솔직하게 말하기. 침대에서든 일상에서든."

"그래요."

선뜻 대답하고 해서는 선이 굵어 남자다운 입술에 제 입술을 가져다 하나로 포갰다. 주원이 입을 벌려 준다. 안으로 혀를 밀어 넣었다. 기다렸다는 듯이 주원이 해서의 것을 제 혀에 단단히 옭아 뿌리까지 빨아 당겼다.

입맞춤이 깊어지고 밤도 함께 깊어 갔다.

실낙원

탈력감에 축 늘어져 있는 해서를 주원이 뒤에서부터 팔을 뻗어 안았다. 해서는 지그시 눈을 감고 누워 벗은 뒷등을 압박하듯 감싸는 주원의 가슴에 포옥 잠겼다. 방금 나눈 사랑의 여운이 머릿속에서 되살아나 도로 몸속을 달궜다.

놀랄 만큼 뜨거운 입술이 만들어 내던 황홀한 순간들.

믿을 수 없을 정도로 다급한 손길이 만들어 내던 생경한 감각들.

검질기면서도 거침없이 몰아붙이는 허릿짓이 만들어 내던 아찔한 희열들.

밤새도록 해서는 지독한 통각과 아득한 쾌감의 경계를 넘나들었다. 신음을 삼키고, 교성을 내지르다 결국에는 울어 버리고 말았다. 기억을 떠올리는 것만으로도 다시 절정에 다다른 양 저절로 몸이 잘게 경련했다.

"괜찮아?"

주원이 물었다. 탁하게 가라앉은 목소리가 달콤하고 감미로 웠다. 해서는 눈을 뜨고 얼굴을 외로 틀어 주원을 비스듬하니 어깨 너머로 돌아다보았다.

"기절할 것 같아요."

"힘들었어?"

어쩌면 한계를 넘어서는 경지까지 해서를 몰아붙인 장본인 이 차마 물어볼 소리는 아니었다. 해서는 허탈하게 웃었다.

"그걸 말이라고……. 죽는 줄 알았거든요."

"좋아서?"

"정말 뻔뻔하기도 하셔라."

"왜 이래. 좋았잖아."

주원이 대놓고 강요했다. 해서는 샐쭉 눈을 흘겼다. 물론 더 할 나위 없을 만큼 좋았다. 이대로 죽어도 여한이 없다고, 잠 시지만 그런 생각까지 했었다.

"치이! 알았어요. 좋았어요."

마지못한 척 동의해 주는 해서의 허리를 주원이 두 팔로 결 박이라도 할 것처럼 힘껏 조여 안았다. 섬약한 목덜미에 얼굴 을 묻고 날카로운 콧날을 유순한 살갗에 느릿느릿 문질러 비 빈다.

"만족스럽지 못했나 보네. 자존심 회복 차원에서라도 한 번 더해야 할 것 같은데."

주원이 짓궂게 실실 웃으면서 은근한 협박을 자행했다. 해서는 더럭 겁이 났다. 살려 달라는 소리가 저절로 터져 나왔다.

"그럼 나 진짜로 죽어요."

과장이라고는 요만큼도 없는 오롯한 진실이었다.

"별로였다며?"

"내가 언제요? 좋았다고 했잖아요. 엄청 좋았어요. 정신이 나갈 정도로 좋았다고요."

"잘했어. 언제 어디서든 솔직해야 되는 거야."

주원이 뾰로통하니 튀어나온 해서의 입술을 듬쑥 깨물면서 이야기했다. 마치 어른이 말 잘 듣는 아이를 칭찬하는 것 같은 말투였다. 다만 뜨거운 입맞춤만큼은 아이에게 하는 그저 그런 뽀뽀는 절대 아니었다.

주원이 손끝으로 해서의 턱을 들어 올리더니 마주 닿아 있는 입술을 더욱 깊숙이 겹쳤다. 이리저리 각도까지 바꾸어 가면서 어른들의 입맞춤이 오래도록 이어졌다.

"하아……."

"자극하지 마. 당신이 힘들다고 해서 간신히 참고 있으니까."

"자극 안 했어요."

"했어. 나는 네 젖은 숨소리 하나에도 흥분돼."

"미쳤어."

"내가 생각해도 미친 것 같아."

주원이 해서의 목덜미에 이를 박아 넣었다. 살점을 먹어 치울 것처럼 잘근잘근 씹었다.

"으윽."

"몇 번이나 했는데도 여전히 갈증이 나. 지금 이대로 엎어 놓고 너를 꿰뚫어 버리고 싶은 충동이 내 안에서 날뛰거든. 내 아래서 숨을 헐떡이는 너를 다시 보고 싶어. 한계까지 나를 받아들이고 조이면서 절정을 맞는 네가 또 보고 싶어. 아무래도 너한테 미친 게 맞아."

직설적인 말들이 적나라하게 쏟아져 해서의 귓속에 고스란히 담겼다.

머리끝에서 발끝까지 해서의 온몸이 빨갛게 익었다. 이미 침실은 물론이고 욕실과 응접실까지 넘나들며 온갖 야한 짓을 다한 뒤인데 이제 와서 스스러움이 찾아들었다.

"하여간 못됐어, 진짜."

"아예 침대에서 못 일어나게 만들어 버릴까, 그런 생각도 해. 걷지 못하게 되면 너 안 보낼 수 있잖아."

주원이 두두룩하니 줄이 진 척추를 훑었다. 얄팍하고 더운 숨결이 해서의 등줄기를 타고 점점 아래로 흐른다.

"가야 한다는 거 알잖아요. 하아. 갑자기 내가 출근을 안 하면 의심을 살 수도 있어요."

"알아. 그래도 보내기 싫어. 안 갔으면 좋겠어."

"지금까지 살아오면서 흐으응……. 가장 후회스러운 일이 뭔지 알아요?"

"의사 선생 심각한 얘기하려고 하는 거지? 어째 안 듣고 싶은데."

어느새 얼굴을 맞댄 주원은 해서에게 쪽 하니 입맞춤을 하고 어울리지 않는 어리광을 피웠다. 장난스러운 말속에 진심이 담겨 있었다.

"심각한 얘기 맞아요. 그때 내가 왜 그랬을까 생각하면 지금도 화가 나요. 너무너무 후회가 되고."

"오민석 판사한테 엿이나 처먹으라고 말하지 못한 것?"

재기발랄한 주원의 대답에 해서는 작게 웃었다.

"그것도 후회막급이기는 해요. 김유항 교수가……. 그러니까 내가 폭력에 제대로 저항했다면 뭐라도 달라지지 않았을까, 그런 생각을 내내 했어요. 무서워서 벌벌 떨기만 한 내 자신이 후회스러워서, 소극적인 방어밖에 하지 못한 내가 어떤 면에서는 용서가 안 돼서……."

한창 이야기 중인 해서의 몸이 왈살스럽다 싶을 정도의 강한 힘에 의해서 홱 돌려졌다.

"장해서, 그러지 마."

주원이 눈을 똑바로 마주 보고 말했다.

"네 잘못 아니야. 너는 제대로 저항했고, 싸웠어. 조용히 덮으려고 한 대학병원 측의 회유에 끝까지 저항했잖아. 사건을 법원으로 끌고 가서 마지막까지 싸웠잖아. 용기가 없으면 그렇게 못 해. 나는 그런 네가 무척이나 자랑스러워. 존경스럽다고 했잖아."

해서는 저도 모르게 왈칵 눈물을 쏟았다. 우뚝한 장벽처럼 단단하게 안아 주는 주원의 품으로 한없이 파고들었다.

"그럼 이번에도 제대로 싸울 수 있도록 해 줘요. 의사로서 환자들을 지키고 싶어요."

"……."

"나는 가야 해요. 누가 뭐래도 돌아가야 해요. 그게 내 일이니까요."

"알았어."

마지못해 대답하고 주원이 조건을 달았다.

"대신 나랑 약속해."

"어떤 약속이요?"

"무리하지 않겠다고. 위험하다 싶으면 바로 빠져나오겠다고."

"약속할게요."

"병원 관계자는 누구도 믿지 마."

"오장희 아저씨도요?"

해서의 물음에 주원은 오랜 고심 끝에 해답을 내놓았다.

"아저씨는 괜찮을 거야. 그렇다고 전적으로는 믿지 말고."

"그렇게 할게요."

"오장희 씨 선천적 농아가 아니야. 들을 수도 있고 말할 수도 있어."

"네?"

해서는 놀라서 되물었다. 가끔 장희가 독순술을 배우지 않

320

앉을까 의심이 들기는 했어도 청력과 화술이 모두 정상일 것이란 생각은 전혀 못 했다.

"군대에서 폭발 사고가 있었는데, 외상 후 스트레스 장애로 실어증이 왔다는 기록이 있어. 중요한 정보니까 알고 있으라고."

"알았어요."

"주말에는 서울로 와. 내가 너한테 가는 게 맞는데, 수사가 본격적인 궤도에 오르면 정신없이 바쁠 거야. 퇴근 시간도 일정치 않을 테고. 그래도 와. 나한테 와. 내가 진짜로 미치는 꼴 안 보려면 와야 돼."

"그렇지 않아도 매주 서울로 오려고 했어요."

해서는 선뜻 이야기했다. 주중에 주원과 떨어져 있을 생각을 하니까 벌써부터 그리워졌다. 눈앞에 그 대상을 두고도 그리움이 절실해질 수 있다는 말을 이제야 이해할 수 있었다.

"장해서. 오늘은 처음이라 봐준 거야. 다음에는 어림없어. 밤새도록 지쳐 쓰러질 때까지 할 거야."

"협박하는 거예요?"

"약속이야."

"겁나서 내가 안 오면 어쩌려고요?"

"잡으러 가면 되지. 내 주특기가 추격이야. 포박은 기본이고. 도망칠 생각은 꿈도 꾸지 마."

"협박 맞네."

해서가 혼잣말을 빙자해 불퉁거리자 주원이 당장 발끈한 척

성깔을 부렸다.

"이봐, 의사 선생."

"왜요, 검사 양반."

"검사 양반?"

주원이 오른쪽 눈썹을 짐짓 삐뚜름하니 꺾어 올렸다. 마치 요것 봐라 하는 식으로. 해서는 부러 더 입술을 샐그러트렸다. 물론 이해하고 용서도 했지만 아직은 맺힌 것이 많았다.

"검사를 검사라고 부르는데, 무슨 문제 있어요?"

"거 뒤끝 오래 가네. 이것도 집안 내력이야?"

"외탁했어요. 외할머니가 우리 엄마 임신하고 하루는 일본 식 우동이 드시고 싶었대요. 외할아버지한테 퇴근길에 사 오 라고 부탁을 했다나 봐요. 일식집이 문을 닫았다면서 외할아 버지가 중국집 우동을 사 오셨대요. 반 백 년도 더 지난 일을 요즘도 가끔 얘기하세요. 그때 정말 서운했다고."

"외할아버지가 잘못하셨네. 그래, 내가 지은 죄가 있으니까 그냥 넘어간다."

주원이 거짓 한숨을 과장되게 지으며 해서의 목덜미에 얼굴 을 묻었다. 자잘한 입맞춤이 어깨 위로 쏟아졌다. 해서는 소리 를 내어 웃으며 목덜미를 움츠렸다.

"간지러워요."

"간지러운 데는 다 성감대래."

주원이 어딘지 음습하고 음흉한 말투로 속삭였다. 이로 빗 장뼈를 깨물고 혀로 가슴골을 핥았다. 주원의 오른손 위로 해서는 제 왼손을 가져다 포갰다. 잠깐 멈추라는 의미였다.

"궁금한 게 있어요."

"으응?"

주원이 고개는 들지 않은 채 눈동자만 올려 해서를 쳐다본다.

"뇌사 상태에서만 장기 공여가 가능해요. 심장이 정지하는 순간 몸 안에 피가 돌지 않기 때문에 장기에 손상이 오거든요. 왜 하필 심정지였을까요? 뇌사를 시키지 않고."

"그래서 심정지인 거야."

알쏭달쏭한 말을 하며 주원이 해서의 어깨선을 빨아 당겼다. 홀치듯이 혀끝에 감아 깊이 옭아맸다.

"하읏……. 그래서라뇨?"

"뇌사자로부터 적출한 장기도 저온에 보관할 경우 통상 두세 시간은 이식에 유효하잖아."

"아!"

"왜?"

주원이 잇새로 살을 잘근 깨물었다. 해서는 본능적으로 발가락을 오므렸다. 등줄기를 타고 저릿저릿한 전율이 발끝으로 내달렸다.

"권상엽 환자 말이에요. 부검 결과지에 미심쩍은 부분이 있었거든요. 사망 추정 시간에 비해서 직장 내 체온이 지나치게 낮았어요."

"그런 경우가 자주 있어?"

"자주는 아니고 가끔 있나 봐요. 해부·병리를 전공한 친구 얘기로는 사망 직후 체온이 급격하게 떨어질 때 나타나는 현상이래요."

"원인은?"

주원이 고개를 들어 올렸다. 마음이 급해진 해서는 상체를 일으켜 앉았다.

"여름철 실내 에어컨 때문이라든가, 기온이 영하인 겨울철에 외부에서 사망한 경우라든가."

"권상엽 환자의 경우 에어컨 때문만은 아닌 것 같다는 거지?"

"네. 아예 처음부터 약물로 체온을 확 떨어트린 게 아닌가 싶어요. 장기 손상을 막기 위해서."

"약물을 이용해서 체온을 강제로 떨어트릴 수가 있어?"

"저체온 기법이라고 마취 방법 중 하나예요. 심장 수술에서 인공 심폐기를 사용할 수 없을 때 저체온 기법으로 마취를 하거든요. 살아 있는 심장을 약물로 멈추게 만들었다가 전기 자극으로 다시 뛰게 하는 일을 자유자재로 다루는 마취과 의사들이 간혹 있어요. 수술방에서는 신의 경지라고 부르죠. 마취 약물 배합만으로 인간의 삶과 죽음을 임의대로 주관한다는 의미에서."

"한울타리 정신요양병원 내부에 마취 전문가가 있다는 소리군."

주원은 옆으로 누운 채 오른팔에 이마를 괴었다. 생각이 많아진다. 해서가 덩달아 심각한 표정을 지었다.

"신분을 숨긴 마취과 의사이거나 수술방에서 오랫동안 근무한 간호사일 수도 있고요."

"저체온 기법으로 심정지를 유발해서 부검을 핑계로 장기를 적출했다. 어떤 놈인지 더럽게 머리 잘 썼네."

"시신을 재 부검하면 뭐라도 증거가 나오지 않을까요? 머리카락은 썩지 않으니까 마취 약물 성분 추출이 가능할 것 같은데."

"돌연사한 환자들 모두 화장을 해서 현재 시신이 남아 있지 않아. 부검 후 장기는 제자리에 되돌려 놓는 것이 원칙이라 재 부검을 실시해 장기가 적출되어 도난당했다는 사실을 증명하려고 했거든."

주원이 답답하다는 듯 일장 한숨을 쉬었다. 해서는 갑자기 머릿속을 꿰뚫고 지나는 생각에 무의식중 손뼉을 쳤다.

"권상엽 환자도 알아봤어요? 본가가 굉장히 엄격한 유교 집안이더라고요. 보통 그런 집은 화장 않고 매장하던데."

"월요일 출근하자마자 그것부터 확인해 볼게."

주원이 왼쪽 팔을 뻗어 해서의 손목을 잡아끌었다. 해서는 주원이 당기는 대로 순순히 따라가 품에 안겼다. 단단한 가슴을 손끝으로 살살 문지르듯이 매만지자 주원이 입술을 해서의 이마에다 대고 꾹 눌렀다.

"피곤할 텐데 그만 자."

"그래요."

그만 자라고 이야기한 주원도, 이제 자겠다고 대답한 해서
도 쉬이 잠을 이루지 못했다. 서로를 품 안에 부둥켜안고 힘겨
운 시간을 견디었다. 그나마 둘이 함께할 수 있어 다행이라고
여기면서.

❖   ❖   ❖

해서와 주원은 일요일 내내 호텔 스위트룸에 머물렀다. 불
법 장기 밀매와 관련된 이야기는 서로 의도적으로 피했다. 주
원이 낮에 잠깐 전화로 광현에게 몇 가지 업무 지시를 내린 것
외에는 둘 다 까맣게 잊은 사람처럼 굴었다.

두 사람 모두 하루 종일 스위트룸 밖으로는 한 발짝도 나가
지 않았다. 낮인지 밤인지 시간의 흐름조차 잊은 채 서로를 갈
구하고 상대를 탐닉했다. 시도 때도 없이 몸을 섞었다. 주로
침대를 이용했지만 딱히 장소를 가리지도 않았다.

욕조 안이든 세면대 위든 마음이 동하면 주원은 주저 없이
해서의 속살을 꿰뚫었다. 해서 역시 응접실 소파 등받이를 붙
들고 돌아앉아서든, 혹은 한강이 내려다보이는 커다란 유리창
에 짓눌린 상태로 서서든, 몸속을 파고드는 주원을 기꺼움으
로 받아 들였다.

흡사 원초적 욕망에 사로잡힌 발정기 짐승들 같았다. 내일
이 아주 없는 것처럼 행동했다. 두 사람에게 주어진 시간이 오
로지 오늘 하루뿐인 듯 절박하게 굴었다. 해서는 주원에게 정

신없이 매달렸고, 주원은 해서에게 끊임없이 집착했다.

그러다 지쳐 체력에 한계가 오면 서로를 빈틈없이 끌어안고 쪽잠이 들었다. 허기가 지면 룸서비스로 먹을 것을 주문했다. 심지어 주원은 콘돔 박스까지 부탁해 해서를 경악하게 만들었다.

입었던 옷가지는 세탁 서비스에 맡겼다. 양말과 속옷도 벗어 보내고 대충 목욕 가운을 입고 지냈다. 주원은 목욕 가운마저 거추장스럽다며 실오라기 하나 걸치지 않은 알몸으로 스위트룸 곳곳을 활보하고 돌아다녔다. 덕분에 해서의 눈은 충분히 즐거웠다.

마치 두 사람만의 낙원에 들어와 있는 것 같았다. 매 순간순간이 꿈결처럼 흘렀다. 일분일초가 충만하고 행복하면서도 한편으로는 안타깝고 아깝기만 했다.

토요일 밤 11시경 호텔 체크인을 한 주원과 해서는 일요일 자정을 넘긴 월요일 새벽 4시 즈음 체크아웃을 했다. 에덴동산에서 추방당한 아담과 이브라도 된 듯 아쉬움 속에서 묵묵히 주니어 스위트를 떠났다.

주원은 자신의 자동차로 인제까지 해서를 태워다 주겠다며 고집을 피웠다. 고속버스 첫차를 타고 돌아가겠다는 해서의 말은 일언지하에 내쳐졌다.

반포를 벗어난 주원의 차는 곧장 올림픽 대로를 내달렸다. 해서는 쏟아지는 하품을 억지로 삼켰다. 곁에서 운전 중인 주원의 옆모습을 힐끔힐끔 곁눈질했다.

"졸리지 않아요?"

"별로. 피곤할 텐데 가는 동안 좀 자."

"나도 괜찮아요."

말이 무색하게 입이 찢어져라 하품이 터져 나왔다. 눈물을 찔끔거리는 해서에게 짧게 일별하고 주원이 나지막이 웃는다.

"계속 하품하면서?"

"산소 부족이라 그래요."

"고집 피우지 말고 자. 도착하면 깨워 줄게."

"주원 씨 운전하는데 나만 자기 싫어. 의리 없어 보이잖아요."

"그런 의리는 없어도 돼."

주원이 별걸 다 신경 쓴다는 투로 이야기했다. 해서는 자잘한 도리질을 쳤다.

"그래도 싫어요."

"고집불통."

"아무리 강주원 수석 검사님만 할까. 내가 운전한다고 해도 안 된다고만 하고."

"나도 집안 내력이야. 그래서 뭐."

주원과 기분 좋게 티격태격하면서 해서는 졸린 눈가를 벌게지도록 비볐다. 자동차가 고속 도로에 들어서자 참았던 졸음이 무섭게 몰려왔다. 저도 모르게 꾸벅꾸벅 졸기 시작했다.

혼자 고생하는 주원에게 미안해서라도 잠들지 않으려고 기를 썼다. 그럼에도 따뜻한 봄날 볕자락 아래 나앉은 병아리처럼 어느새 잠 속으로 빠져들었다.

설핏 여원잠에서 깨어 졸음이 잔뜩 묻어나는 목소리로 '지금 어디예요?'라고 물으면, 주원은 '아직 멀었어. 더 자'라는 다정한 말로 해서를 다독였다.

두 시간을 꼬박 달려 주원은 해서가 살고 있는 원룸 주차장에 차를 세웠다. 좁은 공간을 최대한 이용해서 활짝 기지개를 켰다. 팔다리가 결리고 온몸은 찌뿌드드했지만 다행히 졸리지는 않았다.

오히려 정신은 각성제를 복용한 사람처럼 말똥말똥했다. 그때그때 쪽잠으로 수면을 때우는 일에 워낙 이골이 난 데다, 일요일 하루를 꼬박 성욕을 충족시키는 행위로 허비한 덕분이다. 전두엽에서 도파민이 넘쳐 나고 있었다.

현재 시각 새벽 6시 8분.

아쉽지만 지금 바로 되짚어 서울로 돌아가야 한다. 러시아워에 교통량이 몇 배로 폭증하는 강남의 도로 사정을 감안할 때 당장 출발해도 오전 9시 출근까지 빠듯한 여정이다.

"해서……."

주원은 해서의 잠을 깨우려던 손길을 황급히 거두었다.

오늘 하루 휴가를 낼까?

충동에 가까운 생각이었다. 금방 이성을 되찾았다. 월차는커녕 주말도 반납하고 불법 장기 밀매 수사에 매달려야 하는 상황이다. 일요일 하루 쉰 것만으로도 이미 팀원들에게 민폐를 끼쳤다.

하다못해 반찬라도.

자꾸 미련이 남았다. 달게도 자는 해서의 모습을 물끄러미 들여다보고 있자니, 애처롭고 애틋해서 죽겠다.

무리하기는 했지. 24시간을 넘게 거의 잠도 못 자고 엄청 시달렸으니까.

해서의 체력 고갈에 대하여 전적인 책임을 통감하면서도 주원은 말로 표현할 수 없을 정도로 가슴이 뿌듯했다. '소년등과'로 불리며 만 20세에 사법 고시를 패스했을 때도, 날고뛰는 쟁쟁한 동기들을 전부 따돌리고 사법 연수원을 수석으로 졸업했을 때도 느껴 보지 못한 성취감이었다.

"어디예요?"

어느새 해서가 잠에서 깨어났다. 손발을 꼼지락대면서 힘겹게 눈꺼풀을 들어 올리는 모습이 귀여웠다. 요즘 시쳇말로 '세젤귀'의 화신 같았다.

"다 왔어."

"몇 시예요?"

"6시 조금 넘었어. 출근하기 전에 그나마 두 시간은 더 잘 수 있겠다."

"졸리지 않아요. 여기 오는 동안 계속 잤잖아요."

"그래도 더 자. 아침밥도 든든하게 챙겨 먹고."

"알았어요. 그나저나 주원 씨가 큰일이다. 다시 서울까지 운전해서 가려면 힘들어서 어떡해요."

해서는 안쓰러운 마음에 어쩔 줄을 몰랐다. 손을 뻗어 가슴

가슬 수염이 돋아 오른 주원의 뺨을 가만히 쓸었다. 주원이 해서의 손등 위로 자신의 왼쪽 손바닥을 살포시 겹쳤다. 전해져 오는 체온이 따스했다.

"내 걱정은 마. 이 정도는 아무것도 아니야."

"그러게 내가 운전한다니까. 아니면 고속버스 탔어도 됐는데."

해서는 미안한 마음에 공연한 사설만 길어졌다. 주원이 서름한 미소를 눈가로 피웠다.

"내가 싫어. 꼬박 하루를 힘들게 했는데 당연히 편하게 모셔야지. 게다가 아까워서 운전을 어떻게 시켜. 눈으로 보기만 해도 닳아 없어질 것 같아서 아까워 죽겠고만."

"으으, 닭살."

"진심이거든. 남자의 순정을 그런 식으로 매도하지 마."

주원이 볼멘소리를 했다. 하지만 정작 그러고 싶은 사람은 해서였다. 아직까지도 불두덩 안에서 크고 굵은 이물감이 느껴질 정도였다.

"그럼 좀 덜 괴롭히던가요. 제대로 걷지도 못하게 만들어 놓고."

"의사 선생, 이미 지난 일로 이러쿵저러쿵 맙시다."

다짜고짜 입막음부터 하려고 드는 주원을 향해 해서는 곱게 눈을 흘겼다. 손톱만큼도 밉지가 않아서 큰일이다. 이유도 없이 피식피식 웃음이 났다.

"검사 양반이야말로 할 말 없으니까."

"의사 선생이 지나치게 매력적이라 그래. 너무 예뻐서 내가 도무지 절제가 안 돼."

"치이! 세상에 핑계 없는 무덤은 없지."

입술을 삐쭉거리는 해서의 어깨를 주원이 아쉬움이 듬뿍 묻어나는 손길로 어루만졌다.

"집 안까지 데려다주고 싶은데, 그러면 월차 쓰고 여기 주저앉고 싶어질 것 같아."

"내 걱정은 말고 얼른 가요. 먼 길 가야 하면서."

"방에 불 켜지는 것까지만 확인하고 갈게."

해서는 그냥 가라고 이야기하려다 말았다. 주원은 한 번 입 밖으로 뱉어 낸 말을 주워 담는 성격이 아니다. 이 정도는 그러려니 하고 넘겨야 했다.

"도착하면 문자 줘요."

"응."

"진짜 운전 괜찮겠어요?"

"그래."

"한숨도 못 잤잖아요?"

"대신 다른 걸 충전했잖아. 비록 게이지 만땅은 못 이루었지만."

속살대는 주원의 목소리가 음흉스러웠다. 다른 것의 정체는 굳이 물어볼 필요조차 없었다.

"아우, 내가 진짜……."

"좋다고?"

"말을 말아야지. 나, 가요."

한소리 타박을 보태 주고 해서는 주섬주섬 가방을 챙겼다.

"몸조심해."

"당신도요. 너무 무리하지 말고요."

"의사 선생이나 무리하지 마."

"내 걱정은 마요."

"네 걱정밖에 안 돼."

"내 앞가림은 할 줄 알아요."

"그래서 더 걱정이야. 스스로 앞가림을 너무 잘해서."

모순 덩어리 말을 주원은 아무렇지도 않게 잘도 주워섬겼다. 해서는 아쉬움을 애써 접으며 재빨리 자동차에서 내렸다. 지금 내리지 못하면 가지 말라고 주원을 붙잡고 말 것만 같았다. 차창 너머로 손을 흔들어 주고 등을 돌렸다.

씩씩한 발걸음을 내딛어 건물 현관으로 향하는데, 등 뒤에서 주원이 '해서야'라고 이름을 부른다. 뒤돌아서서 쳐다보자 가까이 오라며 손가락을 까딱거렸다. 해서는 운전석 출입문을 열고 나오는 주원을 향해 한달음에 달려갔다.

"왜요?"

"차비는 주고 가야지."

"네?"

어리둥절해하는 해서의 입술을 연한 미소를 머금은 주원의 입술이 덮쳤다.

　　"압색 영장 나왔어?"

　　주원은 회의실 안으로 들어서기가 무섭게 호스피아와 한울 타리 정신요양병원에 대한 압수 수색 영장 실질 심사 결과부 터 물었다.

　　광현이 심각한 표정으로 고개를 가로저었다.

　　"기각됐습니다."

　　광현이 말 끝자락에 기다란 어깻숨을 덧붙였다. 불그죽죽한 낯빛이 잔뜩 열이 올라 있는 눈치였다. 울화가 치밀기는 주원 도 마찬가지였다. 압수 수색 영장 사유가 너무도 확실해서 도 저히 기각이 나올 수 없는 상황이었다.

　　"영장 심사한 새끼 누구야?"

　　"오민석 판사라고 연수원 30기던데. 형님 아세요?"

　　"내가 그딴 새끼를 어떻게 알……."

　　주원의 머릿속에 퍼뜩 떠오르는 이름이 하나 있었다.

　　"이름이 오민석이라고?"

　　"예."

　　"그 새끼 서울서부지법 형사 6부에 있는 거 아니었어?"

　　"작년에 서울중앙지법 영장 심사 전담 판사로 전보 발령받 았잖아요. 압색이고, 구속이고 영장이란 영장은 전부 막내들 이 알아서 다 치니까 우리 수석 검사님은 도통 이쪽 소식을 못 들으셨겠네."

"누구 라인이야?"

"전임 대법원장요."

"새끼줄 기똥찬 것 잡았네."

"그것 띄어쓰기가 새끼줄이에요, 새끼 줄이에요?"

광현이 아무짝에도 쓸모없는 헛소리를 해 댔다. 주원은 단칼에 잘랐다.

"됐고. 양승엽 전임 대법원장이랑 백영택 회장 같은 고향 출신이지?"

"예, 경북 포항. 유명하잖아요, 영일만 친구들."

"박태수랑 김선종이랑 접촉한 적 있다고 했지?"

"우리 능력 쩌는 빨대 얘기로는 김선종 경북지사 아들이 약 처먹고 교통사고를 냈는데 심장이 아작 났대요. 여기까지는 확인된 팩트예요. 그래서 그럴싸한 소설을 하나 쓰자면 누군가로부터 심장을 사서 비밀리에 이식 수술을 받은 게 아닌가 싶다고 하네요."

광현이 쓰게 웃었다. 주원도 헛웃음밖에 안 나왔다.

"교통사고는 언제 난 거야? 기서도랑 김 지사 아들놈이랑 묶을 수 있겠어?"

"아니요. 시기가 안 맞아요. 기서도 심장은 다른 놈한테 갔을 거예요."

"알았어. 백영택 회장 요즘 어디서 지내는지 알아봐."

"백 회장은 또 왜요?"

"새끼줄을 끊어 버리려고. 압색 영장 기각, 백영택 회장 입

김인 것 뻔하잖아. 다시는 그딴 짓 못 하도록 혼꾸멍내 놓아야
지."

주원은 자신에 차 있었다. 더러웠던 기분이 이제 좀 나아지
는 듯했다. 광현이 기대감을 가지고 물었다.

"어떻게요?"

"폭탄 투하."

"예?"

"그런 게 있어. 백 회장 소재 파악되는 대로 알려 줘."

"알겠습니다. 성공 수기 기다릴게요."

광현이 회의실을 나서는 주원의 뒷등에 대고 말했다. 주원
은 씨익 웃으며 허공중에서 한차례 손을 흔들었다.

"오냐."

❀　　　　❀　　　　❀

단단히 빗장이 걸려 꿈쩍도 안 하는 솟을대문을 주원은 발
로 뻥 걷어찼다. 우지끈하는 소리와 함께 돌쩌귀가 떨어져 나
갔다. 덜렁거리는 문짝을 팔로 확 밀치고 대문 안으로 들어섰
다.

시커먼 양복을 차려입은 사내 여럿이 너른 마당을 가로질러
주원 쪽으로 황급히 달려온다.

주원은 사내들을 향해 주먹을 내지르고 발길질을 날렸다.
연달아 다섯을 해치운 주원의 앞을 자그마한 체구의 여자가

가로막고 섰다. 주원은 싸늘하게 식힌 눈동자를 여자의 정수리에 꽂았다.

희끗희끗 센 머리카락을 곱게 쪽지고 있는 여자는 일명 방석집이라고도 불리는 최고급 한식당 '도담'의 사장 조승아다. 이곳의 실질적 소유주인 전(前) 조동일보 회장 백영택의 내연녀이기도 하다.

재작년 영택의 비자금을 털 때 주원은 도담을 제집인 양 시도 때도 없이 드나들었다. 이곳을 통해 돈세탁이 이루어지고 있었기 때문이다.

"강 검사님, 남의 영업장에서 이러시면 곤란해요."

"대문은 죄송하게 됐습니다. 손해 배상 청구하십시오."

"내가 문짝 값 물어 달라고 이러는 것 아니잖아요. 저게 몇 푼이나 한다고."

"몇 푼 안 하는 거니까 물어 드릴게요. 꼭 손해 배상 청구하세요."

주원은 일부러 '꼭'이란 단어에 강세를 두어 말했다. 이미 인터폰으로 공무 집행 때문에 왔다는 이야기를 수차례 반복한 상태였다. 대문을 부순 행동은 지나친 감이 없지 않아 있지만 경위서를 쓰는 한이 있어도 도담에 반드시 들어와야 했다.

"우리 강 검사님, 공사 구분 확실한 건 여전하시네."

"그러라고 나라에서 귀한 세금으로 월급 주는 것 아니겠습니까."

"너무 야박하게 이러지 말고 우리 저쪽으로 가요. 내가 주방에다 얘기해서 맛있는 걸로 금방 한 상 봐 오라고 할 테니까. 하필 오늘 영업 안 하는 날인데 오셔 가지고."

승아가 주원의 팔짱을 끼며 '아휴' 하고 한숨을 쉬었다. 누가 보면 주원에게 맛있는 것을 못 먹여서 속상해 죽겠다고 할 표정이다. 주원은 속으로 혀를 내둘렀다.

하늘의 뜻을 깨달아 알게 되는 나이라는 지천명을 넘긴 여우는 이래서 무섭다.

하기는 이 정도 짬밥이 되니까 능구렁이 영감탱이랑 20년을 넘게 붙어먹는 거겠지만.

"조 사장님, 저 옷 벗기시려고요?"

주원은 실실 웃으면서 승아의 팔짱을 걷어 냈다. 승아가 깔깔깔 웃는다.

"우리 강 검사님은 농담도 잘해."

"조 사장님이 차려 주시는 밥상 받으면 저 검사 복 벗어야 돼요. 김영란법 때문에 난리도 아닌 것 다 아시면서."

실없는 놈처럼 헤실바실 이야기하고 주원은 얼굴색을 싹 바꾸었다.

"백 회장님 어디 계십니까? 다 알고 왔으니까 여기 없다는 소리는 넣어 두시고요."

길게 꼬리를 올린 승아의 눈동자가 파드닥 흔들렸다. 그런데도 당황한 기색 없이 웃는 낯으로 대답했다.

"우리 오늘 영업하는 날 아니라고 했잖아요."

"조 사장님 세무 조사 한 번 받아 보실래요? 국세청에 전화한 통 넣어 드려요?"

명명백백한 협박이었다. 승아가 좁은 미간 위로 날카로운 빗금을 새기며 아랫입술을 깨문다. 주원은 쇠뿔을 단김에 뽑았다.

"아니면 제가 또 털어 드릴까요? 그동안 우리 백 회장님 비자금을 얼마나 쌓아 놓으셨나, 갑자기 궁금해지네."

"오랜만에 편히 쉬신다고 오셨는데……."

"잠깐이면 됩니다. 오늘 동석하신 분한테 볼일이 있어서요. 백 회장님과는 상관없는 일이니까 조 사장님은 신경 안 쓰셔도 됩니다."

"진짜 우리 회장님이랑은 상관없는 거죠?"

승아가 도저히 못 믿겠다는 표정으로 되물었다. 백 회장과 상관없는 일이라면서 굳이 영택과 함께 있을 때를 노려 도담으로 찾아온 주원의 저의가 궁금할 것이다. 주원은 말끔한 얼굴로 시치미를 쳤다.

"그럼요."

"……별채에 계세요."

짧은 묵례를 하고 주원은 너른 마당을 돌아 별채 쪽으로 길을 잡았다. 일각 대문을 지나 별채로 들어서자마자 시커먼 양복 차림의 사내 둘이 다시 주원을 향해 달려온다. 주원은 지긋지긋하다는 식으로 으르렁거렸다.

"어떤 새끼든 내 몸에 손가락 하나라도 대 봐. 공무 집행 방해로 다 잡아 처넣을 거니까."

당당하고 대찬 주원의 기세에 쭈뼛쭈뼛하면서도 사내들은 기어코 주원의 가는 길을 막아섰다. 주원은 버럭 고함을 내질 렀다.

"씨팔! 안 비켜!"

사내들의 시선이 주원의 뒷등 쪽 승아에게 쏠렸다. 어떻게 해야 하냐고 눈으로 묻는 것이다. 승아가 살짝 고개를 끄덕였 다. 그제야 시커먼 양복 차림의 사내들이 옆으로 비켜섰다.

주원은 성큼성큼 별채 작은 마당을 가로질러 댓돌 위로 올 랐다. 굳게 닫힌 세살 분합 들장지문 너머로 목소리를 날렸다.

"백영택 회장님. 강주원입니다."

공손하기는커녕 대놓고 삐뚜름한 말투였다. 방 안에서는 아 무런 대꾸도 없었다. 주원은 속으로 열까지 세고 다시 목소리 를 날렸다.

"제가 들어갈까요? 회장님이 나오시겠습니까?"

"그 화상 들여보네."

영택의 허락이 떨어졌다. 주원은 시커먼 양복 차림의 사내 들이 열어 주는 세살 분합 들장지문을 유유히 지나 방 안으로 들어갔다.

주원은 윗목에 앉은 김선종 경북지사와 박태수 한울타리 정 신요양병원장은 본 척도 하지 않았다. 산해진미로 화려한 열 두 첩 반상 너머 상석을 차지한 백영택 회장에게 시선을 고정 시켰다. 인사도 없이 불쑥 본론부터 꺼냈다.

"회장님께서 명하신 대로 평창동 '호스피아'를 먼지 한 톨까지 탈탈 털었습니다. 제가 엄청 흥미로운 걸 발견했는데요. 돈 많고 힘 있는 분들이 거기만 갔다 오면 다들 회춘을 하시더란 말입니다. 젊고 튼튼한 장기를 새로 구비한 사람들처럼."

영택이 고개를 뒤로 젖히고 껄껄껄 웃었다. 한바탕 파안대소를 하고 나서 주원에게 손짓을 했다.

"그쪽에 대충 앉아."

"아닙니다. 어르신들 식사하시는데 저 같은 잔챙이가 끼어 봤자 체하기밖에 더 하겠습니까. 제가 생긴 거랑 다르게 낯을 좀 가려서요."

꾸뻑 인사하고 등을 돌리다가 마치 방금 생각났다는 듯이 주원은 선종을 불렀다.

"김 지사님, 얼마 전에 아드님이 심장 이식 수술받으셨지요?"

다짜고짜 물어 놓고, 대답은 듣지도 않고 주원은 태수 쪽으로 시선을 옮겼다.

"박 원장님, 기서도 씨라고 아시죠? 강원도 인제 한울타리 정신요양병원 일반 병동 입원 환자. 그리고……."

일부러 뜸을 들이다가 느릿느릿 말소리를 이었다.

"지난여름 관악산 장군봉 인근 등산로에서 장기 없는 시신이 한 구 발견됐잖습니까. 그게 기서도 씨더라고요."

핏기 없는 얼굴로 앉은 김선종과 딱딱하게 굳은 표정의 박태수를 주원은 번갈아 가며 한 번씩 쳐다보았다. 목젖을 치고 올라오는 욕지기를 가까스로 눌러 삼켰다.

"누구는 심장을 도둑맞고, 누구는 아무도 몰래 새 심장을 이식받고."

"이봐, 강 검사!"

영택이 제동을 걸고 나섰다. 주원은 넉살 좋게 웃었다.

"별 뜻 없이 한 말입니다. 그냥 신기해서요. 기서도 씨 심장이 우리 김 지사님 아드님한테 갔다고는……. 아휴, 무슨 그런 끔찍한……. 사람이 할 짓이 아니죠. 인두겁을 뒤집어쓴 씨팔 놈의 개새끼들이라면 또 모를까."

끝까지 웃으면서 빈정거려 주고 주원은 방을 나섰다. 목표한 대로 폭탄 투하를 무사히 끝마쳤다. 이제 폭탄을 끌어안고 다 같이 죽든가, 저라도 살겠다며 서로 개싸움을 시작하든가. 그것이야 저들 셋이 알아서 할 문제였다.

부끄러운 줄 알아야지.

세상 진짜 좆같아서.

댓돌 위에 벗어 둔 구두를 찾아 신으며 주원은 재킷을 공연히 탈탈 털었다.

비밀의 문

해서는 손으로 입을 가리고 하품을 쏟았다. 봄도 아닌데 춘곤증이 밀려왔다. 주말에 무리를 했다고 그 여파가 며칠째 계속 이어지고 있었다.

불과 몇 년 전만 해도 하루 두 시간씩만 자고도 잘만 버텼는데. 그 힘들다는 인턴과 레지던트 과정을 탈 없이 잘도 이수했는데.

"이제 나도 늙었구나."

씁쓸한 혼잣말이 늘어지는 하품에 섞여 터져 나왔다. 하기는 서른둘이면 주위에서 슬슬 노땅으로 부를 때가 되었다. 게다가 이제 11월로 들어섰으니 얼마 지나지 않아 해가 또 바뀐다.

한 살을 더 먹어 서른셋. 여태 무엇을 하고 살았나 싶었다.

서른셋에 예수는 인류를 구원하고 알렉산더 대왕은 세계를 정복했는데. 그러고 보니 둘 다 그 나이에 죽었다. 예수는 반역죄로 십자가에서 처형 당했고 알렉산더 대왕은 원정길에 얻은 풍토병으로 사망했다.

또 누가 서른셋에 죽었더라?

아! 김광석.

하루하루 이별하며 멀어져 가는 청춘을 노래한 그도 서른셋에 생을 마감했다. 해서는 서른셋이라는 나이가 갑자기 슬퍼졌다.

영원히 오지 않았으면 좋겠다는 허황된 생각을 하며 반쯤 마시다가 만 커피를 한입에 털어 넣었다.

느릿한 걸음을 내딛어 창가로 다가갔다. 찬 공기를 쐬면 흐리멍덩한 정신이 번쩍 차려질까 기대했다.

투명한 유리창 너머로 보이는 세상은 그야말로 늦가을의 정취를 물씬 풍겼다.

어느새 절정을 지나 빛바랜 단풍은 스스로를 불살라 제 마지막을 준비하고 있었다. 낙엽으로 지는 그 모습이 덧없다기보다 눈물겹도록 사랑스러웠다.

저 징글징글한 쇠창살만 없다면 문자 그대로 절경이었을 텐데.

옥에 티다, 옥에 티.

소리 없이 혀를 찬 해서는 창문을 열었다. 상담실 안으로 들이치는 가을바람이 선득했다.

이번 주 들어서면서부터 기온이 급격하게 떨어진 탓이다. 일교차도 심해져 아침저녁으로 부는 바람에는 추위마저 느껴질 정도였다.

겨울이 다른 곳보다 일찍 찾아드는 산간 지방답게 며칠 사이 응봉산 정상에 눈이 올 것이라는 소리가 심심치 않게 돌았다.

하얀 자작나무 숲에 소복소복 백설이 쌓이면 얼마나 아름다울까?

눈에 보이는 것마다 온통 새하얘서 별천지가 따로 없겠지.

해서는 사진으로만 본 풍광을 머릿속으로 끌고 와 상상하며 흐뭇해했다.

그때 열린 창문 너머 쇠창살 틈으로 검붉게 타들어 간 단풍잎이 찬바람을 타고 날아들었다. 무의식중에 팔을 뻗어 추락하는 낙엽을 붙잡았다. 어쩌다 보니 쇠창살을 함께 붙들었다.

해서의 손바닥 안에서 단풍잎은 바스러지고, 쇠창살은 부러졌다.

"이게 무슨……."

기가 막혔다. 어찌나 황당한지 다리에서 힘이 다 풀렸다. 털썩 바닥에 주저앉고 말았다.

내가 갑자기 원더 우먼이나 블랙 위도우가 된 것은 아닐 테고.

해서는 동강 난 쇠창살을 꼼꼼하게 살펴보았다. 잘린 단면이 제법 깔끔했다. 실톱 같은 것으로 일부러 잘라 낸 것이 틀림없었다.

누가?

글쎄…….

하필 그때 짜증이 묻어나는 목소리가 창문 너머에서 어렴풋이 들렸다.

"추운데, 왜?"

이소정 사무장이다.

"답답하니까 이러지."

불뚝대는 말소리는 폐쇄 병동 수간호사 이병철이다.

해서는 본능적으로 납작 몸을 엎드렸다. 숨도 한껏 죽였다.

"네가 답답할 게 뭔데?"

"오빠한테 네가 뭐냐?"

"지랄! 동갑내기 사촌끼리 오빠, 동생 따지는 것 안 웃겨?"

"피를 나눈 사촌이니까 굳이 따지지. 쌍둥이는 1분만 먼저 태어나도 형이야. 너랑 나는 반년이나 차이 나잖아."

"아이고. 그래, 알았다. 오빠 네가 답답할 게 뭔데. 됐냐?"

"가시나, 성질머리 하고는. 압색 영장이 나올 것 같다는 건 어떻게 됐어?"

"아버지 말씀이 증거 불충분으로 기각됐대."

"진짜?"

"당연하지. 영장 막으려고 쓴 돈이 얼만데. 재계뿐 아니라 정치권까지 연줄이란 연줄은 전부 동원했잖아."

"이야! 우리 병원장님 빽 대단하네."

"한동안 몸 사려야 할 거야. 아버지가 작업장도 닫으래."

"얼마나?"

"상황 봐서 짧으면 반년, 길면 1년을 넘길 수도 있고."

"이러면 나 언제 10억 만들어서 한국 뜨냐."

소정과 병철의 대화 소리가 점차 멀어져 갔다. 어떠한 말소리도 들리지 않고, 아무런 인기척이 느껴지지 않아도 해서는 숨을 죽인 상태 그대로 있었다.

이제 댕강 잘린 쇠창살 따위는 해서에게 아무것도 아니었다. 방금 엿들은 이야기가 수천수만 배는 더 중요했다. 그녀는 여전히 바닥에 몸을 납작 웅크리고 앉아 머릿속으로 차근차근 복기해 나갔다.

하나, 이소정과 이병철은 동갑내기 사촌 지간이다.

둘, 박태수와 이소정은 부녀 지간이다. 두 사람의 성(姓)이 서로 다른 것으로 보아 소정은 태수의 혼외자일 것이다.

셋, 박태수가 불법 장기 밀매 조직의 우두머리다.

넷, 이소정과 이병철은 불법 장기 밀매 조직의 일원이다. 핵심 역할을 맡고 있는 것으로 추정된다.

다섯, 한울타리 정신요양병원에 대한 압수 수색 영장이 증거 불충분을 이유로 기각되었다.

여섯, 박태수는 한동안 작업장을 닫기로 결정했다.

복기를 모두 마친 해서는 주원의 당부이자 충고이면서 경고이기도 한 말을 떠올렸다.

"섣불리 나서지 마라. 무엇을 알고 있다는 내색은 일절 하지 마라. 위험하다 싶으면 무조건 도망쳐라."

주원이 누누이 강조했다. 심지어 해서한테 복창까지 하도록 시켰다.

위 세 가지 사항을 반드시 지키겠다는 약속 없이는 한울타리 정신요양병원으로 돌아갈 수 없다고 아예 못을 박기도 했다. 긴급 체포로 구속을 하든지, 강제 구금을 해서라도 해서가 돌아가지 못하도록 만들겠다며 엄포를 놓았다.

지난 월요일 새벽 헤어짐의 아쉬움을 뜨거운 입맞춤으로 대신하고 해서는 약속했다. 주원을 믿고 얌전히 기다리겠다고.

그때 주원은 한울타리 정신요양병원에 대한 압색 영장이 며칠 안에 발부될 것이라고 이야기했다.

"영장요?"

"응. 작업장을 찾으려면 압색 영장이 필요하거든."

"작업장이라는 게 장기를 적출하는 장소를 말하는 거예요? 수술방 같은."

"맞아."

"작업장이 한울타리 정신요양병원 내부에 있다고 추정하는 이유는요? 보통 적출과 이식은 동일 장소에서 이루어지는 걸 원칙으로 해요. 이식 수술은 얼마나 신속하고 얼마나 정밀하게 진행하느냐가 성패를 좌우한다고 해도 과언이 아니거든요."

"그거야 일반적인 경우고. 도너를 이식 수술장으로 빼돌리는 건 위험 부담이 컸을 거야. 마취 약물로 심정지를 유도했다면 시간적인 제약도 많이 받았을 테니까."

"적출한 장기만 아이스박스에 담아 외부로 가져가는 게 용의하기는 하겠네요. 남들 눈에 띄지도 않고. 어디 있을 것 같아요?"

"작업장?"

"네. 짚이는 데 있어요?"

"아무래도 사람들 출입이 엄격하게 통제되는 폐쇄 병동에 있을 확률이 가장 높지."

"딱 지하실이네."

그때나 지금이나 해서의 결론은 동일했다. 분명 작업장은 폐쇄 병동 지하에 있을 것이다. 90% 이상 확신이 들었다. 해서는 기회를 보아 직접 작업장을 찾아 나서야겠다고 생각했다.

법원에서 범죄 사실 입증에 대한 자료가 불충분하다는 사유로 압수 수색 영장을 기각했다는 것이 마음에 걸렸다. 다시 영장을 발부 받으려면 입증 자료를 보강하고, 작업장이 한울타리 정신요양병원 내부에 존재함을 증빙하는 길밖에 없다.

그 사실을 입증하기 위해 압수 수색 영장을 청구한 것인데, 참으로 아이러니였다.

게다가 정·재계 인사들과의 개인적인 친분과 막강한 자금력을 앞세운 태수의 로비는 앞으로도 계속될 공산이 컸다. 불법 장기 밀매 수사는 난관에 부딪쳐 답보 상태에 빠질 것은 불을 보듯이 뻔했다.

누군가는 반드시 이 문제를 해결해야 하고, 방법은 작업장의 정확한 위치를 찾는 것뿐이다.

이 일의 적임자는 자신밖에 없었다. 그렇다면 기꺼이 총대를 메야지, 별수 있나.

✿　　　✿　　　✿

해서는 계단 난간을 붙잡은 오른손에 더한 힘을 실었다. 평상시 바쁠 때면 승강기를 기다리지 않고 오르내리던 비상구가 오늘따라 낯설게 느껴졌다. 발길이 위층 입원실이 아닌 아래층 지하실로 향하기 때문인 듯했다.

하릴없이 심장이 콩닥콩닥 뛰었다. 난간을 붙들고 걷는 발걸음도 어딘지 모르게 어색했다. 그냥 돌아갈까, 하는 마음이 순간적으로 들었다.

그녀 혼자서 폐쇄 병동 지하를 뒤지고 다녔다는 사실을 주원이 안다면 펄쩍펄쩍 뛰고 난리가 날 것이 분명했다.

그래도 누군가는 해야 할 일이다.

더 이상의 희생자는 없어야 한다.

막을 방법이 있다면 위험을 감수하더라도 최선을 다하는 것이 맞다.

새롭게 각오를 다진 해서는 두려운 마음을 차분하게 가라앉혔다. 한차례 심호흡을 하고 폐쇄 병동 지하로 내려가는 계단을 빠른 속도로 밟아 나갔다.

스산한 기운이 감도는 지하실 복도는 어두침침했다. 군데군데 형광등이 나간 자리가 눈에 띄었다.

그나마 남은 몇 개도 수명이 다한 듯 돌아가면서 불규칙하게 한 번씩 깜빡깜빡 점멸했다.

해서는 저도 모르게 부르르 어깨를 떨었다. 형광등이 깜빡거릴 때마다 공연히 등골이 으슬으슬했다. 아무 이유 없이 연신 뒤를 힐끔힐끔 돌아다보았다. 행여 누가 있지나 않을까, 숨어서 지켜보는 눈은 없는지 쓸데없는 상상력이 머릿속을 활보했다. 심장이 쿵쾅쿵쾅 뛰었다.

당연한 일이지만 해서의 뒷등 너머에는 아무도 없었다. 여기저기 둘러보고 요모조모 훑어보아도 지하실 자체가 앞뒤가 뻥 뚫린 공간이라 딱히 몸을 숨길 만한 곳도 없었다.

그런데도 안심이 되기는커녕 입안만 빠짝빠짝 타들어 갔다. 해서는 혀로 입술을 적시고 마른침을 삼켰다. 건조해서 더 좁아진 목구멍을 타고 침 넘어가는 소리가 유독 크게 울렸다. 긴장감이 말도 못 했다.

손바닥 안쪽 빼곡히 들어찬 식은땀을 가운 자락에 문질러서 닦았다.

"시작해 볼까."

해서는 일부러 소리를 내어 이야기했다. 빠듯한 긴장감을 조금이나마 누그러트리려는 의도였다.

일직선으로 난 복도를 중심으로 양쪽으로 늘어선 여닫이문

들을 하나씩 차례대로 열어 나갔다. 모두 전자식 잠금장치가 작동 중이라 아이디카드를 이용해 출입문을 열었다.

제일 먼저 비품 창고가 나왔다. 환자복과 침상 시트는 물론이고 페이퍼 타월과 화장지 등 병원에서 사용하는 비의약품이 슬라이딩 책장 형태의 목재 선반마다 하나 가득하다.

다음은 의약품 보관소였다. 거즈, 주사기, 라텍스 장갑 등의 일회용품과 소독약, 링거액 등 단순 의약품이 선반에 차곡차곡 쌓여 있다. 마약성 진통제인 모르핀처럼 처방에 엄격한 규제를 받는 특수 의약품은 일반 병동에 관리실을 두고 따로 보관하고 있다.

세 번째 방에서는 낡고 오래된 사무기기와 부서지거나 고장 나 더 이상 사용하기 어려운 침상들이 보였다. 이후로도 별다를 것 없는 방들이 계속 이어졌다. 병원 내 온갖 잡동사니를 모아 둔 창고와 빈방들 뿐이었다.

복도 끝에 위치한 마지막 방에 다다랐다. 삑, 하는 전자음과 함께 잠금장치가 풀렸다. 해서는 출입문을 열기 전 한차례 숨을 골랐다.

만약 이곳이 작업실이라면 이처럼 수월하게 잠금장치가 풀릴 리가 없다고 생각하면서도 기대감을 가지고 출입문을 밀었다.

아무런 저항 없이 여닫이가 열렸다. 방 안을 보자마자 해서는 실망에 찬 어깻숨부터 내쉬었다.

기대했던 수술대와 무영등 대신 누렇게 변색된 종이 더미와

희뿌연 먼지 가루를 뒤집어쓴 상자만 가득하다. 전부 수작업으로 써 놓은 옛날 차트들이다. 허탈했다.

"이럴 리가 없는데. 이러면 안 되는 거잖아."

현실을 부정하며 해서는 방 안을 보았다가, 출입문 밖의 복도를 보았다가 고개를 수도 없이 이쪽저쪽으로 휘돌렸다.

"지하가 아니라면 대체 작업실은 어디……. 잠깐."

머릿속으로 무엇인가가 스쳐 지났다. 해서는 복도 맞은편 방을 향해 뛰었다. 잠금장치를 풀고 출입문을 기세 좋게 열었다. 그 상태로 지하에 있는 모든 방을 되짚어가며 일일이 확인했다.

복도를 기준으로 왼쪽에 있는 방과 오른쪽에 위치한 방의 크기가 확연하게 다르다. 왼쪽이 오른쪽에 비해서 배는 더 크다. 왼쪽에 위치한 방들은 주로 부피가 큰 잡동사니들을 모아 두는 창고로 쓰이고 있다. 반면 오른쪽은 빈방이든 아니든 일률적으로 슬라이딩 책장 형태의 목재 선반이 벽면을 차지하고 있다.

해서는 눈을 감고 폐쇄 병동 1층의 구조를 떠올렸다. 그 위에다 지하층의 구조를 그대로 덧입혔다. 건물 오른쪽으로 커다란 여백이 생겼다. 오른쪽 방들의 뒤편에 숨은 공간이 존재한다는 추론이 가능했다. 지하라 건물 외부에서 곧장 들어올 방법이 없으니, 내부와 연결된 비밀 통로가 분명 있을 것이다.

해서는 다시 오른쪽 방들을 하나하나 파악해 나갔다. 먼지를 머금은 옛날 차트로 가득한 방 앞에서 고개를 가로저었다.

이곳은 확실히 아니다. 장기를 적출하는 작업장 안팎은 수술장과 마찬가지로 최선의 청결을 요구했다.

비의약품과 의약품을 구분 지어 보관 중인 비품 창고 두 개도 별다른 확인 절차 없이 곧바로 출입문을 닫았다. 직원들이 수시로 드나들 여지가 있는 곳에 비밀 통로를 만든다는 것은 무리수에 가까운 선택이었다.

몇 개의 방을 더 지나쳐 해서는 텅텅 빈 방 안으로 들어갔다. 내부에 아무것도 없는데 묘하게 이질감이 느껴졌다. 출입구 쪽을 제외한 세 개의 벽면을 온통 차지하고 있는 슬라이딩 책장을 쓰윽 손바닥으로 문질러 보았다. 먼지 한 톨 없이 깨끗했다.

여러 개의 책장을 무조건 한쪽으로 밀었다. 밀고, 또 밀고, 다시 밀었다. 슬라이딩 책장이 밀려 나갈 때마다 그 뒤에 숨어 있던 두꺼운 철제문이 서서히 제 모습을 드러냈다.

"빙고."

마침내 찾았다는 기쁨도 잠시, 해서의 아이디카드는 더 이상 작동하지 않았다. 철제문에 부착된 전자식 잠금장치 화면에 키패드가 뜨면서 비밀번호를 입력하라는 안내문이 보인다. 혹시나 하는 마음에 한울타리 정신요양병원 자체 의료 정보 시스템에 접속할 때 사용하는 비밀번호를 눌렀다. 역시나 삐이익, 경고음이 울렸다.

"안 돼. 나한테 이러지 마."

안타까움에 혼잣말이 저절로 쏟아졌다.

다 왔는데. 이 문만 통과하면 되는데.

정말이지 울고 싶은 심정이었다. 발을 동동 구르다 강제로라도 철제문을 열 방법을 찾아 주위를 두리번거렸다. 벽면을 빙 둘러서 있는 슬라이딩 책장 말고는 무엇 하나 눈에 띄지 않았다.

"오늘은 여기까지 하자. 작업실의 정확한 위치를 파악한 것만으로도 큰 수확이야. 잘했어, 장해서. 아주 칭찬해."

해서는 오른손으로 제 왼쪽 어깨를 두드리며 스스로를 달래고 격려했다. 여기까지 와서 물러서야 한다는 것이 억울하고 아쉬웠다. 그러나 어쩔 수 없는 상황이었다. 다음을 기약하기로 했다.

내일이든 모레든 다시 오면 된다. 하다못해 장도리라도 한 자루 구해서 가져와 철제문에 달린 잠금장치를 깨부수자고 마음먹었다.

슬라이딩 책장을 제자리로 밀었다. 폐쇄 병동 지하와 작업실을 연결해 주는 통로로 추정되는 비밀의 문은 감쪽같이 눈앞에서 사라졌다. 마치 아무 일도 없었다는 듯이, 흡사 아무것도 아니라는 듯이.

해서는 텅 빈 방 안을 한차례 휘돌아본 후 복도로 나왔다. 출입문을 닫고 돌아서는데 어두컴컴한 그림자가 눈앞을 뒤덮었다.

"엄마야!"

소스라치게 놀란 해서는 그대로 바닥에 풀썩 주저앉고 말았다. 사납게 옥죄는 심장을 양손으로 부여잡는 해서의 머리 위로 짙은 음영이 성큼 다가왔다.

"뭘 그렇게 놀라세요?"

엷은 웃음을 머금은 부드러운 목소리가 해서의 정수리로 떨어졌다. 해서는 안도의 한숨과 함께 놀란 가슴을 쓸어내렸다.

"유인호 선생님?"

"괜찮으세요?"

인호가 몸을 일으켜 세우는 해서의 왼팔을 붙잡아 부축했다. 해서는 오른손을 들어 괜찮다는 표시를 하고 맥없이 풀린 다리에 억지로 힘을 넣었다.

"선생님 때문에 놀랐잖아요."

"죄송해요. 이 방에서 누가 나올 거라는 생각을 못 했어요. 지하에는 어쩐 일이세요?"

인호가 물었다. 평소와 다를 바 없는 서글서글한 미소가 갸름한 얼굴에 넘쳤다. 해서는 미리 준비해 놓은 답변을 막힘없이 술술 이야기했다.

"새 형광등 가지러 왔어요. 개별 상담실 형광등 하나가 수명이 다했는지 자꾸 깜빡거려서요. 오랜만에 논문 자료 좀 정리해 볼까 했는데, 영 도와주지를 않네요."

"오장희 씨 부르지 그랬어요?"

"아무리 찾아도 아저씨가 안 보이더라고요. 이미 퇴근 시간도 한참 지났고 해서 제가 그냥 형광등 가져다 갈려고요."

"오장희 씨는 24시간 상근직인데, 무슨 퇴근이에요."

"그래도 미안하잖아요. 늦은 시간에 일 부탁하기 좀 그렇더라고요."

"아무튼 우리 장해서 선생님은 너무 착해. 지나칠 정도로 착하다니까."

칭찬인데도 칭찬으로 들리지가 않았다. 해서는 자신이 과민 반응을 보이는 것 같아 부러 더 활짝 웃었다. 애써 비트는 입가가 딱딱했다. 인호에게 어색한 모습으로 비쳐지지 않기만을 바랐다.

"유인호 선생님은 어쩐 일이세요? 폐쇄 병동 쪽으로 잘 안 오시잖아요."

"일반 병동에서 근무하니까 이쪽으로 넘어올 일은 거의 없죠."

"그러니까요."

"그런데 제가 왜 왔을까요?"

의미심장하게 묻고, 인호가 빙그레 미소를 지었다. 고개를 한쪽으로 갸웃 기울인 얼굴이 불현듯 섬뜩하다. 색소가 연한 갈색의 하백안이 형광등 불빛에 비껴 투명한 유리알처럼 번들거린다.

"갑자기 무슨……"

해서는 본능적으로 뒷걸음질을 쳤다. 몇 발짝 가지도 않아 단단한 콘크리트 벽이 뒷등에 닿았다.

"그러게. 갑자기 네가 왜 이렇게 예뻐 보이지?"

인호가 벌어진 간격을 좁히면서 다가왔다.

"장난치지 마세요."

해서는 가까이 다가오는 인호를 피해 왼쪽으로 몸을 틀었
다. 한 발짝도 앞으로 나아가지 못했다. 인호가 오른쪽으로 움
직여 해서의 앞을 막아섰기 때문이다.

"이게 장난 같아?"

"이러지 마세요."

해서가 오른쪽으로 방향을 돌리자 인호 역시 왼쪽으로 걸음
을 옮겼다.

"뭘 이러지 마?"

"가게 해 주세요."

"내가 왜?"

인호가 바짝 다가와 전신을 밀어붙이는데도 해서는 도망칠
수가 없었다. 사면초가였다. 앞은 인호가 가로막아 섰고, 뒤로
는 온통 막다른 벽만 존재했다. 공포가 엄습해 왔다.

인호가 두 팔을 각각 해서의 관자놀이 옆에 바짝 붙여 놓았
다. 팔꿈치 아랫부분으로 벽면을 짚고 아주 좁다랗게 해서를
가두었다.

"유인호 선생님……."

"저런! 틀렸어. 교수님이라고 불러야지."

인호가 끌끌 혀를 찼다. 해서의 다갈색 눈동자가 빠르게 팽
창하며 화등잔만 하게 커졌다. 대학병원 수술방에서 오랫동안
근무했다던 인호의 이력이 떠올랐다.

"……마취과 전문의."

"이런! 알고 있었네. 너처럼 평범한 의사들은 나 같은 비범한 의사를 부를 때 신의 경지에 올랐다고 한다지?"

인호가 차고 건조한 손가락을 들어 헝클어진 해서의 머리카락을 천천히 쓸었다. 해서는 저도 모르게 덜덜덜 몸을 떨었다. 어깨에서부터 손목까지 팔 전체로 좁쌀 같은 소름이 오종종 돋아 올랐다.

인호가 바투 몸을 붙여 해서를 완전히 벽에다 밀쳐 놓고 깔아뭉개듯이 온몸을 짓눌렀다. 해서는 피가 나도록 입술을 짓씹어 터지는 비명을 삼켰다.

지금은 이성을 잃고 흥분할 때가 아니다. 어떻게든 냉정함을 유지해야 한다. 기필코 살길을 도모해 여기서 빠져나가야만 한다.

"역시 내 예상대로 매저(Masochist)* 성향이 있군. 잘만 훈련시키면 괜찮은 펨섭(Female Subordinate)*이 되겠는걸."

일체의 감정이 느껴지지 않는 무심한 목소리가 두려움에 떠는 해서의 귓등으로 느릿느릿 감겼다.

하나, 둘, 셋, 넷……

해서는 입속말로 숫자를 헤아렸다. 지극한 인내심을 가지고 때를 기다렸다. 인호가 방심하는 순간을 노렸다.

축축하게 젖은 혀가 해서의 귓불을 할짝할짝 핥았다. 잠시

---

*Masochist:피학대 변태 성욕자.
*Female Subordinate:사도마조히즘 플레이에서 노예 역할을 하는 여성.

후 소름끼치는 느낌이 사라지자마자 날카로운 송곳니가 인정사정없이 목덜미에 박혔다. 살점이 덩어리째 떨어져 나가는 것처럼 아팠다. 해서는 어금니를 으득 물고서 비명을 참았다. 마음속으로 기합을 넣으며 오른쪽 무릎에 체중을 실었다.

"비켜, 이 개새끼야!"

불시에 급소를 가격당한 인호가 '윽' 하는 신음과 함께 허리를 접었다. 해서는 양쪽 손바닥으로 힘껏 인호의 어깨를 밀어젖혔다. 균형을 잃고 뒤로 넘어가는 인호를 피해 몸을 옆으로 날렸다. 정신없이 비상구 계단을 향해 뛰었다. 등줄기가 어느새 식은땀으로 흥건했다.

막 층계참을 돌아 나가려는 찰나였다. 우악스러운 힘이 해서의 머리카락을 붙잡아 뒤로 확 끌어당겼다.

"이게 봐주니까 아주 기고만장이야."

어느새 쫓아온 인호가 검붉게 상기된 낯으로 으르렁댔다. 멜돔(Male Dominator)* 성향을 가진 사디스트(Sadist)*라면 해서의 일격에 자존심이 무척이나 상했을 것이다.

해서는 즉시 작전을 바꾸었다. 인호의 자존심을 자극해서 이성을 잃도록 만들기로 했다. 손발이 벌벌 떨리는 와중에도 해서는 아닌 척 얼굴빛을 최대한 서늘하게 식혔다. 말소리 역시 도도하게 꾸몄다.

---

*Male Dominator:사도마조히즘 플레이에서 지배자 역할을 하는 남성.
*Sadist:가학적 변태 성욕자.

"뭘 봐줘? 네까짓 게 나를 봐줬다고? 웃기고 있네."

"이년이 근데……."

예상대로 흥분한 인호가 해서의 뺨을 후려쳤다. 입안 가득 비릿한 피 맛이 번진다. 눈물이 핑 돌았다. 그럼에도 이 정도 폭력쯤은 별것 아니라는 식으로 대수롭지 않게 굴었다.

"옛날 내 지도 교수님은 주먹 한 방에 코뼈도 부러트리던데. 남자가 힘이 그렇게 약해서 어디다 써?"

"이게 점점……."

"밤일이나 제대로 하니?"

"이런, 썅!"

"딱 3초 토끼다, 너는. 조루 맞지? 하기는 변태 새끼가 임포나 아니면 다행이지."

"죽여 버리겠어! 네년 숨통을 끊어 놓을 거야!"

마침내 인호가 이성을 잃고 달려들며 바락바락 악을 써 댔다. 해서에게 남은 선택지는 두 가지였다. 무참한 주먹질에 맞아 죽든가, 아니면 인호와 같이 죽든가.

부조리한 폭력 앞에서 무기력하게 맞기만 하는 것은 이제 사절이다. 폭력에 맞서서 싸우지 못하고 후회로 삶을 허비하는 것 또한 그때 한 번이면 족하다.

해서는 공기를 가르며 날아드는 주먹을 피하지 않았다. 오히려 인호를 향해 돌진했다. 적장을 부둥켜안은 채 절벽 아래로 몸을 날린 논개처럼 양팔로 인호의 허리를 부여잡고 두 발을 마음껏 굴렀다.

인호와 해서의 몸이 한꺼번에 계단참을 벗어나 허공으로 붕 떠올랐다. 질량을 가진 모든 물체를 중심으로 끌어당기는 지구의 놀라운 힘에 의해 곧장 바닥으로 곤두박질쳤다.

사지를 바동바동 허우적대는 인호의 허리를 해서는 결박하듯 세차게 조여 안았다. 운이 따라 준다면 인호의 몸뚱이를 쿠션 삼아 살아남을 수도 있을 것이다.

✿   ✿   ✿

"수석 검사님!"

광현이 헐레벌떡 주원의 사무실 안으로 뛰어 들어왔다. 한창 서류 작업 중이던 주원은 가까이 다가오는 광현에게 짧게 일별했다.

"무슨 일이야?"

"드디어 꼬리를 잡은 것 같습니다."

책상 앞에 선 광현이 손에 들고 온 얇은 종잇장을 승리의 깃발인 양 흔들었다.

"뭔데?"

"유인호 출입국 기록입니다."

"유인호라면 한울타리 정신요양병원 일반 병동 간호사 말이야?"

"예. 5년 전에 호주로 취업 이민을 갔더라고요."

"그게 무슨 소리야? 버젓이 한울타리 정신요양병원에서 간호사로 근무하고 있는데."

주원은 광현이 건네준 서류를 받아 꼼꼼하게 읽어 나갔다. 출입국 관리 사무소의 공식 기록에 따르면 유인호는 5년 전 호주로 출국한 이후 단 한 번도 대한민국에 입국한 적이 없었다.

"한울타리 정신요양병원에 있는 그놈은 유상호라고, 간호사가 아니라 마취과 전문의예요. 신분을 속이고 있었어요."

"유상호랑 유인호의 관계는? 형제야?"

"예. 유인호가 유상호의 친동생입니다."

"유상호가 제 동생 이름으로 신분을 세탁한 이유는 뭐야?"

"5년 전에 의료 사고를 냈더라고요. 그전까지는 한국대병원에서 엄청 잘나갔다고 합니다. '마취의 신'으로 불릴 정도였다니까 말 다했죠."

광현이 자세히 설명했다. 어찌 보면 당연한 이야기였다. 마취 약물로 심정지를 유발한 이후 다시 심장을 뛰게 만들어 장기를 적출할 정도의 실력이라면, '마취의 신'이 아니라 '악마의 마취'라고 불러야 할 것이다.

"수고했어. 이제 윤곽이 좀 잡히네."

"압색 영장 기각됐을 때는 눈앞이 캄캄하더니. 죽으라는 법은 없나 봅니다."

"국과수 쪽은?"

"아까 금사경 박사한테 연락 왔어요. 내일 안동 현지에서 부검 들어간다고 합니다."

"부검 일정이 제법 빨리 잡혔네. 금 박, 그 자식 과로사할 것 같다며 우는소리 엄청 하더니만."

"제가 사경이 형을 들들 볶았잖아요."

"잘했어. 유족들이 권상엽 씨 재 부검을 허락해 준 게 어디냐. 21세기에도 아흔아홉 칸 기와집에서 갓 쓰고 도포 입고 사시는 어른들이던데."

"수석 검사님이 고생하셨어요. 권상엽 씨 안동 본가까지 내려가서 유족들 직접 찾아뵙고 일일이 부탁하고."

"그 정도는 당연히 해야지. 상황이 어찌 됐든 멀쩡한 묘를 파헤치는 일인데. 부검 결과 나오는 대로 유인호 긴급 체포해."

"유인호요? 유상호가 아니고요?"

광현이 헤실바실 눈가를 접으면서 되물었다. 주원은 자신의 실수를 깨닫고 곧바로 정정했다.

"그래, 유상호. 피의 사실 입증되면 바로 구속 영장 칠 수 있도록 미리 준비해 놓고."

"알겠습니다."

"법무부에 출국 금지도 요청해라."

"유상호만요?"

"박태수, 박경환, 이소정, 이병철까지 한꺼번에 올려. 박태수는 내일이나 모레쯤 수사 진척 상황 확인한 다음에 소환장 날리고. 거부하면 강제 구인해 와."

"드디어 그 뻔뻔한 면상을 보게 되겠군요."

"차질 없이 준비 잘해."

"걱정 마세요. 그동안 차곡차곡 쌓아 놓은 증거로 잘근잘근 밟아 줄 계획이니까. 씹새끼들, 다 죽었어."

잔뜩 부푼 광현을 쳐다보며 잘게 웃고, 주원은 책상 한쪽에 놓아둔 휴대폰을 집어 들었다. 서둘러 단축 버튼 0번을 누르는 주원을 광현이 의아한 눈길로 지켜본다.

"지금 뭐 하시는 겁니까?"

"해서한테 당장 거기서 나오라고 해야지. 수사가 이만큼 진전됐으니까 굳이 해서가 거기 붙어 있을 이유가 없잖아. 하루하루가 불안해서 미치겠어. 자꾸 무슨 일이라도 날 것만 같고. 영 찜찜해."

"아주 그냥 오매불망 님 생각에……."

광현의 말소리가 잔잔한 기타 선율을 흐트러트렸다. 주원은 해서의 휴대폰 통화 연결음인 '아랑훼즈 협주곡(Concierto De Aranjuez)*'에 귀를 기울이며 눈동자를 제법 사납게 부릅떴다.

"뭐, 인마?"

"아주 그냥 보기에 좋다고요."

"싱거운 놈."

'아랑훼즈 협주곡' 제2악장 전반부가 수없이 되풀이되었다. 결국 전화를 받을 수 없어 음성 사서함으로 연결한다는 기계음이 흘러나온다.

---

*Concierto De Aranjuez:스페인 출신 작곡가 J. 로드리고의 기타 협주곡.

주원은 전화를 끊고 다시 단축 버튼 0번을 눌렀다. 몇 번을 반복해도 결과는 마찬가지였다. 휴대폰을 들고 있는 주원의 오른손에 조금씩 힘이 들어갔다.

통상적인 퇴근 시간이 한참 전에 지났다. 급한 업무로 해서가 전화를 받지 못할 이유가 없었다. 보통 이 시간이면 그녀가 먼저 전화해서 주원에게 하루 일과에 대하여 이러쿵저러쿵 수다를 떨고는 했다.

주원은 휴대폰을 꽉 틀어쥐었다. 갑자기 뒷골이 오싹했다. 예감이 좋지 않았다. 정신없이 재킷과 차 키를 챙겼다.

"나 퇴근한다."

"어디 가시려고요?"

"아무래도 해서한테 무슨 일이 생긴 것 같아. 느낌이 어째 싸해."

"현지 검·경에 지원 요청할까요?"

"춘천지검에 누가 있지?"

"임동주라고 제 연수원 동기가 형사부에 있어요. 똘끼가 충만해서 그렇지, 검사로서는 믿을 만한 놈이에요. 능력도 있고."

"좋아. 임 검한테 간략하게 수사 브리핑해 놔. 춘천경찰서 쪽에도 미리 협조 공문 발송하고."

빠른 걸음으로 사무실을 빠져나가는 주원의 뒤를 광현이 허겁지겁 따랐다.

"기동대 대기시킬까요?"

"아직은. 가서 상황 확인한 다음에 연락 줄게."

"알겠습니다."

"수고해라."

"형님도 운전 조심하세요."

"그래."

안개 속에 잠기다

폐쇄 병동 1층 휴게실을 청소하던 장희의 어깨가 흠칫 굳었다. 무의식중에 마른 숨을 삼켰다. 방금 엄청난 진동음을 두다리로 감지했다. 제법 무게가 나가는 둔탁한 물체가 높은 곳에서 수직으로 떨어질 때 발생하는 공기의 파장이었다.

마치 지진파처럼 파동은 위쪽이 아닌 아래쪽에서부터 올라왔다. 지하실에서 낙상 사고가 발생한 것이 분명했다. 비록 오래전 일이지만 군대에서 폭발물을 다루어 온 장희는 공기의 파장, 즉 진동음에 민감하게 반응하도록 훈련을 받았다.

이 정도 파동이라면 사람이야.

누군가 바닥으로 곤두박질친 거야.

어떡하지?

지하로 내려가 도와주어야 하나?

섣불리 나서는 것보다는 모르는 척하는 것이 낫지 않을까?

짧은 순간에 수많은 생각이 장희의 머릿속을 휘저었다. 그래도 혹시 모르니까, 하는 마음으로 대걸레를 내려놓고 휴게실을 나섰다. 바로 이웃한 비상구 방화문을 열었다.

계단을 밟아 내려가다 말고 장희는 미간을 찌푸렸다. 어디선가 피 냄새가 나는 것 같았다. 눈가가 파르르 경련했다. 난간을 붙들고 서서 숨을 골랐다. 코끝에서 피비린내가 진동했다.

시커먼 안개가 발끝에서부터 스멀스멀 올라왔다. 어깨를 웅크린 장희의 전신을 서서히 좀먹었다. 두개골이 징징 울렸다. 관자놀이에 대못이 박히는 것 같았다.

네까짓 놈이 뭘 할 수 있다고?

기껏해야 혼자 살겠다며 도망밖에 더 치겠어?

배신자! 지금처럼 귀머거리 행세나 하면서 벙어리로 살아.

장희는 비치적비치적 발길을 되돌렸다. 비루한 삶, 비겁한 선택. 그럼에도 죽음보다는 나았다. 도로 계단을 밟아 오르는 장희의 뒷등 너머 저 아래에서 어린 짐승의 신음과도 같은 소리가 희미하게 들렸다.

"으으윽"

살려 줘.

오 중사님, 살려 주세요.

깜빡거리는 형광등 불빛 아래서 과거와 현재의 시공간이 불규칙하게 뒤섞였다. 지독한 메아리처럼, 혹은 잔인한 환영인 듯 상처 입은 어린 짐승의 고통에 찬 신음이 장희의 귓가로 끊임없이 밀려왔다.

이봐, 오장희 중사. 전우가 죽어 가고 있어.

계단 아래에서 신음하고 있는 건 내 전우가 아니야. 한낱 짐승일 뿐이라고.

결국 너는 이번에도 전우를 버리고 혼자 살겠다며 도망치는구나.

아니야. 그렇지 않아. 나는 배신자가 아니라고.

비겁한 변명을 비웃는 소리가 계단참을 떠돌았다.

배신자! 배신자! 배신자!

손바닥으로 귀를 틀어막아도 끈질기게 따라붙었다. 귀머거리 행세를 하고 있으니 들을 수 없어야 맞는데, 무도막심한 웃음소리는 너무나도 선연했다.

나는 배신자가 아니야.

견디다 못한 장희는 재차 몸을 돌렸다. 미친 듯이 계단을 뛰어서 내려갔다.

팔다리가 잘려 나간 전우들이 살려 달라고 아우성을 친다. 한없이 그리우나 두 번 다시 보고 싶지 않은 얼굴들이다. 시공간을 어그러트리며 달려드는 전우들을 뒤로하고 장희는 누군가를 찾았다. 자신이 찾고 있는 이가 정확히 누군지도 모른 채 사방을 두리번거렸다.

군복을 입지 않은 남녀 한 쌍이 서로 몸이 뒤엉킨 채로 바닥에 쓰러져 있다. 장희는 벌벌 떨리는 손으로 뒤엉켜 있는 남녀를 떼어 냈다. 둘 다 의식이 없었다.

제법 맵차게 여자의 뺨을 후려쳤다. 맥없이 널브러져 있던 여자의 팔다리가 꿈틀거렸다. 장희는 한 번 더 뺨따귀를 올려 붙였다.

"으으윽."

눈을 뜨는 순간 해서는 살아 있음을 실감했다. 온몸이 몽둥이로 두들겨 맞은 것처럼 아팠다. 등줄기와 팔다리는 물론이고 손가락, 발가락, 심지어 머리카락에까지 말도 못 할 통증이 엄습했다. 당장 죽을 것 같으면서도 문득 실없는 웃음이 났다.

죽지 않고 이렇게 살아 있으니, 죽을 것 같은 고통도 느끼는 거겠지.

퉁퉁 부어오른 눈자위로 느닷없는 눈물이 솟구쳐 올랐다. 흐읍, 하며 울음을 삼키는데 따뜻한 감촉이 이마를 짚는다. 흐리마리 헝클어진 시야 속에 강파른 장희의 얼굴이 잡혔다.

"……아저씨?"

해서의 부름을 듣고서야 장희는 과거의 곡두에서 벗어났다. 눈앞의 현실이 제대로 보이기 시작했다. 검붉은 핏자국으로 얼룩진 해서의 관자놀이를 손끝으로 가만히 쓸었다. 가녀린 어깨 위에 짊어진 십자가의 무게가 손에 잡힐 듯이 느껴졌다.

해서 홀로 감당하기에는 벅차고도 힘겨운 싸움이다. 누가 보아도 저들은 거인 골리앗이고, 해서는 꼬마 다윗에 불과하다. 그나마 다윗의 주머니 안에는 물맷돌 다섯 개라도 들어 있었지만, 해서의 손에는 공깃돌 한 개조차 없다.

도망가. 내가 전에 너한테 도망치라고 했잖아.

소리가 되지 못한 단어들이 뾰족한 가시처럼 장희의 목구멍을 아프도록 찔렀다.

"유인호 선생님은요?"

곧 사람들이 올 거야. 여기 있으면 위험해.

"죽었……나요?"

조심스럽게 묻는 해서의 눈동자에 두려움이 가득했다. 벌겋게 상흔이 번진 해서의 두 뺨으로 말간 눈물이 어룽져 흘렀다.

죽기 싫으면 어서 도망쳐.

"아저씨, 저 좀 일으켜 주세요. 제가 지금 힘이 없어서…….너무 놀라 다리가 풀린 것 같아요."

해서는 누운 채로 양팔을 뻗었다. 왼손은 무리 없이 올라가는데 오른손이 이상했다. 시선을 내려 검붉은 핏덩이가 엉겨붙은 오른팔을 보았다.

팔꿈치가 기이한 모양으로 꺾여 있었다. 상완골 원위부 골절이 의심된다. 하완 척골에서 손등으로 이어지는 부위의 붓기 또한 심상치가 않다. 손목뼈에 금이 갔을 확률이 높다.

해서는 옆으로 몸을 틀어 왼팔에 체중을 실었다. 그대로 상체를 일으켜 세워 앉았다. 몸을 움직일 때마다 흉곽이 꽉꽉 옥죄였다. 왼손으로 좌우 갈비뼈를 더듬어 보았다. 다행히 부러진 데는 없었다.

양쪽 발목에 힘을 준 상태로 발가락을 구부렸다 넓게 펴기를 반복했다. 열 개가 모두 정상적으로 움직였다. 척추에 이상이 없다는 뜻이었다.

이러고 있을 시간 없어. 누가 오기 전에 여기서 빠져나가야 돼.

다급해진 장희는 해서의 어깨를 흔들었다.

"경찰에 신고해야죠."

해서가 가운 주머니 안에서 휴대폰을 꺼냈다. 전원은 들어와 있는데 액정이 무참하게 깨져 있다. 터치스크린이 작동하지 않는 휴대폰은 무용지물이나 다름없었다.

"올라가서 전화를……."

해서의 목소리가 점차 입안으로 말려들었다. 흉물스럽게 일그러진 인호의 얼굴을 그제야 알아본 해서는 어금니를 으득 물었다. 본능처럼 왼팔이 인호의 목덜미로 향했다. 서늘한 손끝에 희미한 맥박이 잡혔다.

사람 목숨만큼 모진 것이 없다더니, 두개골이 함몰되고 척추가 골절되는 치명상에도 인호는 살아남았다. 다만 의식이 없고 동공 반응 역시 일절 없었다. 뇌출혈이 심각한 상태로 추정된다. 금세 자발 호흡이 어려워질 것이다. 이대로 두면 얼마 못 버티고 죽을 목숨이다. 죽어 마땅한 인간이다.

하지만 그렇다고 해서 이대로 방치하는 것은 옳지 않았다. '인종, 종교, 국적, 정당과 정파, 또는 사회적 지위 여하를 초월하여 오직 환자에 대한 의무를 지키겠노라'고 맹세한 히포크라테스 선서가 해서의 발목을 잡았다.

하다못해 기관 내 삽관이라도 해서 산소를 공급해 주어야 한다.

해서는 온전치 못한 제 오른팔을 쳐다보았다. 이래서야 후두경 블레이드(Laryngoscope Blade)*나 제대로 잡겠나 싶었다.

"응급 처치를 해야 하는데……."

장희는 어처구니가 없었다. 제 목숨이 왔다 갔다 하는 위급한 상황에 해서가 말 같지도 않은 소리를 해 댔다. 해서의 이야기를 알아들었지만 장희는 애써 못 들은 척했다. 여전히 귀머거리로 행세하는 것이 편했다.

반면 벙어리 흉내를 내는 일은 자꾸 어려워지고 있었다. 전에는 어느 누구와도 한마디 말조차 나누기 싫었다. 그런데 지금은 해서에게 소리 내서 이야기하지 못하는 스스로가 답답했다.

가자. 최대한 빨리 여기를 벗어나야 해. 누가 오기 전에, 어서.

장희는 멍하니 앉은 해서의 어깨를 안아서 부축했다. 왁살스럽다 싶을 만큼 강한 장희의 손길에 의지해 해서가 가까스로 두 다리를 세웠다. 휘청휘청, 가녀린 몸피가 바람 앞의 등불처럼 흔들렸다. 이 몸으로 도망이나 제대로 갈 수 있을지 의문이었다.

"유인호 선생님이 아직 살아 있어요."

그냥 죽게 둬. 저 쓰레기는 죽어도 싸.

---

*Laryngoscope Blade:손잡이가 달린 기도 확보용 거울.

장희는 그나마 말짱해 보이는 해서의 왼쪽 손목을 막무가내로 잡아끌었다. 1층 비상구와 연결된 계단으로 데려갔다.

골절상을 입은 해서의 오른쪽 팔에서 핏방울이 흘렀다. 가운 소맷자락을 타고 배어 나온 핏물이 해서가 발걸음을 내딛을 때마다 바닥으로 후드득 떨어졌다. 이미 출혈량이 상당했던 터라 층계를 오르는 일만으로도 해서에게는 큰일이었다.

그녀를 부축한 장희의 손에 힘이 들어갔다. 해서가 '저는 괜찮아요'라고 말했다. 속삭이는 목소리가 거의 헐떡임에 가까웠다. 거친 숨을 헉헉 몰아쉬면서도 해서는 악착같이 계단을 밟아 위로 올랐다.

"경찰에, 허억, 신고부터 해요. 전화가, 허억, 어디 있죠?"

정신 차려. 다른 사람 눈에 띄면 너도 죽어.

"간호사 스테이션에, 허억, 전화기 있죠?"

지금 신고가 문제야? 너부터 살고 봐야지.

해서와 장희가 1층 비상구 방화문에 거의 다다랐을 무렵이었다. 덜컹거리는 소리와 더불어 두꺼운 쇠줄을 끌어 올리는 도르래 소리가 지하실 복도 저편에서 울렸다.

승강기가 움직이고 있었다. 외부로부터의 출입 통제는 기본이고 폐쇄 병동 내부에서의 통행 제한까지 엄격해지는 이 늦은 시각, 누군가 승강기를 불러 올린 것이다. 어쩌면 인호를 찾아 나선 것인지도 모른다.

해서는 화들짝 놀란 시선을 장희에게 보냈다.

"엘리베이터가, 허억, 움직여요. 아무래도 누가, 허억, 올 것 같아요."

놈들이 금방 여기로 올 거야. 송장이나 다름없는 유인호를 보면 길길이 날뛰겠지.

"어서, 허억, 가요."

너 혼자 가.

초조해진 장희는 방화문 쪽으로 해서를 밀었다. 해서가 어리둥절한 표정을 지었다.

"아저씨?"

가. 도망쳐. 멀리 달아나.

"갑자기 왜 이러세요?"

"가!"

장장 20년 만에 장희의 녹슨 목구멍을 뚫고 나온 소리는 사람의 말이라기보다 짐승의 울부짖음에 더 가까웠다. 장희는 뻣뻣하게 굳어서 삐꺽거리는 혓바닥을 억지로 비틀었다. 강제로 쥐어짜 내는 목소리가 쨍쨍 쇳소리처럼 울렸다.

"저놈들이 너도 죽일 거야."

"세상에! 아저씨 말씀하실 수 있는 거예요?"

해서는 놀랍기도 하고 당혹스럽기도 했다. 장희가 선천적 농아가 아니라 실어증 환자일 수 있다는 이야기를 주원에게 들었음에도 꽤나 혼란스러웠다. 인호의 일까지 겹쳐져 지금 이것이 현실이 맞나, 하는 생각이 들 정도였다. 차라리 악몽이었으면 했다.

"어서 가."

"아저씨는요?"

"나는 남아서 저놈들 시선을 끌어 볼게."

"위험해서 안 돼요."

"내 걱정은 말고 최대한 멀리 도망가. 아무도 믿지 마."

"같이 가요."

해서는 마구 도리질을 쳤다. 혼자 도망가라니, 도저히 받아들일 수 없는 제안이었다. 커다랗게 부풀어 오른 다갈색 눈동자로 그렁그렁 눈물이 맺혔다.

"둘 다 개죽음 당하면 여기 갇혀 있는 사람들은 누가 구할 건데?"

"저 혼자 살겠다고 도망칠 수는 없어요."

"누가 도망치라고 했어! 가서 아군을 데려와!"

"아저씨……."

해서는 끝끝내 울음을 터트리고 말았다. 손바닥으로 입을 틀어막고 숨죽여 흐느꼈다.

그사이 승강기가 지하에 멈추어 섰다. 안에서 건장한 체구의 요양 보호사 둘이 쏜살같이 달려 나왔다. 바닥에 널브러진 인호를 발견했는지 의미 없는 고함과 난무하는 욕설이 복도를 가로질러 계단 난간까지 올라왔다.

장희는 길게 팔을 뻗어 1층 비상구 방화문을 열어젖혔다. 두꺼운 철제문 너머 환한 빛줄기가 내리는 공간 속으로 해서의 뒷등을 있는 힘껏 떠밀었다.

"어서 가!"

"아저씨 이러지 마세요."

서둘러 닫히는 문틈으로 절규에 가까운 해서의 울음소리가 흘러들었다. 장희는 재빨리 비밀번호를 입력해 방화문의 특수 잠금장치를 작동시켰다. 비상계단 쪽에서 열어 주지 않는 이상 개미 새끼 한 마리도 안으로 들어올 수 없도록 만든 시스템이다.

다다다 울리는 발소리가 조금씩 가까워진다. 장희는 한차례 심호흡을 내쉰 다음 서서히 계단을 밟아 내려갔다. 저 아래에서부터 요양 보호사들이 성난 물소처럼 달려왔다.

"아우 존나 짱나! 오장희, 너 이 새끼!"

"이런 씹! 쥐새끼 같은 놈. 오늘이 네 제삿날인 줄이나 알아."

그래 와라. 얼른 와라. 오랜만에 몸 좀 풀자.

장희는 두 주먹을 불끈 그러쥔 채로 무릎을 살짝 굽혀 특공 무술의 기본자세를 취했다. 전의를 불태우는 붉은 눈가로 해묵은 회한이 깃들었다.

어떻게든 살겠다며 포탄이 쏟아지고 폭탄이 터지는 아비규환 속에 전우들을 버려두고 홀로 도망쳤던, 오래전 그날의 죗값을 이제 조금이나마 씻을 수 있기를 바란다.

❖　　　❖　　　❖

굳게 닫힌 비상구 방화문 앞에서 해서는 울음을 멈출 수 없었다. 차마 발걸음이 떨어지지 않아 울고, 또 울었다.

"최대한 멀리 도망가. 아무도 믿지 마. 가서 아군을 데려와!"

장희의 목소리가 채찍처럼 해서의 귓전을 후려쳤다. 떨어지지 않는 발걸음을 억지로 떼었다. 어두운 복도를 가만가만 지나며 머릿속을 비웠다. 빠르게 생각을 정리했다.

폐쇄 병동에서 외부로 나갈 수 있는 출구는 딱 두 개뿐이다. 연결 통로를 이용해 일반 병동으로 넘어가는 것과 폐쇄 병동 1층 현관문을 통과해 정원으로 나가는 것.

폐쇄 병동에서 일반 병동으로 넘어가는 것은 아무 의미가 없었다. 어차피 그곳도 한울타리 정신요양병원 내부였다. 무조건 폐쇄 병동 1층 현관으로 가야 한다. 그러려면 로비 한가운데 위치한 간호사 스테이션을 반드시 지나야만 했다.

"아니, 아직. 둘 먼저 지하로 내려보냈어. 그래. 야간 근무 중인 요양 보호사들 전부 모이라고 했어."

1층 간호사 스테이션 안에서 병철이 한창 통화 중이다. 한밤의 조용한 공기를 타고 병철의 목소리가 복도까지 우렁우렁 울려 퍼졌다.

"당연히 장해서 그년부터 찾아서 족쳐야지. 요양 보호사들한테 여차하면 죽여도 된다고 할 거야. 어차피 죽일 거잖아."

해서는 자신의 이름이 병철의 입에서 나오는 순간 방금 왔던 길을 곧바로 되짚었다. 폐쇄 병동 밖으로 나가는 것보다 안전한 곳으로 몸을 숨기는 일이 더 급했다. 자칫 병철에게 들켰다가는 개죽음 당하기 십상이었다.

"야, 이소정! 보안실 쪽에서 확인한 것 맞아? 알았어. 그건 내가 알아서 처리할게. 응, 그래. 알았다니까."

병철의 말소리가 점점이 멀어졌다. 해서는 발자국 소리를 최대한 내지 않기 위해 발뒤꿈치를 들고 걸었다. 발끝만으로 거의 뛰다시피 걸었다.

이제 어디로 가야 하나?

그나마 평소 주로 사용하던 개별 상담실이 지척에 있다는 게 천운이었다. 다만, 상담실 안으로 들어가려면 출입문을 열어야 할 텐데, 전자식 잠금장치를 풀 때 나는 기계음이 마음에 걸렸다.

삑 하는 소리가 1층 간호사 스테이션에 있는 병철의 귀에까지 흘러들지도 모른다. 방금 소정과 통화 중인 병철의 목소리를 복도에서 우연히 귀동냥한 것처럼. 혹은 병철의 소집 명령을 받고 1층으로 내려오던 요양 보호사들 중 하나가 뜻하지 않게 소리를 들을 수도 있다.

어떠한 경우든 해서에게는 낭패였다. 안전하게 몸을 숨기려고 상담실로 들어갔다가 오히려 꼼짝없이 그곳에 갇히는 꼴이 될 테니까.

한울타리 정신요양병원 내 모든 창문은 쇠창살로 가로막혀 있다. 정신증을 앓고 있는 환자들의 위험한 선택을 미연에 방지하기 위해서였다.

그놈의 징글징글한 쇠창살만 없어도 창문으로 나가면 되는데.

그럼 독 안에 든 생쥐 꼴은 면할 수 있을 텐데.

한참을 아쉬워하던 해서의 머릿속에 개별 상담실에서 발견한 동강 난 쇠창살이 불현듯 떠올랐다. 그 정도 공간이면 해서가 밖으로 빠져나가는 데 별다른 어려움이 없을 것 같았다. 이 또한 천운이었다.

해서는 다친 오른팔로 시선을 던졌다. 어떻게든 정신력으로 버티고 있으나 통증이 말도 못 했다. 그나마 지혈은 대충된 것 같아 다행이었다.

하지만 어깨를 움직일 때마다 팔이 제멋대로 덜렁덜렁 흔들려 몹시 거추장스러웠다. 창문을 타고 넘을 때 방해되지 않도록 뭐라도 조치를 취해야 했다.

가운을 벗어 양쪽 옷소매로 긴 고리를 만들었다. 오른손을 쓸 수가 없으니 매듭 하나 짓는 것도 힘에 부쳤다. 입술과 치아는 물론이고 두 발까지 전부 동원했다. 어렵사리 만든 고리를 목에 건 다음 나머지 옷자락으로 오른팔을 꽁꽁 동여맸다. 급조한 것치고는 제법 그럴싸한 밸포 밴디지(Velpeau Bandage)*가 완성되었다.

얼추 준비가 끝났다. 해서는 각오를 다지듯 아이디카드를 쥔 왼손에 한껏 힘을 넣었다.

---

*Velpeau Bandage : 팔꿈치와 어깨를 고정시키는 붕대.

이미 주사위는 던져졌다. 이제 루비콘강*을 건널 일만 남았다. 기회는 오직 한 번뿐이다. 소리를 듣고 누군가 달려오기 전에 반드시 창문을 넘어 밖으로 나가야 한다.

실패하면 잡힌다.

잡히면 죽는다.

죽으면 모든 것이 끝이다.

그러니까 꼭 성공하자.

알았지, 장해서.

심장이 쿵쾅쿵쾅 뛴다. 손바닥으로 땀이 찬다. 아드레날린 과다 분비다. 오른팔의 통증마저 잊어진다.

밖으로 나가면 무조건 주차장으로 뛸 생각이다. 무사히 자동차에 탈 수만 있다면 탈출의 반은 성공일 것이다.

해서는 숨을 크게 들이쉬고 개별 상담실 출입문의 전자식 잠금장치에 아이디카드를 찍었다.

삑.

출입문이 열렸다. 곧장 상담실 안으로 뛰어들어 가 쇠창살이 댕강 잘려 나간 창문을 향해 달렸다. 복도를 달려오는 발자국 소리가 점차 가까워지고 있었다.

겨우 어른 하나 통과할 만한 구멍 속으로 어깨를 구겨 넣으며 해서는 간절히 빌었다.

---

*이탈리아 북동부와 아드리아해에 위치한 강. '돌이킬 수 없는 정도로 진행된 일을 그대로 밀고 나갈 수밖에 없는 상황'으로 쓰임.

제발, 저들을 멀리 따돌릴 수 있기를.

제발, 장희가 무사하기를.

제발, 주원에게 연락이 닿을 수 있기를.

도와주세요, 하느님.

❖　　　❖　　　❖

진득한 물안개가 자오록이 피어오르는 칠흑 같은 밤이다. 두터운 어두움에 잠긴 산길을 자동차가 정신없이 내달린다.

두두룩한 도로와 흙고랑을 넘나들 때마다 낡은 차체가 심하게 기우뚱거렸다. 운전대가 통제력을 상실한 채 함부로 헛돌았다. 비좁은 비포장도로에서 왼손만으로 운전을 한다는 것은 불가능에 가까웠다. 목숨을 내놓고 자동차를 모는 것과 다름없었다.

주행 속도가 낮을 때는 그래도 나쁘지 않았다. 자동차에 가속이 붙자마자 총체적 난국에 빠져 버렸다. 그런데도 언제 뒤꽁무니로 놈들이 따라붙을지 몰라 속력을 줄일 수도 없었다. 뒤를 쫓아오는 헤드라이트 불빛이 빠르게 가까워졌다.

해서는 위험한 줄 알면서도 액셀러레이터 페달을 밟았다. 과열된 엔진에서 굉음이 터져 나왔다. 자동차가 무섭게 내달렸다.

저들에게 잡히면 죽는다.

어차피 죽는다.

순간순간 죽음을 떠올렸다. 여차하면 죽는다는 정도가 아니라 죽으리라는 각오로 페달을 한계치까지 밟았다.

덜컹덜컹. 덜컹덜컹. 쾅.

딱히 어디 부딪친 것도 아닌데 자동차가 제자리에 멈추어 섰다. 고랑에 빠진 바퀴가 심하게 헛돌았다. 아무리 액셀러레이터 페달을 밟아 대도 자동차는 꿈쩍도 하지 않았다.

뒤에서 쫓아오던 헤드라이트 불빛은 이미 지척에 와 있었다. 해서는 미련 없이 자동차를 버렸다. 그대로 자작나무 숲을 향해 뛰었다. 울울창창한 아름드리나무들이 기꺼이 그녀를 숨겨 줄 것이라 믿었다. 두터운 어두움은 가림막이 되고, 진득한 물안개는 보호막이 될 것으로 여겼다.

✿　　　✿　　　✿

응봉산 정상에서 피어오른 물안개가 완만한 산등성이를 타고 산자락까지 흘러넘쳤다. 사방이 온통 자우룩한 안개로 뒤덮였다. 한밤의 두터운 어두움조차 진득한 물안개에 잠식당한 것 같았다.

"씨팔."

주원은 내비게이션에도 나와 있지 않은 산길을 자동차로 거슬러 오르며 애꿎은 운전대를 두들겨 팼다. 안개등에 상향등까지 켜고 달리는데도 시야 확보가 쉽지 않았다. 자동차 전방유리창을 통해 보이는 것이라고는 어두움과 물안개뿐이다. 말 그대로 한 치 앞을 내다보기가 어려웠다.

심지어 제대로 된 길을 달리고 있는지 자신할 수조차 없는 상황이었다. 오로지 감 하나에 의지해서 자동차를 몰았다. 산 등성이 저편 희미한 빛줄기가 한울타리 정신요양병원에서 새어 나오는 불빛이라고 생각했다. 저 안에, 저 불빛 속에 해서가 있기만을 간절히 바란다.

"무사해라, 제발. 어디든 있기만 하면 내가 반드시 찾으러 갈 테니까."

혼잣말과 젖은 한숨이 혼재되었다. 애가 타 이대로 미쳐 버릴 것만 같았다. 입안은 물론이고 목구멍까지 바짝바짝 말라붙었다.

갈라진 입술을 혀로 적시는 차에 휴대폰 진동음이 울렸다. 운전대 하단에 있는 버튼을 눌러 자동차에 내장된 블루투스를 작동시켰다.

"왜, 최 검?"

―형님, 지금 어디세요?

자동차 오디오 스피커를 통해 흘러나오는 광현의 목소리에서 왜인지 모를 초조함이 느껴졌다. 제 마음을 따라 모든 것이 초조하게 들리는지도 모르겠다.

"응봉산 어디쯤."

―거기 지금 진눈깨비 온다고 일기 예보 뜨던데요?

"눈은 정상 쪽만 내리는 것 같아. 물안개가 계속 산 위에서부터 피어올라서 아래쪽으로 내려오고 있거든. 응봉산이 온통 물안개 천지야."

—아직도 장해서 선생이랑 통화 안 돼요?

"어."

—장 선생 원룸에는 가 보셨어요?

"거기 없어. 현관문 따고 들어가서 옷장까지 뒤졌다."

—한울타리 정신요양병원에 도착 전이죠?

"그래."

—장 선생 휴대폰 위치 추적 결과가 나왔는데요.

"야, 이 새끼야! 왜 그걸 이제 얘기해!"

주원은 저도 모르게 버럭 고함을 내지르고 말았다. 광현을
탓할 일이 아닌 줄 알면서도 통제력을 자꾸만 상실하고 있었
다. 그만큼 초조했다.

—그게요……. 나온 게 별로 없어서요.

"켜져는 있냐?"

—예. 신호는 계속 잡히는데, 위치는 오늘 하루 종일 응봉
산을 벗어난 적이 없는 걸로 나와요.

"병원에 있으면서 전화를 안 받을 리가 없는데."

—정신과는 응급 환자도 없잖아요.

"게다가 아직까지 퇴근 않고 병원에 있을 만한 이유도 없
고. 지금 벌써 11시가 넘었어."

—제 말이요.

"미치겠네."

—어떡할까요? 이 상황에 형님 혼자 쳐들어가는 건 영 아닌

것 같아요. 지원 요청하는 게 낫지 않겠어요?

"그러다 헛다리 짚으면?"

─그건 그때 가서 고민합시다. 먼저 일부터 저지르고 보자
고요.

광현이 화끈하게 질렀다. 역시 오늘만 사는 베짱이다웠다.
솔직히 주원의 생각도 광현과 다르지 않았다. 단지 수사를 책
임진 입장에서 경찰 병력을 투입하는 데 보다 조심스러울 뿐.

"생각 좀 해 보자."

판단에 신중을 기하는 주원의 시야에 무엇인가가 잡혔다.
급하게 브레이크 페달을 밟아 자동차부터 세웠다.

─생각은 무슨. 형님 그런 캐릭터 아니잖아요.

"최 검, 잠깐만."

주원은 글러브 박스에서 손전등을 꺼내고 휴대폰도 챙겼다.
자동차에서 내려 길가에서 한참 벗어난 고랑에 처박혀 있는
시커먼 물체를 향해 조심스럽게 다가갔다.

─왜요? 무슨 일 있어요? 형님! 대답 좀 해 보세요. 저 환장
하는 꼴 보시려고 이래요? 무슨 일이냐고요!

휴대폰 너머에서 광현이 고래고래 소리를 질러 댔다. 귀청
이 떨어질 것 같았다.

"좀 조용히 해라."

─십년감수했네. 무슨 일인데요? 답답해 죽겠고만.

"나도 잘 모르겠어. 길가에 뭐가 있어서 차를 세우고 내렸
거든. 자동차 같은데⋯⋯."

순간적으로 주원은 숨을 쉴 수가 없었다. 손전등을 든 오른손이 바르르 떨렸다. 이상 기운을 감지한 광현이 속삭이듯 낮은 소리로 주원을 부른다.

―형님?

"광현아."

―예?

"이거 해서 차다. 씨팔! 누가 헤드라이트를 일부러 깼어. 개새끼들! 후미등도 박살을 내 놨잖아."

―장 선생이 차를 버리고 도망친 것 아닐까요? 급하게 달아나느라 미처 전조등을 못 껐을 거예요.

광현의 추론에 주원은 즉시 동의했다.

"뒤따라온 놈들이 사람들 눈에 띌까 봐 짱돌로 쳐서 헤드라이트랑 후미등을 깼을 거야."

―십중팔구는요. 조폭들이 그 짓 잘해요. 밤이라 전조등 불빛이 계속 켜져 있으면 아무래도 누군가의 시선을 끌게 되잖아요. 거기가 산골이라도 아예 사람이 살지 않는 동네는 아니니까요.

"해서가 병원에서부터 도망친 거라면 아마도 요양 보호사들이 뒤를 쫓아왔을 거야."

―거기 요양 보호사들 전직 조폭들 같다고 하셨죠?

"어."

주원은 어금니를 악물었다. 흥분하지 말자고, 이런 때일수록 냉정해져야 한다며 스스로를 다그쳤다.

"최 검."

—예.

"춘천지검이랑 춘천경찰서에 지원 요청해라."

—알겠습니다.

"혹시 모르니까 앰뷸런스도 부르고."

—예. 형사 기동대가 갈 때까지 혼자 섣불리 움직이지 마세요.

"그래."

주원은 짧게 대답하고 전화를 끊었다. 손전등을 땅바닥 쪽으로 내렸다. 진득한 물안개로 젖은 흙고랑을 따라 자동차 바퀴 자국과 사람 발자국이 어지러웠다.

수많은 발자국들이 해서의 자동차 주변에 찍혀 있다. 심하게 얽혀 있어서 어느 것이 해서의 발자국인지 육안으로는 식별해 낼 수가 없었다.

해서를 뒤쫓아 온 놈들은 이쯤에서 차에서 내린 것으로 보인다. 자동차를 살핀 후 다시 차를 타고 돌아갔는지, 아니면 계속 도보로 이동했는지는 모르겠다. 이랑마다 수북하게 쌓인 낙엽 때문에 발자국이 군데군데 끊겨 있어서 짐작하기가 어려웠다. 다만 그들이 타고 온 자동차는 유턴한 바퀴 자국으로 보아 이곳을 벗어난 것이 확실했다.

해서는 흙고랑에 빠진 자동차를 버리고 어디로 갔을까?

주원은 철저히 해서의 입장에서 생각했다. 목숨을 위협당할 정도로 다급하게 쫓기는 자의 시선으로 주변을 휘둘러보았다.

자연스럽게, 너무도 자연스럽게 두터운 어두움과 진득한 물안개에 휩싸여 있는 자작나무 숲에 가서 주원의 눈길이 멈추었다.

차를 몰고 쫓아오는 놈들을 피해 자동차가 쉽게 들어올 수 없는 길을 선택했을 것이다.

판단이 서자마자 주원은 아름드리나무들로 울울창창한 자작나무 숲을 향해 전속력으로 달렸다. 광현과의 통화에서 지원 병력이 올 때까지 함부로 움직이지 않겠다고 이야기했지만, 애초 그럴 마음은 터럭만큼도 없었다.

❖　　　❖　　　❖

정신없이 달음질치는 발자국 소리가 까마득한 어두움을 가로지른다. 해서는 온몸이 피투성이인 채로 어두움 이편에서 저편을 향해 내달렸다. 자신이 지금 어디로 달려가는지도 모른 채 무작정 뛰었다.

동서남북의 방위는 아예 생각도 못 했다. 산을 오르고 있는지, 아니면 내려가는 것인지조차 몰랐다. 그저 뒤쫓아 오는 자들을 어떻게든 따돌려야 한다는 일념으로 뛰고, 또 뛰었다.

그렇게 달리길 한참, 주변에 아무런 인기척이 없음을 확인한 해서는 달음질치는 속도를 조금씩 줄여 나갔다. 주위에서 들려오는 소리에 귀를 기울였다. 뒤따르는 발자국 소리는 없는지 신경을 곤두세웠다. 헉헉대는 제 숨소리만 사방에 온통 가득했다.

여기는 어디쯤일까?

전후좌우를 두리번두리번 살폈다. 이정표가 될 만한 것은 아무것도 없었다. 어둠에 젖고 물안개에 잠겨 더욱 좁아진 시야 속에서 보이는 것이라고는 나무뿐이다. 자작나무 특유의 희고 높고 마른 몸피가 흡사 말없이 선 유령들 같았다.

"거기 누구 없어요?"

힘껏 내지른 목소리가 어디로도 날아가지 못하고 물안개에 갇혀 허공중을 떠다녔다. 부드럽지만 두텁기도 한 안개는 소리마저 잠식해 버렸다. 진득한 물안개가 젖은 솜처럼 온몸으로 들러붙었다. 안개 특유의 비릿하면서도 매캐한 냄새가 한밤의 냉기와 뒤섞여 폐부 깊숙이 스며들었다.

그제야 해서는 안개에 파묻혀 길을 잃었음을 깨달았다. 불현듯 두려움이 엄습했다. 다시 걸음을 빠르게 내딛었다. 무턱대고 앞을 향해 달렸다. 숨이 턱까지 차오르도록 어둠과 물안개로 뒤덮인 자작나무 숲을 줄곧 내달렸다.

자오록이 흐르는 물안개 사이로 진눈깨비가 찬바람을 타고 날았다. 무엇이 물안개고 어느 것이 진눈깨비인지 그 구별이 모호했다.

비에 섞여 내리는 가느다란 눈발이 시야를 가렸다. 가만히 눈을 뜨고 있는 것조차 어려웠다. 그런 와중에도 해서는 어둠을 헤치며 물안개 속을 내달렸다. 외투도 없이 진눈깨비를 고스란히 맞으며 계속해서 앞으로, 앞으로 나아갔다.

한참을 미친 듯이 줄달음질 치다가 어느 한순간 해서의 몸이 갸우뚱 한쪽으로 쏠렸다. 그대로 균형을 잃고 흙바닥으로 고꾸라지고 말았다.

짧은 비명조차 내지를 겨를도 없었다. 아픈 신음을 억누르고 지독한 통증이 번지는 오른쪽 발목을 내려다보았다. 보기 흉할 정도로 퉁퉁 부어오른 것이 돌부리에 걸려 넘어지면서 뼈를 접질린 모양이었다. 언제 어디서 신발을 잃어버렸는지도 모르겠다. 양말만 신은 채로 얼마나 달렸나 발바닥이 전부 너덜너덜했다.

다 틀렸다. 이제 달릴 수도, 걸을 수도 없다.

피와 땀과 눈물로 얼룩진 해서의 얼굴에 낭패감이 고였다. 근처 자작나무 밑동에 지친 몸뚱이를 기대어 앉았다. 허탈했다.

"여기까지인가?"

쓴웃음을 지으며 탄식처럼 어두움을 향해 물었다. '이대로 죽을 수도 있겠구나'라는 대답이 머릿속에 떠올랐다. 그마저도 금세 다시 '이렇게 죽는구나'라는 것으로 머릿속 답변을 고쳤다. '마지막'이라고 생각하자 오롯이 혼자라는 고독감이 불시에 찾아들었다.

춥고, 외롭고, 무서웠다.

왈칵 눈물이 터질 것만 같았다. 어떻게든 울지 않으려고 입술을 꽉 깨물었다. 죽어 가는 순간까지 울고 싶진 않았다. 그러면 너무 비참할 것 같았다. 순간순간 최선을 다하며 살아온 스스로의 삶에 대한 예의로라도 여기서 눈물을 보이면 안 된다고 생각했다. 죽음을 앞에 두고 끝까지 담대할 수 있기를 바랐다.

보고 싶은 얼굴들이 하나둘씩 눈앞에 그려졌다. 엄마, 아빠, 언니, 형부, 조카들, 친구들, 그리고 한 사람.

"해서야."

기억 속의 주원이 해서의 이름을 부른다. 그 소리를 듣고 기억 속의 자신이 가던 발걸음을 멈추고 뒤를 돌아다본다. 주원이 가까이 오라며 손짓을 한다. 해서는 운전석 출입문을 열고 밖으로 나오는 주원을 향해 전속력으로 달려간다.

"왜요?"
"차비는 주고 가야지."
"네?"

어리둥절해하는 해서의 입술을 연한 미소를 머금은 주원의 입술이 덮친다. 둘은 뜨겁게, 절박하게, 간절하게 입맞춤을 한다.

"가기 싫다."

주원이 한숨처럼 말한다. 자신은 그의 품에 더욱 파고든다.

"나도 보내기 싫어요."

"흐으읍."

해서는 억눌린 울음소리를 삼키고 또 삼켰다. 절대 울지 않으려고 했는데 결국 울음이 터지고 말았다. 굵은 눈물방울이 하염없이 여울져 야윈 뺨을 타고 흘러내렸다.

강주원이라는 남자가 보고 싶었다. 못 견디게 보고 싶었다.

그가 그리웠다. 미치도록 그리웠다.

"주원 씨……."

삶의 끝자락에서 지독한 절실함으로 다가오는 이름을 소리 내어 불러 보았다. 그녀에게로 와서 꽃이 되었어야 할 그 이름은 멍울진 피 울음으로 가슴에 아롱아롱 맺혔다.

해서는 어깨를 동그랗게 말아 몸을 웅크리고 앉아 한참을 목 놓아 울었다.

얼마나 시간이 지났을까. 자꾸만 의식이 흐려지더니, 끝내 눈꺼풀이 힘없이 아래로 스르르 닫혔다. 주변의 다른 모든 것들처럼 해서 역시 자우룩한 물안개에 묻혔다.

그렇게 옴짝달싹하지 못한 채 까마득한 어두움 속으로 유유히 매몰되어 갔다.

"장해서! 해서야!"

소리쳐 부르는 주원의 목소리가 어두움 저쪽에서 물안개를 헤치며 어두움 이쪽으로 넘어 들었다. 굳게 닫혀 있던 해서의 눈꺼풀이 주원의 부름에 반응해 파르라니 경련했다.

"장해서, 어서 대답해!"

해서는 가까스로 눈을 뜨고 흐리멍덩한 눈동자를 들어 올렸다. 진눈깨비가 어지러이 날리는 허공을 응시하며 애써 초점을 맞추었다. 지독한 물안개와 끝 간 데 없는 어두움으로 둘러싸인 자작나무만이 흐릿한 시야를 온통 채웠다.

"주원 씨……. 나, 여기……."

나오지도 않는 목소리를 간신히 쥐어짰다. 가까스로 입 밖으로 밀어낼 수 있었다. 말소리가 아니라 고통에 찬 신음성에 더 가까웠다.

"어디 있는지 말하라고! 장해서!"

까마득하고 팍팍한 어두움 속에서 해서를 찾아 헤매는 주원의 애끓는 고함 소리가 다급히 울려 퍼졌다.

해서는 버썩 말라붙은 입술을 달싹여 보았다. 입을 벌렸다가 다물었다 하면서 어떻게든 목소리를 내려고 안간힘을 썼다. 하지만 목소리는 끝끝내 나오지 않았다.

천근보다 더 무겁게 느껴지는 눈꺼풀이 한 번, 두 번, 세 번, 점점 느리게 깜빡였다. 결국 도로 닫히고 만다.

모든 것이 협력하여 선을 이루다

문 두드리는 소리가 짤막하게 울렸다. 들어오라는 허락이 나기도 전에 벌컥 출입문이 열렸다.

주원은 광현이려니 했다. 마침 퇴근 시간 즈음이라 술이나 한잔하러 가자고 온 것으로 여겼다. 다음을 기약하자는 말을 하려고 고개를 드는데, 생각지도 못한 엉뚱한 얼굴이 사무실 안으로 들어와 반가운 척 새살을 떨었다.

"강주원 수석 검사님, 오랜만입니다."

"웬일이냐?"

주원이 불뚝하게 내쏘자 사경도 지지 않고 불퉁거렸다.

"너는 오랜만에 얼굴 보는 친구한테 고작 할 말이 그것밖에 없냐? 너무하네."

건들건들 실내를 가로지른 사경은 제 사무실도 아니면서 떡하니 소파 상석을 차지하고 앉았다. 자연스럽게 다리를 꼬는 모양새가 제집 거실에서보다 더 편안해 보였다.

하기는 집구석에 들어가서 자는 날보다 국립과학수사연구원 서울분원 부검실에서 밤을 지새우는 날이 훨씬 많은 사경이다. 토막 사체를 옆에 두고도 아무런 거리낌 없이 먹고 자는 놈인데 세상 어디인들 편안하지 않을까.

"오매불망 죽고 못 사는 부검실에서는 어떻게 나왔을까? 우리 금 박이 내가 보고 싶어서는 아닐 테고."

주원은 한껏 비아냥대며 책상을 벗어나 소파로 다가갔다. 제 입으로 이야기했으면서도 그런 끔찍한 경우는 상상조차 싫다는 듯 부르르 몸서리를 쳤다. 사경 역시 못 들을 소리를 듣고 말았다는 표정이었다.

"역겨운 소리 작작해라. 점심에 먹은 하와이안 피자를 조각조각 토해 내서 퍼즐 맞추기를 하는 수가 있어."

"새꺄, 너나 작작해. 어쩐 일이야? 두문불출 부검실에서 살다시피 하는 놈이 무슨 바람이 불었어?"

"권상엽 씨 부검 결과지 나왔다."

"그래? 생각보다 빨리 나왔네. 마취 약물은?"

"당연히 찾았지. 칼륨 배합이 아주 예술이더라. 기서도 씨 몸에서 검출된 성분이랑 정확하게 일치해."

"동일범에 의한 연쇄 살인의 근거로 충분하다는 거지?"

"말해 뭐 해. 내 입만 아프고, 듣는 네 귀는 고생이지."

사경이 우스갯소리를 섞어서 호언장담을 쳤다.

"수고했다."

주원은 잘게 미소를 지었다. 얼마 만에 짓는 웃음인지 모르겠다. 요즘은 외줄을 타는 심정으로 하루하루를 버티고 있었다. 신경이 바이올린 현보다 더 팽팽하게 당겨진 상태인데도 주위에 공연한 걱정을 끼칠까 봐 겉으로는 아닌 척했다.

"강 검아, 내가 궁금한 게 있는데."

"뭐?"

"다른 피해자들은 전부 돌연사로 위장해서 부검 후에 화장을 했는데, 기서도 씨는 암매장을 했잖아. 왜 그런 거냐?"

사경이 호기심을 띄고 물었다. 불법 장기 밀매 일당을 검거하기 위해 주원이 잠입 수사까지 불사한 내막을 아는 사경으로서는 충분히 가질 만한 의문이었다.

만약 놈들이 기서도를 암매장하지 않았다면 관악산 장군봉에서 장기 없는 변사체가 발견되는 일은 없었을 것이다. 대한민국 상위 0.1%를 위한 초호화 정신휴양병원 '호스피아'와 강원도 어느 산골짜기의 그저 그런 정신요양병원인 '한울타리'를 연계해서 수사가 진행되는 일도 없었을 것이다.

"범인한테 물어봐. 그걸 왜 나한테 물어."

"주범이 뒈져 버렸잖아. 그 씨발 새끼. 천벌을 받았어야 했는데."

사경이 되도 않을 신경질을 부렸다.

박태수 병원장과 함께 불법 장기 밀매를 주도적으로 자행한 마취과 전문의 유상호(가명 유인호)는 두개골 함몰로 인한 뇌출

혈로 사망했다. 사경의 말마따나 살아서 마땅히 죗값을 치러야 할 놈이 허무하게 죽어 버리는 바람에 주원은 짜증스러울 정도로 화가 났다.

현장에서 즉사하지 않고, 제법 장시간 지독한 고통 중에 방치되다 사망했다는 부검의의 소견이 그나마 위안이 되었다. 시시각각 다가오는 죽음의 공포를 유상호가 뼈저리게 실감하면서 죽어 갔기를 바라고 또 원한다.

"기서도 씨 어머니의 아들 사랑이 각별했다더라. 3년 가까이 입원해 있는 동안 비가 오나 눈이 오나 주말마다 면회를 왔을 정도로."

"대단하시네. 긴병에 효자 없다는데, 역시 엄마는 다르구나."

"그 어머니가 특별한 거야. 다른 피해자 가족들 봤잖아. 새파랗게 젊은 나이에 돌연사했다고 해도 그러려니 하면서 받아들이는 것. 아무도 의문을 제기한 보호자가 없었어."

"그 사람들 뭐라 할 것 없어. 먹고 살기도 힘든데, 정신병으로 장기간 입원해 있는 가족의 뒷바라지까지 해야 한다고 생각해 봐. 끔찍하지."

"아무리 그래도 가족이잖아. 자식이고, 형제고, 부모고."

"야, 그것도 하루 이틀이지. 몇 년씩, 혹은 몇십 년씩 뼛골 빠지게 돈 벌어서 병원비 대는 게 어디 쉬워? 솔직히 나라도 사망 소식에 잘 죽었다고 생각했을 거다. 서로 고생 안 하고 좋은 게 좋은 거라고."

"너무하네."

"그게 사람 본심이야. 인간은 본래 이기적이거든."

사경이 다소 말을 신랄하게 내뱉었지만 주원도 일정 부분 동의하는 바였다.

"그러니까 기서도 씨 어머니가 대단한 거지. 그 씨발 새끼들 눈에도 그 어머니는 달라 보였다는 거잖아."

"아들이 서른일곱에 심장 마비로 돌연사를 했다고 하면 기서도 씨 어머니는 난리를 피우고도 남을 거라고 판단했다는 거지?"

"어. 종범인 이소정 얘기로는 시끄러워지면 안 되니까 조용히 처리하려고 했다더라."

"그래서 행방불명이라는 카드를 꺼내 들었군."

"하필 그 무렵 어머니가 낙상을 해서 고관절 수술을 받았나봐. 기서도가 어머니가 걱정돼서 무단으로 병원을 빠져나갔다, 시나리오가 그럴싸하잖아."

"지적 장애 3급이니 길을 잃었다는 핑계를 대기도 딱이고."

"그런 셈이지."

주원은 쓰게 웃었다. 사경도 마음이 착잡한지 얼굴 표정이 어두웠다.

"태풍 때문에 시신을 바다에다 버리지 못하고 암매장한 게 신의 한 수였네. 악의를 가지고 행한 일이 결국 선을 이루었잖아. 기서도 씨의 변사체가 실마리가 되어 불법 장기 밀매 일당을 일망타진했으니까."

"모든 것이 협력하여 선을 이룬다*."

"하느님 말씀은 역시 진리야. 죄짓고 살지 말아야지."

"제발 그래라. 대한민국 검사들이 얼마나 격무에 시달리는지 알지? 하늘 무서운 줄 모르고 죄짓고 사는 놈들이 세상에는 너무 많아."

"강 검."

"왜, 금 박?"

"나는 요새 인간이 너무너무 싫다."

사경이 '너무너무'에 강세를 주며 길게 발음했다. 주원은 짐짓 어처구니가 없다는 식으로 굴었다.

"네가 언제는 사람 좋아했냐. 산 자보다 죽은 자가 낫다며 해부·병리과를 택한 게 누군데. 너의 그 동족 혐오는 지병이니까 그러려니 하고 살아."

"그깟 돈 때문에 산 사람 배를 갈라 장기를 꺼내고. 인간이 무서운 건지, 돈이 무서운 건지……."

사경이 한탄했다. 짙게 뱉어 놓은 사경의 한숨 위로 주원이 토해 내는 무거운 날숨이 덧입혀졌다.

"돈에 집착하는 인간의 욕망이 무서운 거지. 돈이라면 뭐든지 가능하다고 믿는 인간의 오만이 끔찍한 거고."

"그러네. 역시 우리 강 검은 똑똑해. 덕분에 의문이 풀렸다."

---

* '로마서', 8장 28절.

"그거 물어보려고 일부러 왔냐?"

주원은 20년 지기의 얼굴을 빤히 쳐다보았다. 행여 해서의 일로 주원이 폐인이 되지나 않았을까 걱정이 되어 찾아온 것이 분명했다.

주원이 대놓고 묻지 않듯이 사경도 드러내 놓고 대답하지 않는다. 그냥 두루뭉술하니 넘길 뿐. 그럼에도 오가는 눈빛 속에 서로의 생각과 걱정과 관심이 충분히 읽혔다.

"겸사겸사. 애들한테 쫓겨났거든. 시체 냄새 난다고 어찌나 지랄을 해 대는지."

"시간(屍姦)이라도 했어?"

"야, 이 미친놈아! 저걸 내가 친구라고. 아휴, 씨팔."

사경이 펄쩍 뛰며 소파 맞은편에 자리를 잡고 앉은 주원을 쳐 죽일 듯이 노려보았다.

"아님 말지, 뭘 꼬나보냐? 금 박, 너 진짜로 시체 냄새 나는 것 같기는 하다."

"그럴 리가 없는데……. 레몬 스물네 개짜리 한 박스를 몽땅 짜서 온몸에 처발랐단 말이야."

사경이 코를 킁킁거리며 제 몸의 냄새를 맡았다. 아까부터 공기 중에 떠다니는 희미한 레몬 냄새의 정체를 그제야 알아챈 주원은 피식 헛웃음을 피웠다.

부패가 심한 사체를 만지고 나면 그 냄새가 부검의의 몸 곳곳에 밸 수밖에 없다. 그래서 사경은 샤워할 때 레몬 즙을 사용하곤 했다. 고약한 사체 냄새를 지우는 데는 상큼한 레몬 향이 으뜸이라면서.

"부패가 얼마나 심각한 사체를 부검했기에 밑의 애들이 냄새난다고 난리를 쳐?"

"사체라기보다 걸쭉한 죽 같았어. 구더기가 득실득실 끓는."

"그 수준인데, 뭐가 나오기는 해?"

"당연히 나오지. 하다못해 뼛조각 하나만 찾아도 그게 어딘데."

"그 고생을 했으면 집에 가서 잠이나 자지, 여기는 왜 와?"

"간만에 술이나 한잔하자고. 곧 퇴근 시간이지?"

사경이 은근슬쩍 운을 띄웠다. 역시나 주원이 잘 살고 있나 염탐하러 온 것이 맞았다. 주원은 눈가를 접으며 물색없이 웃었다.

"술은 광현이랑 해."

"너는?"

"갈 데가 있어."

"해서 씨라고 했던가?"

사경의 말소리가 끝내 조심스러워졌다.

"어."

주원은 마음이 불편했다. 해서의 일로 주변 사람들이 자신의 눈치를 보는 것이 싫었다. 아무리 절친한 사이라고 해도 해서를 알지 못하는 사경과 이러쿵저러쿵 그녀에 대한 이야기를 나누고 싶지도 않았다.

주원은 공연히 마른세수를 했다. 누구도 자신을 건드리지 말았으면 좋겠다. 그냥 가만히 내버려 두었으면 좋겠다.

"해서 씨는 좀 어때?"

"그저 그래."

"아직도 그래?"

"어."

"혼수상태 오래 가면 안 좋은데."

"깨어날 거야!"

주원은 저도 모르게 신경질적으로 반응했다. 날카롭게 받아치는 주원을 사경이 한참이나 말없는 시선으로 바라보았다. 넘치는 이해가 담긴 친구의 눈빛에 주원은 문득 미안함을 느꼈다.

"술은 다음에 하자. 내가 살게."

"강주원."

"뭐, 금사경."

"밥은 먹고 다녀?"

"아무리 굶겠냐?"

"그런데 꼴이 그게 뭐야? 낯짝이 아주 반쪽이네, 씨팔."

"욕하지 마, 새꺄."

"형님 마음이 찢어진다. 제발 잘 먹고 잘 자자. 너까지 쓰러지면 해서 씨는 누가 지켜."

"알아."

"알면 잘 하자, 쫌. 울지 말고."

"안 울어, 새꺄."

아득바득거리는 주원을 쳐다보며 사경이 기다란 어깻숨을 쉬었다.

"……울어도 돼, 인마. 때로는 슬픔도 힘이 된다더라."

"씨팔, 안 운다고!"

주원은 제 성질을 못 이겨 버럭 고함을 내질렀다. 어금니를 으득 깨물었다. 눈가가 뜨뜻했다.

✿   ✿   ✿

주원은 일부러 활기차게 병실 출입문을 열어젖혔다. 안으로 들어서며 목소리 또한 한껏 밝게 만들었다.

"저 왔습니다, 어머님."

해서의 머리맡을 지키고 앉은 연희가 반가운 미소를 함박 짓는다.

"어서 와, 강 검사. 저녁은?"

"먹었습니다."

먹었다고 거짓말하면서 주원은 얼굴색 하나 바꾸지 않았다. 여상한 표정으로 말소리를 이었다.

"어머님은 드셨어요?"

"나야 당연히 먹었지. 병원 밥이 본래 빨리 나오는데 여기는 유독 더 빨라. 6시 땡 하면 환자들한테 줄 식판을 실은 카트가 돌돌거리면서 병동에 나타난다니까."

요즘 연희는 해서 몫으로 나오는 환자식으로 끼니를 때우고 있었다. 따로 맛있는 것을 사 드시라는 주원의 닦달에도 오히려 식당 밥보다 병원 밥이 낫다고만 한다.

"이거 이모님 댁에 가실 때 가지고 가세요."

주원은 자그마한 쇼핑백을 간이 테이블 위에다 올려놓았다.

"그게 뭐야?"

"마카롱이에요. 전에 어머님 잘 드시기에 사 왔어요."

"뭘 이런 걸 자꾸 사 들고 와. 귀찮게."

"하나도 안 귀찮습니다."

주원은 흔연스럽게 대꾸했다. 트렌치코트와 슈트 재킷을 한꺼번에 벗어 대충 옷걸이에 걸고 와이셔츠 소매를 돌돌 말아 올렸다. 알코올 세정제로 양손을 꼼꼼하게 닦으며 해서의 머리맡으로 다가갔다.

"우리 의사 선생은 오늘 하루 종일 뭐 하고 지내셨나?"

주원의 장난스러운 물음에 해서가 아닌 연희가 대신 대답을 한다.

"우리 개딸이야 하루 종일 자는 게 일이잖아."

"이 잠꾸러기를 어떡하면 좋아요."

짓궂은 말소리와 달리, 물끄러미 해서의 얼굴을 내려다보는 주원의 눈가는 우런 붉었다. 해서의 헝클어진 머리카락을 가만가만 쓸어서 넘기는 손끝 역시 미세하게 떨렸다.

"두들겨 팰까?"

농으로 받아치는 연희의 목소리가 언뜻 젖어 있었다. 주원은 붉어진 눈가를 비뚜름하니 접으면서 웃었다.

"어머님도 참. 아까워서 때릴 데가 어디 있다고요."

"강 검사 눈에나 아까워 보이지. 내 눈에는 하나도 안 아까워. 부모 속만 썩이는 저런 개딸."

"그러니까 저 주세요. 어머님은 이런 개딸 필요 없으시잖아요."

"됐어. 남의 집 귀한 아들 창창한 앞날 막을 일 있어? 내가 죽을 때까지 옆구리에 끼고 살 거야."

진심으로 한 말이었다. 연희는 의식도 없이 저러고 누워만 있는 해서의 곁을 든든하게 지켜 주는 주원이 고마우면서도, 불쑥불쑥 미안한 마음이 들기도 했다. 해서가 이대로 영영 의식을 회복하지 못하면 어쩌나, 두려움이 찾아들 때마다 주원에 대한 미안한 마음도 커졌다.

"어머님, 이게 뭐예요? 왜 해서 손을 묶어 놨어요?"

미간을 잔뜩 구기고 선 주원의 표정이 약간 격양되어 보였다.

"오늘 낮에도 한차례 발작증이 왔어. 해서가 몸부림치면서 링거 줄이 빠졌거든. 간호사들이 위험하다고 손발을 묶어 놔야 한다잖아."

"아무리 그렇다고 이러는 건 진짜……. 오른쪽 팔은 아직 뼈도 제대로 다 붙지도 않았는데."

"그래서 깁스한 오른팔은 위로 걸었잖아. 아휴, 어쩌겠어. 병원에서 하라는 대로 해야지. 누워 있는 사람은 하나인데, 주렁주렁 연결된 줄은 뭐가 이렇게 많은지. 여기서 뭐 하나만 잘못 건드려도 해서 목숨이 왔다 갔다 하는 상황이 벌어질 수도 있대."

연희는 장황하게 부연했다. 그러면서도 마음의 준비를 하라던 병동 주치의의 말은 쏙 빼놓았다. 의식 불명 환자의 발작증은 나쁜 예후라는 말도, 계속되면 심정지로 이어지기 쉽다는 말도 차마 주원에게 전하지 못했다.

"의사는 뭐래요?"

"회진 와서 하는 소리야 만날 똑같지. 혼수상태가 길어지면 좋을 것 없다고. 해서 스스로 의식을 회복하는 것 말고는 속수무책이라고."

한탄에 가까운 연희의 이야기를 조용히 듣던 주원이 갑자기 해서 쪽으로 허리를 숙였다. 귓가에다 바짝 입술을 붙이고 조곤조곤 속삭인다.

"해서야, 들었지? 당신 스스로 의식을 회복해야 된다잖아. 조금만 힘내자. 응?"

"겨우 그거 가지고 되겠어?"

연희는 부러 더 잔망을 부렸다. 무겁게 가라앉은 병실 분위기를 가볍게 띄우고 싶었다. 눈치 빠른 주원이 알아서 척척 맞장구를 쳐 준다.

"당장 일어나지 않으면 어머님이 두들겨 팰 거라고 협박할까요?"

"나쁘지 않네. 근데 더 좋은 방법 있잖아. 아주 고전적이면서 성공률 100%인."

"그런 방법이 있으면 진즉 알려 주셨어야지요. 뭔데요?"

"뽀뽀."

"예?"

"잠자는 숲 속의 공주도, 백설 공주도, 전부 왕자님이 찾아와서 뽀뽀하니까 잠에서 깨어났잖아."

"그거 성공률 100% 아니던데요."

"벌써 해 봤어?"

"당연할 걸 뭘 또 물어보세요."

"강 검사가 왕자님이 아니라서 우리 해서가 못 일어나는 것 아닐까?"

"그럴지도 모르고요. 아니면 제 뽀뽀가 약했을 수도 있고요. 찐하게 해야 했는데, 해서가 환자라서 제가 몸을 좀 사렸거든요."

뻔뻔한 주원의 말에 연희는 깔깔깔 웃었다. 얼마 만에 소리를 내어 웃는지 기억조차 가물가물했다. 그나마 주원이 지난하고도 지루한 이 싸움을 함께해 주기에 가능한 일이었다.

"눈치 없이 내가 너무 오래 있었네. 방해꾼은 사라져 줄 테니까 찐하게 한 번 시도해 봐. 우리 개딸 놀라지 않을 정도로만."

"알겠습니다."

주원이 옷걸이에서 연희의 외투를 가져오며 쿡쿡거렸다. 연희가 입기 편하도록 뒷등 쪽에서 외투를 펼쳐 주었다. 두 팔을 차례로 꿰고 단추를 잠그는 연희의 목에 어느새 모직 목도리를 둘러 준다.

"우리 강 검사, 여자 친구 엄마한테도 이렇게 잘하는데. 우리 해서한테는 오죽 지극정성일까."

"그러니까 해서 저 주세요."

주원이 새카만 눈망울을 예쁘게도 끔뻑거렸다. 충성심 강한 커다란 강아지를 의인화해 놓으면 딱 이렇겠구나 싶어서 연희는 까치발을 하고 주원의 정수리를 쓱쓱 쓰다듬었다.

"해서 깨어나면 멋지게 청혼해서 감동적인 결혼식 올려."

"마땅히 그렇게 할 건데요. 그전에……."

주원의 말소리를 연희는 재빨리 무질렀다.

"혼인 신고는 안 돼."

"어머님, 허락해 주세요. 네?"

"졸라도 안 되는 건 안 되는 거야. 나는 강 검사보다 우리 딸 의견이 중요해."

연희는 제 마음속의 미련을 떨쳐 버릴 요량으로 더 완강하게 이야기했다. 주원이 사위로서 욕심이 나지 않는다면 거짓말일 것이다. 해서가 의식 불명인 상황만 아니라면 딸을 두들겨 패서라도 주원과 강제 결혼이라도 시켰을 터다. 해서가 어디 가서 주원 같은 진국을 또 만나랴 싶었다.

"강 검사 마음 다 알아. 그 시커먼 속을 내가 모를 줄 알고."

"제가 뭘요."

주원이 억울해했다. 연희는 곱게 눈을 흘겼다.

"내가 강 검사보다 법은 잘 몰라도 인생은 배 가까이 더 살았어. 우리 해서 법적 보호자가 되고 싶은 거잖아. 그렇지?"

"……예."

머뭇머뭇 대답하는 주원의 손을 연희는 따뜻이 부여잡았다. 고맙고, 미안하고, 더없이 예뻐서 왈칵 눈물이 났다.

"강 검사."

"예, 어머님."

"세상의 어느 엄마도 자식을 먼저 포기하지 않아. 그러니까 나를 믿어. 나는 우리 해서 끝까지 지킬 거야. 장해서 법적 보호자로서 하는 얘기 아니야. 우리 개딸을 배 아파 가면서 낳은 엄마로서 하는 소리야."

"어머님……."

주원은 입술을 꽉 깨물어 울음을 삼켰다. '엄마'라는 존재만이 가질 수 있는 그 무게와 깊이를 간과하고 있었다. 기서도의 어머니만 특별한 것이 아니라 세상에는 그녀와 같은 '엄마'들이 수없이 많다는 것을 잠시 잊었다.

하르르 떨리는 주원의 손을 연희가 힘주어 한 번 꾹 잡았다가 놓았다.

"이제 좀 안심이 돼?"

"어머님 못 믿어서 혼인 신고를 하겠다고 한 거 아니에요. 제가 해서 곁을 지켜야 할 것 같아서 그랬어요. 법의 힘을 빌려서라도 제 옆에다 해서를 묶어 두고 싶었나 봐요."

주원은 하릴없는 변명을 주워섬겼다. 연희가 별걱정을 다한다는 식으로 샐쭉 미소를 지었다.

"알아. 그만큼 우리 해서를 생각하는 강 검사 마음이 깊다는 거. 있지, 강 검사. 곰도 여자로 60년을 살면 여우가 돼."

"네?"

"여자 나이 60이 넘으면 눈치만 빠삭해진다고."

"그런데 어머님."

"으응?"

"곰이 100일 동안 마늘만 먹고 여자가 된 거잖아요. 여자로 60년을 산 다음에 여우가 되면 곰이 손해 아닌가요?"

"으이구!"

연희가 깔깔거리면서 주원의 뒷등을 사정없이 때렸다. 말 그대로 두들겨 팼다.

"오늘도 고생해. 나야 강 검사 덕분에 언니네 가서 편히 자는데, 우리 강 검사는 소파에서 새우잠이나 겨우 자고 출근해야 하고. 고맙고 미안해."

"아니에요, 어머님. 제 걱정 마세요. 야근할 때마다 만날 소파에서 자 버릇하니까 이제 이골이 났어요. 소파도 편하고 좋아요."

"그러다 골병들어. 늙어서 우리 딸 고생시키지 말고, 젊을 때 관리 잘해."

"명심할게요."

"나랏일 하고 와서 피곤한 사람 붙잡고 내가 너무 사설이 길었다. 그만 쉬어. 맘 편히 쉬지도 못하겠지만."

병실을 나서는 연희의 곁을 주원은 바삐 따라붙었다. 연희가 홰홰 손사랫짓을 한다.

"나오지 마."

"요 앞 엘리베이터까지만요."

"됐어. 우리 개딸이나 잘 부탁해. 혼자 두지 말고."

내내 밝은 미소를 짓던 연희의 얼굴빛이 돌연 어둡게 변했다. 주원은 해서를 혼자 두지 말라는 말의 저의를 곧바로 알아차렸다. 언제 발작증이 다시 올지 모르니 주의 깊게 살펴 달라는 간곡한 부탁이었다. 연희를 위해 출입문을 열어 주고 주원은 병실에 남았다.

"조심해서 가세요."

"내일도 일찍 올게. 7시까지 오면 되는 거지?"

"예."

"고생해."

주원은 신중하면서도 꼼꼼한 손길로 해서의 몸을 닦아 나갔다. 해서가 의식 불명에 빠진 지 벌써 스무 날 가까이 되었다.

얼마 전부터 해서의 등과 엉덩이 쪽에 욕창의 기미가 나타나기 시작했다. 낮 동안은 연희가, 밤 시간에는 주원이 30분 간격으로 해서의 몸을 이쪽저쪽으로 돌려서 눕히고 있는데도 소용이 없었다.

"장해서, 이게 뭐야. 하도 자니까 이제 등까지 짓무르려고 하잖아. 그만 자고 일어나자. 아무리 미인은 잠꾸러기라고 해도 너무 잔다."

주원은 옆으로 누워 있던 해서를 똑바로 굴렸다. 몸을 씻기느라 함부로 풀어놓은 환자복 앞섶도 단정하게 여며 주었다.

"어디 보자. 우리 의사 선생 얼마나 예뻐졌나, 볼까."

주원은 젖은 수건을 오른손에 든 채 등허리만 뒤로 조금 물렸다. 그 상태로 잠든 해서의 얼굴을 잠시 바라보았다.

"물만 찍어 발라도 예쁘네."

문득 애틋해서, 보고 있는 것만으로도 못 견디게 애틋해져서 손등으로 해서의 볼을 살살 어루만졌다.

"하루 종일 잠만 자더니 피부 고와진 것 봐. 완전 아기 살이야."

또 문득 그리워서, 보고 있는데도 미치도록 그리워져서 갈 곳 잃은 시선을 허공중으로 던졌다. 천천히 호흡을 골라 울컥 올라온 감정을 차분히 누그러뜨렸다.

"이제 손하고 발만 닦으면 되겠다. 조금만 기다려. 물 다시 받아 올게."

주원은 대야를 들고 병실에 딸린 욕실로 갔다. 젖은 수건을 깨끗이 빤 다음 대야에 새로 더운물을 받았다. 손끝을 물속에 담가 수온을 확인했다. 흠칫할 정도로 뜨거웠다. 경험상 이 정도로 수건을 빨아야 해서의 몸을 닦는 데 딱 좋았다.

다시 병실로 돌아온 주원은 대야를 간이 테이블 위에다 내려놓았다. 해서의 손목과 발목에 채운 구속구를 차례로 풀었다. 여린 살갗이 구속구에 쓸리지 말라고 감아 놓은 압박 붕대도 빠르게 제거했다.

한 줌도 안 되는 가느다란 손목과 발목이 오늘따라 더욱 안쓰러웠다. 아무리 의식이 없다고 해도 하루 종일 손발이 묶여 있는 고통이 오죽할까 싶었다.

"묶여 있는 거 힘들지?"

대답 없는 해서의 얼굴은 그저 고요하기만 하다.

주원은 더운 김이 펄펄 나는 젖은 수건으로 해서의 왼손부터 조심스럽게 닦았다.

오른팔 깁스를 아직 풀지 않은 상태라 그동안 줄곧 정맥 주사를 놓았던 왼쪽 손등에 시퍼런 피멍이 가득하다. 주삿바늘에 혹사를 당한 탓이다. 혈관마저 전부 숨어들어 오늘은 발등에다 IV라인을 잡았다.

"해서야, 이제 발작은 그만하자. 응? 발작하는 너도 힘들지만 지켜보는 나도 힘들어. 너 이렇게 묶여 있는 거 보면 속상해 죽겠어. 그러니까 이제 발작은 하지 말자. 알았지?"

반응을 보이기는커녕 듣고 있는지조차 알 수 없는 해서에게 주원은 보채기까지 했다. 그사이 해서의 왼손을 다 닦고 몸을 일으켰다. 대야에 담아 온 뜨거운 물로 수건을 적셨다. 주원의 양손이 금세 벌겋게 익었다. 뜨거움을 참으며 수건의 물기를 쥐어짰다.

해서의 발치로 다가가 앉아 제 무릎 위에다 오른발을 올렸다. 뜨거운 수건으로 발등과 발바닥은 물론, 발가락 하나하나까지 꼼꼼하게 닦았다. 접질렸다가 이제 막 회복기로 들어선 오른쪽 발목을 닦을 때는 새삼 조심했다.

대야에 담아서 가져온 물로 수건을 한 번 더 적시고, 이번에는 해서의 왼쪽 발을 무릎 위로 올렸다. 정맥 주사가 꽂혀 있는 발등을 정성스럽게 닦는데 느닷없는 눈물이 솟구쳤다. 울지 않으려 주원은 어금니를 으득 깨물었다. 그런데도 상처투성이인 발바닥을 보자 하릴없는 눈물이 후드득후드득 떨어졌다.

그날 이 자그마한 발로 달리면서 너는 무슨 생각을 했을까?

반드시 살아남아야 한다는 일념뿐이었겠지.

허겁지겁 쫓기면서 신발마저 잃어버리고 너는 무슨 정신으로 뛰었을까?

정신없이 도망치느라 신발이 벗겨지는 줄도 몰랐겠지.

험한 산길을 진눈깨비마저 날리는데 너는 맨발로 달음질치면서 얼마나 고통스러웠을까?

아파도 아픈 줄도 몰랐겠지. 그저 살기 위해 뛰고, 또 뛰고, 다시 뛰었겠지.

그때, 그날, 그 밤의 처절함을 항변이라도 하듯이 온통 긁히고, 찢기고, 패인 해서의 발은 시간이 이만큼 지났는데도 어디 한구석 성한 데가 없다.

주원은 상처투성이인 두 발을 가슴에 부둥켜안고 울었다. 악착같이 살아 준 것이 고마워서, 끈질기게 버텨 주는 것이 대

견해서 자꾸만 눈물이 났다.

그날 조금만 더 일찍 해서를 찾아냈다면······.

부질없는 후회가 뼈에 사무쳤다.

"미안해, 해서야. 내가 너무 미안해."

주원이 응봉산 정상 부근에서 해서를 발견했을 때는 이미 의식이 없었다. 과다 출혈과 저체온증으로 심장 박동 또한 멈춘 채였다. 심폐 소생술로 겨우 심장을 다시 뛰게 만들었다.

병원으로 이송된 직후 해서는 심정지를 잇따라 두 번이나 일으켰다. 해서를 수술한 집도의는 하루가 고비라고 했다. 그 고비를 가까스로 넘기고도 해서는 의식을 회복하지 못했다.

발작증을 동반한 혼수상태가 계속 이어졌다. 삶과 죽음을 오가는 힘겨운 싸움이 하루를 지나 이틀이 되고 보름을 넘겨 결국 오늘까지 이르렀다.

주원에게는 그 모든 순간순간이 온통 피를 말리는 시간이었다. 겉으로는 말짱한 척 굴었지만 속으로는 반쯤 미쳐 가고 있었다. 지루하고 힘든 싸움이 될 것임을 알고 시작했는데도 못난 마음은 속절없이 초조해져 갔다.

"장해서, 나 좀 살려 주라. 내가 너무 힘들어서 죽을 것 같아. 너 이대로 계속 누워 있으면 내가 진짜 돌아 버릴 것 같아."

주원은 울면서 상처투성이인 해서의 발바닥에 입을 맞추었다. 발등에 젖은 뺨을 비볐다. 그러다 불쑥 왜인지 모를 이질감이 들었다.

바로 그 순간 발톱이 빠져나간 엄지발가락이 꿈틀거렸다.

"해서야?"

주원은 멍하니 고개를 들어 올렸다. 뿌옇게 흐려진 시야로 침상 위 해서의 얼굴이 한가득 밀려왔다. 무려 20여 일 만에 마주 대하는 해서의 다갈색 눈망울은 전과 다름없이 여전히 명징했다.

해서가 몇 번이고 눈꺼풀을 슴벅거렸다. 그 모습을, 생애 가장 감동적인 그 장면을 주원은 눈도 끔쩍 않고 뚫어져라 응시했다. 가슴이 벅차올랐다. 마음이 한계치까지 부풀었다.

감격에 겨워 감히 아무런 말도 할 수가 없는 주원의 귓전으로 아주 먼 곳에서부터 들려오는 듯한 어떤 소리가 어렴풋하니 흘러와 고였다. 마치 쇠지레로 녹슨 못을 빼내는 것과도 같은 기이한 소리였다.

"주……원…… 씨……."

주원은 상처투성이인 두 발을 가슴에 부여안은 채 어린아이처럼 엉엉 목을 놓아 울었다.

"해서야. 해서야."

해서의 이름을 수도 없이 부르면서 펑펑 눈물을 쏟았다.

❂　　　❂　　　❂

몸이 쇠약해질 대로 쇠약해진 해서는 의식을 회복한 후로도 한 달을 꼬박 더 입원해 있어야 했다. 주원은 퇴원한 해서를 자신의 아파트로 데려갔다. 양가 부모님들의 허락하에 해서의 동의를 얻어—열흘을 줄곧 졸라서— 혼인 신고도 마쳤다.

해서는 한울타리 정신요양병원으로 돌아가지 않았다. 돌아갈 수가 없었다. 외상 후 스트레스 장애가 극심했다. 공황 장애로 인한 대인 기피증 때문에 외출도 하지 못했다. 지속적으로 약을 복용하고 주기적으로 상담 치료를 받아도 증세는 호전될 기미조차 없었다.

주원은 서울중앙지검에 휴직계를 제출하고 24시간 해서의 곁을 지켰다. 불법 장기 밀매 관련 수사를 마무리 짓는 일과 재판의 공소 유지 책임은 최광현 검사의 몫으로 돌아갔다.

광현은 결심 공판에서 박태수 병원장에게 법정 최고형인 사형을 구형했다. 재판부는 이례적이게도 검찰의 형량 의견을 전적으로 받아들였다. 선고 공판에서 불법 장기 밀매 및 살인 교사 혐의로 주범 박태수에게 사형이 언도되었다.

같은 법정에서 종범 이소정과 이병철은 각각 징역 20년과 15년을 언도받았다. 적극 가담자로 분류된 매부리와 사마귀를 검찰은 불법 장기 밀매뿐 아니라 오장희에 대한 살인 혐의를 추가하여 기소했다.

김선종 경상북도 도지사는 언론과 여론의 뭇매를 맞았다. 당연히 도지사직을 내려놓아야만 했다. 사퇴 기자 회견이 한창이던 시각, 서울중앙지방법원에서 구속 영장이 발부되었다.

피의자 신분으로 구치소로 이송되는 호송차 안에서 선종은 늦둥이 외아들이 심장 이식 부작용으로 사망했다는 소식을 들고 오열했다.

　모든 것이 인과응보였다. 또한 모든 것이 협력하여 이룬 선이기도 했다.

2 축의 이야기

판교에 위치한 주원의 아파트에서 일산의 추모 공원까지 오는 동안 해서는 아무런 말이 없었다. 납골당 안에 도착한 이후로도 지금껏 침묵을 지켰다. 그저 우두커니 서서 유리벽 너머 장희의 유골함만 멀거니 바라보기만 할 뿐이었다.

해서에게 있어 장희의 죽음은 슬픔을 넘어서는 고통이었다. 그녀 혼자만 살아남았다는 부끄러움 때문에 스스로가 미워질 정도였다. 마치 도망자나 비열한 배신자가 되어 버린 기분이었다.

주원은 두어 걸음쯤 앞에 서 있는 해서의 뒷등을 걱정 가득한 시선으로 응시했다. 당장 쓰러져도 전혀 이상하지 않을 것 같은 가녀린 등줄기가 애써 꼿꼿함을 유지하고 있다.

눈물을 보이지 않으려고 나름대로 안간힘을 쓰고 있음이 분명했다.

주원은 차라리 해서가 엉엉 목을 놓아 울어 버렸으면 좋겠다고 생각했다. 무작정 속으로 슬픔을 삼키지 말고, 무조건 안으로 울분을 삭히지 말고. 저런 식으로 계속 참기만 하다가는 언제든 쓰러지고 말 것이다. 벌써 마음의 병이 깊을지도 모른다.

요즘 해서는 실어증 환자나 다름없이 굴었다. 그녀가 누군가에게 먼저 말을 거는 경우는 일절 없었다. 누가 무엇을 물으면 겨우 단답형으로 대답을 하는 것이 전부였다. 웃지도 않고 울지도 않았다. 좋아하는 것과 싫어하는 것의 구분조차 불분명했다. 그냥 하루하루 무색무취의 시간을 무의미하게 흘려보내고 있었다.

주원은 해서의 곁으로 다가가 어깨를 나란히 잇대고 섰다. 괜찮지 않음을, 괜찮을 수가 없음을 잘 알면서도 굳이 물어보았다.

"힘들지?"

"아니……."

선뜻 부정하던 말을 해서는 느릿하니 바꾸었다.

"그러게요."

"많이 힘들어?"

"좀."

단음절에 불과한 해서의 대답은 짙은 한숨과도 같았다. 해서는 의식적으로 어금니를 윽물었다. 감정이 격해지는 것을 막기 위해서였다. 울고 싶지 않은데 자꾸만 눈물이 솟았다.

"해서야."

"으응?"

"참지 마. 힘든데 왜 참으려고만 해?"

"……."

"울어도 돼."

"내가 무슨 염치로……."

해서는 이야기 소리를 끝맺지 못한 채 시선을 멀리 허공중으로 던졌다. 붉은 눈시울이 금세 축축하게 젖었다. 미세하게 떨리는 어깨를 주원이 한쪽 팔로 다정히 감싸서 안았다.

"염치를 아니까 울어도 돼."

"나는, 나는……."

앙다물려 있던 해서의 입에서 왈칵 울음이 터져 나왔다. 섧도록 흐느껴 우는 해서를 주원은 품 안으로 바투 당겼다.

"괜찮으니까 실컷 울어."

"나는 알고 있었어요. 아저씨가, 그러니까 아저씨가……."

"말해. 마음에 담아 두지 말고 다 얘기해. 내가 전부 들어줄게."

"죽을 걸 알고 있었어요. 아저씨를 남겨 놓고 나 혼자 병원에서 도망쳐 나올 때 알고 있었어요. 일부러 생각하는 것을 피했을 뿐, 직감으로 알고 있었어요."

해서가 울면서 제 가슴을 주먹으로 퍽퍽 때렸다가 꾹꾹 문지르기를 반복했다. 마치 속이 꽉 막혀 있는 것처럼 흐느껴 우는 소리마저도 꺽꺽 목구멍 안으로 말려들었다.

"해서야, 소리 내서 울어도 돼. 아무도 뭐라고 할 사람 없어."

주원의 말에 해서가 마구 도리질을 쳤다. 울음을 터트린 것만으로도 염치없는 일인데, 소리까지 낼 수는 없었다. 지독한 회한으로 점철되는 도리질 속에 살아남은 자의 슬픔과 고통이 고스란히 담겼다.

주원은 품 안의 해서를 양팔로 한껏 조여 안았다. 죽음의 순간을 함께 지나는 동안 해서와 장희 사이에 끈끈한 유대감이 형성되었음은 두말할 필요조차 없었다. 그러니 장희의 죽음으로 인해 해서가 느끼는 상실감은 상상할 수도 없을 만큼 엄청날 터였다. 아마도 자신의 반쪽이 허물어져 내리는 일 이상의 충격을 받았을 것이다.

"괜찮아. 당신은 잘못한 거 없어."

"그래도 부끄러워요."

"그러지 마. 아저씨도, 당신도 최선의 선택을 한 거야."

"정말 그럴까요?"

"그럼."

"어쩔 수 없는 선택이 아니고?"

"당연하지."

주원의 확답이 어떤 기폭제가 된 것처럼 해서가 마침내 울음을 터트렸다. 주원의 품에 안긴 상태로 해서가 몸부림을 치면서 악을 쓰듯이 울었다. 주원은 달래는 말은 물론이고 위로 역시 일체 삼갔다. 해서의 가슴속 응어리가 전부 풀어지도록, 마음껏 울 수 있도록 잠잠히 기다리면서 더욱 힘주어 안아 주었다.

한참을 소리 내어 울고 난 해서가 얼굴 가득 흐르는 눈물을 양쪽 손바닥으로 대충 문질러 닦았다.

"나는, 살고 싶었어요."

"그래서 고마워. 살아 줘서 정말 고마워."

"그날 산에서…… 이렇게 죽을 수도 있겠구나, 가 아니라 이대로 죽는구나, 라고 생각했어요."

해서가 축축한 울음기가 묻어나는 목소리로 이야기했다. 주원은 해서의 말을 마음속으로 곱씹었다. '이렇게 죽을 수도 있겠구나'와 '이대로 죽는구나' 사이에 존재하는 엄연한 간극을 가늠했다.

전자에는 죽음에 대한 막연한 공포와 삶을 향한 간절한 열망이 공존했다. 반면 후자에는 자의든 타의든 이미 죽음을 수용하고 삶을 체념함이 담겨 있었다.

"마지막 순간에 마음이 바뀐 거지?"

주원은 사붓사붓한 어조로 해서에게 확인을 요구했다.

"맞아요. 이대로 순순히 죽음을 받아들이려고 했어요. 그런데……."

거기까지 이야기하고 해서가 왼팔을 주원 쪽으로 뻗었다. 야윈 뺨을 쓸고 날카로운 콧날을 매만지는 해서의 손길이 격한 감정에 잠겨 파르라니 떨렸다.

"이 얼굴이 너무 보고 싶은 거예요."

"해서야……."

길게 심호흡을 하던 주원의 입술을 꿰뚫으며 느닷없는 울음이 와락 솟구쳐 올랐다.

"주원 씨가 그리워서 미치겠는 거예요."

해서의 두 뺨에도 말간 눈물방울이 하염없이 여울져 흘렀다. 주원은 눈물로 젖어 드는 얼굴을 어루만지는 해서의 손등을 커다란 손바닥으로 감싸 쥐었다.

"끝까지 견뎌 줘서, 고마워."

"응."

"나한테 돌아와 줘서, 고마워."

"응."

"해서야."

"으응?"

"우리 오래오래 행복하게 같이 살자."

"동화처럼?"

"그래, 동화처럼."

❀   ❀   ❀

"긴장하지 않으셔도 돼요."

광현이 테이블 너머에서 온화한 미소를 지었다. 해서는 마른 숨을 삼켰다. 두 달여 만에 다시 앉은 서울중앙지검 조사실은 여전히 위화감을 주었다. 온통 검정 페인트칠을 한 사방의 두터운 벽도, 네 개의 모퉁이마다 하나씩 달린 감시 카메라도 결코 익숙해질 수 없는 환경이었다. 솔직히 익숙해지고 싶지도 않았다.

"그래도 긴장되네요."

해서는 부러 더 서늘하니 이야기했다. 시종 온화하던 광현의 미소가 눈에 띄게 일그러졌다. 데면데면한 해서의 태도에 광현이 어쩔 줄을 몰라 했다.

"반드시 필요한 조사지만 어디까지나 형식적인 거예요."

"알고 있어요."

해서는 고개를 끄덕이며 말했다. 오늘 참고인 조사를 앞두고 주원으로부터 이미 들은 이야기였다. 유인호라는 가명을 사용하던 유상호가 죽었기 때문에 사망에 이르게 된 과정을 수사해야만 한다고 했다. 다만 검찰 내부에서도 해서의 정당방위로 결론을 내렸다고 말이다.

"서면으로 제출한 진술서를 토대로 몇 가지 질문을 드릴게요."

"예."

"유상호의 허리를 끌어안고 계단에서 함께 몸을 날렸다고 하셨잖아요. 당시에 유상호가 죽을 수도 있다는 생각을 하셨나요?"

"예."

해서는 솔직하게 대답했다. 광현의 얼굴로 당황해하는 기색이 번졌다.

"장해서 선생님, 지금 이 자리에서 진술한 내용이 나중에 법정에서 본인한테 불리하게 작용할 수도 있습니다."

광현이 새삼스럽게도 미란다 원칙을 언급했다. 자칫 과잉 방위로 인한 과실 치사 혐의를 받게 될 수 있다는 이야기를 돌려서 한 것이다. 경고가 아닌 일종의 조언이었다. 해서는 서름하니 웃었다.

"그렇다고 거짓말을 할 수는 없잖아요."

"그렇기는 합니다만……."

광현이 말꼬리를 흐리더니 피곤이 덕지덕지 들러붙은 얼굴에다 마른세수를 더했다. 안절부절못하는 광현을 해서는 차분한 시선으로 쳐다보았다.

"최 검사님, 저는 의사예요. 일반인에 비해서 치명상에 대한 판단이 빠르고 정확할 수밖에 없어요."

"그렇겠지요."

"만약 유인호 선생님이 혼자 계단에서 구르거나 떨어졌다면 치명상을 입지는 않았을 거예요. 제 체중이 실렸기 때문에 유인호 선생님의 부상 정도가 심각해졌어요. 결국 죽음에 이르게 되었고요."

"유인호는 가명이고, 본명은 유상호입니다."

광현이 해서의 오류를 정정했다.

"죄송해요."

"아닙니다. 정확한 기록을 위한 거니까 신경 쓰지 마세요.

편하게 말씀하셔도 됩니다."

"지금 녹화하고 있는 거죠?"

"예."

"유인호, 아니 유상호……."

"서두르지 마세요. 시간을 두고 천천히 진술하셔도 되니까."

"그럴게요."

해서는 한차례 어깻숨을 내쉬며 흐트러진 마음을 가다듬었다. 복잡한 머리도 말끔하게 비우려고 노력했다. 속으로 숫자를 다섯까지 헤아린 다음 이야기 소리를 조곤조곤 이었다.

"유상호의 죽음은 전적으로 제 책임이에요. 유상호의 허리를 안고 계단에서 몸을 날릴 때 죽을 수도 있다고 생각했어요. 유상호뿐만 아니라 저 역시 죽을 거라고요. 함께 죽을 생각이었어요."

"그만큼 위험한 순간이었다는 말씀이시죠?"

"맞아요. 절박할 정도로 생명의 위협을 느꼈어요. 유상호를 죽이지 않으면 제가 죽는다고 생각했으니까요. 그래서 차라리 같이 죽는 방법을 선택한 거예요."

"어쩔 수 없는 최후의 선택이었다는 거죠?"

"예. 다만 제가 체중이 덜 나가니까 유상호가 먼저 떨어질 것으로 판단했어요. 그래서 지면에 닿을 때 유상호의 몸을 쿠션으로 활용한다면 저는 살 수 있지 않을까 기대했고요."

"알겠습니다."

광현이 다정하게 웃었다. 해서는 긴장으로 굳어 있던 입가를 억지로 풀고 마주 미소를 지어 보냈다.

"더 질문할 거 있으세요?"

"아니요, 없습니다. 장해서 선생님은 유상호의 죽음과 관련하여 더 하실 말씀 있으신가요?"

"저도 없어요."

"좋습니다. 이제 그만 가셔도 됩니다."

"그럼."

해서는 묵례를 하고 자리에서 일어났다. 하지만 출입문을 향해 몇 발짝 떼지도 않아 해서의 상체가 휘청하며 뒤로 크게 흔들렸다. 화들짝 놀란 광현이 재빨리 달려와 부축했다.

"형수님! 괜찮으세요?"

"잠깐 어지러웠던 것뿐이에요. 제가 기립성 빈혈이 좀 있거든요."

"여기 앉아 계세요. 바로 형님 불러 드릴게요."

"아니에요."

해서는 바삐 손사랫짓을 쳤다. 주원에게 공연한 걱정을 끼치고 싶지 않았다. 가뜩이나 물가에 아이를 내놓은 것처럼 해서의 일거일동에 마음을 쓰고 애를 태우는 주원이다. 가벼운 현기증을 쓸데없이 확대 해석할지도 모른다.

참고인 조사가 끝난 다음 주원의 사무실에서 만나기로 약속이 되어 있었다. 법적으로 혼인 신고를 마친 부부라는 두 사람의 관계 때문에 주원은 이번 해서의 참고인 조사에서 완전히

배제된 상태였다. 조사실은 물론이고, 조정실 출입까지 금지
당했다.

"괜찮으시겠어요?"

"그럼요. 그이 사무실에서 만나기로 했어요."

"제가 모셔다 드릴게요."

"아니에요. 혼자 갈 수 있어요."

해서는 배웅하겠다고 나서는 광현을 끝끝내 물렸다. 유리
인형 다루듯이 하는 주변의 태도가 부담스러웠다. 주원을 비
롯하여 모두가 어찌나 과잉보호를 하는지, 혼자서는 아무것도
못 하는 쓸모없는 사람이 된 기분이었다.

"다음에 뵐게요."

"예, 형수님."

허리 숙여 인사하는 광현에게 해서는 다시금 짧게 묵례를
보내고 조사실을 나섰다. 기다란 복도를 여러 사람들이 무시
로 오갔다.

낯선 얼굴이 곁을 스치고 지날 때마다 해서는 무의식중에
숨부터 죽였다. 심장이 미친 듯이 뛰었다. 가슴은 체한 것처럼
갑갑하고, 숨은 턱밑까지 차올랐다. 특히 뒷등 쪽에서 인기척
이 들려오면 머리카락이 저절로 쭈뼛쭈뼛 곤두섰다. 바짝 긴
장한 등줄기로 알땀 같은 식은땀이 줄줄 흘렀다.

전형적인 공황 장애 증세였다. 해서는 일시적인 현상일 뿐
이라고 애써 치부했다. 방금 눈앞에 들었다 사라진 기립성 빈
혈처럼 금세 괜찮아질 것이라며 스스로를 다독였다.

하필 그때 맞은편에서 뛰어오던 한 남자가 해서를 스쳐 지나면서 어깨를 툭 건드렸다.

"이런, 죄송합니다."

해서는 그대로 바닥에 허물어지듯 주저앉고 말았다. 갑자기 숨을 쉴 수가 없었다. 옥죄어 오는 가슴을 움켜쥔 채 최대한 입술을 크게 벌려 산소를 흡입하려고 시도했다. 하지만 이산화 탄소만 과도하게 배출될 뿐 아무리 기를 써도 공기는 목구멍 안으로 좀처럼 들어오지 않았다.

과호흡 증상을 보이는 해서의 상태가 예사롭지 않다는 것을 알아챈 남자가 가던 길을 급하게 되돌아왔다.

"어디 불편하세요?"

"숨을⋯⋯."

숨을 쉴 수가 없다는 해서의 말이 꺽꺽거리는 소리조차도 되지 못한 채 공허하게 울렸다. 남자가 목청을 높여서 주위에 도움을 요청했다.

"누구 여기 좀!"

다다다 요란한 발자국 소리가 먼 곳과 가까운 곳에서 동시에 울렸다. 사람들이 바닥에 주저앉아 있는 해서의 주위로 몰려들었다. 개중에 공포로 새파랗게 질린 주원의 얼굴도 보였다.

"해서야!"

주원은 다급하게 슈트 재킷을 벗었다. 임시방편으로나마 옷가지가 이산화 탄소를 가두는 봉투 역할을 해 줄 것으로 기대

432

했다. 재킷으로 해서의 얼굴을 완전히 감싼 다음 조그만 머리
통을 두 팔로 꽉 조여서 안았다.

"이제 괜찮아. 천천히 숨 쉬어. 내가 숫자를 셀 테니까 거기
에 맞추어서 숨을 쉬는 거야. 하나, 둘, 셋, 넷, 다섯……."

주원이 스물을 헤아릴 때쯤 해서의 호흡이 조금씩 안정을
되찾기 시작했다. 60까지 숫자를 세자 점차 해서의 숨소리가
정상으로 돌아왔다.

✿　　　✿　　　✿

해서는 깊이 잠든 주원의 얼굴을 물끄러미 바라보았다. 한
없이 미안하고, 더없이 고마웠다. 해서의 반대에도 불구하고
주원은 끝끝내 다시 휴직계를 제출했다.

한동안 일을 쉬면서 한가로이 여행을 다니고 싶다는 핑계
를 댔지만, 일주일 전 그녀의 과호흡 발작이 직접적인 동기가
되었음을 잘 안다. 언제 어디서 또 발작을 일으킬지 모르는 위
험천만한 상황에서 해서를 혼자 두는 것이 아무래도 불안했을
터다.

그래서인지 요즘 주원은 등딱지처럼 하루 종일 해서의 곁에
딱 붙어 지내고 있다. 무엇을 하든 둘이서 함께했다. 어디를
가든 둘이서 같이 갔다.

이번 제주도 여행 역시 주원의 강권으로 이루어졌다. 사상
유례 없는 한파가 맹위를 떨치는 서울이 지긋지긋하다며 주원

은 따뜻한 남쪽으로 떠나자고 우겨 댔다. 서귀포 바닷가와 잇닿아 있다는 유명 풀빌라를 인터넷으로 당일 예약한 후 대충 짐을 싸서 비행기에 올랐다.

해서도 어느 정도 기분 전환이 필요했다. 잠 한숨 이루지 못하는 불면의 밤이 벌써 일주일째 계속되고 있었다. 잠자리 환경을 자연 친화적으로 바꾸면 조금은 나아지지 않을까 기대했다.

그러나 아무런 소용이 없었다. 찰거머리처럼 달라붙은 불면증은 제주도에서도 그녀를 괴롭혔다. 해서는 오늘 밤도 잠들기는 완전히 틀렸다고 판단했다. 주원이 깨지 않도록 조심조심 침대를 빠져나왔다. 어차피 못 이룰 잠인데, 밤새도록 겨울 바다나 실컷 감상하기로 마음먹었다.

짙은 어두움에 둘러싸인 거실을 가로질러 테라스로 향했다. 두터운 유리문을 열고 밖으로 나오자 검푸른 빛깔의 서귀포 바다가 손에 잡힐 듯이 가깝다. 모두가 잠든 한밤중이라 한결 증폭되어 들리는 파도 소리에 가만히 귀를 기울였다.

철썩, 철썩, 철썩. 처얼썩, 처얼썩, 처얼썩. 철썩, 철썩, 철썩.

짧게 세 번, 길게 세 번, 다시 또 짧게 세 번.

파도 소리가 왜 구조를 요청하는 모스 부호처럼 들리는지 모르겠다. 해서는 허탈하니 쓴웃음을 지었다. 악몽과도 같은 지긋지긋한 기억에서 이제 그만 벗어나고 싶었다.

탁탁탁. 탁, 탁, 탁. 탁탁탁.

눈을 뜨고 꾸는 미몽처럼 눈앞에서 시간과 공간이 어그러진

다. 머릿속 기억이 왜곡된다. 자작나무 숲을 정신없이 내달린다. 여전히 지독한 물안개에 갇혀 있다. 한 치 앞을 내다볼 수 없는 어두움 속에서 진눈깨비가 바람을 타고 날아다닌다.

금방이라도 악, 하고 비명이 목구멍을 뚫고 터져 나올 것만 같았다. 해서는 머리를 마구 흔들었다. 끔찍하고도 검질긴 기억을 지우려 애를 썼다.

짧게 철썩, 길게 처얼썩, 다시 또 짧게 철썩.

끝도 없이 파도가 밀려왔다. 검푸른 밤바다에 몸을 던지면 지독한 악몽을 끝낼 수 있지 않을까, 못난 충동이 차오르는 차였다. 짙은 어두움 속에서 어떤 움직임이 감지되었다.

해서는 조금 더 자세히 보기 위하여 눈살에 힘을 더했다. 저도 모르게 '헉' 하면서 놀란 숨을 들이켰다. 누군가 바닷물 속으로 서서히 걸어 들어가고 있다. 해서는 무엇을 생각하고 어떻게 할지 판단할 겨를조차 없었다. 곧장 테라스를 지나 무작정 모래사장을 달렸다.

다행스럽게도 수심이 깊지 않은 곳에서 문제의 인물을 따라잡을 수 있었다. 스무 살 남짓한 앳된 얼굴의 여자아이가 차가운 바닷물 속에 종아리를 담근 채 서 있다. 하얗게 부서지는 포말을 우두커니 내려다보는 아이를 향해 해서는 조심스럽게 다가가 조용히 말을 붙였다.

"겨울 바다가 참 좋죠?"

아이가 고개를 들어 해서를 쳐다본다. 빨갛게 충혈된 눈자위를 타고 굵은 눈물방울이 후드득후드득 떨어졌다. 해서는 아이의 울음을 보고도 못 본 척 흔연스럽게 굴었다.

"춥지 않아요?"

"……."

"나는 좀 추운데."

해서가 계속해서 이야기를 건네는데도 아이는 그저 말없이 눈물만 흘렸다. 해서는 가만가만 팔을 뻗어 흐느껴 우는 아이의 어깨를 다정히 감쌌다. 얼마나 오랫동안 밖에 나와 있었는지 몸이 차디차다.

"우리 어디 가서 따뜻한 차 한 잔 마셔요."

"저는요……."

"으응?"

"죽고 싶지 않아요. 살고 싶어요."

아이가 와락 울음을 터트리며 해서의 품을 파고들었다. 목을 놓아 서럽게도 우는 아이의 가녀린 어깨를 해서는 힘껏 조여 안았다. 파르라니 떨리는 등줄기를 길게 쓸어 주었다.

그동안 너도 많이 힘들었구나.

고생했어.

하루하루 살아간다는 것이 전쟁이고, 투쟁이지.

그럼에도 우리, 투쟁 같은 삶 속에서 승리하면서 살자.

아직은 살 만한 세상이라고 믿으며.

아이를 품에 안고 해서도 같이 눈물을 흘렸다. 한참을 둘이서 목 놓아 울고 있는데 인기척이 느껴졌다. 주원이었다.

"무슨……."

무슨 일이냐고 물으려던 질문을 주원은 후다닥 삼켰다. 대강 눈치만으로도 상황이 어느 정도 파악되었다. 챙겨 왔던 해서의 겉옷을 우선 낯선 여자아이의 어깨 위에 둘러 주었다. 이어 주원은 재빨리 자신의 다운재킷을 벗어 해서의 몸을 감쌌다.

　"나는 장해서예요. 이쪽은 내 남편."

　해서가 주원을 소개했다. 주원은 다정한 눈인사를 아이에게 보냈다.

　"반가워요. 강주원이에요."

　"제 이름은 이준영이에요."

　"저기 보이는 풀빌라에 투숙하고 있어요. 급한 대로 우리 방에 가서 몸 좀 녹일까요?"

　해서의 물음에 준영이 난처한 표정을 지었다. 오늘 처음 본 사람을 선뜻 따라나서기는 어려울 터였다. 해서는 질문을 달리했다.

　"아니면 호텔 프런트 쪽으로 갈래요? 라운지에서 따뜻한 차 한 잔 달라고 하면 내줄 거예요."

　"괜찮아요. 저 이제 정신 차렸어요. 호텔로 돌아가려고요."

　"데려다줄게요."

　"아니에요. 혼자 갈 수 있어요."

　"그러지 말고 같이 가요. 내가 마음이 안 놓여서 그래요. 호텔에는 누구랑 같이 왔어요?"

　"부모님이요."

"부모님께서 준영 씨 걱정 많이 하시겠다."

"……예."

미덥지 못한 대답을 하는 준영의 손을 해서는 다정하게 잡아끌었다. 그 어떤 파도도 미치지 못하는 안전한 백사장으로 나왔다.

"해서야, 너 신발."

주원이 숙소에서부터 들고 나온 해서의 운동화를 발치 아래 가지런히 놓았다. 해서는 그제야 자신이 맨발임을 인식했다. 차가운 바닷물에 젖은 발바닥으로 모래알이 따끔따끔 박혔다.

"잠깐만."

주원은 한쪽 무릎을 꿇고 앉아 해서의 발바닥에 묻은 모래를 손바닥으로 말끔히 털어 냈다. 운동화를 한 짝씩 차례로 신겨 주었다.

"고마워요."

"별말씀을."

가벼이 대꾸하고 몸을 일으키는 주원의 눈에 백사장 한가운데 덩그러니 나뒹굴고 있는 양털 부츠 한 쌍이 눈에 띄었다. 바다로 뛰어들기 전 준영이 벗어던진 신발인 듯했다. 주원은 양털 부츠를 챙겨서 준영의 발치 가까이에다 나란히 내려놓았다.

"발 시릴 텐데 어서 신어요."

"감사합니다."

"모래는 못 털어 주겠네요. 내 무릎은 와이프 전용이라. 미

438

안해요."

진담이 섞인 주원의 농담을 듣고 준영이 말간 미소를 지었다.

"아니에요."

"준영 씨, 가만히 있어 봐요. 내가 해 줄게."

해서가 나섰다. 백사장에 선선히 쭈그리고 앉더니 모래투성이인 준영의 젖은 양말을 차례로 벗기고 양털 부츠를 신겨 주었다.

"고맙습니다."

"준영 씨."

"네?"

"하루하루 사는 게 힘들죠?"

"······네."

"마치 전쟁이라고 치르는 것처럼 매일이, 매 순간이 투쟁 같죠?"

"······네."

"그래도 우리 열심히 살아요. 투쟁 같은 삶 속에서 부디 승리하면서."

"······네."

양털 부츠 안에다 두 발을 꿰며 준영이 펑펑 눈물을 쏟았다. 쭈그려 앉아 젖은 양말을 돌돌 말면서 해서도 울었다. 한 발짝 떨어진 자리에 서서 두 사람을 지켜보는 주원도 함께 눈시울을 붉혔다.

　　　　　✿　　　　✿　　　　✿

　"강 검."

　대학 선배이자 직장 상사인 신우형 검사가 승강기에 타지 않으려고 버티는 주원의 팔꿈치를 붙잡았다. 주원은 표가 날 정도로 대놓고 불쾌한 표정을 지었다.

　"놓으시죠."

　"잠깐 눈도장만 찍고 가라니까."

　"이런 데 질색하는 것 아시잖아요."

　"이것도 다 업무의 연장이야."

　"부장님."

　주원은 심지를 세운 눈동자를 큼지막하니 부풀렸다. 오랜만에 저녁이나 먹자기에 별다른 생각 없이 우형을 따라나섰다. 한국대학교 법과대학 총동문회장으로 올 줄 알았다면 제대로 거절했을 것이다.

　"내 체면을 봐서라도 딱 30분만."

　"싫습니다."

　"강 검 너랑 꼭 인사하고 싶다는 선배가 계셔서 그래."

　"그게 누굽니까?"

　"홍준수 선배라고 너도 알지?"

　조심스러운 우형의 말에 주원은 그만 실소가 터져 나왔다. 한마디로 어처구니가 없었다.

올해 2월 정권이 바뀌어 비록 야권이 되기는 했어도 홍준수는 현재 대한민국 제1야당을 좌지우지하는 막후 실세다. 막강한 국회 권력을 휘두르는 정치권 인사가 한낱 평검사에 불과한 주원의 얼굴을 기어코 보기 원하는 데는 딱 한 가지 이유밖에 없었다.

불법 청탁.

현재 주원이 맡고 있는 모 대기업 총수와 관련한 뇌물 수수 사건의 수사 방향을 비틀려는 의도가 다분히 엿보였다. 주원은 팔꿈치를 붙들고 선 우형의 손길을 단호한 태도로 떼어 냈다. 동문회장에 얼굴을 내밀면 절대로 안 되겠구나 싶었다.

"홍준수 자유보수당 대표에게 앞으로도 서로 볼 일 없었으면 좋겠다고 전해 주세요."

"야, 강 검!"

주원이 우형과 실랑이 아닌 실랑이를 벌이는 사이, 각양각색의 사람들이 승강기 앞으로 우르르 몰려들었다. 개중 하나가 우형에게 악수를 청했다.

"이게 누구야."

"오민석, 오랜만이다."

"그러게. 신우형이 요즘 잘 나간다고 여기저기서 소문이 자자해."

"다 헛소리야. 직속 후배 놈한테도 대차게 까이는데, 뭘."

"이쪽이 천하의 신우형을 깐 잘난 후배 놈인가?"

우스갯소리를 빙자해 민석이 빈정거리며 주원에게 관심을

보였다. 주원은 못마땅해하는 눈길로 민석의 얼굴에 흘낏 일별했다.

"여기는 강주원 수석 검사. 우리 대학 후배고, 연수원 35기야."

우형의 소개말이 끝나기 무섭게 빈정대던 민석의 웃음기가 성격을 확연히 달리했다. 환한 미소를 띤 민석이 주원을 향해 오른손을 내밀었다.

"작년인가, 재작년인가 불법 장기 밀매 일당을 일망타진한 바로 그 스타 검사님이셨네. 아이고, 후배님. 반가워요."

악수를 청하는 민석의 손길을 주원은 일부러 본 척도 하지 않았다. 혼잣말로 가장해서 들으라고 큰 소리로 읊조렸다.

"씨팔, 엿이나 처먹어야 할 인간들이 왜 이렇게 많아. 아주 세상에 널렸네."

"너 방금 뭐라고 했어?"

민석의 낯빛이 붉으락푸르락 변화무쌍했다. 주원은 비웃음을 짙게 뿌렸다. 뭐 어쩌라고, 라는 식으로 목소리 또한 배딱하니 어기댔다.

"엿이나 처먹으라고 했습니다."

"너 이 새끼!"

"부끄러운 줄 알아야지."

"뭐가 어쩌고 어째?"

"하기는 부끄러움을 알면 차마 그러고 살지는 않겠지."

"내가 이번에 지하철에서 몰카 찍다가 걸린 것 때문에 이러나 본데, 그거 아니거든. 여자가 멋대로 오해한 거거든!"

입에 거품을 물고 뒤로 넘어가던 민석이 알 수 없는 소리를 해 댔다. 그러거나 말거나 주원은 아예 관심조차 두지 않았다.

"부장님, 저 갑니다."

대충 우형에게 인사를 하고 곧장 호텔 로비를 가로질러 밖으로 나왔다. 줄줄이 늘어서 있는 택시에 오르자 중년의 운전기사가 반갑게 인사를 건넨다.

"어디로 모실까요?"

"판교 '그랑 블루'로 가 주세요."

"손님, 서울시 권역을 벗어나면 추가 요금이 붙습니다."

"예, 알고 있습니다."

흔쾌히 대답하고 주원은 휴대폰을 꺼내 단축 번호 버튼 0번을 눌렀다. 신호음이 세 번쯤 울리고 해서가 전화를 받았다.

—여보세요?

"저녁 먹었어?"

—아직. 이제 막 집에 왔어요. 마지막 환자 상담이 예상보다 많이 길어졌거든요.

"나도 집으로 가는 길이야. 택시 탔어. 30분 안에 도착해."

—신 부장님이랑 저녁 먹는다고 하지 않았어요?

"재미없어서 중간에 접고 나왔어."

—무슨 일 있어요?

휴대폰을 타고 넘어오는 해서의 말소리가 조심스러웠다. 주원은 입가에 배시시 미소를 머금었다. 울화가 터질 것처럼 부글부글 들끓던 속이 해서의 목소리를 듣자 봄눈 슬듯이 순식간에 가라앉았다.

"조금 전에 오민석 판사 만났어."

—서울서부지법 형사 6부 오민석 판사요?

"맞아. 서울중앙지법 영장 심사 전담 판사로 전보 발령받은 지 꽤 됐어. 뭐, 일간 스스로 법복을 벗을 것 같으니까 이제 와서 그깐 소속이야 크게 상관없지만 말이야."

—오민석 판사가 사표 쓴대요?

"지하철에서 몰카 찍다 걸렸다나 봐. 사표를 쓰기 싫어도 써야만 할 거야. 버티면 파면 조치가 내려질 테니까."

—갑자기 기분이 좋아지려고 해요. 나 많이 못됐나 봐요.

해서가 키득거렸다. 주원도 덩달아 웃었다.

"더 기분 좋게 해 줄까?"

—뭐가 또 있어요?

"내가 오민석 판사한테 엿이나 처먹으라고 했어."

—대놓고?

"어, 대놓고. 나 잘했지?"

—잘했어요. 아주 칭찬해요.

해서가 까르르 웃음소리를 터트렸다.

"불금인데, 치맥 어때?"

—당연히 좋죠. 치킨 주문해 놓을게요. 까짓 1인 1닭 해요. 내가 쏠게요.

"맥주는 있어?"

—잠깐만요.

해서가 잠시 말소리를 멈추었다. 주방으로 가 냉장고 안을 살피는 것 같았다.

—다섯 개나 있네. 이거면 충분해요. 나도 기분 좋은 소식 한 가지 있어요.

"뭔데?"

—낮에 도연이랑 만나서 점심 먹었거든요. 김유항 교수, 엊그제 권고 사직당했대요.

"지난번 전공의들 구타 건으로?"

—응.

"우리 오늘 아무래도 뭔가 축하를 해야 할 것 같은데. 기념비적인 날이잖아."

—치맥이면 됐지, 뭘요.

"아니야. 케이크가 있어야 해. 하나 사 갈게. 당신 좋아하는 치즈 케이크로."

—좋아요. 주원 씨.

"으응?"

주원의 대꾸에도 해서는 한동안 침묵했다. 이야기를 꺼낼까 말까 망설이는 눈치였다. 주원은 살짝 독촉을 넣었다.

"왜 그래?"

—그게…… 나 있죠. 씻을까?

은근하니 묻는 해서의 목소리가 어디인지 달뜨게 들렸다. 주원은 한바탕 너털웃음을 지었다. 말할 수 없이 행복했다.

"아니. 씻지 마."

―나 거부당한 거예요? 으윽, 쪽팔려.

해서가 볼멘소리를 냈다. 주원의 웃음소리가 한층 높이 올랐다.

"해서야."

―뭐요.

"이따 나중에 나랑 같이 씻어. 내가 씻겨 줄게."

―에잉?

"그거 무슨 뜻이야? 좋다는 거지?"

―지금 택시 안이라면서요. 기사 아저씨가 다 들을 거잖아. 창피하지도 않아요? 왜 부끄러움은 내 몫인 거야.

"뭐가 창피해. 기사님도 알 것 다 아는 성인인데. 우리가 불륜도 아니고."

―내가 정말 못 살아. 얼른 오기나 해요.

"알았어. 금방 갈게. 씻지 말고 딱 기다려."

―아우, 진짜.

"좋다고?"

―몰라요. 끊어요.

해서와 전화 통화를 나누는 동안 어느새 낯익은 동네에 다다라 있었다. 주원은 휴대폰을 바지 주머니 안에 챙겨 넣고 지갑을 꺼냈다.

"기사님, 상가 앞에 세워 주세요."

"케이크 사시려고요?"

"예, 꽃다발도요. 아내가 작약을 유독 좋아하거든요. 요즘 예쁘게 필 때잖아요."

"신혼인가 봅니다."

"결혼한 지 1년 조금 넘었습니다."

"한창 좋을 때네요. 아이는요?"

"아직요. 이제 슬슬 가져야죠."

"제 꿈 사실래요?"

택시 기사가 별안간 맥락 없는 소리를 했다. 주원은 의아함을 가지고 되물었다.

"무슨 말씀이세요?"

"제가 아까 낮에 손님이 없어서 잠시 차를 세우고 졸았거든요. 그런데 청와대에 가서 대통령 만나는 꿈을 꿨지 뭡니까. 로또를 사야지 싶었는데, 손님한테 태몽으로 팔려고요."

"그런 대박 꿈을 저한테 팔아도 괜찮으시겠어요?"

"로또 당첨금이야 없어도 살지만 아이는 있어야 해요. 가시밭길 인생살이가 그나마 아이 때문에 버텨지는 거거든요."

"맞습니다."

"다 왔습니다."

마침 택시가 아파트 상가 앞에 멈추어 섰다. 주원은 지갑에서 5만 원권 지폐를 두 장 꺼내 기사에게 건넸다.

"잔돈은 넣어 두세요."

"이거 너무 많이 주셨는데……."

"기사님이 저한테 파신 꿈 값입니다. 태몽은 값을 후하게 치러야 한다고 전에 어른들이 그러셨거든요."

"배우신 분들이네. 오늘 밤 승리하세요."

기사가 택시에서 내리는 주원의 뒷등에 대고 소리쳤다. 주원은 고개를 비스듬하니 내려 택시 안쪽을 들여다보았다.

"예?"

"성공하셔서 떡두꺼비 같은 아들 보시라고요."

"감사합니다. 기사님도 가시밭길 인생살이에서 날마다 승리하세요."

"고맙습니다."

총총히 멀어져 가는 택시의 붉은색 미등을 주원은 잠시 바라보고 서 있었다. 승리하라는 택시 기사의 기원 때문이었을까, 문득 한 아이의 얼굴이 떠올랐다. 죽음을 열망하면서도 어떻게든 살아가고자 몸부림치던 앳된 스물두 살짜리 이준영.

같은 하늘 아래 이제는 스물세 살이 되어 있을 준영과 이 땅의 수많은 또 다른 준영들이, 언젠가 해서가 이야기했던 바로 그 바람처럼 투쟁과도 같은 삶 속에서 부디 오늘도 승리하기를 원한다. 그리고 주원 자신 역시 그러할 수 있기를…….

—*fin*